Антон Акифьев

Пепел и Свет

2025

УДК 82-3
ББК 84-4
 А39

Шрифты предоставлены компанией «ПараТайп»

Акифьев Антон

А39   Пепел и Свет / Антон Акифьев. — [б. м.] : [б. и.], 2025. —
366 с.
[б. н.]

«Пепел и Свет» — это семейная сага о трех поколениях, живших в эпоху больших перемен. Сначала — тоталитарный режим и годы страха, затем — рождение первых предпринимателей новой страны, и наконец — дети, унаследовавшие разные взгляды на свободу, любовь и дело всей жизни.

Это роман о силе и уязвимости, о предательстве и верности, о цене успеха и о том, как непросто выстоять, когда прошлое еще не отпустило, а будущее уже требует ответа. Каждое поколение сталкивается с собственным выбором и именно от него зависит, что останется потомкам: пепел или свет.

УДК 82-3
ББК 84-4

ОГЛАВЛЕНИЕ

Введение. Пепел и Свет 6
Глава первая. Каменное сердце 8
Глава вторая. Тень сомнения 17
Глава третья. Зеркала лжи 23
Глава четвертая. Женщина в алом 40
Глава пятая. Сын и афера 47
Глава шестая. Пустой дом 58
Глава седьмая. Гул ожидания 71
Глава восьмая. Дом с окнами 83
Глава девятая. Падение стены 99
Глава десятая. Свет в ладонях 110
Глава одиннадцатая. Хрупкая империя 131
Глава двенадцатая. Музыка дома 147
Глава тринадцатая. Лед и свобода 167
Глава четырнадцатая. Братья под одной крышей 180
Глава пятнадцатая. Раскол огня 197
Глава шестнадцатая. Крепость и остров 217
Глава семнадцатая. Стеклянный лабиринт ... 229
Глава восемнадцатая. Гроза над залом 237
Глава девятнадцатая. Две стороны молота ... 255
Глава двадцатая. Лицо в тени 270
Глава двадцать первая. Цена сделки 280
Глава двадцать вторая. Испытание временем 308
Глава без номера. Поток 320
Глава Двадцать третья. Тишина у окна 325
Глава двадцать четвертая. Союз из пепла ... 346
Эпилог. Завтра за ними 360

Моей любимой семье.

Дорогой Алёне — с благодарностью за твою веру, терпение и любовь.

Дорогим Софии и Арине — помните: на жизненном пути всегда есть выбор, и вы вправе изменить свою жизнь так, как сами захотите.

Моим родителям — за мудрость и опыт. Вы стали для меня опорой и помогли научиться смотреть в будущее.

ВВЕДЕНИЕ.
ПЕПЕЛ И СВЕТ

Эта история началась семьдесят лет назад. Мой читатель познакомится с цепочкой невероятных, казалось бы, событий, которые произошли в семье Джефферсон на самом деле и участником которых автору пришлось стать.

Сага расскажет, как многообразна, красочна и непредсказуема жизнь; как цели человека и корректировки судьбы приводят его к достижениям, о которых невозможно было и подумать; и что семья является центром и смыслом жизни любого, пусть и самого эгоистичного, коммерсанта на земле.

В этой книге, автором которой я являюсь, многие события истинны и произошли с людьми, которые мне хорошо известны. Это произведение о трех поколениях — близких друг другу людей, каждый из которых по-своему пытается создавать и оберегать свою семью, а также общее дело. Они живут в разные эпохи: от государственной иерархии до полной анархии нового рынка. Каждый со своими представлениями, как правильно, со своими целями и ценностями, однако неразрывно связанными со своей семьей.

Автор является предпринимателем и познакомит читателя с коммерческой частью жизни главных героев. Как она влияет на их судьбы и на их детей. К каким результатам в итоге они приходят. Множество событий покажут, что можно быть созидательным человеком — предпринимателем и даже в максимально тоталитарном режиме. А можно, наоборот, разрушить все даже при полной свободе, если остаешься заложником собственных негибких правил. Тех, что казались верными, но в итоге стали причиной падения и краха.

Жизнь несправедлива, и порой самые правильные цели приводят к совершенно неправильным последствиям. В этой книге читатель встретит много примеров из жизни семьи Джефферсонов, доказывающих этот тезис.

Автор проведет читателя через две кардинально разные эпохи и политические режимы государств. На одной стороне только запреты и лживые лозунги, на другой — полная свобода и открытый рынок. Моим героям предстоит сохранять свою систему ценностей, свои взгляды на жизнь в целом и на видение бизнеса в частности.

Члены семьи Джефферсонов будут бороться за свои семейные ценности. Однако из-за личностных приоритетов во взглядах, из-за смены государственных режимов, из-за частой несправедливости удастся ли им сохранить семью? Смогут ли они, оставаясь собой и преданными своим идеалам, пройти весь путь до конца и завершить начатое, как планировали, или это невозможно? Сможет ли бизнес расти и укрепляться, если все участники, а часто это близкие родственники, стремятся к этому, но имеют различную друг от друга систему координат? Как герои справятся с тем, что эмоции нередко берут верх над собственными принципами?

На пути наших героев встретится множество людей; партнеров и единомышленников, но также аферистов и завистников. Читатель пройдет путь вместе с героями — вверх и вниз, как на волнах в бушующем море, где раскрываются характеры и отношения членов семьи Джефферсонов. События охватывают семьдесят лет истории, и за это время страна стала совсем другой, но стали ли другими члены нашей семьи? Были ли ценности и принципы семьдесят лет назад и сейчас иными или они все те же? Помогли они создать что-то настоящее, с истинными благами для каждого человека или нет?

Я лишь провожу вас, но ответы на эти вопросы уважаемый читатель должен дать самостоятельно.

Эта книга — о выборе. О семье и бизнесе. О любви и предательстве. О государстве и личной воле. О возможности быть собой — даже когда за это приходится платить слишком высокую цену.

ГЛАВА ПЕРВАЯ.
КАМЕННОЕ СЕРДЦЕ

Кровопролитная война, продолжавшаяся почти семь лет и унесшая жизни пятидесяти миллионов человек, завершилась в прошлом месяце. Джон родился в семье Сэма и Келли Джефферсонов — настоящей крепкой пролетарской семье, искренне преданной Партии, Вождю и великому курсу на светлое будущее страны — Светлостана. Семья верила, что нет ничего важнее, чем труд на благо державы, процветание которой станет достоянием всей планеты и потомков на века. Долгожданная Победа в изнурительной войне только укрепила в людях чувство исключительности и гордости: быть гражданином Светлостана — это честь и долг.

Однако победа принесла не мир и благополучие, а годы выживания. Экономика страны была разорена: вся промышленность в последние годы войны работала исключительно на оборону и достижение Великой Победы. Остальные отрасли оказались в упадке — не было ни товаров, ни денег. Люди не могли позволить себе еду и одежду. Светлостанцам зачастую просто нечем было прокормить свои семьи.

Вождь и Партия провозгласили курс на восстановление: создание мощных государственных предприятий, внедрение новых технологий, полеты в космос, открытия в океанах и на суше. Светлостан должен был стать великой сверхдержавой, которую будут уважать и бояться. Ради этого строились заводы, фермы, добывающие предприятия. Об успехах и достижениях государства сообщалось ежедневно — через радио, телевидение, уличные громкоговорители, на собраниях в школах, вузах, медицинских учреждениях и даже перед показом фильмов в кинотеатрах.

Народ Светлостана был воодушевлен: каждый стремился быть частью этого грандиозного строительства, гордиться успехами Партии и государства, даже если при этом полностью игнорировались личные потребности. Все делалось исключительно ради Вождя и его окружения. Такой же была и Келли — мать Джона. Ее энергия и неуемное стремление быть полезной сделали ее старшим бригадиром на заводе «Метрез».

Она проводила ежедневные собрания с рабочими (хотя по плану они должны были быть еженедельными), на которых рассказывала о достижениях завода, планах Партии, перевыполнении норм и тоннах произведенной продукции. Келли лично выделяла лучших работников, награждала их грамотами, медалями, а тех, кто отставал, — порицала публично. В Светлостане личная продуктивность была критерием гражданской доблести. Тот, кто производил меньше, становился «тунеядцем» и рисковал быть отправленным в рабочий изолятор — на многочасовой труд с минимальными перерывами по решению бригадира вроде самой Келли.

Ею была разработана собственная система поощрений: грамоты, дипломы, медали по итогам недели, месяца, квартала, года. На стенде почета еженедельно обновлялись имена лучших, рассылались бюллетени с их достижениями — не только коллегам, но и соседям, родственникам. Светлостан должен был знать, кто — герой, а кто — паразит. Это был настоящий инструмент социального контроля, поддерживавший дисциплину и страх.

За результативностью следовали и материальные блага: по итогам квартала выдавалась продуктовая корзина — палка колбасы, четыре булки с маком, литр парного молока и набор конфет «Шокослад». Лучшему работнику года предоставлялась путевка на море на семь дней — отдых без семьи под присмотром представителя Партии.

Келли дотошно следила за производственными показателями, организовывала учет и награждение, а в свободное время занималась воспитанием будущих граждан Светлостана. Она проводила занятия в детских садах и школах, создавая юные партийные отряды. Дети под ее руководством рисовали стенгазеты, читали «Заветы Вождя», устраивали конкурсы знаний о Конституции и идеалах Партии. Лучшие ученики награждались медалями, как взрослые, — все ради формирования правильного сознания с младых лет.

Для Келли Светлостан был не просто страной — он был смыслом жизни. Каждое утро она вставала до рассвета, чтобы проконтролировать смену на заводе, а вечера посвящала составлению докладов, планов и отчетов. Ее трудоспособность казалась безграничной. Ее уважали, но и побаивались. Даже в партийных кругах знали: Келли Джефферсон не даст поблажки никому, даже себе. Ее вера была железобетонной, и в этой вере не было места сомнению. Она верила в то, что делает. А если кто-то не верил — его следовало исправить.

Иногда, по ночам, Келли смотрела на фотографию Вождя, висевшую над ее письменным столом, и говорила вслух, как будто он мог услышать: «Мы справимся. Мы еще построим Светлостан, каким ты его задумал». Эти моменты были почти интимными — молитвой в светской религии, которую исповедовала вся страна. Келли говорила, что каждый гражданин — кирпич в фундамент страны, что главное — дисциплина и вера, что слова «Я думаю иначе» — это начало разрушения.

Джону тогда было восемь. Он шел рядом с матерью, держась не за руку, а за шероховатый край ее пальто — как за бортик корабля в качке. Рука у нее была занята: в одной — паспорт, в другой — белый плотный бюллетень, выданный на входе.

Очередь к избирательному участку тянулась вдоль облупленной стены, над которой висел огромный портрет Вождя. Люди стояли молча плотной шеренгой. Из громкоговорителя, привинченного к стене, тянулся металлический голос:

— Только единство делает нас сильными. Ваш голос — за светлое будущее. За Вождя. За Светлостан.

Пахло сырым полом, дешевыми духами, страхом. Висели плакаты — алые, с улыбающимися лицами, у которых не было глаз — только тени.

«Каждый голос — кирпич в стену будущего!»

Джон смотрел на плакат и думал: если это стена, то почему в ней нет окон? Куда все эти голоса кладутся? Чтобы замуровать кого?

Келли шла с прямой спиной. Взгляд вперед, лицо — маска, ни одного лишнего движения. Только еле заметные повороты головы, будто проверяет: не смотрит ли кто. Но Джон знал: смотрят все.

— Мама... — прошептал он.

— Молчи.

Голос — холодный, как будто металл коснулся кожи.

Внутри — кабинка. Ширма с желтым кантом, стол, на нем ручка, прикрепленная шнурком, и бюллетень. Один. С одним именем. С одной строкой. С одной ячейкой. Никакого выбора.

Келли остановилась. Рука с ручкой замерла.

Джон украдкой посмотрел: она, фанатичная, непоколебимая, — почему-то не решалась сделать отметку сразу. Ручка зависла над квадратом. Он видел, как сжимаются ее губы.

— Ты не ставишь галочку? — шепнул он.

— Не мешай.

Она поставила знак. Быстро, резко. Не галочку, а крестик — по привычке. Или по ошибке. И в ту же секунду будто окаменела. Взгляд — на дверь. На потолок. На штору. На него. Как будто кто-то мог это увидеть.

Она мгновенно сложила лист, сжала его в руке, как будто хотела стереть то, что сделала.

На выходе из кабинки стоял человек в красной повязке. Он кивнул с улыбкой, но улыбка была кривой, как будто у него в кармане лежал список.

— Спасибо за гражданскую позицию, — сказал он.

Голос звучал радостно. Слишком радостно.

Келли схватила Джона за руку. Не за ладонь — за кость. Так, что ему стало больно.

— Никому ничего не говори, — прошептала она.

— А что?

— Просто. Молчи.

Они вышли. Джон оглянулся. Люди входили и выходили. Одни — с детьми, другие — с букетами, как на праздник. Но все — одинаково напряженные, одинаково нарядные, одинаково молчаливые.

Он вдруг понял: они пришли не голосовать. Они пришли подтвердить, что они есть. И что они — лояльны.

И голос у каждого был. Только он не звучал. Он исчезал внутри урны, среди одинаковых листов, где все уже было решено.

Джон шел рядом с матерью, и в его маленькой груди впервые появилось то чувство, которое он позже назовет тревогой. Не страх — он еще не понимал, чего бояться. Не гнев — он не знал, на кого. А именно тревога, тягучая, липкая, как густой дым, в котором невозможно разглядеть, где свет, а где тень.

Он ничего не мог объяснить, но чувствовал: все, что происходит вокруг, — не настоящее. Люди делают вид, что выбирают. Мама делает вид, что не боится. Все делают вид, что живут. А на самом деле — прячутся. Даже когда говорят о будущем.

С этого дня в нем поселилось молчаливое сомнение. Оно не мешало ему играть, читать, слушать рассказы отца. Но оно уже дышало внутри. И когда позже его спросят, когда все началось, — он вспомнит не лозунги, не школу, не книги. Он вспомнит тот день. Очередь. Бюллетень. Крест. Тишину.

Сын Келли, Джон, унаследовал от матери ее активность и фанатичную преданность делу. Но все изменилось, когда ему исполнилось десять лет... С тех пор он начал замечать: лозунги звучали громко, но в глазах людей не было радости

* * *

Он стоял у окна их квартиры на шестом этаже и смотрел вниз — на двор, где дети играли в «строителей Светлостана». У них были бумажные каски и флажки, они выкрикивали лозунги, которые Джон слышал каждый день по громкоговорителю. Но в этот день ему не хотелось присоединяться к ним. Что-то внутри него сжималось, протестуя. Он не мог объяснить, но чувствовал: все это — фальшь. Впервые в жизни он осознал, что вся система, в которой он родился, — не просто жестока, она порабощает.

Он отошел от окна, но внутри него что-то продолжало гудеть — как глухой колокол, запущенный неведомой рукой. Его не отпускало чувство, что ложь — это не только лозунги во дворе. Она живет и в доме. Она входит в комнаты, в лица, в голоса. Он не мог тогда этого назвать, но чувствовал: за фасадом — трещины. И он боялся, что вот-вот услышит, как что-то рушится.

В тот вечер он услышал, как мать отчитывала отца за то, что тот задержался на десять минут на работе. Келли говорила громко, с жаром, ссылаясь на долг, на партийную дисциплину, на пример для сына. Джон смотрел на Сэма, который стоял с опущенными глазами, и в тот момент понял:

его отец сломлен. Не физически, а внутри. Он стал винтиком, каким и хотела его видеть Келли, Партия, страна.

Вечером Келли зашла в комнату Джона. Она была уставшей, но на лице все еще горел тот самый фанатичный блеск — словно энергия Партии питала ее изнутри.

— Ты сегодня молодец, — сказала она, присев на край кровати. — Воспитательница звонила. Сказала, ты лучше всех читал «Заветы Вождя».

Джон кивнул. Он хотел сказать, что просто выучил наизусть. Что не слушал смысл. Но промолчал.

Келли погладила его по голове, как в детстве.

— Я горжусь тобой, Джон. Ты растешь правильным. Таких мальчиков будет ждать большая судьба. Может, ты станешь инспектором, может, — координатором. А может, даже войдешь в Партию. Главное — не сомневайся. Партия знает, что делает.

Ее голос звучал мягко. Почти ласково.

Джон чувствовал ее тепло. Он всегда чувствовал. В детстве он прижимался к ней, и это было безопасно. Но теперь... теперь это тепло обжигало.

— Ты любишь Вождя? — вдруг спросила она.

Он вздрогнул. Такой вопрос от матери был как удар током. Он знал, что ответ важен. Правильный ответ — безопасность. Неправильный — пропасть.

— Да, — сказал он.

Келли кивнула. Она поцеловала его в лоб.

— Тогда ты никогда не будешь один.

Когда она ушла, он лежал с открытыми глазами. У него все еще горел лоб. Но не от поцелуя — от стыда. Он солгал. А она... Она говорила это искренне.

Это было страшнее всего.

Этой ночью Джон не мог уснуть. Он лежал в постели, укрывшись с головой, будто это могло защитить от мыслей. Через тонкие стены доносился знакомый ритм: клац-

клац — пауза — клац. Мать печатала. Словно машинка была продолжением ее воли.

Он слышал шелест бумаг, хруст, как она перекладывала списки, вычеркивала, вбивала фамилии. Ее шаги по комнате были четкими, даже ночью она двигалась как на параде. Время от времени раздавался ее голос — тихий, едва различимый: она бормотала вслух лозунги, заголовки, фамилии. Механически. Без эмоций.

Джон закрыл глаза и представил, как выглядит комната: портрет Вождя на стене, рядом — красный штандарт с золотым гербом, стопки бумаг на столе и Келли, склонившаяся над машинкой, с ровной спиной и незыблемым лицом. Он знал эту позу. Она была такой, когда наказывала рабочих. Такой же — когда обнимала его в детстве.

Ее вера вызывала в нем не гордость, а отвращение. Он ощущал, будто рядом с ним кто-то вырезает из бумаги людей — вклеивает в графы, подгоняет под нормы. Ни чувств, ни запаха кожи, ни голосов. Только проценты и фамилии.

Он чувствовал тошноту. Хотел встать, выбежать, но знал: мать услышит, спросит. Он прижал подушку к уху, будто это могло заглушить звук. Клац-клац. Пауза. Клац.

«Ты либо винтик, либо враг», — вдруг пронеслось в голове.

И тогда он понял: он — не винтик. Он не хочет быть частью механизма. В ту ночь родилась мысль. Еще не план, не мечта. Только искра.

Он знал: он не останется здесь. Не растворится в этих серых стенах, в лозунгах, в строе шагов и чужих голосов. Не станет частью их общего ритма, где нет места дыханию. Не сейчас — он еще слишком мал, не завтра — он еще не знает как. Но когда-нибудь. Однажды. День такой придет — тихо, как рассвет за зашторенным окном. Он не скажет об этом никому, даже себе вслух, но внутри него уже родилось движение. Незаметное, теплое, как ток под кожей.

Это еще не план, не путь, не бегство. Это — намерение. И оно было крепче всех клятв. И однажды оно поведет его сквозь все стены, даже те, которые казались вечными.

Так началась его внутренняя борьба — тихая, пока еще незаметная. Но уже тогда Джон стал врагом режима — в своем сердце.

ГЛАВА ВТОРАЯ.
ТЕНЬ СОМНЕНИЯ

Джон рос в голодные послевоенные годы — но в самой великой стране мира. По крайней мере, так говорили все вокруг. Келли поднимала сына каждое утро ровно в шесть часов под звуки гимна Светлостана. Он в обязательном порядке делал зарядку, принимал холодный душ, после чего вместе с матерью слушал сводку новостей. Затем они расходились по делам: Келли — на завод, Джон — в школу. Иногда его до школы провожал отец — Сэм. Это были редкие, почти тайные мгновения уединения, когда отец и сын могли остаться наедине и просто поговорить.

Сэм, полная противоположность своей жены, был мягким, задумчивым человеком, с мечтательным взглядом и вечно уставшей улыбкой. В нем жила любовь к книгам, к мирам, которых не существовало в реальности Светлостана. Он рассказывал Джону о древнем мире, о мифических богах и героях, о невероятных путешествиях, далеких звездах и исчезнувших цивилизациях. Особенно часто вспоминал историю Трумана, потерявшегося в бескрайних водах вселенского океана. Эти рассказы были как глоток свежего воздуха.

Сэм был романтиком — и в чем-то, возможно, эгоистом. Его личные убеждения значили для него больше, чем лозунги Партии. Он не высказывался открыто, но в разговорах с сыном позволял себе быть настоящим. В этих коротких утренних беседах Джон впервые сталкивался с мыслью, что за пределами Светлостана может быть иной мир — свободный, разнообразный, не ограниченный одной правдой.

Формально воспитанием Джона занималась Келли. Она контролировала режим дня, учебу, внешкольные задания и обязательное участие в общественной жизни. Но именно отец сформировал внутренний мир Джона, его ценности, его способность сомневаться.

Утро началось с линейки. Над школьным двором, выстроившимся в идеальные ряды, взвился флаг Светлостана. Ветер трепал его, как будто и он не знал, в какую сторону развеваться.

— Сегодня у нас важный день, — сказал директор. — Мы объявим результаты конкурса «Лучший друг Родины».

Все замерли. Звание вручалось не за оценки, а за «патриотическое рвение» — чаще всего за донос.

— В этом месяце почетного значка удостаивается — Марк Язов!

Марк шагнул вперед. На его лице блестела гордость. Джон знал: именно он недавно донес на одноклассника, который читал на перемене запрещенную книгу, найденную у дедушки.

— Молодец, Марк, — сказал директор. — Настоящий гражданин.

Аплодисменты были вялыми, но обязательными. Джон хлопал в ладони, чувствуя, как в груди поднимается тошнота.

Еще вчера этот мальчик сидел с ними за одной партой. А сегодня — вычеркнут. Больше его никто не видел.

Школьные годы проходили под аккомпанемент лозунгов, гимнов и бесконечных отчетов о достижениях Партии. Утро каждого школьного дня начиналось с поднятия флага и чтения высказываний Вождя. Каждый класс — это миниатюрная модель государства: строгий порядок, коллективная ответственность, доносительство как форма патриотизма. Джон выполнял все, что от него требовалось, но в душе все чаще появлялось чувство отчужденности.

Он запоминал фразы отца: «В некоторых странах люди выбирают свой путь», «Ты можешь стать кем хочешь — если решишь это сам». Эти слова звучали как музыка. Они будили фантазию. Он представлял себе, как мог бы рисовать, строить, лечить, преподавать, создавать что-то новое — не по указке, не по плану, а по зову сердца. И получать за это благодарность, признание. И даже деньги. Он не знал точно, как это должно выглядеть, но чувствовал — в этих мечтах больше смысла, чем в идеологической рутине.

Чем старше он становился, тем больше погружался в этот внутренний мир. Он читал книги, которые тайком приносил ему отец. Это были старые, ветхие тома, без обложек, иногда даже с вырванными страницами. Некоторые были на других языках, и Сэм переводил отрывки, шепча их в темноте. Джон узнал о демократии, о свободе слова, о художниках и мыслителях, о людях, которых не преследовали за инакомыслие, а ценили за самобытность.

Как-то вечером Келли вернулась с работы раньше обычного. Она была в приподнятом настроении, даже с каким-то азартом.

— Мне сегодня позвонила твоя классная, — сказала она, накрывая на стол. — Сказала, ты — лучший участник митинга. Четкая речь, ясный голос, правильный взгляд.

Она подошла и положила руку на плечо сына.

— Ты гордость не только для меня. Ты гордость всего квартала. Таким парням доверяют больше.

Джон молчал. Он хотел сказать, что слова на митинге были выучены. Что он не верит ни в одно из них. Но он улыбнулся.

— Спасибо, мама.

— Я так рада, что ты не подвел.

Она поцеловала его в висок. А он стоял и чувствовал, как что-то внутри медленно умирает. Не от ненависти. А от лжи.

Иногда Джон ловил себя на том, что не может больше слушать лозунги, не может сдерживать зевоту во время речей о светлом завтра. Он начинал испытывать не просто скуку, а внутреннее сопротивление. Все чаще — презрение.

Но даже тогда он продолжал притворяться. Он стоял на линейках, аплодировал достижениям комбинатов, рисовал агитационные плакаты. Он знал: настоящие мысли нельзя показывать. Даже друзьям. Даже себе в зеркало. В Светлостане человек может выжить, только если научится скрывать правду в глубине себя.

Однажды в школе его вызвали к завучу. На столе перед ней лежала тетрадь Джона — с сочинением, в котором он рассуждал о свободе как о высшей ценности. Там не было прямой критики Партии, но были слишком опасные мысли. Завуч улыбалась холодно и говорила, что Джон очень «одаренный» и его стиль «нестандартный». После разговора он заметил, что за ним начали внимательнее следить. Классный руководитель стал чаще задавать наводящие вопросы, а одноклассники, казалось, избегали его взглядов.

В ту ночь он не спал. Впервые ему стало по-настоящему страшно. Он понял, что все, что он носит в себе, может быть разоблачено. Что свобода — даже мысленная — здесь преступление.

Было уже сильно за полночь, Джон сидел на кухне, глядя в мутное стекло окна. За ним — темнота и редкие силуэты фонарей. На столе остывал чай. Он не знал, сколько сидел там в тишине.

— Ты не спишь? — голос отца прозвучал спокойно, почти буднично.

Джон покачал головой. Сэм сел напротив, не торопясь, будто взвешивал каждое движение.

— Сегодня ты был тише обычного, — сказал он.

— Просто думаю.

— О чем?

Джон пожал плечами:

— Не знаю. О будущем, наверное. О том, кем я хочу быть.

Отец кивнул. Несколько секунд он молчал, а потом тихо сказал:

— Не бойся мечтать. Но и не бойся потерпеть неудачу. Я... многое в жизни не решился сделать. Слишком тихо жил. Иногда я думаю, может, стоило рискнуть.

Он отвел взгляд, потер лоб.

— Только пообещай себе одну вещь. Если когда-нибудь почувствуешь, что хочешь... по-настоящему хочешь чего-то... иди до конца. Даже если все скажут «нельзя».

Джон молчал, но его пальцы сжались в кулак.

Сэм улыбнулся устало — той тихой, почти невидимой улыбкой, в которой не было ни победы, ни поражения, только тепло.

— Я не смогу уберечь тебя от всего, Джон. И не скажу, как правильно жить. Но если ты вдруг почувствуешь, что один — знай: это не так. Я рядом. И этого иногда достаточно.

Они сидели на кухне, в тусклом свете, среди вечерней тишины. За окном гудел ветер, и казалось, что весь город замер, прислушиваясь. Сэм говорил негромко, будто вытаскивая слова из глубины. Он говорил о терпении, о том, что иногда в жизни важнее всего — дождаться своего времени, не обрушиться раньше, чем ты окреп.

— Не все рождается на свет сразу, — сказал он. — Иногда, чтобы что-то изменить, нужно сначала вырасти в тени. Внутри. Без шума. Без крика. Но с корнями.

Он замолчал на миг, глядя куда-то в кружку с остывшим чаем.

— Ты умный, Джон. Ты все чувствуешь. Но не торопись становиться сильным. Это приходит. Главное — не потеряй себя. Ни ради страха, ни ради чужих слов.

Он положил ладонь на руку сына — на секунду, мимолетно, но Джон запомнил это прикосновение так, как запоминают свет, проскользнувший сквозь тучи в самый хмурый день.

В ту ночь Джон запомнил каждое слово — этот разговор остался с ним навсегда. Тогда он, возможно, еще не понял их. Но они прозвучали внутри так, как звучат самые важные вещи: тихо, но не исчезают. Он запомнил их не разумом, а телом. И однажды они заговорят в нем — тогда, когда будет темнее всего.

С тех пор Джон стал еще осторожнее. Но и тверже. Он знал, что у него будет шанс. Он знал, что однажды уедет. Сбежит. И если повезет — начнет жить по-настоящему.

Так закалялся его дух. Не в сражениях, а в тишине. Не в подвигах, а в мыслях. Пока весь Светлостан кричал лозунги — Джон учился молчать и ждать.

Он был еще ребенком. Но уже знал: он не принадлежит этой стране.

ГЛАВА ТРЕТЬЯ.
ЗЕРКАЛА ЛЖИ

Школьные годы подошли к концу, и перед Джоном встал вопрос: куда идти дальше? Кем стать? К чему стремиться в Светлостане? Страна была, как уверяла Партия, вершиной всех цивилизаций мира — хотя при этом полностью закрытой. Выехать за ее пределы было абсолютно невозможно. Оставалось только выживать внутри, участвовать в строительстве ее светлого будущего. Однако этот выбор не принадлежал самому Джону — Партия решила все за него, как и за миллионы других молодых людей, закончивших школу.

Джона направили на журналистский факультет Университета имени Мудрого Вождя. Ему предстояло пять лет обучения: основам журналистики, написанию статей и интервью, фоторепортажам с производственных предприятий, съемкам ферм и рабочих, ведению передач с руководителями заводов и партийными деятелями. Он должен был освещать собрания Партии и заседания Высшего правительства. И, к удивлению самого Джона, все это изначально показалось ему интересным: поездки по стране, встречи с разными людьми, возможность наблюдать жизнь и рассказывать о ней. Особенно его захватила фотография — в ней он увидел магию. Запечатлевать момент, сохранить его, поделиться им с другими — это казалось почти искусством. Джон увлекся. Он учился с воодушевлением, сблизился с несколькими преподавателями, обсуждал технику кадра, освещение, композицию.

Но к середине учебы иллюзии стали рассыпаться. Джон начал понимать: объективной журналистики в Светлостане не существовало. Все материалы строго контролировались и подвергались цензуре. Газеты, радио, телевидение — все служило одной цели: поддерживать имидж Партии, ее непогрешимость и силу. От журналиста требовалось не фиксировать действительность, а транслировать нужную картинку. Не отражать реальность, а формировать ее — с помощью вымышленных успехов, отретушированных фотографий, приукрашенных слов.

Он должен был стать рупором Вождя. Инструментом пропаганды, маскирующейся под «информирование». Джон чувствовал, как внутри нарастает протест. Он не любил ложь — а еще больше ненавидел лицемерие на государственном уровне. Ощущение ловушки становилось удушающим. Либо делай, как велит система, либо исчезни без следа в одной из «командировок». Он видел, как исчезали другие: сначала о них просто переставали говорить, потом — вычеркивали из списков, затем — даже из архивов.

Он любил мать — Келли, преданную систему, фанатичную и искреннюю. И любил отца — Сэма, вольнодумца, который тихо передавал сыну идеи свободы, уважения к личности, ценности частной собственности. Эти два полюса разрывали Джона. Он чувствовал в себе огонь — страсть, пылающее желание работать на себя, создавать, строить, развивать. В этом было что-то от Келли. Но цель была совершенно иной: не ради Партии, а ради себя, ради людей, ради истины. Это — от Сэма.

Так Джон начал жить в двух реальностях. Первая — официальная, государственная, где Вождь всегда прав, где страна — великая, где народ счастлив. Вторая — внутренняя, личная, где он мечтал о свободе, о правде, о деле, приносящем смысл. Это был эгоизм. Это была свобода. В Светлостане сочетание этих качеств с умом и гиперактивностью представляло собой смертельно опасный коктейль.

Но Джон был осторожен. Он умел думать, просчитывать, анализировать. Он начал смотреть на мир иначе: не как на заданную систему, а как на сеть возможностей, скрытых под бетонной коркой. Слово «предприниматель» в Светлостане не существовало — оно считалось идеологической диверсией. Но Джон уже был им по духу. Еще не действиями — мыслями. Он наблюдал, сопоставлял, искал слабые места в конструкции реальности. И где другие видели стены, он начинал догадываться о дверях.

Свет на кухне был тусклым, желтым, почти янтарным — лампа под потолком старалась не слишком тревожить ночь. Сэм сидел, как всегда, в своем углу, в плетеном кресле, с чашкой крепкого чая и радиоприемником, из которого тихо тянулась передача про искусство возделывания бобовых культур. Он слушал не тему — он слушал тишину, натянутую между словами.

Джон присел напротив. Дверь тихо захлопнулась за его спиной, и в этом щелчке было все: усталость, раздражение, внутреннее жужжание, которое не давало уснуть.

— Опять кто-то что-то не то сказал, — без вопроса заметил Сэм.

Джон молчал. Потом налил себе чай из того же чайника. Молча. Без сахара.

— В редакции — будто все живут в кривом зеркале, — наконец произнес он. — Печатаем праздники, где никто не празднует, вручения, где никто ничего не заслужил, портреты, на которых нет лица — только рамка.

— А ты думал, что зеркало показывает правду? — тихо усмехнулся Сэм. — Оно показывает, кто в него смотрит.

Джон посмотрел на отца. У него были старые, усталые глаза, но в них не было ни одной капли цинизма. Только — понимание.

— Мне иногда кажется, что все это... — Джон развел руками. — Что все это специально. Чтобы мы забыли, как думается наедине. Чтобы мы перестали отличать живое от напечатанного.

Сэм допил чай, взял листок из-под книги, повернул к себе — пустой, белый.

— Вся их система — это как эта бумага. Чистая, но только до тех пор, пока ты не начнешь писать. А потом — каждый твой штрих становится уликой.

Он протянул лист Джону.

— Если хочешь быть свободным, научись писать так, чтобы за это не было стыдно. Даже если прочитают. Даже если сожгут. Даже если заставят отречься.

Джон взял лист. Повертел. Он был самый обычный. Но в этот момент — тяжелый, как камень.

— Ты думаешь, я смогу? — тихо спросил он.

— Я знаю, — сказал Сэм. — Ты уже видишь. А это — всегда начало. Только смотри не просто глазами. Смотри с намерением.

Он потушил лампу. Тень легла на стол плавно, как покрывало.

А Джон еще долго сидел в темноте с листом на коленях. Он не знал, что на нем будет. Но знал точно — это будет его лист. Его история. И он начнет писать ее светом и тенью.

Джон от природы был живым, шумным, энергичным, способным в любой компании за несколько минут стать своим, обрасти улыбками, шутками, обменяться рукопожатиями, словно знаком был с каждым с рождения. Он легко заводил знакомства, потому что был как костер в холодной степи: рядом с ним становилось теплее, ярче, живее, даже если понимал это не сразу. Его смех был громким, настоящим, звонким, он не боялся слов и жестов и мог одним коротким анекдотом взорвать тишину студенческой аудитории, мог задать тон разговору так, что за пять минут уже все сидели ближе, прислушиваясь, втягиваясь в его орбиту.

Но за этой кажущейся открытостью стояла натура гораздо более сложная. Джон, как и его мать Келли, был рожденным энергетическим вампиром. Его голос был не просто звучным — он был таким, что, даже если он говорил тихо, все оборачивались. Его манера вести разговор — напор без грубости, давление без угроз — оставляла мало шансов на спор. Он не уговаривал — он шел как танк: уверенно, громко, с таким напором, что люди чаще уступали, даже не замечая, что уступили.

В университете, среди бесконечных лекций и вечеров за дешевыми чайниками, это проявлялось особенно ярко.

Однажды, на одном из вечеров в студенческом клубе, когда спор зашел о том, стоит ли бороться за старую систему или рушить ее до основания, Джон, откинувшись на спинку стула, со своим обычным смешком сказал:

— Все вы, философы, мечтаете о великих переменах, только вот сменить лампочку в туалете поручаете другим. — И, не давая опомниться, поднялся, гулко стукнул ладонью по столу и добавил: — Я за то, чтобы не строить утопий на бумаге. Если хочешь новый мир — начни с починки крыши!

Все рассмеялись, спор был проигран еще до того, как начался.

Или в газете, в прокуренной редакционной комнате, когда кто-то из молодых корреспондентов робко заметил, что фотографию на первую полосу, может быть, стоит выбрать не ту, что принес Джон, а другую, менее броскую, — Джон, подойдя ближе, глядя прямо в глаза, с полуулыбкой сказал:

— Лучше доверься тому, кто умеет поймать ветер — иначе твоя первая полоса просто не взлетит.

И снова все приняли его выбор, потому что спорить с ним было все равно что спорить с ветром: громким, теплым, неумолимым.

Его круг общения был широк: студенты, редакторы, инженеры, актеры, случайные попутчики в поездах. Его знали многие, и многие звали его своим другом. Но настоящих друзей среди них почти не было.

Джон умел дружить весело, ярко, но не глубоко. Он доверял людям до первой трещины. И все чаще убеждался: лучше стоять на своем до конца, чем открыться и получить удар. Он не терпел слабости. Он не умел принимать несогласие. Он был центром собственной вселенной, и мало кто мог задержаться в ней надолго.

Он производил впечатление. Его запоминали надолго. Его имя всплывало в разговорах спустя годы.

Но когда наступала ночь и улицы города тонули в беззвучном холоде, Джон оставался один — один с собой, с этой своей неукротимой энергией, которой всегда было слишком много для одного человека.

На последнем курсе университета Джон подружился с Ричи Пенрингтоном — начальником фотолаборатории при главной газете страны — «Вестник Светлостана». Ричи был невысокого роста, с глубоко посаженными глазами, в которых читались ум и лукавство. Несмотря на статус члена Партии, он ходил в джинсах, которые, как считалось, были иностранной роскошью. Джинсы были его формой немого протеста. Он не говорил, но в его глазах жил вопрос: «А ты точно веришь во все это?»

Около года Джон и Ричи работали вместе. Проявляли фотографии с заводов, портреты бригадиров, сцены с ферм, счастливые пролетарские семьи. Работы было много, и оба работали с полной отдачей. Но ощущение фальши становилось все сильнее. Фотографии лгали. Люди на них улыбались, но Джон знал: это были постановочные улыбки. За объективом стояли бедность, голод, усталость. Ни морального, ни материального удовлетворения эта работа не приносила.

Именно тогда и родилась идея. Джон сидел поздно вечером, глядя на потускневшую лампу в лаборатории, когда произнес вслух:

— Люди не могут позволить себе даже память. Фотографий у них нет. Их дети растут — и исчезают во времени. А ведь мы можем подарить им это.

Ричи сперва не понял. Но когда Джон изложил план, его глаза загорелись. Идея была проста: фотографировать школьников, печатать снимки, предлагать родителям за символическую плату. Директор школы представлял проект как «инициативу по укреплению патриотического духа», а часть прибыли получал сам. Родители получали снимки, школа — выгоду, а Джон с Ричи — возможность работать на себя.

Джон предложил попробовать «набить руку» на частной съемке вначале. Перед тем как фотографировать учеников всей целой школы разом, нужно сделать несколько заказов отдельных людей, чтобы понять все нюансы.

Он обсудил это с Ричи за обедом. Сказал вполголоса, почти как заговор, и Ричи сразу оживился. Его глаза вспыхнули, как будто кто-то подкинул в них искру. Они отложили вилки и склонились над столом, забыв обо всем — еде, звонке, окружающих.

Они перебирали варианты: кого можно было бы пригласить первым, в каком помещении попробовать, где будет лучше свет — у окна или с лампой, на фоне занавески или стены. Придумывали, как удобно поставить стул, как не заставлять человека долго сидеть, как сделать, чтобы ему было уютно, как поймать его естественное выражение.

Все это было не просто разговором. Это было рождением их первого настоящего дела — с азартом, с нетерпением, с детской серьезностью. Как будто они уже чувствовали на себе ту будущую реальность, в которой камера станет не просто техникой, а билетом в другую жизнь.

Это была их первая съемка вне школы. Заказ пришел через знакомую медсестру: старая женщина, ветеран труда, просила сделать портрет — «чтобы был, пока глаза еще не закрылись». Ричи принес аппаратуру — камеру, переносную вспышку, темную ткань. Джон — батарейки, фон и теплый шарф, чтобы не испугать бабушку видом кабеля на шее. Адрес был на окраине. Дом — панельная девятиэтажка, серо-синяя, со штукатуркой, похожей на облезлую кожу, подъезд пах не страхом — старостью, застывшим временем.

Дверь открыла сама заказчица — дрожащими руками, с тусклыми глазами, в цветастом халате.

— Я вас ждала, сыночки. Прямо душа знала, что придете. Я уже волосики расчесывала...

Комната была крохотная: стол, кровать, тумбочка, занавеска с петухами, стены — в старых календарях.

Пока Джон настраивал фон, Ричи крутился, нервничал. Впервые работали в квартире, не знал, как вешать экран. Свет лил в окно, и все было как будто не так, как надо.

И в этот момент — звонок в дверь.

Тишина.

Джон замер с камерой в руках. Ричи выругался беззвучно. Бабушка посмотрела на них — и сделала шаг назад.

— Открой, это я, сосед! — крикнул мужской голос.

Джон быстро сдвинул штатив, Ричи спрятал вспышку за штору.

Дверь открылась — на пороге стоял мужчина в спортивных штанах и вязаной кофте, с банкой тушенки.

— Я вам тогда... эту, помните? — Он поднял жестянку. — А вы мне в обмен — ту, польскую, с зеленой этикеткой. Так вот — она с плесенью была. Я сначала подумал — специи, а оно, понимаете...

Он помялся, потом чуть тише:

— Может, поменяем обратно?

Джон выдержал паузу — короткую, как вдох. Потом кивнул, почти торжественно.

— Конечно. Мы же не рынок, мы люди.

Он взял банку, заглянул внутрь, поставил на подоконник.

— Сейчас найду вам другую. Только без плесени, обещаю.

Мужчина заметно расслабился, пробормотал что-то вроде «ну спасибо, а то жена на нервах» и через минуту, получив обратно не польскую, а отечественную тушенку, ушел, уже почти весело сказав:

— Надежные вы ребята. Настоящие.

Джон закрыл дверь и хмыкнул:

— Вот так и строится доверие в пищевой промышленности.

Хозяйка квартиры вздохнула, кивнула себе под нос и с легкой усмешкой отметила про себя, с какой ловкостью Джон вышел из неловкой ситуации — спокойно, без суеты, как будто это была его лавочка.

Джон медленно выдохнул.

— А ты хотел, чтоб я в объявлении номер телефона оставлял, — шепнул Ричи.

Съемка прошла быстро. Старушка сидела прямо, торжественно, как в Президиуме. В руках держала орден. На фоне — синие обои и пятно света, которое Джон не стал убирать. Он смотрел в объектив — и впервые почувствовал:

это — не ремесло. Это — хроника. Это — как сказать за другого то, что он уже не может сказать сам.

Когда все было готово, бабушка сложила ладони:

— Спасибо, мальчики.

— Не за что, — сказал Джон.

— За что... За то, что теперь хоть что-то останется.

Он вышел на улицу с пленкой в кармане. Ветер бил в лицо. Рядом шел Ричи и уже рассказывал, сколько таких заказов можно взять, если рассчитать свет и время.

Но Джон шел молча. Потому что в голове у него не было цифр. Там был только кадр. Старая женщина. И свет — который падал так, как будто сама история смотрела через объектив.

Джон, как на чаше весов, прикидывал риски, с одной стороны, прибыль — с другой, после первого опыта. Риски явно перевешивали, и если на эту чашу еще положить гирю временных трудозатрат, подготовку к съемке, время на дорогу, установку оборудования, потом проявку и печать и все ради одной-двух фотографий — это не имело никакого смысла. Джон учился, сам того не понимая, принимать первые взвешенные управленческие решения, целью которых является минимизация рисков и увеличение потенциальной прибыли. Частными заказами он решил больше не заниматься — никогда! Только школы.

Школа №14 в Железограде встречала его угрюмо. Облупленные стены, стекло, заклеенное желтой бумагой. Директор был сухим, седым, с голосом, будто он всю жизнь кашлял лозунгами.

— Вы от «Вестника Светлостана», верно? Нам сказали, что вы будете делать материалы о «Поколении Вождя».

— Да. В частности — фотоархив. Для отчета. И, разумеется, на память родителям, — добавил Джон и чуть опустил голос. — С минимальным взносом, конечно.

Директор задумался. Потом пожал плечами:

— Нам велели — мы делаем. Только чтобы без лишней самодеятельности.

Через полчаса Джон стоял в актовом зале. Перед ним выстроились дети — испуганные, сдержанные, в одинаковых серых куртках. Учителя помогали формировать группы.

Он делал снимки быстро, профессионально. Один мальчик — с торчащими ушами и огромными глазами — не улыбался. Джон подошел ближе.

— Улыбнись. Это фото останется у твоей бабушки.

Мальчик поднял голову:

— А правда, что нас могут отправить в интернат, если мы будем плохо учиться?

Джон замер. Он не знал, что сказать.

— Правда, что мы можем быть счастливы. Если будем верить, — сказал он и нажал кнопку.

Снимок получился размытым, но самым настоящим.

Позже, в коридоре, к нему подошла женщина. В руках у нее были пеленки, она держала их неловко, как сверток.

— Это мой внук. У него нет родителей. Можно нам... хотя бы одну фотографию?

Она пыталась говорить спокойно, но голос дрожал.

Джон взял у нее лист с фамилией.

— Я пришлю. Лично.

Он знал, что вернется сюда еще раз. И, может быть, не один. И не ради денег, не ради заказов, не ради галочки в блокноте. А ради этой женщины с усталым лицом и прямой спиной, которая открыла им дверь без лишних слов, будто впуская не людей — возможность. Ради мальчика с торчащими ушами и глазами, в которых было что-то такое, что не вписывалось ни в портрет, ни в эпоху, — как будто в нем жила целая страна, спрятанная глубоко внутри, и она смотрела прямо в объектив, не мигая.

Он знал: этот снимок останется с ним навсегда. Не как фотография — как встреча. Как напоминание о том, зачем все это начиналось.

Поездки стали регулярными. Джон ехал под прикрытием редакционного задания, фотографировал, собирал списки, распечатывал. Каждая школа приносила доход. Но дело было не только в деньгах. Он видел радость на лицах детей, слышал благодарность от родителей. Старики плакали, держа в руках снимки внуков. Это были искренние, неподдельные эмоции. Впервые в жизни он чувствовал, что делает что-то настоящее.

Он любил наблюдать за городами. Маленькие станции, облупленные фасады, одинаковые школы, но в каждом месте — свои лица, свои судьбы. Он запоминал голоса, взгляды, слезы. Вечером у костра или в гостиничном номере он просматривал снимки, выбирал лучшие кадры. Он знал: это его путь.

Порой он беседовал с учителями, которые тихим голосом говорили: «Вы делаете нужное дело». Некоторые протягивали ему руки, жали с благодарностью, шептали, что давно мечтали о таких снимках. Были и настороженные взгляды, но никто не доносил. Все чувствовали: он не враг. Он — человек, помогающий другим сохранить что-то дорогое.

Был поздний вечер. Дом уже затих, как уставшая после тревожного дня страна: Келли у экрана слушала новости, привычно кивая в такт фразам, которые звучали как мантры — о росте, достижениях, стабильности, неведомой никому из живущих рядом. Джон тихо прикрыл за собой дверь, выключил верхний свет, оставив лишь теплый настольный абажур, и достал из внутреннего кармана куртки плотный, уже немного помятый конверт. Он подержал его в руке с минуту, прислушиваясь к себе — не к звукам за дверью, а к внутреннему биению. Потом аккуратно, почти церемониально, высыпал содержимое на стол.

Деньги. Настоящие. Заработанные руками, глазами, светом, кадрами. Бумажные купюры рассыпались, как листья, упавшие с дерева, которое он только что посадил и уже знает, что оно даст плод. Некоторые купюры были почти новыми, гладкими, как намерение. Другие — с заломами, с чужими следами на бумаге: запахи пыльных квартир, сигарет, старых сумок, людских тревог. Он не торопился их считать. Он просто смотрел.

В редакции, чтобы получить такую сумму, нужно было ползти по коридорам лжи не один месяц, просиживать вечера на тупых планерках, вставлять в тексты чужие заголовки, говорить то, чего никогда не думал, и печатать тех, кого никогда не уважал.

А здесь — три школы, одна съемка на дому, один портрет старушки с орденом, один день с Ричи в бесконечном, занесенном снегом дворе, где он впервые понял, что камера может не просто снимать — она может сохранять.

И вот теперь — деньги. Не как награда, не как подачка. А как знак, как вес, как начало права.

Он сел, сцепив пальцы, и долго сидел, не шевелясь. Не было эйфории. Не было желания бежать и праздновать. Было ощущение, что теперь он больше не может отступить.

Свобода — не когда ты можешь не работать. А когда ты понимаешь: все, что произойдет дальше, зависит только от тебя.

Он пересчитал деньги не дважды — трижды. Сложил в конверт, положил в ящик, а потом, уже в полумраке, достал пленку. На ней были лица. Настоящие, не глянцевые, не политически выверенные. Просто люди.

Девочка в очках с перебитой дужкой, парень со щербинкой на переднем зубе, старая женщина, которая держала в руках орден, будто это был крест ее семьи.

Он провел пальцем по ленте, словно касался чего-то святого. Эти кадры не стоили денег. Они стоили памяти, а значит — стоили всего.

За окном шел первый снег. Тихий, неуверенный, как проба белого на черном фоне. Он ложился на карнизы, на старые вывески, на забытые плакаты, в которых еще были слова о светлом будущем. А Джон в эту ночь понял, что будущее — у него в руках.

Это ощущение не покидало его несколько дней — легкое, как снег, и вместе с тем весомое. Он впервые не просто мечтал — он делал. Все шло вперед.

Но один раз все едва не сорвалось. Он ехал из Нагорска. Сумка, полная отснятых пленок, лежала на дне его чемодана, спрятанная между стопками изданий «Юный Светлостанец». Поезд только тронулся, как в вагон зашли двое в форме.

— Проводим выборочную проверку. Откройте, пожалуйста, багаж, — сказал один из них.

Джон почувствовал, как холод пробежал по спине. Он встал и начал медленно вытаскивать вещи. Газета. Книга. Второй свитер. Но на дне...

— Что это? — один из проверяющих указал на пленки, упакованные в тканевый сверток.

— Архив. Из школы. Репортаж для газеты. Командировка, — ответил Джон спокойно, как умел только он. Он протянул служебное удостоверение, выданное «Вестником Светлостана». Мужчина изучал его долго.

— Ладно. Только больше не возите в неутвержденных контейнерах.

Они ушли.

Джон сел обратно. Только тогда заметил, что руки у него дрожат. Он сжал ладони между коленей, будто пытаясь согреть, успокоить, заземлить себя. Все прошло. Но в груди оставалось ощущение, будто он шагнул по краю — и едва не сорвался.

Несколько дней спустя он узнал: в одном из городов, где они недавно снимали, арестовали директора школы.

По официальной версии — за «нецелевое использование средств». Неофициально — никто ничего не знал. И даже те, кто знал, старались не говорить. Люди исчезали по разным причинам. А чаще — без причин вообще. Просто — исчезали.

Джон сидел у окна, смотрел на поле, проносящееся за стеклом. Пейзаж был ровный, зимний, ничего не происходило, но внутри него все шевелилось. Он чувствовал: что-то меняется. Еще не стремительно — но неотвратимо.

Их работа больше не была просто «памятью», не была «документом времени». Все, что они снимали, все, что оставалось на пленке, — теперь стало вызовом. Ненамеренным, молчаливым, но — опасным.

Он все острее понимал: грань между свободой и падением становилась тоньше с каждым днем. Ее нельзя было увидеть. Только почувствовать — где-то в дыхании, в шорохе бумаги, в взгляде прохожего. И все, что он делал, теперь шло вдоль этой грани. Без права на ошибку.

Ричи становился все осторожнее. Он не раз говорил Джону:

— Мы на краю. Все это может закончиться. Один донос, и нас нет.

— Не будет доноса, — отвечал Джон. — Мы даем людям то, чего у них не было. Память. Любовь. Уважение к своим детям.

И все же тень страха росла. Один раз в поезде его кто-то окликнул: «Фотограф? Ты, часом, не тот, что снимал в шестой школе?» Джон засмеялся, сделал вид, что не понял. Но после этого стал внимательнее. Он понял: свобода требует маскировки. Он научился быть незаметным, менять маршрут, возвращаться другими путями. Он научился жить в полутени.

А в голове уже формировались новые идеи. Он хотел больше. Хотел студию. Хотел печатать настоящие альбомы, собирать истории людей. Может быть, даже газету — настоящую. Но пока он откладывал. Главное — не спугнуть систему.

В один из вечеров, когда фотографии снова печатались без сна и отдыха, Ричи молча вытащил пленку из проявителя и уронил ее в воду. Джон сразу понял — что-то не так.

— Устал? — спросил он.

Ричи не ответил. Он сел на табурет, глядя в темноту.

— Джон... а если нас поймают?

— Не поймают.

— А если поймают? Ты знаешь, что бывает. Ты знаешь, что это не просто «инициатива». Это подрыв. Это рынок. Это... свобода. А свобода — не товар в Светлостане.

Джон молчал. Он чувствовал, как Ричи смотрит на него — не как напарник, а как человек, который стоит на краю.

— Я думал, мы просто фотографируем детей. А теперь я смотрю на эти деньги... на поездки... и не знаю, кто мы. Мы добрые? Или мы безумные?

Джон подошел ближе.

— Мы живые. Пока что. Мы делаем то, что имеет смысл. Не по инструкции. Не по приказу. А по зову.

Ричи закрыл глаза.

— А если я завтра уйду?

— Ты не уйдешь. Ты такой же, как я. Просто иногда страшно. А страшно — это не значит, что нужно остановиться.

Они молчали. Лаборатория гудела — ровно, убаюкивающе, как сердце машины, которая никогда не спит. Где-то в углу стекали капли — редкие, точно отмеренные, как если бы сама тьма считала секунды до рассвета. А на столе, в мягком круге света, лежал снимок — мальчик из той самой школы, с растерянной улыбкой и ушами, чуть торчащими в стороны. Только этот кадр, одна попытка, одно застывшее «было», в которое уже никто не вернется — единственный снимок, что у него будет.

Тем не менее все шло гладко. Может, даже слишком гладко. Джон начал верить, что научился обходить систему. Он стал почти невидимым, почти свободным. Деньги текли ровно, заказы множились, школьные директоры сами звонили и предлагали новые контакты. Казалось, он создал остров безопасности посреди бушующего моря.

Но в Светлостане стабильность — лишь пролог к буре. Джон все еще верил, что может управлять любым разговором, любым делом, любой судьбой, что стоит только захотеть — и мир прогнется под его руку, как мягкий воск на солнце.

Но там, где заканчивается контроль, начинается случай. И иногда случай улыбается тем, кто сильнее, а иногда — тем, кто умеет ждать.

И Джон пока не знал, что самые опасные удары приходят не в лоб, где можно поставить заслон, а в сердце — туда, где он по наивности оставил дверь приоткрытой.

И тогда в его жизнь вошла Сара Пранкер.

Она появилась неожиданно, как порыв ветра в душной комнате.

И все изменилось...

ГЛАВА ЧЕТВЕРТАЯ.
ЖЕНЩИНА В АЛОМ

Распорядок дня Джона напоминал гонку на выживание. Начало дня, «видимую» часть, он проводил в лаборатории: печатал фотографии из командировок для газеты, писал на белых листах описания к ним, давал свои комментарии, добавлял то, чего и не было, чтобы «картинка» выглядела в рамках партийного режима и как правильно жить в Светлостане. Во второй половине дня он обычно был в редакции, отчитываясь о прошедших командировках, разбирая материалы с сотрудниками редакционной коллегии, подробно обсуждая, что можно печатать, что надо убрать, как именно комментировать фоторепортажи и какие оценки давать. Потом получал новые задания для будущих поездок и ценные указания от руководства. Ночью же Джон и Ричи печатали заказы родителей: их детей. Лаборатория наполнилась детскими лицами — радостными и грустными, задумчивыми и веселыми, открытыми и смурными, одним словом — живыми, настоящими, не постановочными, не заказными, не ретушированными, а такими, какими они были, дети Светлостана. К утру фотолаборатория была полна тысячами школьников, иногда с их родителями, дедушками и бабушками. Возможно, это было единственное место, единственная комната во всей стране, где можно было увидеть настоящих детей Светлостана такими, какими они были на самом деле.

Джон валился без сил тут же на кушетку и засыпал через минуту — усталый и счастливый.

У Джона не было времени ни на что, кроме журналистики и своих фотографий, он жил, дышал, отдыхал, плакал и смеялся только на работе и только по поводу работы. Встреча с Сарой вырвала его из его рутины мгновенно, это

был как бодрящий душ с неба посередине знойной пустыни.

Город в этот день был серым и шумным — как всегда.
Ветра не было, но в воздухе чувствовалось напряжение.
Джон шел по улице, привычно глядя под ноги. Пыльные
витрины, облупленные стены, спешащие люди с пустыми
глазами. Все было как обычно. Пока не раздался голос —
звонкий, насмешливый, будто вырвавшийся из другого
фильма:

— *Да ты, милый, подпись от печати отличить не можешь — а туда же, важничает!*

Он поднял голову. На углу улицы, прямо перед ларьком
с табачными изделиями, стояла женщина в сером пальто
и ярко-алом шарфе, обмотанном вокруг шеи, как театральный реквизит. Она держала в руках какую-то бумагу, разма-
хивала ею, споря с молодым милиционером, который уже
давно пожалел, что к ней подошел.

— *У вас тут указ 47-Б от 12 марта? Или фантазии
на тему бюрократии? Мальчик, ты меня пугаешь!* — с этими
словами она расхохоталась, громко, звонко, так что прохожие оборачивались. Но в смехе была не злоба — скорее игра,
вызов, почти флирт.

Милиционер покраснел, пробормотал что-то, отступил
на шаг. Продавец в ларьке смотрел на нее с восхищением —
или страхом, трудно было понять. Она же повернулась, будто
почувствовала взгляд, и тогда Джон впервые увидел ее лицо.

Никакой косметики — или мастерство, которое делает
вид, что ее нет. Четкие черты, уверенный взгляд. И глаза —
светлые, чуть прищуренные, внимательные до наглости. Сара улыбнулась.

*Он подумал, что она точно знает, что делает. И делает
это для публики.*

Она подошла к ларьку, бросила монету:

— *Один «Северный дым». Только не пытайся мне снова
втюхать просроченные, как в прошлый раз. Я же не забыла.*

Продавец молча передал пачку. Она снова обернулась — и поймала взгляд Джона.

— *Ты чего смотришь? Думаешь, я ненормальная? Или наоборот — слишком нормальная для этого цирка?*

Он не ответил. Но почему-то остался стоять.

Она щелкнула зажигалкой и добавила уже спокойнее:

— *Не бойся. Я только на первый взгляд опасная. Потом — еще хуже.*

И пошла прочь, оставив после себя шлейф дыма и смеха.

Джон был человеком действия, слабым к своим сиюминутным порывам и часто сорвиголовой. Он догнал Сару и сказал:

— Привет. Я Джон, пойдем в «Арагви».

«Арагви» был самым знаменитым, дорогим рестораном Светлостана и считался синонимом престижа, уважения и власти.

Сара внимательно посмотрела на него своими светло-серыми глазами, выдержала паузу в несколько секунд и сказала:

— Я Сара, идем!

Сара была женщиной, которую невозможно было описать одним словом. Она не была классической красавицей, но обладала такой силой притяжения, что после разговора с ней мужчины чувствовали себя то окрыленными, то обманутыми, а иногда — и тем и другим одновременно.

Ростом Сара была чуть выше среднего, с прямой, уверенной осанкой. Она двигалась как человек, который знает, что за ней наблюдают, но делает вид, что ей все равно. Каждое ее движение — будто часть заранее поставленной сцены, где она всегда главная героиня.

У Сары были четкие скулы, тонкий, немного вздернутый нос, выразительные темные брови. Губы — тонкие, но чаще изогнутые в полуулыбке, в которой было больше насмешки, чем радости. Глаза — светло-серые, почти прозрачные, с пристальным, цепким взглядом. В них читались одновременно насмешка и усталость, холодная проницательность и что-то необъяснимо теплое, ускользающее. Волосы — каштановые, густые, всегда собраны небрежно, но со вкусом: в пучок, подколоты шпильками или развеваются, если ветер играл на ее стороне. Иногда прядь падала ей на лоб, и она откидывала ее одним движением, будто подчеркивая, что все под контролем.

Сара одевалась изящно, но неброско. Она никогда не носила ничего, что кричало бы о богатстве. Ее стиль — винтажная элегантность. Темные пальто, шарфы с вышивкой, перчатки, легкие шелковые платки, ботинки с тонким каблуком. Все сидело безупречно, даже если было поношено.

Она обладала низким, чуть хрипловатым голосом, с легкой хрипотцой, особенно если она курила накануне. Говорила медленно, расставляя акценты как в театре. Могла смеяться громко, с душой — или едва заметно ухмыльнуться, и этого было достаточно, чтобы собеседник чувствовал себя разобранным по косточкам.

«Арагви» был местом, где будто бы забывали, в какой стране живут. Пространство вне времени, вне режима, вне правил. Там звучали скрипка и старый рояль, там подавали вино, которое не значилось ни в одном официальном списке, и заказы принимались с таким видом, будто официант знал не только, что ты будешь есть, но и почему именно сегодня.

Сара вошла, не озираясь, как будто была здесь не впервые, как будто это был ее театр, а она — единственная актриса на сцене, сыгравшая сотни блестящих ролей. На ней было что-то простое, но изысканное: темно-синее платье, плотная шерстяная накидка, серые перчатки, аккуратно снятые и сложенные у бокала. Джон смотрел на нее, не в силах отвлечься. Впервые за долгое время он не чувствовал ни тяжести от рабочих заданий, ни тревоги из-за подслушивающих ушей, ни страха перед системой, которая всегда дышала в затылок.

— Добрый вечер, — сказал официант, подходя к их столику.

— Здравствуй, Марат, — ответила Сара и кивнула.

Тот слегка улыбнулся, переглянулся с ней и... ничего не записывая, ушел.

— Тебя здесь хорошо знают, — заметил Джон.

— Я просто улыбаюсь чаще, чем большинство, — ответила она, прищурив глаз.

Они заказали вино — красное, терпкое, с легкой пряной нотой, и еду, которую вряд ли можно было назвать светлостанской: запеченного судака с травами, домашний хлеб с тмином, сыр, растаявший на теплой тарелке. Сара говорила мало, но каждое ее слово казалось важным. Она не рассказывала о себе напрямую — скорее бросала фразы, из которых Джон пытался собрать портрет, как из разбросанных негативов.

— Я люблю наблюдать. Больше, чем быть внутри. Но иногда — только иногда — хочется броситься в самое пекло, просто чтобы вспомнить, каково это — жить, — сказала она, откинувшись на спинку стула и встретив его взгляд так, будто вызвала на танец.

Он ответил ей тем же.

Они смеялись над нелепыми лозунгами, вспоминали одинаковые школьные линейки, безликие стены учреждений, мечтали — впервые вслух — о поездках, о горах, о морях, о чем-то настоящем. Сара вдруг сказала, глядя в бокал:

— Ты хороший собеседник. И я давно не позволяла себе быть просто женщиной, не шахматной фигурой, не ходячей стратегией. Спасибо тебе.

— Не исчезай, — сказал он тихо, почти не веря, что решился на такие слова.

Она не ответила, только легко кивнула и улыбнулась уголком губ. И тогда он понял, что вечер еще не закончился.

Когда официант принес вторую бутылку вина, Джон уже потянулся за кошельком.

— Это от заведения, — сказал тот с вежливой улыбкой и ушел.

— Откуда такая щедрость?

Сара лишь усмехнулась:

— Бывает, что и мир влюбляется в кого-то сразу.

Вышли из «Арагви» они поздней ночью. Город был уже пуст. Машины шуршали редкими тенями, фонари горели усталым светом, как старые глаза старика, пережившего многое. Они шли молча. Сара не держала его за руку, но двигалась рядом с ним так близко, что казалось — между ними нет воздуха.

У подъезда она остановилась, посмотрела вверх, как будто проверяла: не наблюдает ли кто. Потом повернулась к нему:

— Я поднимусь. Не для кофе. Просто... не хочу, чтобы этот вечер закончился.

Он молча отпер дверь. Ее шаги по лестнице звучали как музыка. Плавные, уверенные, чуть упрямые.

В квартире было тихо, пахло пленкой, слабо ощутимыми остатками проявителя, теплым воздухом ночи. Сара сняла пальто, аккуратно развесила перчатки, как будто уважала это пространство, хотя была в нем впервые. Он поставил чайник — из привычки. Но ни чай, ни слова им были не нужны.

То, что случилось, не было спонтанным — скорее это был выбор, сделанный каждым из них еще за ужином. Они сбросили маски, забыли об осторожности, позволили себе роскошь — раствориться друг в друге. В ее взгляде была страсть, но не пошлая — мудрая, живая, словно отголосок всего того, что они пережили в этой стране, в этой жизни, в себе.

Они не спешили. Ночь стала убежищем. Пространством, в котором не было режима, не было контроля, не было прошлого и будущего. Только настоящее. Только она. Только он.

Он проснулся до рассвета. Свет был тусклым, как будто сам город еще не был готов проснуться. В комнате пахло ее духами — едва уловимый аромат кожи, дыма и чего-то пряного, что невозможно описать словами.

Сара спала на его кровати, полуразвернувшись, дыша глубоко и спокойно. На ее щеке была легкая складка от подушки, волосы рассыпались по плечу, и в этом было что-то необычайно настоящее. Уязвимое. Живое.

Он встал, накинул рубашку, подошел к окну. За стеклом дышал город — серый, промозглый, привычный. Но в этот раз он казался другим. Как будто после этой ночи мир сдвинулся на полтона, изменил оттенок, перестал быть только тюрьмой. Впервые за много лет он не думал о плане. Не ждал удара. Просто жил. И это было опаснее, чем все, что он делал раньше.

На кухне он поставил воду и только тогда услышал ее голос:

— У тебя есть кофе? Настоящий. Не из пайка.

Он обернулся. Она стояла в дверном проеме, накинув его рубашку, и улыбалась. Улыбалась так, как будто уже знала, что уйдет — но еще немного побудет. Потому что эта ночь значила что-то. И для нее тоже.

Он подошел ближе. Не для поцелуя. Просто — чтобы быть рядом.

Он еще не знал, кем она окажется. Но уже не мог представить, что она была только на одну ночь. Джон еще не знал, чем это все обернется. Он просто стоял рядом и чувствовал, как в нем пульсирует жизнь.

А где-то в глубине — в том самом месте, которое он редко слушал — уже звучала фраза:

«Если в деле замешаны любовь и деньги, то в конечном счете останутся только деньги».

ГЛАВА ПЯТАЯ.
СЫН И АФЕРА

Ларри родился в ночь, когда ветер шел над городом тяжелым, густым дыханием, гулким, как шаги по пустой камере, когда мокрые фонари отражались в лужах и улицы, казалось, сами не знали — спят они или еще живут.

Джон сидел на жесткой лавке больничного коридора, не глядя на часы, не касаясь принесенного кем-то стакана чая, не думая ни о чем внятном. Он ждал. Но сам не знал, чего именно ждал: радости, тревоги, перемен? Рождение сына не было для него праздником. Оно было фактом: тяжелым, неуместным, неожиданным. Как если бы в его упорядоченную, логичную, управляемую жизнь кто-то вбросил неуправляемый кометный хвост.

У Джона было много идей, много планов, много дорог, которые он хотел бы пройти — но ни одна из них не начиналась с колыбели. Он не знал, что делать с ребенком, не знал, как его растить, как его любить. Все это было далеко от тех схем и силовых линий, в которых он привык строить свою жизнь. И все же когда медсестра, слегка растерянная его холодной сосредоточенностью, вложила в его руки сморщенного, теплого, живого комочка, Джон почувствовал, как в нем, где-то глубоко, что-то шевельнулось.

Горячее. Глупое. Настоящее. Это был его сын, его кровь, его продолжение. И какая-то тихая, едва уловимая гордость скользнула внутри — быстрая, как вспышка спички в темноте.

Сара отвернулась к окну еще до того, как ребенок оказался на руках у Джона. Она смотрела в ночь, где ветер терзал мокрые провода, будто пытался сорвать с них чужую песню. Для нее мальчик был не больше, чем досадной ошибкой, чем чемодан без ручки, чем плата за ошибку, которую она не хотела платить.

Но Джон, сам того не желая, все еще держал сына крепче, чем нужно было. Будто знал: сколько бы ни было страха, растерянности, гнева на судьбу — это теперь его дорога.

Жизнь Сары и Джона сильно изменилась в связи с рождением Ларри. В Светлостане полки магазинов были все так же пусты, а растущему ребенку необходимо было и питание, и постоянно обновление одежды, и хоть какие-нибудь игрушки. Джон со своей врожденной коммуникабельностью и смелостью многое мог достать, но это требовало постоянно крутиться, находить нужных людей, договариваться, добывать, убеждать и просить, помимо того, что за все надо было платить. При этом у Джона также оставалась работа в редакции, которая служила ему прикрытием для его бизнеса с фотографиями.

Сара в свою очередь стала часто отсутствовать дома по делам. Она говорила Джону, что у нее новая работа — товаровед для федеральной сети универсамов «Заря». Она работает с производственными предприятиями, предоставляя им планы закупок разных товаров, которые необходимы для их магазинов. Правда, полки магазинов так и оставались постоянно пустыми.

Сара пришла домой ближе к полуночи, но на этот раз не стала оправдываться. Не была взъерошенной, не была уставшей, наоборот — сияла. На ней было новое пальто: светло-песочное, приталенное, с воротником, из-за которого ее лицо казалось особенно тонким, особенно уверенным.

В руках — коробка.

— Это тебе, — сказала она, легко поцеловав Джона в щеку и проходя мимо, будто только что вернулась с вечеринки, где все шло по ее нотам.

Джон открыл коробку: внутри лежал объектив. Фирменный, с защитными кольцами, редкий — такой, каких не было ни в редакции, ни даже у старого техника, у которого он покупал детали.

— Ты... откуда?

— Достала, — улыбнулась Сара. — У людей есть связи, если знать, как разговаривать.

— Люди?

— Да брось. Важнее же то, что теперь ты сможешь снимать на длинной выдержке. Ты же хотел? Я помню.

Она смотрела на него — с теплом, с искоркой. Но в этом взгляде было слишком много уверенности, как у человека, который точно знает, что выиграл раунд, даже не слушая судью.

На следующий день Джон повел ее с собой на встречу с группой коллег из одной газеты. Они собирались в кафетерии при Доме печати, место неформальное, где говорили немного громче, чем следовало, и делали вид, что все друг другу друзья. Сара сидела рядом, пила кофе, смотрела по сторонам. В какой-то момент один из сотрудников, молодой верстальщик, подошел и заговорил с ней.

— Вы, случайно, не актриса? — спросил он с искренним любопытством. — Или, может, дизайнер?

Сара засмеялась. Тот самый смех, который Джон когда-то услышал в буфете и который задел его сердце. Легкий, музыкальный, как будто она и правда просто была рада быть здесь, в этом мгновении.

— Ну что вы, — ответила она. — Я всего лишь... помогаю с товарами для нужных людей.

И она бросила быстрый взгляд на Джона. Не тревожный, не просящий поддержки, а скорее — оценивающий. Как бы спрашивая: *Ты еще в игре? Или уже нет?*

После этой встречи Джон молчал. Он хотел сказать, что ей не нужно так улыбаться другим, не нужно говорить о «связях» с таким вызовом, не нужно разбрасываться собой. Но не сказал.

Он смотрел на коробку с объективом, которая теперь стояла у него на полке, и ловил себя на мысли, что она, как и Сара, блестит снаружи, но происхождение ее слишком мутное, чтобы говорить вслух. И, возможно, в тот момент Джон впервые почувствовал — что-то не так. Но привычка не видеть трещины, если картина красивая, оказалась сильнее.

Сара исчезла на четыре дня. Просто ушла утром, оставив короткое сообщение на кухонном столе: «Еду в командировку по линии закупок. Вернусь быстро. Не волнуйся».

Но быстро не получилось.

Джон жил эти дни в каком-то тягучем бесцветном времени. Ларри плакал по ночам, требовал внимания, а магазины выдавали все ту же убогую палитру пустых прилавков и кислых лиц продавцов. Работа в редакции давила, словно гири, а по вечерам Джон чувствовал себя так, будто волочит на плечах невидимую страну, в которой давно уже никто ни во что не верил.

Когда Сара наконец вернулась — запыхавшаяся, с растрепанными волосами и сияющей, почти наглой улыбкой — в Джоне что-то надломилось.

— Где ты была? — спросил он, не повышая голоса. В этом спокойствии чувствовался металл.

— Я же писала, Джон, — ответила она, сбрасывая с себя пальто. — Командировка. У нас новый контракт. Все ради нас. Ради Ларри.

Она говорила легко, почти играючи, словно оправдывалась перед кем-то другим, но не перед ним.

— Четыре дня. Без звонка. Без весточки. Даже по редакционному каналу нельзя было оставить сообщение? — Джон смотрел на нее, и впервые за долгое время в его взгляде не было любви. Только холодное, усталое непонимание.

Сара засмеялась — резко, как бьется стекло.

— Прекрати. Ты ведешь себя как старик. Или ты думаешь, что я должна докладывать о каждом шаге?

Она наклонилась ближе, и в голосе ее зазвучала издевка:

— Или ты забыл, как сам ездишь с чемоданами пленок по полстраны? Как уговариваешь директоров школ и устраиваешь маленькие... сделки?

Джон молчал. Он почувствовал, как под кожей что-то кольнуло. Сара метко бросила ему в лицо его же правду. Да, он играл с системой. Да, он тоже обходил правила. Но в ее устах это звучало как обвинение, как вызов.

— Я хотя бы знаю, ради чего это делаю, — тихо сказал он.

— А я — ради нас, — весело подмигнула Сара и шагнула на кухню, оставляя за собой тонкий шлейф духов и чего-то неуловимо холодного.

Джон медленно провел рукой по лицу. В голове пульсировала одна мысль: так дальше нельзя.

Он обернулся, посмотрел в сторону детской комнаты, где в кроватке тихо посапывал Ларри, и сердце сжалось. Все это — магазины, редакции, беготня, пустые обещания — было прахом по сравнению с этим маленьким существом, которое верило ему без оглядки.

Джон впервые четко понял: ему нужна помощь. Настоящая, надежная, не зависящая от чьих-то капризов или командировок.

И в этот момент в его памяти всплыла фигура Келли — строгая, хрупкая, непоколебимая. Мать, для которой слово было законом, а долг — сутью жизни. Она была фанатичкой режима, да, но она знала, что значит ответственность. Он вспомнил, как в детстве Келли забирала его из больницы в снегопад, не жалуясь и не обвиняя судьбу. В ее мире были правила, и забота тоже была правилом.

Может быть, он ошибался, может быть, в этот раз все обернется иначе. Но Джон чувствовал: ради Ларри он готов принять помощь от Келли, ради сына он готов был найти в себе намного больше силы, чем считал возможным, и переступить через собственные страхи. Он медленно вдохнул, чувствуя, как в груди оживает твердое решение.

Завтра он поедет к матери.

* * *

Ночь выдалась тяжелой, клейкой, словно растянутой между минутами — Джон почти не спал, ворочался на узкой кушетке, прислушиваясь к тяжелому дыханию собственного сердца и ловя на себе чужую невидимую вину, витавшую в стенах лаборатории.

Когда утром дверь скрипнула и в проеме появился Ричи — мятый, ссутулившийся, с какой-то странной осторожностью в движениях, — Джон уже стоял у окна, спиной к нему, глядя в мутное стекло, за которым мокрый мир продолжал жить своей бесконечной тупой жизнью.

— Привет... что-то случилось? — голос Ричи дрогнул, не выдержав тишины.

Джон медленно обернулся. На лице не было ни злости, ни обвинения — только усталая, тяжелая пустота.

— Деньги пропали, — сказал он ровно, без надрыва. — И часть архивов.

Ричи побледнел так, что казалось, вот-вот упадет на пол. Глаза его метнулись по комнате, словно ища спасения там, где его не могло быть.

— Как... когда? — спросил он голосом человека, который знает ответ, но все равно надеется, что ошибся.

— Вчера. Пока меня не было.

Повисла пауза. Тяжелая, удушливая.

Ричи машинально провел рукой по волосам, опустил глаза, потом снова поднял — полный мольбы взгляд.

— Джон... — начал он и замолчал, как будто слова застряли в горле, не желая выходить наружу.

— Ты был здесь один, — произнес Джон. Тихо. Медленно. И в этой тишине каждое слово отдавалось глухим эхом.

Ричи молчал.

Он не бросился оправдываться, не начал выкрикивать в панике протесты — только медленно опустил плечи, как будто на них вдруг легла тяжесть всего мира.

— Я бы не тронул, — сказал он наконец с трудом. — Ни копейки. Ни одной пленки. Ты же знаешь меня.

Джон смотрел на него долго, слишком долго — до той степени, когда молчание становится тяжелее самого страшного обвинения.

Он хотел верить. Господи, как он хотел верить.

Но внутри все уже кричало другое.

— Знаю?.. — произнес Джон тихо. — А может, я вообще никого не знаю.

Ричи качнулся, будто от удара.

— Ты правда думаешь, что я мог? — спросил он, не глядя в глаза.

Джон не ответил.

Ричи стоял напротив, растерянный, надломленный, и в этом сломанном взгляде было все: и боль, и обида, и бессилие.

— Если бы я хотел украсть, Джон... — голос его дрожал. — Я бы сделал это давно. Я не святой, да, ты знаешь... Но это — наше. Была наша работа. Наша мечта, черт побери!

И впервые за весь разговор Джон почувствовал: здесь нет фальши. Только горькая, глухая правда.

После того как Ричи ушел, Джон остался один в лаборатории. Он не встал. Не притронулся ни к камере, ни к пленкам, ни к химии в баках. Он просто сидел, ссутулившись, уставившись в угол, где на подоконнике дымилась старая лампа, а за окном дождь точно бил по стеклу, будто мир снаружи подчищал воспоминания.

Там, где только что были шаги, осталась тишина. Там, где только что звучал голос, остался воздух. Джон слышал, как где-то гудят провода. Как капля за каплей стекает в трубу вода. Как щелкает старый выключатель — сам по себе, будто от старости.

Ричи не вернулся. Не объявился ни на следующий день, ни через неделю. Он просто исчез. Без хлопков, без объяснений. Исчез так, как исчезает пар со стекла: бесшумно, окончательно.

На столе осталась тонкая папка. Джон нашел ее только через два дня, когда попытался прибраться — машинально, без смысла. Она лежала неровно, под углом, как будто ее бросили впопыхах. Без подписи. Без надписи. Без прошлого и будущего. Просто — была. Как след. Как срез. И именно поэтому — больнее.

Он посмотрел на нее долго, не открывая. И не знал — оставить или выбросить.

Но ничего не сделал. Просто сел обратно и продолжил слушать, как скребется в углу мышь, как течет вода, как медленно выцветает тот мир, в котором еще вчера кто-то сидел напротив него и смеялся.

В голове Джона, как в черной воронке, медленно по кругу кружились обрывки воспоминаний — разрозненные слова, случайные жесты, полуулыбки, взгляды, брошенные будто вскользь, но почему-то оставшиеся. Он пытался остановиться хоть на чем-то конкретном, ухватить нить, но все ускользало. И вдруг — всплыло.

Мелькнувшая тогда почти незаметная сцена, отодвинутая в сторону, как нечто второстепенное. Ему казалось, это неважно, он и забыл — или думал, что забыл.

Но теперь она вернулась — четко, как вспышка на проявленном кадре.

Сара. В полумраке. Склоненная над архивным ящиком. Слишком сосредоточенная. Слишком тихая. Словно не искала — а проверяла, все ли на месте.

Тогда он подумал, что она что-то ищет в сумке, платок, мелочь... Но платок был у нее в руках. Джон резко поднялся, подошел к архиву, выдвинул нужный ящик. Пленки были. Но не все. Папка под номером 437/3 исчезла. Именно этот ящик тогда стоял приоткрытым. Именно в этот момент Сара осталась одна — на минуту, может быть, на две, но этого было более чем достаточно.

И еще: касание ее руки. Легкое, скользящее, почти неуловимое — о край стола. Тогда он даже не взглянул в ту сторону. Все происходило слишком быстро, разговор перетекал из шутки в серьез, от воспоминаний — к делам, и он просто не заметил. Или не захотел заметить.

Но теперь — вспомнилось. Четко. Резко. Как вспышка лампы в темноте. Она провела пальцами по краю стола, словно что-то оставила. Или — наоборот — что-то унесла. Это движение не было случайным. Не было небрежным. Оно было слишком точным. Легчайшим, как движение скальпеля. Уверенным. Почти грациозным.

Он опустился обратно на стул, медленно, будто ноги внезапно налились свинцом. Вздохнул, но воздуха стало меньше. Ладони положил на колени — машинально, как делают те, кто не знает, куда деть руки, чтобы они не выдали то, что внутри клокочет.

Смотрел прямо перед собой — в стену, в стол, в пустоту. И все, что видел, — это движение. Эту руку. Этот изгиб запястья. Этот звук — еле слышный, как шелест бумаги.

Сара знала, что искать. Она не гадала. Не наблюдала. Она действовала. Быстро, точно, ловко. Так, как делают те, кто не пробует, а приходит за конкретным. Она знала, где лежит нужное. И как это взять так, чтобы никто не заметил. Даже он.

А потом — исчезла. Мягко. Спокойно. Без взгляда через плечо. Без фразы, которую можно было бы вспомнить. Не оглянувшись. Как будто все между ними было случайной декорацией. Как будто сама близость была частью плана. Как будто ее роль закончилась ровно в тот момент, когда она взяла то, за чем пришла.

Он сидел не шелохнувшись. Словно в теле больше не осталось нервных окончаний.

Словно внутри стало тихо. Но это была не та тишина, что дает покой. Это была та, в которой слышно, как лопается что-то незаметное. Как трескается доверие. И как в тебе самом появляется пустота, которую уже нечем заполнить.

Только пустота осталась вместо нее. Он хотел бы ошибиться. Хотел бы поверить, что все это — недоразумение, случайность. Что он додумал, надумал, увидел то, чего не было. Но сердце знало правду раньше, чем разум принял ее. И теперь было уже поздно разубеждать самого себя.

Он встал. Пошел к полке. И, как во сне, достал тот самый архивный ящик, который они перебирали вместе. Руки дрожали. Он поставил коробку перед собой, как ставят урну с прахом, и замер. Словно что-то внутри просило: не открывай. Но он уже знал, что откроет. Потому что когда все рухнуло — осталась только необходимость знать. Он вдохнул — коротко, резко — и медленно, почти торжественно поднял крышку. А потом — заглянул внутрь.

И впервые за много лет лаборатория, которая всегда была для Джона убежищем, вдруг стала похожа на клетку. Пустую, холодную, предательскую.

* * *

Джон не видел Сару три дня. Потом — еще два. Он звонил. Сообщения не доходили. Друзья, с которыми она якобы работала, смотрели в сторону, когда он подходил. Он заглянул в лабораторию. Все было на месте — почти. Только не хватало двух архивных папок, маленькой сумки с документами и одной пленки, которую он точно оставлял в сейфе. Было чувство, как будто из квартиры вытащили воздух. Все стояло на своих местах — но что-то исчезло навсегда.

Джон не спал полночи, сидел на кухне, слушал, как капает кран.

Утром по радио передали короткую новость:

«Задержана группа граждан, подозреваемых в махинациях с драгоценными камнями и валютными операциями в особо

крупных размерах. Один из фигурантов — женщина, действовавшая под поддельными документами...»

Джон не сразу понял, что услышал. Только когда диктор произнес фамилию — не его, не ее, а ту, которую она однажды обронила вскользь, «в девичестве» — тогда, в буфете. Он вспомнил, как официантка принесла ей чай без слов. Как один из его коллег потом сказал, что «эта девушка с глазами игрока». Он понял. Она исчезла — не потому, что испугалась. А потому, что всегда умела исчезать. Но на этот раз — не успела.

Он не побежал в участок. Не звонил никуда. Он просто посмотрел в окно — и увидел, что идет первый настоящий весенний дождь.

Все было смыто. Все начиналось заново. Только в этот раз — без нее.

Без ее голоса, когда-то звучавшего как музыка, мягкого и ускользающего, словно вечерний ветер в окне. Без ее прикосновений — неуловимых, но запомнившихся острее, чем лица друзей, словно кожа помнила их дольше, чем разум. Без взглядов, в которых он когда-то искал себя, без шуток, без полуправды, без лжи, ставшей между ними плотной тенью. Просто — без нее. Как будто все это происходило не с ним, а в чужом сне, где имена стираются быстрее, чем успевают отзвучать. Как будто ее и не было вовсе, или была — но в том времени, которое теперь осталось по ту сторону дождя, в пространстве между тем, что казалось жизнью, и тем, что стало памятью.

ГЛАВА ШЕСТАЯ.
ПУСТОЙ ДОМ

Сначала это были слухи: едкие, вязкие, как осенний туман над городом. Джон заметил перемену сразу, но не хотел верить. В коридорах редакции шепотом переговаривались, знакомые, друзья при встрече опускали глаза, словно он нес на себе что-то постыдное, хоть и неведомое.

Первым к нему подошел Вадим. Они стояли на автобусной остановке, притулившись к ветхому навесу, когда тот заговорил мнущим голосом:

— Джон... Прости. Мне тяжело это говорить. Но я отдал Саре обручальное кольцо матери. Она клялась, что через знакомого ювелира переделает его — вставит камень, обновит оправу. Все по знакомству. По линии профсоюза. — Вадим тяжело вздохнул, пряча лицо в воротник.

— И исчезла. Ни кольца, ни ее.

Джон почувствовал, как внутри него что-то осыпается. Оправдываться было не в характере Джона, и извиняться он не умел: ни за себя, ни за кого другого. А при упоминании имени Сары — у него закипела кровь, он только буркнул Вадиму:

— Мне жаль, что ты попал с ней.

И быстро ушел.

На следующий день в прокуренном углу редакционной курилки Чарли говорил, еле сдерживая злость:

— Сара... взяла у меня деньги. Обещала помочь устроить мать в лечебницу — через профсоюзный комитет. Говорила, что нужно «ускорить вопрос», нужны «благодарности». Я поверил. Ну кто бы не поверил, если она с тобой, Джон? — Чарли махнул рукой, как отгоняя дым. — Теперь нет ни денег, ни путевки, ни Сары.

Позже к нему подошел еще один знакомый — старый электрик Алекс, который когда-то бесплатно чинил ему лампы для фотолаборатории.

— Брат, она взяла у меня золотые серьги жены. Пообещала обменять на импорт. Вроде как через ведомственную сеть для «особо отличившихся сотрудников». А сам понимаешь, как у нас: если через ведомство, то лучшее... Я отдал. А теперь жалею не о серьгах. О себе.

С каждым рассказом в душе Джона нарастала глухая, черная тяжесть и злость закипела в нем. Он не просто потерял Сару — он терял доверие людей, для которых он был надежным, своим. Ее подлость, ее аферы связали и с ним тоже — его считали также виновным в этом. Он дал себе слово — ни на кого больше никогда не рассчитывать, никому не доверять, заниматься только своими проектами, если и работать с кем-то, то только чтобы они были в полном подчинении Джона и выполняли только то, что он считает нужным и правильным. Никаких обсуждений, никаких компромиссов — я говорю, вы выполняете. Это стало новым девизом Джона.

Сара исчезла, оставив за собой только ветер в коридоре и пару перчаток, которые она то ли забыла, то ли бросила Джону как вызов, что она оказалась хитрее, циничнее, предприимчивее. Сара также оставила Джону полное разочарование в человеке, понимание того, что нельзя никому верить, что такое предательство и подлость. Осознание того, что, когда на тебя смотрят с широко открытыми глазами, рассказывают истории, говорят, как будут счастливо строить с тобой свою жизнь, а на самом деле хотят совсем другого. Хотят тебя использовать в своих интересах, использовать тебя, твою энергию, ум, талант, способности пробивать любые стены — и все это только для того, чтобы обокрасть тебя, твоего партнера и друзей. Это было предательство, и Джон очень тяжело это принимал, но принять он это был должен — это была жизнь и такие правила игры в ней. И так бывает. Джон был человеком сильным, и он сказал сам себе: «Главное —

не сломаться и продолжить игру. Игру под названием — жизнь».

Именно в эти дни Джон окончательно понял самого себя. Без иллюзий, без мягких оправданий, без привычных масок. Он понял, что больше не верит — никому. Ни словам, ни взглядам, ни тем, кто приходит с историями о дружбе, любви, взаимопомощи. Все это теперь казалось ему не просто пустым — опасным. Он не собирался больше слушать чужие мысли, принимать чужие предложения, участвовать в чьих-то играх, кроме своей. Все, что не исходило от него самого, — было для него шумом. Фоновым гулом, не заслуживающим ни внимания, ни доверия.

Его природный эгоизм, всегда живший в нем как тихий инстинкт выживания, теперь стал лезвием. Предательство Сары, ее хищная легкость, ее ложь, замешанная на обаянии и красоте, переплавили в нем остатки наивности в броню. Теперь был только он.

Его «я» — твердое, как внутренняя скала, которую никто уже не сдвинет.

А весь остальной мир — просто пространство, которое должно прогибаться под его волю. Под его темп. Под его цель.

Он не стал жестким — он просто стал тем, кем был всегда. Только теперь — без страхов и сантиментов.

Джон не искал Сару. Он уже тогда знал: нет смысла звать тех, кто ушел за грань.

У него остался Ларри: маленький, теплый, беспомощный; сын, которого Джон любил и хотел, чтобы Ларри стал настоящим человеком, чтобы он имел шанс в жизни. Но отец понятия не имел, что делать с сыном, как его растить, воспитывать, что ему полезно, а что нет. Джон обратился к единственному человеку, кого знал как надежного, как закаленного временем и долгом: к своей матери, к Келли, и, конечно, к своему отцу — мудрому, возможно, последнему романтику Светлостана. Сэм, отец Джона, должен был стать отличным дедом, который может много дать внуку, как рассчитывал Джон, но все зависело, конечно, только от решения Келли.

Келли открыла дверь без удивления. Как будто знала, что он приедет именно сегодня.

— Ты выглядишь хуже, чем при последней редакционной кампании.

— Это не редакция, — тихо сказал Джон. — Это Ларри.

Она молча отступила, впуская его внутрь. На плите шипел чайник, пахло сушеной мятой и пылью.

Джон сел за стол. Келли не присела. Стояла, упершись в край стола, как на допросе.

— Я не справляюсь, — тихо сказал он. — Он растет... один. Не просто без матери — без меня тоже. Мы рядом, но будто в разных комнатах. Мы не разговариваем — мы просто... существуем. Он молчит все чаще, смотрит как взрослый, отвечает коротко, точно. А ест — как ребенок, медленно, не глядя на тарелку. И спит, как тот, кто каждую ночь боится, что мама так и не вернется.

Келли налила чай. Села напротив.

— Ты хочешь, чтобы я была ему матерью?

— Нет, — сказал Джон. — Хочу, чтобы рядом с ним был кто-то, кто хотя бы понимает, что такое долг.

Несколько секунд она смотрела на него. Потом отпила чай и сказала:

— Я не умею сюсюкать. И не буду.

— Я и не прошу.

Она кивнула. Медленно.

— Привози. У меня найдется угол и график.

Джон встал.

— Спасибо.

— Это не ради тебя, — сказала она, поднимая глаза. — Это ради него.

Пауза.

— Хотя, если хочешь знать, — продолжила Келли, — в тебе он больше, чем ты думаешь. И, может быть, хоть из него получится человек. Не фотограф. А человек.

Все было быстро, сухо, как оформление продовольственного талона. Никаких слез, никаких вопросов. Только сжатые губы и размышления о режиме мальчика, единственного внука.

— Его надо кормить по расписанию, — сказала Келли, не спрашивая, согласен ли Джон. — И развивать дисциплину. С раннего возраста.

Джон только кивнул. В глубине души он понимал: дисциплина — единственное, что Келли действительно умела дарить.

Новая жизнь установилась без особых торжеств. Джон работал — дни напролет мотался по редакциям, школам, лабораториям, спасая остатки своей подпольной фотографии. Келли работала — в местном отделении контроля труда, собирая отчеты о лояльности граждан. Ларри оставался где-то между ними.

Ларри никогда не просил ни игрушек, ни конфет, ни внимания. Он смотрел — и ждал. Если тарелка оказывалась пустой, он не тянулся за добавкой. Если замок на куртке заедал, он не звал. Он ждал, пока взрослые сами заметят. Джон несколько раз ловил себя на том, что раздражается. Не потому, что Ларри был капризным — а потому, что он был слишком молчаливым, слишком взрослым для своих лет.

— Ты можешь сказать, что хочешь? — как-то спросил Джон.

Мальчик посмотрел на него и, чуть помедлив, пожал плечами.

— Я все уже получил, — тихо сказал он.

И в этой фразе было что-то неправильное, что-то тревожное. Как будто он не жил, а отрабатывал долг за чью-то любовь.

Иногда Джон находил время зайти в комнату сына — посидеть рядом, почитать, поиграть. Иногда — забывал. Иногда — просто не мог: слишком много забот, слишком мало сил. Однажды Джон нашел под кроватью скомканные листки, детские рисунки — топорные человечки, кривые домики, темные пятна на фоне серого неба. Листки были спрятаны, словно что-то постыдное. Джон разворачивал их, смотрел на кривые линии, но Ларри, только опускал глаза и молчал. В этих рисунках был другой мир — мир, который мальчик строил в себе, потому что реальный не предлагал ему ничего.

Келли, строгая и немногословная, следила за порядком: вовремя кормить, вовремя спать, вовремя чистить зубы. Но никто не держал Ларри на руках без необходимости. Никто не рассказывал ему сказок перед сном, никто не смеялся с ним просто так, без причины.

Келли заботилась о Ларри с той же холодной пунктуальностью, с какой когда-то воспитывала Джона. Она следила, чтобы мальчик сидел за столом ровно, чтобы чистил ботинки дважды в неделю, чтобы кровать была застелена без складок. Но если Ларри спотыкался на словах или забывал кнопку на рубашке, ее голос становился резким, обрубающим, как удар линейки по столу:

— Исправь. Немедленно.

Ни объяснений. Ни поддержки. Только приказ. Как будто чувство вины было главным инструментом воспитания.

Келли заботилась о Ларри так, как она умела заботиться: точно, четко, без малейших излишков. Завтрак был всегда на столе вовремя, куртка висела у двери, зубная щетка стояла на своем месте. Но не было теплых рук, не было вопроса «как ты себя чувствуешь?», не было смеха за ужином. Все работало, как часы в витрине: исправно и бесчувственно.

Однажды Джон вошел в комнату и увидел, как Келли объясняет Ларри, как правильно держать ложку.

— Не локтями, — говорила она сухо. — Смотри вперед. Не откусывай от хлеба. Отломи.

Мальчик слушал и кивал. Каждое ее слово он принимал как команду.

— Молодец, — сказала она в конце. — Вот так и надо. Без лишних слов.

Ларри кивнул снова. А Джон тогда впервые подумал, что его сын растет не как человек, а как тень, которую учат не мешать свету.

В тот день Джон решил взять Ларри с собой. Ему нужно было поехать на окраину города, в старую школу, чтобы сделать съемку для местного профсоюзного отчета. Ничего важного, очередная галочка в длинном списке рутинных дел. Но ему хотелось чего-то большего. Хотелось провести с сыном хотя бы несколько часов. Хотелось, чтобы между ними появилась хоть ниточка чего-то настоящего.

Ларри молча натянул куртку, подставляя руки для рукавов, как маленький солдат. Его глаза были пустыми, послушными. Ни радости, ни интереса. Просто ожидание.

Дорога была долгой. В трясущемся автобусе, среди чужих лиц, пахнущих капустой и мылом, Джон попробовал начать разговор:

— Знаешь, когда я был маленьким, я тоже не любил ездить в школу. Особенно зимой. Все время мечтал убежать куда-нибудь... на край света.

Ларри посмотрел на него коротким, безучастным взглядом и снова опустил глаза в серую обивку сиденья. Джон усмехнулся себе под нос.

— А потом передумал. Понял, что край света — он в голове. Если тебе плохо — он везде.

Ларри слабо кивнул, будто соглашаясь для проформы, не вслушиваясь в слова. На остановке мальчик вышел первым. Низкий серый потолок неба давил на улицы, ветер рвал кепку с головы. Ларри, кутаясь в шарф, шагал рядом, не держа отца за руку.

В школе Джон ловил его на фотографиях: бледный, молчаливый, затерянный среди других детей. Ларри ни с кем не говорил, ни на кого не смотрел. Он был как тень — присутствующий, но невидимый. Когда они возвращались обратно, Джон все еще пытался зацепить разговор.

— Хочешь, на выходных сходим в парк? Есть новое мороженое. Говорят, с шоколадной крошкой.

Ларри пожал плечами, не произнеся ни слова.

В автобусе он уснул, прижавшись к окну. Маленькая согнувшаяся фигурка в слишком большой куртке. Джон смотрел на него и чувствовал, как в груди медленно загорается тяжелая, глухая боль. Он был рядом с сыном. И был от него бесконечно далек. А Ларри спал. И, наверное, видел сны о тех местах, где слова ничего не значат, где тепло и любовь существуют только как забытые миражи.

Ночь в Светлостане была тяжелой, как мокрая простыня. Джон сидел на кухне, укрывшись тенью от редких огней за окном. Чай в кружке остыл, но он все еще держал ее в руках — больше ради тепла, которого так не хватало.

В комнате спал Ларри. Маленький комок в большой кровати — безмолвный, аккуратный, незаметный. Как и полагается в их мире — быть незаметным было безопасно.

Джон смотрел в темноту и думал. Он вспоминал свое собственное детство. Как Келли зашнуровывала ему ботинки так туго, что пальцы немели. Как она проверяла его тетради на наличие «неправильных мыслей». Как каждый день был построен по инструкции, по уставу, без места для ошибок и без права на мечту.

«Я хотел другого для Ларри, — подумал Джон. — Я клялся себе, что никогда не стану таким, как она».

И все же... Он работал сутками, оставляя сына в холодной опеке. Он разговаривал с ним, как с маленьким функционером: по делу, без лишних слов. Он искал в нем правильность — и терял человечность.

Джон закрыл глаза, сжав голову руками.

— Прости, малыш, — сказал он шепотом, чтобы не разбудить Ларри. — Прости за то, что я не был рядом. За то, что не дал тебе света там, где должен был быть свет.

В эту ночь Джон еще долго сидел у кроватки Ларри и ловил себя на мысли: что, если однажды мальчик вырастет — и отвернется от него навсегда? Что, если он станет таким же пустым, как их дом, таким же молчаливым, как улицы за окном? Этот страх был хуже любого страха перед режимом, перед бедностью, перед одиночеством. Страх потерять сына — еще до того, как успел его по-настоящему обрести.

Он понял: мальчик не виноват. Ни в молчании, ни в отчуждении, ни в той ледяной пустоте, которая росла между ними. Виноват был он сам. Джон медленно встал, подошел к комнате сына, постоял в дверях. Ларри спал, поджав ноги под одеяло, словно защищаясь от мира, которому он ничего не должен был.

— Я изменю все, — пообещал Джон. — Ради тебя. Ради нас.

И в ту ночь он впервые за долгое время поверил в то, что у него еще есть шанс.

Мальчик рос, как трава в пустыре: тихий, терпеливый, незаметный. Он не плакал громко, не требовал лишнего, и в его больших глазах рано поселилась та сдержанная грусть, которая обычно приходит только ко взрослым. Джон иногда замечал это — мельком, как замечают ссадину на старом стуле, и отворачивался.

Время бежало. Город жил в своей серой карусели лозунгов и отчетов. И только маленький Ларри рос в этой тени — один на троих.

Ларри рос тихим, почти прозрачным ребенком. Он не голодал, не мерз. Его одежда была чистой, пусть и серой, как улицы за окном. У него были сапоги по сезону и куртка без дыр. Он ел вовремя и ложился спать строго в восемь вечера. Но в его жизни не было ни шепота перед сном, ни ласкового прикосновения, ни смеха без повода.

Ларри привык сидеть один, устраиваясь в углу комнаты, среди старых кубиков и потертых книг без картинок. Он часами мог молча перекладывать игрушки с места на место, выстраивая длинные цепочки из машинок, которые никуда не ехали.

За столом он ел осторожно, неловко держа вилку и нож, часто роняя куски на пол. Никто не учил его простым вещам: как принимать пищу, чистить зубы, завязывать шнурки, разговаривать со старшими. С ним почти ничего не читали, не прививали любовь к книгам, не водили в кино или хотя бы в цирк или зоопарк, о театре вообще речи не было, даже не рассказывали сказки. Лишь обеспечивали жизненно необходимым — едой, одеждой и теплом. Остальное Ларри должен был как-то сам: может, в школе, может, узнавать у друзей, которых у Ларри никогда не было. Ни Джон, ни Келли не задумывались о развитии ребенка, о его социальном окружении, о его образовании — им было не до этого. Джон был занят, как всегда, своими проектами, фотографиями, своим делом и считал, что его дело является самым важным для всех, даже для Ларри, так как он обеспечивает сына благодаря своей подпольной коммерции. Келли так же в приоритете, как и раньше, держала задачи завода, трудового коллектива и указания Партии.

Лишь Сэм редко занимался с Ларри, но также это было очень эпизодическое совместное времяпровождение, в ходе которого они смотрели футбол или играли в шахматы. Он иногда навещал их по вечерам, приносил лимонад в стеклянных бутылках и старые вырезки газет как диковинки из другого мира. Он пытался играть с Ларри — запускал на ковре машинки, строил карточные домики. Но все это было вяло, рассеянно, словно где-то внутри Сэм уже смирился с тем, что их жизнь давно поломана и чинить ее бессмысленно.

Ларри отвечал на его попытки короткими улыбками — пустыми, неестественными, как дешевые фонари на улицах Светлостана.

Сэм к этому времени сильно сдал; и у него не было ни сил, ни желания уже возиться с маленьким ребенком слишком много.

Речь Ларри была скованной, тяжелой: он говорил отрывисто, короткими фразами, избегая сложных предложений. Порой Джон ловил себя на мысли, что не понимает, о чем именно хотел сказать сын.

Ларри никогда не жаловался. Никогда не просил. Он словно интуитивно знал: в этом доме просьбы лишние, как лишние слова в партийных отчетах. Иногда Джон замечал, как мальчик смотрит в окно — долго, неподвижно, будто там, за стеклом, начинается другой мир, где все иначе. Но стоило Джону приблизиться, как Ларри отводил глаза и уходил вглубь комнаты, в свой безмолвный футляр. Даже в доме, полном взрослых, Ларри оставался один. Среди заботы без тепла. Среди разговоров без смысла. И в его маленькой груди медленно росла тишина — та самая, которую однажды так трудно будет разрушить.

Он рос. Не живя — существуя. Не стремясь — выжидая. И внутри этого маленького тела медленно формировался человек, который еще не знал, кем он станет. Но уже знал, что в этом мире нельзя надеяться ни на кого.

* * *

Однажды вечером, в мутной тишине кухни, перебирая трескучие радиочастоты, он услышал:

— Сегодня судом города Светлостана гражданка Сара Пранкер признана виновной в мошенничестве в особо крупных размерах, хищении государственного имущества и обмане граждан с использованием служебного положения.

Приговор: пятнадцать лет лишения свободы с отбыванием наказания в исправительно-трудовой колонии строгого режима.

Голос диктора был сухим, без капли эмоций. Строки приговора звучали, как удары молота по камню. Джон сидел, обхватив голову руками. Слова расползались в воздухе, пропитывая стены, пол, стекло окна — все было похоронено в этих холодных фразах. Он знал: он больше никогда не вернет ее к ответу. Не заставит объясниться перед теми, кого она обманула. Не компенсирует друзьям украденное, не вернет им то, что исчезло вместе с ее легкими шагами и ложью. Но главное — он не вернет имя. Его имя.

Она брала в долг, улыбалась, обещала, действовала — прикрываясь им. Джоном. Его честностью, его репутацией, его доверием. И теперь они — те, кто когда-то называл его другом, — смотрели на него иначе. Словно он сам был соучастником.

Словно он позволил. И это жгло сильнее, чем сам обман.

Он никогда не устроит ей публичной порки, которую она заслужила. Никогда не соберет их всех, не назовет все вслух, не заставит ее стоять среди тех, кого она обокрала — не только в кошельках, но и в вере. Но внутри он знал: она обворовала не их. Она обворовала его. Его имя, его тишину, в которой раньше жили доверие и сила.

Он поднялся медленно, как старик, подошел к кроватке Ларри. Мальчик спал, мирно сопя во сне. Джон больше никогда не вернет мать сыну, а ему ведь так нужна женщина, мама. Только она знает, что для него лучше, что беспокоит Ларри, что он ждет, на что он надеется, только маме сын скажет, что он хочет, только у нее спросит, что ему делать сегодня и куда пойти завтра. Джон знал: теперь они вдвоем. И весь прежний мир остался там, за границей этого вечера.

Спустя два года, стоя в очереди за куском серого мыла, он случайно услышал, как женщина в потрепанной шубе шептала подруге:

— Помнишь Пранкер? Та, что всех облапошила? Умерла. На этапе. Сердце не выдержало. Никто и не забрал тело.

Джон услышал, как женщины переговариваются, но не повернул головы. Он молча сжал в кармане старый, потертый снимок — первый, сделанный им для своего сына.

Никаких слез. Никакой злости. Только бескрайняя пустота. И ощущение, будто за его спиной закрылась еще одна железная дверь.

В последние месяцы в городе стало что-то меняться. На витринах магазинов, где раньше красовались лозунги о процветании, теперь висели пожелтевшие порванные плакаты. Продавцы стали смотреть на покупателей иначе — молча, угрюмо, будто в ожидании чего-то нехорошего.

В радиопередачах все чаще звучали странные слова: «реструктуризация», «трудности снабжения», «особый период». По ТВ транслировали странные новости: «Временные перебои в поставках продуктов в связи с логистическими сложностями», «Текущая перестройка процессов позволит повысить качество снабжения в будущем».

Джон слушал все это, не веря ушам. Но где-то в глубине понимал: великий Светлостан трещит. И трещины уже не заделать ни лозунгами, ни рапортами. Он знал: если в Светлостане говорили о «перебоях» — значит, за этим прятались куда более глубокие государственные проблемы, а значит, грядут сложности для всего народа, который привык жить по указу Партии и Верховного правительства.

ГЛАВА СЕДЬМАЯ.
ГУЛ ОЖИДАНИЯ

За прошедший год в жизненном укладе Джона, Ларри и Келли с Сэмом ничего особо не изменилось. Ларри рос, Келли занималась общественной деятельностью на заводе. Джон все так же занимался коммерческой фотографией, а для задач газеты он даже уже начал платить двум парням, которые вместо него делали необходимые репортажи, а он лишь сдавал их в редакцию.

Однако все сильнее были заметны внешние изменения в жизни Светлостана. В магазинах почти пропали все товары, понятие дефицита начало приобретать какой-то другой, воздвигнутый в максимум смысл. Раньше было сложно достать домашние приборы: чайники, телевизоры... утюги и холодильники, теперь в магазинах стали пропадать продукты: овощи и даже хлеб с молоком, яйца; мясо и рыба стали очень редкими гостями на полках — они перешли на уровень эксклюзивных деликатесов, которые стало практически невозможно достать.

Многих людей сокращали из производственных предприятий и даже ферм, объясняя это тем, что планы партии перевыполняются уже не первый год и сейчас Вождь ставит задачи переориентировать работу на оборону Светлостана. Партия сообщила, что Светлостан стал настолько успешной страной, настолько богатой, обладающей огромным количеством товаров, ресурсов, ископаемых и технологий, что внешние враги готовятся начать войну, чтобы завладеть ресурсами Светлостана. Стране необходимо готовиться к обороне против внешней агрессии. Все больше людей работали на оборонную промышленность страны, производя пулеметы, автоматы, ракеты, танки, самолеты и подводные лодки. Лозунги теперь кричали на каждом углу, что все на оборону страны, быть светлостанцем — значит быть военным или производить пули. Радио- и телепередачи демонстрировали успехи в оборонной отрасли страны, показывали достижения в новых военных технологиях, брали интервью у офицеров, которые призывали молодежь начать военную карьеру, стать истинным патриотом Светлостана.

При этом полки продовольственных магазинов стали пустовать еще больше. Одни консервы ставили выкладкой в пять метров на витрине, так как поставить было больше нечего. В магазинах одежды могла висеть одна куртка на сорока вешалках — одного фасона, размера и цвета, и под ней стояли сапоги, кирзовые сапоги. Ассортимент одежды перестал отличаться в некоторых магазинах Светлостана даже в разное время года. Зимой и летом был один и тот же товар.

Джон все это видел: серые очереди, пустые витрины, мрачные лица людей — и все это касалось его не больше, чем далекий прибой за окнами закрытого дома. Он больше не пытался изменить ничего вокруг; в нем словно зажила тихая убежденность, что единственное, чем стоит заниматься, — это собственное дело, своя жизнь, своя внутренняя игра, к которой чужие законы не имеют доступа.

Джон все меньше вслушивался в новости и все чаще выбирал собственные маршруты: от школы до лаборатории, от лаборатории до небольшого кафе с мутными окнами, старым чайником у стойки и неизменной тишиной между столиками. Официальная жизнь Светлостана его больше не касалась; теперь он жил в ритме Ларри — в ожидании редких встреч и в коротких утренних диалогах, которые казались важнее любого выпуска новостей.

А в этом кафе, на границе между городом и тишиной, он начал замечать одну женщину. Она приходила почти в одно и то же время — садилась у окна, не заказывая ничего, кроме черного чая, и не доставала ни книги, ни тетради. Просто сидела, будто дышала другим ритмом. В ней не было ни демонстративной скромности, ни желания быть замеченной, ни кокетства — напротив, что-то в ее спокойствии сбивало

Джона с привычного хода, заставляло на долю секунды останавливаться, прежде чем сделать глоток кофе или записать номер новой школы. Она не смотрела по сторонам, но, казалось, все видела. Не улыбалась, но от нее исходило тепло. Не поднимала взгляд, но именно это и заставляло его чувствовать — ее взгляд уже где-то там, внутри него. Позже он узнает ее имя: Натали.

День был ясный, но неестественно пустой. На площади у Дома труда собрался народ — по спискам. Пригнали студентов, пенсионеров, работников с фабрик. У всех — красные ленты на груди, у многих — пустота в глазах.

Ветер гонял клочки старых газет, пока по громкоговорителю сипло объявляли:

— Сегодня открывается стратегически важный объект — завод по производству дверных петель, поддерживающий курс Государства Света на крепкие точки опоры!

Под аплодисменты, которые звучали как плеск по воде, вышли трое: партийный секретарь, мэр города и девушка с косичками, «пионерка года». Все трое улыбались, как в учебнике по этике.

Джон стоял в толпе, чуть сбоку, с Ларри на руках. Ларри уже был тяжелым для ношения, но что-то в этом дне внезапно напомнило Джону о совсем другом: о цирке. Не о празднике, не об экономике — о цирке с мертвыми зверями и актерами, которые давно забыли, зачем вышли на сцену.

— Мы открываем для Светлостана будущее! — воскликнул секретарь, и ножницы с блестящей ручкой, купленные, возможно, еще при предыдущем директоре, разрезали алую ленточку. Толпа завопила «Ура!» — синхронно, натренировано, почти машинально.

В этот момент за спиной Джона кто-то тихо сказал:

— Говорят, на заводе даже станков еще нет. Только стены, красные ленточки и победные отчеты.

Он не обернулся. Только сильнее прижал Ларри к груди.

Через дорогу мальчик в школьной форме рвал из учебника страницы и запускал в небо. Это был старый учебник истории. Страницы летели вверх и медленно оседали на асфальт, как мертвые птицы. Все это казалось не реальностью, а сценой из спектакля, который давно шел без зрителей.

Джон смотрел, как партийный фотограф старательно ловит момент вручения символического ключа от завода девочке в пионерском галстуке. А внутри него уже не осталось ни смеха, ни злости. Только усталое, глубокое понимание: все это — гниет. Все это вот-вот рухнет.

После праздника Джон чувствовал не притупленность, а странное напряжение — как если бы где-то в небе трещал невидимый лед. Он шел с Ларри по улице, ветер шел за ним следом, поднимая пыль, которая билась в лица и скрипела на зубах. Плакат на стене с надписью «Мы верим в свет!» отклеился наполовину и трепетал, как флаг на рухнувшем форпосте. Ларри жмурился, щеки были обветрены, покрасневшие от ветра, он прижимался к отцу и шагал молча. Джон огляделся и почти наугад открыл скрипучую дверь в буфет на углу. Место пахло киселем и временем. Люминесцентные лампы мигали. За прилавком стояла женщина в форменном переднике с глазами уставшего лося.

— Чай, — сказал Джон. — И что-нибудь теплое для ребенка.

Он посадил Ларри за стол у окна. Сел сам. И только тогда заметил ее. В дальнем углу, у окна, сидела девушка. На ней не было ничего особенного — темное пальто, мягкий шарф, руки без маникюра. Но она сидела иначе, чем все вокруг. Она не смотрела вниз, не пряталась, не сторонилась. Она смотрела в окно — так, как смотрят те, кто не боится видеть.

У нее были с собой блокнот и ручка. И она что-то в него записывала — быстро, уверенно, как будто знала, зачем.

Официантка принесла ей чай, она поблагодарила тихо и вежливо, слегка усмехнулась.

Не цинично — живым, человеческим смехом, какого Джон не слышал уже, наверное, лет десять.

Он не знал, кто она, но знал, что она живая. А в мире, где все начинало рушиться, это было самым редким качеством.

Она подняла глаза на Джона — не потому, что он смотрел, а будто заранее знала, что он здесь. Их взгляды встретились на секунду — не как у двух незнакомцев, а как у людей, которые уже где-то были друг у друга во сне. Эта красивая женщина кивнула едва заметно, легким движением подбородка, но в этом кивке была спокойная уверенность — как будто она не боялась быть увиденной. Джон чуть отвел взгляд. Не потому, что смутился — он вдруг почувствовал, что не готов к такому теплу.

Через несколько минут, когда Ларри с осторожностью пил горячий компот, женщина встала. Она проходила мимо их стола, и Джон вдруг услышал тихий голос — мягкий, уверенный и спокойный:

— Хорошо, что вы с ним. Дети сейчас чувствуют больше, чем взрослые. Я, кстати, Натали.

Она подарила ему легкую улыбку и, не оглядываясь, вышла, оставив за собой легкий запах лаванды и весны.

Джон смотрел ей вслед, пока дверь не захлопнулась. Он не знал, кто она, но знал точно: она не отсюда. Она — из другого времени.

Он еще несколько секунд сидел неподвижно, будто стараясь не разметать ощущение, оставшееся после нее — как ветер, как слабый теплый след на коже.

А потом все вернулось: шум за окном, кряхтенье двери, пальцы Ларри на стакане с компотом.

В тот день Джон не планировал никуда идти с Ларри. Все складывалось как обычно: промозглое утро, пустые полки в ближайшем магазине, разговоры в редакции о каких-то новых брошюрах для школьников и невыносимая тяжесть бумажной волокиты, словно в стране каждый день расписывался не за жизнь, а за формальность.

Но Дени позвонил и попросил подменить его на мероприятии в Доме печати. Что-то про детскую литературу, выставку книжной графики, одобрено комитетом. Джон не хотел, но согласился. Он взял Ларри с собой. Не потому, что хотел провести время с сыном, а потому, что не хотел оставлять его дома с Келли. Ее резкие команды, сухие взгляды и бесконечные «не шуми» постепенно превращали мальчика в мебель. А Джону вдруг показалось, что даже усталость на фоне городской духоты — меньшее из зол.

Дом печати был старым зданием с облупившимися колоннами, пахнущим полированным деревом, пылью и чернилами. Внутри было теплее, чем снаружи, и это ощущение тепла — не от батарей, а от самой атмосферы — сразу подкупало. В зале, среди выставленных на стенах иллюстраций к забытым детским книгам, стояло несколько столов, за которыми люди листали каталоги, писали заметки, разговаривали полушепотом.

И вдруг он увидел ее.

Она стояла у одной из витрин, склонившись к экспозиции, где были разложены старые вырезки из «Ежика» и «Звезды детства».

На ней было простое синее пальто, волосы собраны в низкий узел, в руке — записная книжка с заломанным корешком. Она листала старый выпуск, как будто не просто читала, а вдыхала из него воздух другого времени. Девушка с каштановыми волосами, ясными, открытыми глазами и очень честной, доброй улыбкой.

Она подняла свои зеленые глаза — и на ее лице не было ни удивления, ни притворства. Лишь легкое узнавание.

— Мы, кажется, виделись? — сказала она, будто продолжая разговор, начатый неделю назад.

— Буфет на углу, — кивнул Джон.

— С мальчиком. — Она перевела взгляд на Ларри. — У него тогда щеки были красные. Сейчас он стал серьезнее.

Ларри смущенно отвел глаза.

— Это Ларри, — сказал Джон. — Он любит смотреть, но не любит, когда смотрят на него.

Натали улыбнулась. Улыбка была короткой, мягкой, без показной теплоты, но — теплой по-настоящему.

— Это правильное чувство.

Ларри сидел с чашкой в руках, сжав плечи, глядя себе в колени, словно ждал, что его вот-вот начнут спрашивать и оценивать. Натали смотрела на него долго, почти не мигая.

— Он как будто ждет разрешения на жизнь, — сказала она тихо.

Джон промолчал.

— Иногда дети приходят в семьи не вовремя. Но если бы... — она осеклась. — Если бы я могла — я бы все сделала, чтобы он знал: его ждали.

В ее голосе не было жалобы. Только тихое, осторожное желание — пока еще ни на что не претендующее, но уже живущее в ней.

— Хочешь, я расскажу тебе сказку? — мягко обратилась Натали к Ларри. — Но такую, которой никогда не было в школьных учебниках. Ее не напечатали, потому что она слишком живая.

Мальчик поднял глаза. Взгляд был осторожным, будто он не верил, что взрослые могут говорить просто так — без задания, без цели, без давления. Но затем он чуть заметно кивнул. Неуверенно, но кивнул. И губы дрогнули, как будто внутри него прошел ток — что-то теплое, что он не сразу узнал, но не оттолкнул.

Джон это заметил. И вдруг ощутил — впервые за долгое время, — что кто-то другой может быть рядом с его сыном и не пугать, не учить, не исправлять, а просто — быть.

Натали рассказала сказку. Не про царей и драконов, а про мальчика, который умел видеть людей насквозь. Он жил в доме без зеркал, и однажды ему подарили маленькое зеркало — не чтобы смотреть на себя, а чтобы отражать солнце.

Ларри слушал не перебивая. Сидел с прямой спиной, как на уроке. В конце — только кивнул. Ни улыбки, ни вопроса.

Позже Джон спросил его:

— Ты понял сказку?

Ларри пожал плечами.

— Она была красивая, — сказал Ларри, задумчиво глядя в угол. — Только я раньше не думал, что солнце может быть... таким.

— Каким? — тихо спросил Джон.

— Ну... теплым. Не просто горячим, как батарея, и не ярким, как лампочка. А теплым по-настоящему. Знаешь, как будто оно тебя любит.

Он замолчал на секунду, потом продолжил:

— В сказке солнце появилось в самый последний момент — когда все было плохо, когда звери спрятались и никто не знал, как выбраться. А потом оно встало, и всем стало легче. Не потому, что стало светло, а потому что... ну... стало понятно, что все не зря. Что кто-то все-таки заботится.

Ларри опустил глаза, провел пальцем по краю стола.

— Я не знал, что так может быть. Я раньше думал — солнце просто есть. Там, где-то вверху. Само по себе. А теперь... оно как будто для кого-то. Для нас.

Джон смотрел на него, и в груди разрасталось странное ощущение. Его сын, конечно, знал, что солнце существует. Но не знал, что оно может быть живым участником жизни — может согреть, обнадежить, быть как обещание.

И тогда он понял: Ларри впервые увидел смысл в свете. Не в лампе, не в окне, не в стенгазете, а в том, что выходит за рамки слов. Он услышал сказку — и почувствовал в ней не сюжет, а тепло. А значит, что-то в нем проснулось.

Они прошли вдоль стенда с иллюстрациями. Джон ловил на себе ощущение странного спокойствия. С ней было легко — не в смысле болтать, а в смысле молчать.

— Я работаю над курсом по визуальной культуре, пытаюсь собрать материал о раннем детском воображении.

— А вы — ученый?

— Нет. Просто дочь родителей, которые никогда не говорили «будь как все». Мама — композитор, папа — режиссер. У нас дома рисовали, пели и спорили. И это был воздух.

Джон вдруг почувствовал, как Ларри вцепился в его пальцы. Он посмотрел на сына — и увидел в его лице не страх, а интерес. Не к картинкам. К ней.

— Ты любишь животных? — мягко спросила Натали.

Ларри не ответил. Но кивнул. Один раз. Тихо.

— Тогда когда-нибудь мы сходим в зоопарк, и я расскажу тебе интересные истории из жизни африканских животных.

Джон посмотрел на нее.

И понял, что в этом городе, где каждый день рассыпается, как пыль с потолка, он вдруг хочет, чтобы кто-то остался.

Кто-то, кто умеет говорить так с ребенком.

Кто-то, кто помнит, как пахнут настоящие книги.

Кто-то, кто не боится быть живым.

Они встретились снова — уже без Ларри, почти случайно, если не считать того, что Джон все чаще знал, где и когда она бывает. Был тихий вечер. Мягкий, расплавленный закат растекался между деревьями старого городского парка. Пустая аллея, скамейки, покрытые облупленной краской, и редкие прохожие — как будто все это было не улицей, а забытым кадром из старого кино.

Натали шла рядом, без спешки, с руками в карманах пальто. Джон чувствовал, как с каждым шагом рядом с ней в нем утихает напряжение, привычная собранность. Она не требовала слов — она ждала смыслов.

— У тебя было счастливое детство? Играла во дворе?

— Да, — сказала Натали. — Но не двор, а дом.

Она чуть улыбнулась, будто издалека.

— У нас на кухне висели афиши из театров — папа приносил их после репетиций и вешал прямо на кафель, рядом с календарем. Вместо фарфора в шкафу лежали ноты, кассеты с маминой музыкой и какие-то вырезки из театральных программ.

Она сделала паузу, взглянув вперед, словно возвращалась туда мысленно.

— Папа иногда репетировал прямо дома — ставил табуретку в центр кухни, ходил вокруг нее и проговаривал мизансцены, будто видел актеров. А мама играла на пианино по вечерам, но чаще — ночью, когда все было тихо. Говорила: «Днем — звук, ночью — дыхание».

Натали чуть опустила плечи, с каким-то мягким воспоминанием.

— Все было странное, не по правилам, живое. Но в этом был смысл. В этом было тепло. И я это запомнила — не как сказку, а как то, что действительно было. И действительно — хорошо.

— Тебе читали вслух?

— Постоянно. Иногда даже то, что мне было рано слышать.

Она усмехнулась.

— Я рано поняла, что жизнь — не сказка. Но в хорошей сказке можно прожить любую правду.

Они остановились у пруда. Вода дрожала от ветра.

— Ларри растет совсем иначе, — тихо сказал Джон. — Без сказок, без театра. Слишком быстро. Он не умеет просить, он боится смотреть в глаза. Ему шесть, а он уже как будто научился жить по инструкции.

Натали ничего не сказала сразу. Потом села на скамейку.

— Знаешь, — сказала она, — это не поздно. Никогда не поздно дать ребенку теплое слово. Даже если ты дал ему уже тысячу холодных.

Джон опустился рядом. Он не сразу заговорил — смотрел перед собой, будто сквозь вечер, и в его молчании чувствовалось что-то плотное, накопленное годами.

— Я не всегда понимаю, как. У меня не было примера. У меня была Келли.

Он говорил ровно, почти сухо, будто вспоминая не человека, а конструкцию, в которой вырос.

— Мать. Деловая, жесткая, строгая даже не к себе — к жизни. Все должно было быть выверено, упорядочено, без лишних жестов. Она могла купить мне ботинки за две свои зарплаты и в тот же вечер сказать, что чувства — это слабость, а жалость — путь в никуда. Любовь у нее выражалась в расписании, в успеваемости, в контрольных, в учете калорий и нормативов. Улыбка была редкой гостьей, как ошибка в отчете. А прикосновение — как выговор, как напоминание, что ты должен быть собранным, не тряпкой, не растекаться.

Он слегка качнул головой, сдержанно, почти устало.

— Я знал, что она меня не бросит. Что накормит, организует, защитит — если надо. Но я не знал, как это — проснуться и услышать, что тебя просто рады видеть. У нас в доме не обнимали. Не говорили: «Не бойся». Не спрашивали: «Что у тебя на душе?» Там вместо этого были: «Ты ел?», «Почему двойка?», «Соберись». Я вырос, зная, как правильно. Как точно. Как нужно. Но не зная, как — по-доброму.

Он замолчал, на секунду опустил голову, будто поставил точку внутри себя, и тихо добавил:

— Вот так.

Натали немного в задумчивости:

— А теперь у него есть ты.

Она сказала это просто, без патетики. И в этот момент Джон вдруг понял, что она не боится быть рядом с его прошлым, как другие боялись быть рядом с его будущим.

— Удивительно, — сказала Натали. — Детские лица всегда как будто пишутся по нотам. Только эти ноты не слышны взрослым.

Она замолчала, мысленно мягко проводя рукой по детскому личику.

— Я иногда думаю... если бы у меня был ребенок — я бы каждый день старалась запоминать его лицо. Не просто видеть, а запоминать.

Джон посмотрел на нее, но она уже отвела взгляд — будто сказала слишком много. Или, наоборот, ровно столько, сколько хотела.

В парке включились фонари. Свет падал пятнами, как кадры в темной комнате, когда проявляется пленка.

— Хочешь, я научу его играть? Не на сцене — а просто... чтобы ему было хорошо с самим собой.

Джон кивнул.

Он не знал, что сказал бы вместо этого. Но внутри у него было то чувство, которое давно стало редким — чувство доверия.

И в этот вечер он впервые подумал: *если у Ларри будет шанс на счастье — то, возможно, вот с этой женщины он и начнется.*

Он решил, что что бы ни происходило с этой страной, с этим миром и с его бизнесом, Джон должен это переживать вместе с ней — с Натали. Он даже не представлял тогда, какой круговорот событий и поворотов жизни им предстоит пройти вместе.

ГЛАВА ВОСЬМАЯ.
ДОМ С ОКНАМИ

Джон в свойственной ему манере стал проявлять настойчивость во встречах с Натали. Он поджидал ее у подъезда, провожал до института, появлялся там же ближе к вечеру — не договариваясь, не уточняя, не спрашивая. Просто приходил. Был там, где, как он знал, могла оказаться она. И если ее это поначалу удивляло, даже немного раздражало, он, похоже, не замечал — или делал вид, что не замечает. Ему было все равно, согласится она на встречу или отвергнет приглашение, — он не оставлял ей пространства для долгих раздумий, будто принимал решение сразу за двоих. Своим присутствием он не давил, но и не отступал.

Он предлагал ей встречи в кафе с видом на реку, билеты в театры на поздние спектакли, рассказывал о выставках, куда хотел бы пойти с ней, предлагал прогулки по тихим паркам, поездки за город — туда, где можно просто дышать и молчать. Все, что приходило ему в голову, — он не держал в себе. Натали сперва отказывала вежливо, сдержанно, с легкой улыбкой, но каждый ее отказ не вызывал у Джона ни обиды, ни разочарования. Он лишь ждал следующего случая и предлагал снова — с тем же спокойствием, с той же внутренней уверенностью, что все произойдет, когда придет время. И однажды она все же согласилась — не потому, что он ее убедил, а потому, что его тепло, его решимость и спокойное присутствие вдруг стали ближе, чем ее прежняя сдержанность.

Натали было интересно и весело с Джоном. Он рассказывал разные истории из своих командировок, об уникальных людях, которых он встречал и разных событиях, которые с ним происходили.

— ...а однажды меня чуть не арестовали за перевозку старого фотоаппарата, — говорил Джон, раскачивая чашку чая на блюдце. — Просто потому, что он был «неучтенного происхождения».

— И что вы сделали? — спросила Натали, прищурив глаза.

— Я сказал, что это подарок от дяди, умершего до моего рождения.

— То есть?

— А вот так. Говорю: «Он был дальновидный. Знал, что умрет рано, но все же хотел, чтобы я, его будущий племянник, снимал жизнь с лучших ракурсов».

Натали рассмеялась. Настоящим, свободным смехом. И в этом смехе было облегчение — как будто Джон снял с нее усталость последних лет.

— Вы ужасный лжец, Джон.

— Я — романтик. В тот день меня даже не обыскали. Сказали: «Иди уже, философ».

Натали качнула головой, глядя на него уже с другим интересом — не просто вежливым, а внимательным.

— А еще?

— Был у меня случай в портовой зоне, в городе с названием, которое никто не может выговорить. Я фотографировал старый элеватор. Угрюмое здание, все в ржавчине, а наверху — стая ворон, как в гравюре. Подходит охранник и говорит: «Съемка запрещена».

— И вы опять придумали легенду?

— Нет. Я протянул ему камеру и сказал: «Сфотографируйте меня на фоне этой красоты. Чтобы, когда она рухнет, мои дети знали, что я был».

Натали опустила глаза, но в них мелькнула нежность.

— То есть вы умеете не только уходить от арестов, но и делать пафос красивым.

— Иногда пафос — это единственное, что у нас остается. Особенно когда страна начинает врать даже себе.

Натали чуть улыбнулась и покачала головой:

— Убедительно. Но все равно вы опасный человек.

— Только если рядом никого нет, кто может остановить.

Настал день, когда Натали пригласила Джона к себе домой, познакомить с родителями. Джон, конечно, с огромной радостью согласился, купил себе новый костюм, лучшие духи для будущей, в чем он был уже уверен, тещи и бутылку коньяка для знакомства с тестем ближе.

Квартира семьи Натали находилась в высотном доме, возможно, самом высоком во всем Светлостане. Здесь жили выдающиеся деятели искусств и науки страны, граждане, заслуги которых Партия признала при жизни. Квартира была с очень высокими потолками, раза в два выше, чем были в квартире Джона. Длинный коридор через всю квартиру, который соединял огромные комнаты: гостиную, спальню, кабинет, где работал отец Натали, и даже музыкальную с роялем для творческих будней мамы. Это была фантастическая квартира для Светлостана, Джон таких раньше не видел и не думал, что такие вообще бывают. Все стены были отделаны наполовину деревом со стойким запахом многолетнего дуба, а на вторую половину обоями с экзотическими рисунками, то ли из далекого Китая, то ли Африки, Джон не знал. На потолках — старинная лепнина, в центре каждой комнаты — хрустальные люстры, поблескивающие в полумраке. На стенах находились светильники с теплым светом, а пол был сделан из темного дерева, когда идешь по нему, чувствуешь уверенность, крепкость и старину.

Мебель заслуживала отдельного внимания. Где родители Натали смогли ее достать — оставалось загадкой. Это были мощные шкафы из красного дерева со стеклянными дверцами, за которыми выстроились книги — в тканевых обложках, с тиснеными названиями, как будто из другой эпохи. Диваны с обивкой из переливающихся на свету нитей — от изумрудного до янтарного — казались почти живыми: на них хотелось не просто сидеть, а укутаться мыслями, замереть на грани сна и размышлений. Кресла с высокой выгнутой спинкой, с мягкими подлокотниками и вышивкой будто приглушенно приглашали — посиди, расслабься, отдайся тишине. Здесь все не просто было «мебелью», а словно хранило отпечатки чьих-то долгих вечеров: нотных тетрадей, бокалов с ликером, папок со сценариями, разговоров, шепотов, молчаний. Даже журнальный столик в углу — с легким изгибом ножек, с вазой из утонченного стекла — казался не предметом, а частью музыкальной паузы. Все здесь было выбрано с вниманием — не ради моды, а ради настроения. И Джон чувствовал это — как будто комната была жива, как будто каждый предмет смотрел на него молча, но с теплом.

В квартире было также множество статуэток, вееров, картин, фигурок животных и различных шкатулок. Это была коллекция для музея, которая потрясла Джона. Интерес к родителям Натали у него рос в геометрической прогрессии.

Совместный обед был в просторной гостиной с высокими потолками и хрустальной люстрой с бежево-коричневыми плафонами и рисунками, напоминающими какие-то древние узоры. Скатерть белая, посуда серебряная, запахи аппетитные, атмосфера приятная и строгая.

Родителей Натали звали одинаково — Валентин и Валентина. Это было так по-семейному, так показывало их крепкую связь, дополнение и уверенность друг в друге.

Валентин был не из тех людей, кого забываешь после первого взгляда. В нем не было нарочитой выразительности, как у провинциальных артистов, и не было холености номенклатурных деятелей. Но в его лице — с широким, открытым лбом, аккуратно подстриженными седеющими висками и внимательными светлыми глазами — чувствовалась концентрация ума и выдержки, как в хорошем коньяке.

Он почти не жестикулировал, говорил коротко, точно и, казалось, мог формулировать фразу быстрее, чем собеседник успевал ее осмыслить. Но при этом в голосе жила насмешливая теплота, а в паузах между словами — легкое удовольствие от наблюдения.

Это был человек, который мог управлять труппой актеров без крика, одной бровью, одной ремаркой. И при этом знал, где поставить шутку, чтобы разрядить тяжелый момент.

— Так вы, Джон... журналист? — начал Валентин, разливая вино. — Или фотограф? Или разведчик?

Он не смотрел на Джона напрямую — скорее изучал отражение в бокале, в котором колыхалось белое вино и лампочка люстры.

Джон не моргнул.

— Смотря кто спрашивает, — ответил он, не теряя легкости. — Журналисту я скажу, что фотограф. Фотографу — что писатель. А разведчику... скажу, что вы меня уже видели.

Валентин чуть приподнял бровь.

— Ха. Хорошо. Ответ — как у драматурга.

— А я и есть драматург. Только мои пьесы никто не ставит.

— Почему?

— Потому что я их не пишу. Я их проживаю.

За столом повисла короткая тишина. Валентина прижала салфетку к губам и посмотрела на мужа с полускрытой улыбкой. Натали смотрела вниз, но уголки ее губ говорили о сдержанном удовольствии.

Валентин хмыкнул.

— Вы мне нравитесь, — сказал он. — У вас язык не распущен, но заряжен. Редкое сочетание.

Джон кивнул.

— Я стараюсь не стрелять первым. Но и мишенью быть не люблю.

Супруга Валентина одобряюще улыбнулась. Мама Натали принадлежала к той редкой породе женщин, которых не назовешь «симпатичными» или «приятными». Она была — красивой. Не в том смысле, как это подразумевают журналы, и не той красотой, что гаснет в суете быта. Ее красота была аристократична, сдержанна и цельна, как если бы она никогда не принадлежала никому, кроме нее самой. Волосы уложены в аккуратную, почти архитектурную прическу, которая подчеркивала линию подбородка и шею. Макияж — почти незаметен, но идеален, будто нанесен не руками, а привычкой к достойному виду. Платье — темно-синее, строгое, но сидящее безукоризненно. На груди — брошь в форме серебряного театрального маскарада, тонкой работы, как знак принадлежности к миру символов и сцен.

От нее пахло не парфюмерией, а воспитанием. Легкий аромат ирисов и мускуса создавал ощущение, будто она всегда была здесь — и всегда будет.

Когда подали чай — в тонких фарфоровых чашках с золотым краем, в сопровождении печенья, больше похожего на архитектурные миниатюры, — разговор за столом начал распадаться на тихие пары.

Натали с отцом спорили о новом спектакле, о том, можно ли ставить классику без идеологии, а Валентина, сделав глоток чая, повернулась к Джону.

— Дочь своего отца? — кивнула она в сторону обсуждаемой Натали с легкой, почти невидимой улыбкой.

— Упрямая, — усмехнулся Джон. — Но упрямство, когда оно в человеке от правды, мне ближе, чем гибкость по приказу.

Валентина кивнула.

— А вы — отец. Я так понимаю... у вас сын?

Джон чуть задержался с ответом. Он не ожидал этого вопроса сейчас, в этом пространстве, где все казалось почти театральным, выверенным, как партитура.

— Да. Ларри. Семь с половиной. Уже взрослый. Уже умеет молчать, когда надо. И смотреть — так, что чувствуешь себя разоблаченным.

— Он живет с вами?

— Со мной. С моей матерью.

— А мать мальчика?..

— Исчезла.

Валентина не задала лишних вопросов. Она просто чуть наклонила голову. Это движение не было ни сочувствием, ни жестом вежливости. Это было узнавание — как будто она прочитала в его словах больше, чем он хотел сказать.

— Я не умею быть с ним правильно, — вдруг сказал Джон. — Я могу все: добыть, решить, уговорить, купить, заставить. Но когда он сидит на полу и молча раскладывает пуговицы по цвету — я не знаю, надо ли остановить или просто сесть рядом.

Валентина поставила чашку, аккуратно, как ставят последнюю ноту на пюпитр.

— Многие думают, что воспитание — это про навыки: как держать ложку, читать по слогам, не перебивать взрослых. Но настоящее воспитание начинается раньше — когда ты просто рядом. Не с поучениями, не с оценками, а с тишиной, в которой ребенок учится чувствовать, что он не один. Когда он еще не может сказать, кто он такой, не может объяснить, чего боится — он просто смотрит. И все считывает. Рядом должен быть кто-то, кого можно читать без слов. Кто подает не инструкцию, а пример. Кто сам живет так, чтобы хотелось быть похожим. Кто своим присутствием говорит: ты в безопасности.

Вот и все воспитание. Быть рядом — и быть таким, с кем рядом спокойно.

Джон кивнул. И вдруг почувствовал, что именно эта фраза — простая, почти абстрактная — коснулась его глубже, чем десятки разумных советов от детских врачей и психологов, знакомых и всех тех, кто пытался помочь, но говорил мимо сути.

— Спасибо, — тихо сказал он.

— Это не совет, — ответила Валентина. — Это просто мысль, которую я не раз говорила себе самой.

Родители Натали произвели на Джона сильное впечатление, он и не думал, что в Светлостане могут быть такие люди.

После обеда, когда стол был убран и разговоры утекли из-под люстры в уютную библиотечную зону, хозяин квартиры, папа Натали, Валентин, предложил чаю и сам взялся за заварник. Делал это неторопливо, как будто на сцене — с паузами, ритмом и тонким ощущением темпа.

— Сейчас в моем репертуаре девять спектаклей, — сказал он, наливая горячую воду в прозрачный стеклянный чайник. — Три из них я продолжаю вести сам, а остальные постепенно отдаю молодым режиссерам. Пусть набираются воздуха и риска.

Он говорил об этом без самодовольства, но и без ложной скромности — как человек, который точно знает, чего стоит его работа.

— В театре я уже двадцать лет, — сказал он, раскладывая чашки с тем же вниманием, с каким, казалось, расставлял мизансцены. — Сейчас я главный режиссер. Слежу за репертуаром, ставлю свои вещи, поддерживаю тех, кто идет следом. Работаю с молодыми, даю площадку, иногда спорю, но стараюсь не мешать.

Он чуть усмехнулся:

— У меня было время, когда я рвался делать громко. Заявить, доказать, врезаться в память. А теперь хочется другого — чтобы все держалось не на крике, а на точности. Чтобы актер не говорил, а проживал. Чтобы в конце спектакля не хлопали машинально, а замерли — хоть на секунду. Не от восторга, а оттого, что внутри что-то сдвинулось.

Он поставил последнюю чашку, посмотрел на нее и тихо добавил:

— Мне всегда казалось, что театр — это не про декорации, а про доверие. Если оно возникает — все остальное приложится.

Джон кивнул, чувствуя легкое смятение — не потому, что услышал что-то пафосное, а наоборот: в интонации Валентина было слишком много простоты и свободы. Его речь не стремилась впечатлить, она была естественной, как дыхание. И в этой естественности чувствовались годы — не только опыта, но и внутренней работы. Джон вдруг понял, что перед ним человек, который умеет быть глубоким без нажима, спокойным — без слабости и уверенным — без подавления. Таких он почти не встречал.

— Я сам езжу в театральные вузы, — сказал Валентин, неторопливо, как будто проговаривая не биографию, а смысл. — Не просто читаю лекции, а веду полноценные курсы. С отбором, с практикой, с этюдами. Чтобы не пересказывать теорию, а идти с ними вглубь — разбирать сцены, дыхание, темп, молчание. Слушать их.

Он на секунду замолчал, как будто снова представляя лица студентов.

— Мне важно, чтобы человек на сцене не изображал, а был. Чтобы не играл эмоцию, а находил ее в себе и позволял ей случиться. Потому что зритель чувствует фальшь быстрее, чем слова. И если сцена не живая — она мертвая, сколько бы света на нее ни лили.

Он провел ладонью по полке с миниатюрными скульптурами и предметами, как бы между делом, но с видимой нежностью.

— Вот это все — память не обо мне, а о спектаклях, которые жили. — Он указал на одну из фигурок. — Из Гданьска. Тогда мы играли «Грозу», и это был тот случай, когда зал не дышал — просто смотрел. А это — из Улан-Батора. Совсем другая пластика, другой язык, но удивительное взаимопонимание. А вот лампа из Гаваны — фестиваль, который едва не сорвался, но в итоге стал одним из самых светлых наших выездов.

Он говорил о вещах, как о людях — с уважением, без хвастовства, будто каждый предмет хранил не память, а дыхание сцены.

Джон слушал и чувствовал, как в нем переворачивается понимание границ. Светлостан, который он знал, был серым, глухим, давящим. А здесь, в этой квартире с мягким светом, полками книг и вкусом в каждой мелочи, открывалась другая страна — внутренняя, культурная, в которой можно жить, не разрушаясь.

Валентин не был говоруном. Но в его словах были собранность полководца и артистизм дирижера — человек, который умеет управлять и доверять, держать ансамбль и не срывать голос.

Хозяйка квартиры вернулась с кухни с небольшим подносом — лимон, сахар в серебряной вазочке, тонкий нож, блюдце с медовыми орешками в легкой карамельной глазури и тарелка с тонким маковым печеньем. Все выглядело просто, почти скромно — но именно так, как делают для своих: без демонстрации, с теплом.

Она поставила все с той спокойной грацией, с какой делают важные, но не парадные вещи — как ставят чашку перед близким, как поправляют плед на подлокотнике. В ее движениях чувствовалась музыка повседневности — негромкая, почти незаметная, но настоящая.

— Я тоже в театре, — сказала она, садясь рядом. — Композитор.

— Театральная музыка? — уточнил Джон скорее с интересом, чем с удивлением.

— Да. Я не пишу симфоний и не мечтаю о консерватории. Только сцена. Музыка, которая идет вместе с актером. Иногда — вместо него. — Она говорила спокойно, без пафоса, но с той внутренней уверенностью, какая бывает только у тех, кто много лет прожил в своем деле и знает его изнутри.

— Это ведь сложнее, чем кажется, — сказал Джон. — Заставить музыку не просто сопровождать, а говорить. Быть не декорацией, а смыслом.

— Да, — она кивнула. — Музыка либо оживляет сцену, либо мешает ей дышать. Тут нет середины. Слова можно вытянуть игрой, музыку — нет. Если она не из правды — зритель это почувствует раньше, чем поймет сюжет.

Ее голос был мягким, но с хорошо поставленной глубиной — так говорят те, кто умеет произносить важное спокойно, без нажима, но несомненно.

Джон слушал и ловил себя на том, что рядом с этой женщиной чувствует то же, что чувствовал в детстве возле четко играющего оркестра: все на своих местах, все звучит, все имеет структуру — даже пауза.

Чай остыл, разговоры исчерпали себя, и вечер начал мягко стекать с кресел и книжных полок обратно к выходу. Натали поднялась первой, Джон вслед за ней. Он чувствовал себя не гостем, а человеком, которому разрешили прикоснуться к чьей-то жизни.

В прихожей стояла старая кукла — чуть потертая, с фарфоровым лицом и выцветшей лентой в волосах. Натали взяла ее в руки, сдула пыль с плеча и не глядя сказала:

— Мама хранила ее для меня... — усмехнулась Натали. — А потом махнула рукой, мол, пусть стоит, может, когда-нибудь сгодится — для чего-нибудь. У нее так все — на всякий случай, но с любовью.

Она посмотрела на Джона.

— Думаешь, дети вообще понимают, зачем им игрушки? Или это мы — взрослые — просто хотим, чтобы у них было детство, которого не было у нас?

Они вышли из дома, когда город уже окутала мягкая тишина. Светлостан в этот час казался особенно вымотанным — будто устал даже дышать. Фонари дрожали желтым светом, отражаясь в лужах, и все вокруг замирало, как сцена после последнего акта.

На углу, где днем толпились люди в длинной ворчащей очереди за рыбой, теперь сидела черная кошка и лениво вылизывала лапу — единственное движение в этом замершем пейзаже.

Натали шла рядом — чуть в стороне, но не отдаляясь. Время от времени край ее пальто едва касался руки Джона, когда шаги совпадали. Она молчала, и он тоже — потому что в этом молчании было все: благодарность за вечер, осторожность перед сближением и, возможно, мысль о том, что с этого момента многое между ними станет другим.

Натали чувствовала: что-то в ней открылось сегодня — не резко, не громко, а как раскрывается цветок к свету, когда никто не смотрит. Словно дверь, которую она привыкла держать приоткрытой только для себя, вдруг распахнулась — не от напора, а потому что стало естественно впустить.

Он вошел в эту внутреннюю тишину без стука, без давления, без пафоса — просто оказался рядом, как будто всегда там и был.

Она не искала объяснений, не торопила себя с ответами. Но ощущение покоя, пришедшего от его присутствия, было сильнее любых сомнений. Ей стало спокойно — не в смысле равнодушия, а в смысле доверия. Так бывает рядом не с тем, кто нравится, а с тем, кто оказывается своим.

И это молчание — общее, теплое, ясное — вдруг стало первым общим словом.

Джон чувствовал: он нашел ту женщину, которую искал не разумом, не логикой и не волей, а чем-то более тонким — тихим движением внутри себя, тем слепым, но точным чутьем, которое не умеет объяснять, но всегда знает, когда правда. Он не сразу понял, почему рядом с ней все в нем замирает, как замирает комната в ожидании первого аккорда. Но теперь знал: Натали была родной — не в смысле крови, а в смысле пространства, дыхания, того редкого совпадения миров, при котором не хочется говорить, но хочется быть.

В ней было то, чего ему всегда не хватало и что он не мог сформулировать в словах — только в ощущении: как запах хлеба утром, как мягкий свет из кухни, как голос, в котором нет ни команды, ни страха, только ритм жизни.

Натали пришла из другой среды — не элитной, но изысканной, не пафосной, но внутренне свободной. Ее семья была островом света в стране, где все чаще выключали электричество: отец — режиссер, сильный, тонкий, с глазами, в которых жили сцены и смыслы; мать — не просто композитор, а как будто аккомпанемент этой жизни, ее глубинный мотив.

И Натали была их отражением — полным, точным, но не копирующим. Она несла в себе культуру, тепло и ту редкую породу, в которой нет высокомерия, потому что в ней слишком много настоящего.

Джон вдруг понял: он тянется к ней не только как мужчина к женщине, но как человек — к дому, которого у него никогда не было. И, быть может, именно поэтому ему не хотелось спорить, доказывать или завоевывать — хотелось просто рядом стоять, не делая лишних шагов, потому что все уже происходило.

И, может быть, когда-нибудь все в их будущем будет так же: он — опора, она — ритм; он — за стеной, она — в доме; и ребенок, который будет расти не по правилам, а в любви.

Он посмотрел на нее — вполоборота, чтобы не пугать.

— Ты знаешь... я никогда не думал, что в Светлостане могут быть такие семьи.

Она улыбнулась.

— Их немного. Мы скорее аномалия.

— Нет, — сказал он. — Вы — причина не сойти с ума.

Они прошли мимо старого тополя. Скрипнула ветка. Где-то вдалеке хлопнула дверь.

— Мне тяжело быть отцом. — Джон говорил тихо, не потому, что боялся слов, а потому, что не хотел, чтобы они звучали декларативно. — Я умею бороться, умею находить, умею идти вперед. Но когда дело касается тепла... я не знаю, как.

Натали не ответила сразу. Только чуть сжала губы — и посмотрела на него с такой тишиной в глазах, в которой не было ни осуждения, ни сочувствия, ни оценки. Только принятие. Такое, от которого не защищаешься, потому что оно не требует ничего взамен.

— Ты могла бы... — начал он, но тут же замолчал. Слово показалось слишком большим и в то же время — недостаточным. Он сделал шаг в сторону, чтобы встать ближе, как будто этим шагом хотел подкрепить смысл.

— Я не прошу тебя воспитать моего сына. Не прошу брать на себя то, что даже я сам не всегда понимаю, как делать.

Он чуть отвел взгляд, но потом снова посмотрел прямо, честно, без защиты:

— Я прошу тебя быть рядом. Рядом с ним — не как наставник, не как учитель, а просто как человек, рядом с которым тепло. Как ты была сегодня. Как ты умеешь.

Он вздохнул. В этом вздохе не было театральности, только тишина после долгой внутренней борьбы.

— И рядом со мной тоже. Не потому, что я этого заслужил. А потому, что с тобой все становится другим. И, может быть, впервые — живым.

Натали остановилась. Посмотрела вверх, на темное окно одного из домов. Потом — снова на Джона.

— Это звучит как предложение.

— Потому что это оно и есть. Я не умею говорить красиво. Но если ты будешь рядом...

Он сделал шаг ближе.

— Я дам тебе опору. Присутствие. Плечо, на которое можно опереться, когда захочется. Тишину, в которой легко дышать. Дом, в котором можно быть собой.

Он говорил просто, почти шепотом, но в этих словах чувствовалась зрелость.

— Я буду рядом. В словах, в поступках, в каждом дне. Потому что ты — та, с кем я хочу идти дальше.

Натали молчала. Потом посмотрела на Джона — внимательно, почти изучающе, будто пытаясь увидеть не только лицо, но и все, что за ним.

— Ты правда хочешь, чтобы мы были семьей? — спросила она. Голос ее был тихим, но в нем слышался не страх — а осторожная надежда.

— Я не просто хочу. Я уже начал жить так, как будто мы ею стали. Осталось, чтобы ты вошла.

Натали опустила взгляд.

Он видел — она сейчас не просто принимает решение. Она перепроживает всю свою жизнь за одну минуту.

— Ты думаешь о Ларри? — тихо спросила она.

— Всегда. Он... он как детское дерево. Уже растет, уже видно, какой будет ствол. Но еще можно что-то скорректировать. Только нужно, чтобы рядом была не стена, а солнце. Ты — для него солнце.

Она чуть улыбнулась.

— А для тебя?

— А для меня ты — та, с кем я хочу идти дальше. День за днем. Строить дом и жить в нем вместе. Быть всегда рядом.

— И родить? — спросила она неожиданно мягко.

Он замер. Потом рассмеялся тихо.

— Конечно. Наш сын будет...

Он не договорил. В голове уже мелькали слова:

...светлый и талантливый, как ты и твои родители. Целеустремленный, как я. Живой, с характером, с ясным взглядом и сильной волей. Он будет братом Ларри — не младшим, а равным. Они будут рядом — всегда вместе. И когда меня не станет — они вдвоем продолжат то, что мы начали. Не просто бизнес. А реальное мужское дело. То, ради чего мы вообще живем: чтобы строить, создавать, оставлять после себя не пустоту, а что-то настоящее. Что-то, за что не стыдно.

— Он будет нашим, — сказал Джон. — И он вырастет не просто сильным. Он вырастет с корнями. С историей. С тем, что мы дадим ему вместе.

Натали кивнула.

— Тогда пошли домой.

Она сделала паузу.

— Я давно хотела знать, где ты живешь. Думаю, пора увидеть это не в рассказах, а наяву.

Он понял: она сказала «домой» — и имела в виду свой будущий дом с ним.

И в этом слове было все: согласие, доверие и начало чего-то нового, что уже никогда не станет временным.

ГЛАВА ДЕВЯТАЯ.
ПАДЕНИЕ СТЕНЫ

Джон пришел в редакцию позже обычного и не увидел людей при входе, в центральном коридоре, даже курилка была пуста. Он поднялся на третий этаж, ни в одном кабинете не было ни души. «Что за черт, — подумал Джон. — Куда все подевались». На верхнем этаже был зал для заседаний. «Может, все там?» — подумал он и направился наверх. Зал был забит до отказа. Люди стояли, как высеченные из камня — никто не шевелился, никто не дышал громко, стояли не шелохнувшись, а на фронтальной стене висел проектор, который с треском транслировал выступление Вождя с трибуны Дворца.

— Товарищи, граждане, соотечественники.

Мы с вами стоим на пороге нового исторического этапа. Этапа, где наш родной Светлостан должен проявить не только верность своим идеалам, но и гибкость, силу духа, способность к обновлению, которых от нас требует сама жизнь.

В последние месяцы мы наблюдаем динамичные изменения на международной арене, а также внутренние процессы, которые подсказывают нам необходимость пересмотра ряда подходов, ранее считавшихся единственно верными.

Ставя задачу перед собой — сохранить достоинство нации, суверенитет государства и спокойствие в каждом доме, — Центральный Совет принял решение о модернизации экономической и социальной модели Светлостана. Отныне, с согласования всех соответствующих инстанций, разрешается создание частных кооперативов, ориентированных на производство, торговлю, сферу услуг и бытового обслуживания. Эти кооперативы будут функционировать в рамках общей государственной концепции развития, под надзором профильных органов, с полным соблюдением законности и общественной ответственности.

Также вводится возможность индивидуального предпринимательства — при условии налоговой дисциплины и регистрации. Мы должны понимать: это — не отказ от основ, а их расширение.

Кроме того, будет начат этап поэтапной валютной либерализации. Граждане при наличии соответствующих разрешений смогут приобретать иностранную валюту для целевых нужд — включая лечение, обучение и закупку необходимого оборудования.

Разрабатывается порядок подачи заявлений на выезд за границу. При наличии уважительных причин — деловые, медицинские, культурные связи или обмен опытом — выезд будет разрешен в индивидуальном порядке при условии обратного въезда и отчетности.

Мы вступаем в эпоху экономической ответственности. Теперь каждый гражданин сможет сам выбирать род своей деятельности — без жесткой привязки к государственным предприятиям. Можно будет открывать свое дело, работать индивидуально, принимать решения и заключать договоры. Но вместе с этими возможностями приходит и новая обязанность: вести учет, отчитываться о доходах, платить налоги, соблюдать правила и получать лицензии. Это и будет основой новой экономической модели Светлостана.

Народ Светлостана — это народ сильный, трудолюбивый и мужественный. Именно такой народ способен уверенно осваивать новые горизонты, брать на себя сложнейшие задачи и реализовывать масштабные проекты, соответствующие вызовам времени. Перед нами — этап больших перемен, и я уверен: у каждого из вас есть все, чтобы справиться с этими задачами — с достоинством, профессионализмом и верой в общее дело.

Главное — сохранить нашу сплоченность, нашу историческую миссию, наше уважение к тем, кто прошел путь до нас.

(пауза)

При этом необходимо отметить, что все новые инициативы потребуют... *времени... определенного времени* для отработки механизмов, корректировок на местах...

(голос срывается, заикается — как будто сам не верит в то, что говорит)

И потому — сегодня, как никогда прежде, важна дисциплина, координация, единство управленческой вертикали.

Мы не имеем права отступать. Мы не можем позволить себе слабость — ни в мыслях, ни в поступках. Все, что было ошибкой, должно быть осознано, чтобы не повториться вновь. Только так мы сможем двигаться вперед — твердо, точно, без колебаний.

Мы берем курс на обновление Светлостана — с честью, с ответственностью, с твердостью.

Спасибо за внимание.

Треск проектора стих, экран погас. Люди в зале так же и стояли как вкопанные. Воцарилась полная тишина, хотя здесь было не менее двухсот человек. В воздухе висело полное непонимание — никто до конца не осознавал, что сказал Вождь и что теперь с этим делать. Люди в зале стояли, как будто они уверенно шли по какой-то прямой дороге и вдруг пришли к обрыву, в котором не видно ни дна, ни другого края. Над которым лежит густой туман, в который надо войти, и неизвестно, что в нем найдешь.

Страх, густой и вязкий, как старый деготь, стоял в зале. Он цеплялся за плечи, вползал в воротники, скапливался в глазах — и делал взгляд тяжелым. Люди не двигались. Даже после окончания трансляции никто не аплодировал. Проектор щелкнул и выключился с хрипом, оставив на стене пустое серое пятно. И только тогда в зале зашуршало: кто-то кашлянул, кто-то поправил пуговицу, кто-то неуверенно встал.

Но Джон уже был в коридоре. Он не чувствовал страха. Наоборот. Он ощущал странную, давно забытую легкость — как после грозы, когда воздух пахнет озоном и мокрым камнем, а легкие вдруг вспоминают, что такое дышать в полную силу.

«Значит, все. Теперь можно».

Эти слова прозвучали в голове, как щелчок затвора — точный, окончательный, запускающий цепную реакцию. И сразу — не просто мысль, а целый поток образов, дыхание нового мира, который больше не прячется в тени: теперь можно не только фотографировать — можно строить. Строить всерьез, не как побег от системы, а как путь, по которому идешь в полный рост, с именем на вывеске, с сотрудниками, с расписанием заказов, с будущим.

Он вдруг увидел это так отчетливо, что на мгновение даже забыл, где находится: светлое пространство с большими окнами и ровным дневным светом, пахнущее деревом, свежим проявителем и терпкой бумагой. Мастерская, где работают люди, которым можно доверять, где каждый кадр — не просто картинка, а свидетельство настоящего, документ времени, лицо эпохи. Отдельный зал — лаборатория, в которой сверкают хромированные сушки и аккуратные столы, где выстраиваются ряды снимков — свадьбы, портреты, дети, улицы.

При входе — небольшой магазинчик, не для показухи, а для души, с рамками, лентами, альбомами, где бабушки покупают пленку для своих «Смен», а молодые пары выбирают коробку для первых семейных фотографий. А в углу — уютная детская фотозона: теплый свет, мягкие кресла, плюшевые игрушки, куда приходят семьи, где все по-настоящему — не глянцевая постановка, а жизнь: искренние улыбки, распахнутые глаза, маленькие ладошки, неуверенные шаги и бабушки в платках, держащие внуков за руку, чтобы запомнить этот момент навсегда.

И все это — возможно теперь легально, на виду, в свету. Не просто можно, пора.

«И пусть будет ателье. И пусть будет выездная съемка. И пусть будет архив для стариков, которые захотят сохранить портреты родни».

Он чувствовал, как эти образы не просто рождаются — требуют быть оформленными. Он знал: теперь у него есть право. А если есть право — будет и ресурс. Ему вдруг захотелось сказать Натали: *«Мы можем. Мы начнем. У нас будет свое».* Он знал, что она поймет. Она — из той породы, кто не боится видеть, когда другие закрывают глаза.

А Ларри?.. Он тоже все это увидит. Вырастет рядом с делом — не в каморке, не в тени, не на обочине чужих решений, а в пространстве, где каждый день наполнен смыслом. Он будет расти среди людей, среди света, звука, разговоров — не как наблюдатель, а как часть. Постепенно — сначала просто рядом, потом в деле, а позже — рядом за столом, где решаются вопросы, где строятся планы. Он станет продолжателем, не случайным, а осознанным. Не тем, кто вынужден, а тем, кто выбрал.

Взгляд Джона упал на окно. За стеклом стояла улица, где уже не висели старые плакаты. Их сняли ночью, или они сами отвалились. Это не имело значения.

Светлостан умер — но на его месте была свобода. И Джон впервые за много лет не боялся начинать с нуля. Он ждал этого момента всю жизнь.

Пока Джон стоял у окна редакции и впервые за много лет чувствовал, как в него входит воздух перемен — в других частях Светлостана тишина не приносила облегчения, а только пуще давила на грудь.

На заводе имени Первого Винта старший инженер Джеки Шелест вошел в цех, как входил двадцать лет подряд — в одно и то же время, в одной и той же куртке, с одной и той же термос-кружкой, в которой всегда был сладкий чай с тмином.

Но цех был... пуст.

Не закрыт. Не в ремонте. А — просто исчезнувший, как будто вычеркнутый из реальности. Как будто никогда и не существовал — ни с его шумом, ни с жаром станков, ни с треском сварки, ни с голосами рабочих.

Станки молчали, масляный запах выветрился. Люди — те, что были, — стояли вдоль стены, как будто их вызвали на выговор. Никто не двигался.

— Почему не включили? — спросил Шелест.

Ответили после паузы:

— Все. Смену сняли.

— Почему?

— Говорят, приватизируют. Государственный заказ отменен, а других и не предвидится.

Он прошел вдоль цеха, мимо своего любимого фрезерного станка, по дороге считал шаги — десять, пятнадцать, двадцать.

Когда-то он мечтал сделать здесь автоматизированную линию. Теперь... теперь он не знал, куда приложить руки, которые всю жизнь знали, что делать.

И эта тишина — была хуже шума.

В университете культуры, на кафедре философии, доцент Клавдия Стасович разглядывала обновленное расписание, будто в нем пыталась найти что-то личное.

Пары исчезали — как буквы, стираемые с доски. Курсы объединяли. Аспиранты уезжали. Деканат молчал.

На кафедре сидел только Питер Маккалистр. Легенда. Когда-то — строгий, ироничный, как латунь. Теперь — в старом пиджаке, с фоторамкой на столе, где были жена и собака.

— Все, — сказал он, даже не повернувшись. — Финансирование сократили. Тринадцатая отменена. Групп нет. Нам говорят: «Переориентируйтесь».

— На что? — прошептала Клавдия.

— На жизнь.

Он открыл ящик стола и достал небольшой блокнот.

— Пеку хлеб. Утром — закваска, потом духовка. А после полудня развожу по соседям, кто заказал. Старушки, семьи, у кого дети.

Он усмехнулся.

— Не то чтобы мечта всей жизни, но... тепло, понятно, нужное дело. И мука теперь — твердая валюта.

Он посмотрел на нее чуть иронично:

— Ты знаешь, сколько стоят сегодня дрожжи? Я теперь знаю. И это тоже знание.

Стасович отвернулась к окну. Ей хотелось плакать. Но не от жалости. А оттого, что в этой новой жизни страдание перестало быть высоким. Оно стало земным, обыденным, укрощенным. Здесь нельзя было рухнуть на сцену с монологом. Только — тихо собирать остатки и начинать что-то печь.

А на кухне в девятиэтажке на восточной окраине Виктор Лайм, бывший парторг райисполкома, сидел с кружкой в руках. Кружка была без ручки.

На столе лежала газета. Поверх нее — старый, уже потрепанный партийный билет с выцветшей фотографией. Рядом — тонкий, отпечатанный на серой бумаге лист:

«Предоставляется торговое место. Универсальный киоск. Условия — 300 в месяц».

Он читал этот лист третий день подряд. Словно ждал, что буквы изменятся, что кто-то появится и скажет, что все это — ошибка.

Но никто не появлялся.

Мир, в котором он жил, был выстроен по вертикали: приказы, подписи, акты, решения, ответственность, переданная сверху вниз. Все было понятно. Все по рангу.

А теперь — метр на полтора. Будка с раздвижным окном. Сам решай, сам плати, сам думай, сам продавай.

Он провел пальцем по строкам.

— Овощи, что ли... — тихо сказал он в пустоту. Голос прозвучал неуверенно, как будто не он сам его произнес.

Жена сидела рядом, но не сказала ни слова. Она слышала это уже дважды — и знала, что в третий раз он сказал это не ей, а себе.

Сын уехал месяц назад. Писал, что работает на стройке. «Нормально», — так и было написано в письме.

Он отложил газету, поправил партийный билет, как будто все еще верил, что этот документ что-то значит. А потом поднялся, медленно, как поднимаются люди, которые перестали ждать объяснений — и остались только с решениями.

Внутри него было не отчаяние, не злость. А пустота, которая не звенит, а гудит, как трубы в заброшенном доме.

«Неужели я остался — лишним?»

У здания бывшего райкома кто-то прибивал новую вывеску. Крупными буквами на светлом фоне, без гербов, флагов и лозунгов:

«Обувная мастерская. Ремонт. Пошив. Индивидуальный заказ».

Мужчина на лестнице, лет сорока пяти, с потертым инструментом и добротными руками, забивал гвозди уверенно, не оглядываясь. Рядом стоял мальчишка — то ли сын, то ли помощник — держал табличку, пока та не закрепилась. Прохожие останавливались, смотрели, кто-то перешептывался.

— Что, уже можно? — спросила женщина с авоськой.

Мужчина спустился с лестницы, вытер лоб и усмехнулся.

— А вы ждали, чтоб кто-то разрешил?

Она ничего не ответила. Но не ушла.

А он открыл дверь, поставил у порога табурет и повесил лампу — простую, на длинном проводе. Свет лег на асфальт мягким пятном, коснулся ботинок, пальцев, лица хозяина.

Мастерская еще не работала, но уже дышала. Как будто в этом свете было обещание: с утра здесь снова будут стучать молотки, пахнуть кожей, звучать голоса. Все это — не указание сверху, не приказ, не план. А человеческое движение: жить, творить, кормить семью. И это было только начало.

А вместе с ним — начинало меняться и то, что раньше казалось неменяемым. Деньги. Не как опасность, не как шепот в коридоре, не как повод для страха. А как результат. Как след усилия, как возможность продолжать. Раньше они приходили украдкой, вызывали тревогу, пахли страхом и подчинением. А теперь — могли появиться с чека, с договора, с четкого слова: «работаю», «продаю», «делаю». И в этом тоже было дыхание новой эпохи.

Деньги — раньше они были как пыль на линзе. Незаметны, пока не попадают на свет. При тоталитарном порядке они были всегда серыми — чужими, прячущимися, компрометирующими. Деньги доставались «через заднюю дверь», за шепотом, через одолжение, через риск. Даже те редкие деньги, которые приносили радость, пахли страхом. А теперь — теперь все было иначе.

Джон шел по улице и думал: *«Я могу напечатать прайс. Могу завести журнал заказов. Могу говорить клиенту вслух: это стоит столько-то. Без оглядки. Без угрызений».*

Деньги перестали быть чем-то постыдным, спрятанным в тени. Теперь в них не было греха, не было тайной сделки, не было ощущения, что за ними обязательно кто-то придет. Они становились другим — не мечтой о роскоши, не знаком вины, а рабочим инструментом. Энергией, что может питать дело, помогать людям, открывать будущее. Потоком — да, сильным, опасным, бурным, но потоком, в котором можно научиться держаться, плыть, управлять. Построить плот — пусть не сразу, пусть неуверенно, но уже не прятаться на берегу.

Джон знал, что легко не будет. Слишком многое еще только оформлялось — новые правила, новые инспекторы, новая отчетность. Будут откаты, будут проверки, будут странные люди с туманными требованиями. Но теперь все это было не в темноте. Не под полой. А — всерьез. По-настоящему. И если идти, то только вперед.

В этом всем была одна новая пронзительная правда:

«Теперь, если я ошибусь — это будет моя ошибка. Если выиграю — моя победа. Это впервые не чужая система. Это — моя жизнь».

И он впервые почувствовал не просто азарт. А — ответственность без унижения.

Джон возвращался домой пешком. Город казался другим — не потому, что дома изменились, а потому, что с них будто стерли пленку привычного. Афиши, лозунги, вывески — все висело, но уже без власти. Он смотрел на них и понимал: они больше никого не держат.

Лестница скрипнула под его шагом. Он не торопился, он хотел прочувствовать это состояние — первые минуты после сброшенных цепей, когда воздух еще кажется ядовитым, но легкие уже начинают расправляться.

Натали была на кухне. Свет падал только от настольной лампы, и в этом круге света ее лицо казалось другим — теплым, собранным, внимательным.

Ларри сидел у окна и что-то чертил на обратной стороне старой открытки. Джон взглянул — дорога, дома, фигура с фотоаппаратом. Возможно, это был он.

— Ты слышал? — спросила Натали.

Он кивнул.

— Все меняется.

— Нет, — сказал он. — Все только начинается.

Он сел рядом с Ларри, осторожно взял в руки рисунок.

— Завтра мы пойдем смотреть помещение, — сказал он. — Я открою настоящую студию. С вывеской. С окнами. С записью.

Ларри молчал, но глаза его вспыхнули. Натали подошла, положила ладонь Джону на плечо.

— Ты уверен?

— Больше, чем когда-либо.

Он посмотрел на нее — и на секунду задержал взгляд чуть ниже. Натали заметила это, не отвела глаз, не испугалась, только чуть склонила голову — как бы в знак того, что понимает.

— И для него тоже, — сказал Джон.

Молчание между ними было как обет.

За окном начали падать крупные капли дождя. Стекло мутнело, но в этой мутности не было страха. Внутри дома было тепло. И это было все, что нужно было для старта — тепло, тишина и вера в то, что на этот раз все пойдет иначе.

ГЛАВА ДЕСЯТАЯ.
СВЕТ В ЛАДОНЯХ

Завод Келли жил как всегда. Гул машин, цокот каблуков по бетонному полу, крик бригадиров, треск громкоговорителей, в которых ежедневно — как мантра — повторялись новости о достижениях и перевыполнениях. В коридорах пахло металлом, потом и жиром. Все было как вчера, как неделю назад, как в тот день, когда она впервые переступила этот порог.

Келли Джефферсон стояла у окна в своем кабинете. На столе — кипа отчетов, диаграммы, списки передовиков. В руке — старая, немного потрескавшаяся черно-белая фотография. Джон — еще мальчик, лет десяти, в школьной форме, с настороженным, но прямым взглядом. Фон — флаг Светлостана. В углу надпись от руки: *«Буду достоин!»*.

Она держала фотографию крепко, как приказ.

— Вот, — сказала тихо. — Всегда был упрямым и сильным. Ты — мой...

Слова оборвались. Она медленно осела на стул, как будто ноги перестали ее слушаться. Сердце сжалось — как гайка, затянутая в тисках. Лицо побледнело. Она схватилась за край стола, но пальцы не слушались. Фото выпало из руки и скользнуло на пол, лицом вверх.

Келли хотела что-то сказать, но не смогла. Ее дыхание стало прерывистым. Глаза смотрели прямо, но уже ничего не видели.

Комната была тиха. Только стрелка на настенных часах щелкала, отмеряя последние мгновения. Она сидела прямо, как всегда: спина ровная, взгляд устремлен вперед, руки на столе. Никто бы не подумал, что Келли была мертва. Казалось, она просто задумалась или ждала, когда принесут отчет.

Через пятнадцать минут ее нашли — дежурная по смене, молодая, испуганная, с папкой в руках, как с щитом, зашла в кабинет, чтобы передать отчет. Сначала она ничего не поняла: Келли сидела ровно, как всегда, взгляд — вперед, руки — на столе, ни малейшего признака неестественности. Только воздух был другим. В нем не осталось дыхания.

Кабинет был холодным, строгим, идеально вычищенным до последней пылинки. На столе — аккуратно разложенные папки, план по нормам, список награжденных, диаграммы производительности. Окно было приоткрыто ровно настолько, чтобы в комнату поступал воздух, но не ветер. Пахло бумагой, чернилами, старым лаком на полу, замершей трудовой дисциплиной. И смертью. Тихой, официальной, как подшитое дело в архив.

Дежурная не закричала, не выронила папку, даже не ахнула в испуге. Просто наступила тишина. Такая, в которой нельзя дышать слишком громко. Как будто и смерть здесь пришла не с криком, а по приказу.

Завод продолжал гудеть.

Когда санитарная машина выехала с территории через служебный проезд, большинство рабочих уже вернулись к станкам. Кто-то коротко перекрестился. Кто-то сказал: «Не выдержала все-таки», — и закурил, глядя в сторону. Кто-то шепнул в буфете: *«Упала прямо на смене, с бумагами в руках...»*

Новость дошла до Джона ближе к вечеру. Он был в монтажной, перебирал пленки из последней поездки в Мурово. Секретарь завода дозвонился до него и сообщил холодно, сухо:

— Умерла ваша мать. Примите, значит... соболезнование. Завтра — прощание в зале. В четырнадцать ноль-ноль. Вход через проходную. Не опаздывайте — будет комиссия.

Он положил трубку и долго сидел не двигаясь. На светлом стекле монтажного стола дрожала рука с лупой. На кадре — девочка в шапке, с лентой «Юный помощник» и искренней улыбкой. Джон смотрел на нее и не мог понять, почему именно в этот момент все будто застыло.

Он не заплакал. Он даже не подумал позвонить кому-то. Он просто надел пальто, вышел в вечерний город, в котором почему-то пахло тем же, чем пахло у него дома в детстве: пережаренным сахаром, бумагой и электрическим напряжением.

Всю ночь он не мог уснуть. Вспоминал. Как она будила его утром — не словами, а звуком чайника. Как она стояла у доски почета и сама прикрепляла новые фамилии. Как в детстве, если он заболевал, она сидела рядом и читала ему «Заветы Вождя», веря, что так — исцеляется дух.

И как однажды, когда он сказал, что хочет рисовать — просто рисовать, — она ответила сдержанно:

— В Светлостане художников нет. Есть оформители, сотрудники визуальной пропаганды.

Он тогда молчал. Но теперь почему-то это всплыло первым.

К утру он был спокоен. Ни слез, ни злости. Только ощущение, что что-то стало тише в мире, как будто один из постоянно работающих вентиляторов в голове — отключился.

В полдень он направился на завод. Все было по-прежнему: тот же вход с убойно-бордовой краской на косяках, та же проходная с тревожным гулом вентиляторов под потолком, те же серые стены, которые она когда-то, еще в своей броневой молодости, вымывала до блеска — «чтобы был пример», говорила, чтобы никто не мог сказать, что бригадир — на словах, а не в деле.

Он шел медленно, будто не к цели, а сквозь воспоминания, никуда не торопясь, без суеты, без панихиды внутри — ни речи, ни скорби, ни ритуала. Просто шаг за шагом, будто возвращался в пустой черновик, где каждая трещина на плитке все еще помнила ее шаг.

И только когда уже совсем близко — за углом — замаячила дверь в траурный зал, он вдруг остановился. Лишь на секунду. Как будто кто-то вложил эту секунду в его ноги, дыхание и сердце. И Джон озвучил сам себе мысль, которая пришла ему в голову:

«Теперь ты не перед ней. Теперь — перед собой. Впервые».

Траурный зал при заводоуправлении был тот же, что использовался для собраний, отчетов, вручений званий, награждений и «вечеров передовиков». Только теперь в нем не было цветов, если не считать искусственных гвоздик, разложенных строго по шаблону. Красные, пластиковые, одинаковые — как медали без лиц, как ложная память. Все казалось тщательно выверенным, как в чертежах самой Келли: четко, бездушно, словно протокол.

У стены стоял гроб, накрытый темно-красным бархатом с золотой бахромой. В ногах — щит с партийной эмблемой. У изголовья — портрет Келли в черной рамке. Снимок, по всей видимости, взяли из архива отдела кадров — официальный, выверенный, с углом поворота, утвержденным на уровне министерства. На нем она смотрела в сторону, будто даже после смерти контролировала, как идет смена на третьем участке.

Рядом с гробом — несколько венков: от завода, от парткома, от профсоюза. На лентах — стандартные фразы: *«Светлая память»*, *«От коллектива цеха №4»*, *«Она была с нами»*. Ни одной живой фразы. Ни одного живого цветка.

По залу рассаживались люди — знакомые, коллеги, начальники отделов, несколько молодых рабочих в парадной форме. Кто-то держал в руках газеты, кто-то что-то жевал украдкой. Чуть в стороне — женщина в вязаном платке тихо плакала: видимо, та самая Зоя из бухгалтерии, которую Келли однажды спасла от выговора. Остальные — молчаливо-показательные, с лицами, которые не умели выражать ничего, кроме усталости.

Гул усилился, когда зашел заместитель директора. На его груди блестел партийный знак, речь он держал заранее отрепетированную. Слова падали, как плитка с заводской стены: ровно, громко, без смысла.

— Сегодня мы прощаемся с Келли Джефферсон, человеком исключительной преданности, дисциплины и трудового героизма. Она внесла огромный вклад в восстановление нашего предприятия после тяжелых послевоенных лет...

— Она была тем, кто никогда не отступал. Кто всегда ставил общественное выше личного...

— Ее принципы, ее система поощрений, ее метод — стали основой производственного порядка, который мы сохраняем по сей день...

Следующий выступал начальник смены, затем секретарь партийной ячейки. Речи были как под копирку: пафосные, безжизненные, дежурные. Говорили, потому что надо.

Джон слушал опустив голову. Руки были сжаты в карманах пальто, спина оставалась прямой, как всегда — не из уважения, а из привычки, которую вбили еще в детстве. Он не мог сказать, что скорбит — не потому, что не было боли, а потому, что все происходящее казалось каким-то театром, слишком выверенным, слишком правильным, слишком не о ней. Ни слова не прозвучало об утреннем чае, который она пила на ходу, стоя у окна, пока читала рапорты и перечеркивала фамилии в списках. Ни единого воспоминания о том, как она, почти не смыкая глаз, вручную вычерчивала графики смен — с цветными линиями, стрелками, и за этот ее страшный перфекционизм ее боялись и одновременно уважали. Ни полуслова о том, как она гладила ему рубашки — аккуратно, с нажимом, добиваясь такой остроты в воротнике, будто тот был не частью одежды, а частью формы — потому что, как она говорила, «внешний вид — отражение идеологии».

Все, что звучало с трибуны, было о другом: об отчетности, об успехах, о заслугах перед Партией, о четком исполнении планов, о дисциплине, о ней — как о механизме. Не было человека. Была функция. Была система, говорящая от ее имени. И он стоял, слушая это, не потому, что верил, а потому, что знал: все будет именно так. По уставу. По порядку. По шаблону, который она бы сама и составила.

В какой-то момент Джон отвел взгляд от портрета. Посмотрел в зал. И увидел — почти все взгляды были рассеяны. Кто-то смотрел в окно. Кто-то поправлял часы. Кто-то уже в мыслях планировал обед или совещание. Никто не был здесь на самом деле. Все просто отмечались.

Был человек — нет человека. Цех работает. Сталь плавится. План перевыполняется.

А мама... Мама лежит там. Холодная. Одиночная. Та, что жила так, будто ее глаза смотрели за всех. Та, что не умела уставать. Та, что верила — по-настоящему, как верят только дети и фанатики. И вот она — ушла. А вместе с ней ушло и что-то в нем.

Джон сделал шаг вперед, когда объявили: *«Кто хочет проститься — может подойти»*. Он не спешил. Люди шли мимо — быстро, почти не останавливаясь. Некоторые кивали. Некоторые несли цветы. Все — одинаково вежливо.

Он подошел. Нагнулся.

Гроб был открыт. Лицо Келли — жесткое, сжатое, как будто даже смерть не сумела стереть ее напряжения. Как будто она боялась опоздать.

В ее руках — аккуратно вложенная фотография. Он узнал снимок сразу. Его фото — десятилетнего Джона, сделанное на фоне знамени, когда он выиграл школьный конкурс по «Заветам Вождя». Она держала его при жизни в портфеле. Теперь — в смерти, в пальцах, которые уже не могли сжаться.

Он стоял так еще какое-то время — молча, с опущенными глазами, ни один мускул не дрогнул. Просто стоял. Как будто пытался услышать в этой тишине хоть что-то: ее голос, ее дыхание, хоть тень той силы, с которой она держала этот мир. Потом, очень медленно, почти не дыша, он наклонился, осторожно вытащил фотографию из ее пальцев — те уже не сопротивлялись, не сжимались, не защищали. Снимок оказался теплым — не от нее, от него самого. Он посмотрел: да, это был он. Мальчик. Прямой взгляд. «Буду достоин». Он медленно сложил фото и убрал его во внутренний карман. Теперь — он будет хранить это. Она больше не могла. Теперь — он решал, что делать с этой памятью.

— Спи спокойно, мама, — прошептал он. — Система тобой довольна. А я... я пока не знаю, доволен ли я сам собой.

Он развернулся и пошел к выходу.

Когда дверь зала за ним захлопнулась, в ушах звенела пустота. Она была громче, чем любая речь. Громче, чем все рапорты, все «Почетные грамоты», все ее крики на заводе. Потому что теперь он точно знал — больше никто не скажет ему, как правильно.

Отец Джона, Сэм, умер раньше, чем Келли. Тихо, почти незаметно. Просто однажды утром не проснулся. Он лежал на своей старой тахте, накрывшись пледом, как всегда — даже летом, и на полу рядом валялась раскрытая книга. Джон не сразу понял, что произошло — все выглядело как обычно. Только тишина была другой, глубже.

Никаких речей, никаких званий, никаких красных гвоздик и портретов в черной рамке. Просто врач из поликлиники, пара сухих бумаг и длинная ночь в старой квартире, где каждый предмет казался теперь немым свидетелем чего-то важного, но недосказанного.

Джон тогда подумал, что отец исчез так же, как и жил: в тени, без претензий, не мешая никому. Как запах кофе на кухне, как полка со старыми журналами, как те добрые руки, которых в детстве не хватало, но которые он все же иногда помнил — в холодные зимние вечера, когда мама была еще на заводе, а Сэм читал ему что-то на ночь, не очень уверенно, но с теплом.

Он ушел потому, что жизнь прошла мимо него: слишком громкая, слишком быстрая, слишком чужая. И он, как всегда, выбрал не мешать. Просто отступил в сторону, тихо, без слов, словно уступая место тем, кто шумнее, увереннее, нужнее. Как будто знал: его время закончилось не на часах, а в самом воздухе.

Прошло несколько месяцев. Джон погрузился в свой бизнес и не допускал рефлексии по своему детству, ушедшей матери, ностальгии. Он жил и работал дальше, двигался вперед, как обычно, не оглядываясь в прошлое.

В доме Джона и Натали часто бывали их друзья, они оба любили общение, встречи, обсуждение последних событий в жизни их семей.

В тот вечер все было на удивление мирно. Весна в Светлостане не наступала внезапно — она, как и все в этой стране, приходила с оглядкой, осторожно, будто спрашивая разрешения у небес. Было сыро, пахло землей, асфальтом, тонкими почками на деревьях и чем-то чуть медленным — как будто воздух еще не верил, что зима ушла.

Джон приготовил чай, что-то ставил на стол. На кухне щелкало радио, передавая песню с хриплым баритоном — словно запись с пыльной пластинки. Гости были тихие, свои: фотограф, театральная актриса, молодой архитектор. Натали двигалась с грацией, в которой было чуть усталости, но много внутреннего тепла. Она смеялась негромко, наклонялась к Ларри, поправляла ему воротник — с участием, осторожной заботой, которую дарят не потому, что должны, а потому, что хотят.

Все казалось правильным. Тихим. Настоящим.

И вдруг — трещина. Словно время само провело ногтем по стеклу, напоминая, что оно рядом — и что оно не ждет.

Натали вздрогнула. Она не вскрикнула — лишь осунулась, резко опустилась на стул, обхватила живот, будто там что-то сжалось кольцом. Ее лицо побелело до прозрачности, как фарфор, сквозь который проступают синие жилки.

— Джон... — голос был почти шепотом, и в нем звучал страх. Не паника, но что-то глубоко тревожное, как будто внутри нее зазвенела тонкая, невидимая струна.

Он подбежал, наклонился к ней, одной рукой подхватил под спину, другой — за локоть, стараясь удержать, не причиняя боли. За окном, точно подстроенное судьбой, хлестнул первый порыв ветра, и ставни дрогнули. Начиналась гроза. Быстрая, нетерпеливая, весенняя гроза, которая не просила разрешения — просто входила, как человек, которому больше нечего терять.

Гости растерялись. Кто-то схватился за телефон, кто-то вышел в подъезд встречать скорую. Ларри стоял в коридоре, сжав ладошки в кулаки, и не двигался — будто все в нем замерло.

Скорая приехала через шесть минут.

Джон сидел рядом с Натали в тесной карете, и весь путь до роддома ему казалось, что дорога — это не улицы, а медленный поток, несущий их сквозь что-то неведомое, к границе, за которой начнется новая жизнь. Он держал ее за руку — теплую, напряженную — и в этот момент ясно понял: сколько бы ты ни планировал, ни рассчитывал, ни контролировал каждый шаг и каждый голос вокруг, бывают минуты, когда ты больше не водитель. Ты просто пассажир собственной судьбы.

Боль была сильной, но Натали не позволяла себе закричать. Только один раз, когда машина резко подпрыгнула на разбитом участке дороги, она стиснула зубы так, что Джон услышал этот звук даже сквозь вой сирены. Он гладил ее по щеке, по волосам, почти шептал:

— Мы справимся... ты справишься... Это все скоро...

А она смотрела в окно. Там бежали капли по стеклу, и каждый удар молнии выхватывал из темноты перекошенные дома, мокрые витрины, лица прохожих под зонтами — чужие и безразличные. Мир шел, как и шел. А у них все менялось.

В роддоме их уже ждали.

— Раскрытие хорошее. Воды отошли. Сколько недель? — быстро сыпал врач, проверяя документы.

Джона вывели из родильной, но он остался за стеклом, прижавшись лбом к запотевшему квадрату. Он видел, как Натали сжимает руки на животе, как акушерка шепчет что-то ей на ухо. И вдруг все пошло стремительно. Будто сама жизнь, устав ждать, решила ворваться в этот мир.

Через пятьдесят семь минут он услышал голос.

Нет, не плач. Именно голос.

Ребенок не закричал. Он издал громкий и хриплый, почти упрямый звук — как первое слово, неслушное, но необходимое. И сразу засмеялся, это было что-то невообразимое, вместо плача — смех, он радовался, что пришел в этот мир. В помещении был свет — мягкий, размытый, как будто наступило утро.

Майкл появился на свет в 23:48.

Он был теплый, тяжелый, с четким взглядом — не как новорожденный, а как человек, который просто долго ждал своей очереди. Его глаза были темные, удивительно сосредоточенные. Он не метался, не искал материнскую грудь — он смотрел в лицо Натали, и в этом взгляде было что-то большее, чем инстинкт.

Джон вошел в палату, когда Натали уже держала ребенка на руках — крепко, как нечто давно ожидаемое, не требующее слов, потому что было частью ее самой. Она не выглядела уставшей или измученной — наоборот, в ней было какое-то тихое, глубокое просветление, как будто за эти несколько часов в ней что-то раскрылось, завершилось и одновременно началось. Она не говорила, просто смотрела на сына — так, как смотрят не на младенца, а на мир, в котором отныне живешь. И от ее взгляда все вокруг будто замирало — воздух, свет, шум из коридора, да и сам Джон — он вдруг почувствовал, что теперь все иначе и прежний порядок больше не вернется, потому что именно в этот момент жизнь — настоящая, важная, невозвратимая — сменила направление.

— Это он? — тихо спросил Джон, подходя ближе, словно опасаясь нарушить хрупкое равновесие между ее руками и этим новым, только что родившимся существом.

— Он, — прошептала Натали, не отрывая взгляда от лица младенца.

Джон опустился на край кровати, немного сбоку, чтобы быть рядом, но не мешать, и посмотрел на сына — теплого, почти без черт, как эскиз, но уже с каким-то внутренним напряжением, будто в нем жила сила, еще не оформленная словами, но уже требующая места.

— Майкл? — выдохнул он, словно примеряя это имя к его чертам, к его глазам, к своему будущему.

Натали кивнула.

— Майкл, — сказала она мягко, но с уверенностью, без тени сомнения. — Мы говорили об этом раньше... но теперь я точно знаю. Как только я его увидела — я поняла, это имя ему. В нем есть направление. В нем есть характер.

Молодые родители замолчали, а за окном стучал дождь. Город дышал сквозь грозу, но в палате было тихо, и это молчание казалось чем-то большим, чем просто тишина — как будто в нем начиналось что-то правильное.

Потом были недели, похожие на сон — не по красоте, не по свету, а по той вязкой, спутанной реальности, где день и ночь путаются, где все измеряется не часами, а кормлениями, прикосновениями, сбивчивым дыханием ребенка. Там не было тишины — наоборот, были крики, всхлипы, шаги, шелест пеленок, и все это складывалось в особую звуковую ткань, из которой теперь и состоял их дом. Просто в этом шуме было что-то новое: не тревога, а начало. Это ощущение новой жизни было почти физическим, как будто весь воздух в доме стал другим: осторожным, молочным, дрожащим.

Натали укачивала Майкла, гладила по спине, пела ему что-то из детства, почти шепотом, только для него, так, как будто этот ребенок всегда был с ней — просто теперь его стало видно. Она умела держать его правильно, почти не замечая собственной усталости, и в ее жестах не было ни растерянности, ни робости: только нежность, строгость и ритм. Даже бессонные ночи, даже бесконечные подгузники и булькающий плач, который раздавался в три утра, не выбивали ее из равновесия. Она словно знала — изнутри — что это и есть путь, и другого не будет, и не нужно.

Джон не принимал в этом участия. Он не кричал, не раздражался, не сбегал — но был вне. Не потому, что не любил сына, а потому, что не знал, как быть с ним. Слишком маленький, слишком непонятный, слишком хрупкий. Его пугало то, как Майкл кричал, сжав кулаки, будто мир вот-вот рухнет; пугало, как он не прекращал плакать, даже когда уже все было — тепло, еда, руки. Пугала беспомощность — не младенца, а своя собственная, в том, что он, взрослый, сильный, ничего не может с этим сделать.

Он стоял в дверях, опираясь плечом о косяк, смотрел, как Натали прижимает к себе сына, как носит его по комнате, и чувствовал себя человеком из другого измерения — как будто они живут под стеклянным куполом, дышат внутри одним воздухом, а он — снаружи, в мире задач, совещаний, прогнозов.

Иногда он пытался помочь: приносил чай, закрывал шторы, укладывал вещи в стиральную машину. Один раз он попробовал взять Майкла на руки — неловко, как чужого, и мальчик тут же заревел, выгнувшись всем телом. Джон замер, обжегся этим криком, как кипятком, и отдал сына обратно Натали, быстро, почти виновато.

Он не мог объяснить, что чувствует: не отчуждение — нет, он знал, что это его сын. Но и не близость — не ту, из которой растут воспоминания. Скорее что-то как в бизнесе: инвестиция, перспектива, проект, который начнется позже. Он верил, что его время еще придет — когда Майкл станет старше, начнет ходить, говорить, рассуждать. Тогда он включится. Тогда он будет нужен.

Натали все это видела. Она ничего не говорила. Просто держала ребенка ближе, дольше, так, как будто знала: на первых этапах ребенку не нужно много людей — только один. Один, кто всегда рядом. Один, кто не отпустит.

А Джон смотрел со стороны и думал, что когда-нибудь он будет рассказывать сыну о деньгах, о власти, о реальности. Он ждал этого «когда-нибудь», потому что настоящее — с памперсами, бессонницей и этим криком в темноте — казалось ему территорией, на которой он не может ничего построить.

Майкл рос очень активным и любопытным мальчиком, у которого не было пауз между вопросами. Его внимание было как свет фонарика в темноте — куда падал луч, туда и тянулся интерес. Почему небо синее? Почему трава не поет? Как летают самолеты? Почему человек закрывает глаза, когда чихает, и правда ли, что если не закрыть — глаза вылетят наружу?

Его любопытство не знало границ. Ни тем, ни времени. Он мог посреди ужина спросить:

— Пап, а если асфальтоукладчик наедет на человека, он станет плоским, как коврик?

И, не дождавшись ответа, тут же переходил к следующему:

— А если выпить весь пруд в парке, то за сколько дней? А если вдвоем?

Он не терпел пустоты — ни в движении, ни в мыслях, ни в словах. Если соседская собака убегала вперед, Майкл расстраивался не потому, что ее не догнал, а потому, что еще не понял, как стать быстрее. Он не принимал «нет» как конечную точку — только как повод спросить: «А почему нет?»

Натали иногда смеялась:

— У него не рот, а двигатель внутреннего сгорания.

— И еще — без тормозов, — добавлял Джон.

Однажды в лифте с ними ехал мужчина из кенийского посольства — высокий, вежливый, с кожей цвета угля и золотыми часами. Майкл смотрел на него почти не моргая. А потом на весь лифт без малейшего колебания спросил:

— А почему дядя такой черный? Он просто не мылся?

Натали побледнела, потом вспыхнула — как всегда в такие моменты. Но мужчина рассмеялся, искренне, громко, и наклонился:

— Я родился под солнцем, маленький друг. А солнце — очень любит шоколад.

Майкл кивнул, как будто услышал великое откровение.

— Ага. Значит, если меня долго жарить, я тоже потемнею?

Он не знал, что такое неловкость. Он не стеснялся незнания, потому что не считал себя глупым — он считал, что мир должен быть понятен, а значит, с ним надо говорить. Не боялся людей. Не боялся чувств. И никогда — не боялся быть неудобным.

Майкл не просто задавал вопросы — он искал принципы. Он не хотел знать *как*, он хотел понимать, *почему именно так и можно ли иначе*. Он не учил — он анализировал, как будто его мозг с рождения работал на интуитивном алгоритме: найти уязвимость системы, выстроить свое правило, заменить привычное — новым.

Если взрослые давали ему монету, он спрашивал не про номинал, а зачем люди вообще придумали деньги и почему нельзя всем просто делиться. Если в парке продавали шарики, он не просил купить — он прикидывал, сколько стоят материалы, сколько таких шаров можно сделать дома, как их потом продать по чуть более доступной цене.

Он был еще слишком мал, чтобы это называть бизнесом, но в его взгляде уже была оценка: стоит ли вещь того, чтобы за нее платить, есть ли в ней ценность, можно ли сделать самому — или продать дороже.

Натали иногда говорила с полушуткой, полусерьезно:

— Этот ребенок родился с калькулятором в голове. Только там не цифры, а смыслы.

И это было правдой. Майкл с младенчества умел чувствовать, что работает, а что нет.

Он не просто решал задачки — он задавал свои. Не просто собирал конструктор — он переделывал его, придумывая, как улучшить, ускорить, уменьшить. Иногда, смотря на микроволновку, он спрашивал:

— Мам, а если разобрать эту штуку и вынуть то, что греет, — можно будет греть только ложку?

Или:

— Пап, если бы в фотоаппарате сразу стоял принтер, ты бы мог продавать готовое фото прямо на улице.

Джон сначала смеялся, потом замолкал. Потому что в этих словах было не просто любопытство — в них жила схема, бизнес-модель, скорость мышления, которой не научишь.

И еще было в Майкле нечто, что не поддавалось расчету. Он был артистичен — не театрально, не манерно, а по-настоящему, от природы. Он умел сыграть любую роль, если хотел добиться своего. Мог притвориться расстроенным, когда знал, что взрослые смягчатся. Или сделать круглые глаза и выдохнуть с невинной искренностью:

— Ну а что? Я же просто хотел узнать…

Но чаще — он смеялся. Смеялся так, что смех был заразительным, вытягивал улыбку даже из самых угрюмых взрослых.

Он умел видеть смешное в серьезном, нелепое в важном и подмечал это тонко — не как шутник, а как наблюдатель, который знает, что в каждом человеке спрятана и слабость, и красота, и глупость, и гений одновременно.

Однажды он, едва научившись писать, подписал на коробке с игрушками «важные активы», а на дверце холодильника повесил табличку «консервированные инвестиции».

Натали всплеснула руками, Джон замер — а потом захохотал.

Он знал, что смешно. Знал, что нужно говорить, чтобы все за столом повернулись к нему. А потом — замолчал бы вовремя. Это было не воспитание, это было врожденное чутье сцены, унаследованное, быть может, от деда-режиссера, но усиленное — его собственным темпераментом.

Рождение Майкла стало для Ларри не просто событием — оно что-то изменило в самом составе его восприятия. Будто внутри появилось новое измерение, к которому раньше не было доступа. Он не мог объяснить это словами, но ощущал всем телом: теперь в этом мире есть кто-то, кто пришел не отнять, а добавить. Не соперник, не угроза, не оценка — а человек, который сразу стал близким, даже до первого разговора. И в этом было открытие: впервые Ларри почувствовал себя нужным не потому, что он справляется, не потому, что его сравнивают или хвалят, а потому, что его простое присутствие рядом может быть важным. Он ощущал это как факт — как вес собственной руки на плече другого. Как обещание, которое еще не сформулировано, но уже принято.

Он еще не знал, что именно будет между ними. Но уже тогда понял: этот мальчик — часть его. И он не позволит, чтобы с ним случилось то, что когда-то случилось с ним.

Никто не просил его заботиться о младшем брате. Никто не говорил: «посмотри», «помоги», «не забудь». Он сам тянул руки, сам поднимал, когда Майкл падал, сам растирал ему коленку, если тот ушибся. Иногда прикрывал одеялом, если видел, что тот сбился ногами во сне. Иногда тихо читал вслух, хотя знал, что Майкл, скорее всего, уже спит. Это не было подвигом. Это было — как дыхание. Просто потому, что по-другому он уже не мог.

Именно Ларри держал его за капюшон, когда Майкл учился ходить — не крепко, а аккуратно, как будто за этим капюшоном держался и он сам, чтобы не упасть в новое, пугающее чувство близости.

Он научил его кататься на двухколесном велосипеде — сначала бежал рядом, потом отпускал и бежал следом, потом просто стоял сзади, но все равно держал крепко, даже на расстоянии. Он объяснял, как переходить улицу по зебре, показывал, где тротуар опасен зимой, как правильно застегивать куртку, чтобы не закусить молнией подбородок.

И в этом всем была не просто братская забота. Это было почти как материнская нежность — та самая, которую Ларри сам в детстве почти не знал. Но с приходом Натали он начал различать ее — в интонациях, в жестах, в мелочах. Он не мог воспроизвести ее точно, но что-то в нем знало — как это должно звучать, как ощущаться, как согревать. И теперь он пробовал передать это Майклу. Не потому, что так нужно. А потому, что внутри не могло быть иначе.

Майкл тянулся к нему. Смеялся с ним и даже капризничал по-особенному — будто знал, что старший брат выдержит больше, чем родители, и все равно не оттолкнет.

Ларри никогда не умел дружить. Он казался слишком правильным, слишком аккуратным, слишком взрослым для своих лет. В школе у него были знакомые, были соседи, с которыми он играл в мяч, были одноклассники, с которыми он сидел за партой. Но настоящего друга у него не было.

И когда родился Майкл, в его сердце будто открылась дверь, в которую не заходил еще никто. Майкл был для него не только братом. Он был шансом. Он был своим. Он был тем, кто не требовал доказательств, не смеялся, не предавал.

Ларри не просто оберегал — он разговаривал с ним как с равным, хоть тот был намного младше. Он мог сидеть рядом с ним часами, складывать игрушки, читать вслух, объяснять, почему у бабочки четыре крыла и зачем снег хрустит. Он делился с ним тайнами, как будто Майкл — маленький сундучок, который не выдает никого. Он рассказывал, как боится крика учителя, как не любит выступать на линейке, как однажды забыл стихотворение и не мог сдержать слез. И Майкл просто смотрел на него своими ясными, удивленно-честными глазами. И этого было достаточно.

Ларри думал: «*Вот он — мой человек. Тот, кто будет рядом всегда. Кто не уйдет, не отвернется, не засмеется. Он мне брат, но не только. Майкл будет моим лучшим другом. Единственным*».

И это ощущение вросло в него, как корень. Глубоко. Тихо. Незаметно для всех — кроме самого Ларри.

Майкл тогда был еще совсем мальчишкой и бежал вниз по дорожке у старого бетонного забора, упрямо, как это делают дети, не рассчитывая шаг, не оборачиваясь, просто с той особенной звериной верой в свое бессмертие, в то, что никакая угроза не догонит, пока ты несешься вперед. И вдруг — оступился, споткнулся, что-то скользнуло под ногой, и через мгновение он уже летел вперед, как стрела, врезаясь прямо лицом в ржавый, местами потрескавшийся бетон. Шмяк, хруст, и в ту же секунду — крик, ярость боли, кровь из носа и грязь на щеках, и сердце, бьющееся не от страха, а от унижения, от этого уязвимого детского чувства, когда не успел, не удержался, не стал героем. Майкл зажал лицо, согнулся, прижав колени к груди, дрожал от злости и стыда, но не плакал — пока не подошел Ларри.

Он просто сел рядом, не сказал ни слова о крови, не испугался, не позвал взрослых — он просто протянул руку, взял Майкла за локоть, сжал его пальцы, чуть грубовато, по-братски, и сказал хрипловато, по-секретному, не оглядываясь:

— Ты не реви. Я тебе расскажу одну историю, хочешь?

И не дожидаясь ответа, стал рассказывать — быстро, сбивчиво, выдумывая на ходу — сказку про подземных принцев, которые жили в мире, где все было наоборот: вода текла вверх, деревья росли в сторону земли, а короли спали в карманах у слонов. Там был принц, который тоже однажды врезался в стену, но вместо крови у него из носа полетели желтые искры, и стена рассыпалась в сахар, и за ней оказался город, в котором все говорили задом наперед и ходили на руках. Майкл сначала всхлипывал, а потом засмеялся, по-настоящему, с соплями, с курносым больным носом, но от души, и они оба смеялись так, как смеются только в детстве, когда неважно, грязный ты или порванный, когда рядом есть кто-то, кто тебя держит за руку и придумывает сказку.

Потом Ларри встал, вытер Майклу нос рукавом, взял его на руки и понес вниз — просто так, не потому, что нужно, а потому, что хотелось подольше не отпускать.

Во дворе стояла старая детская машинка с педалями — ржавая, облупленная, но все еще живая. Джону когда-то ее отдали коллеги из редакции, и она стала частью их семейного пейзажа — как глиняный горшок на подоконнике: ненужная, но родная.

Майкл обожал эту тачку. Он садился в нее с видом настоящего водителя, рулил всерьез, пыхтел, будто ехал через бурю. А Ларри в таких случаях был заправщиком, полицейским или строителем — кем угодно, но не главным.

И вот однажды, когда Майкл в очередной раз сел за руль, Ларри тихо подошел и сказал:

— Можно я тоже? Хочу сам поехать.

Майкл посмотрел на него немного удивленно.

— Но я всегда первый... Ты же говорил, тебе неинтересно.

— Да, но сейчас хочу.

Они стояли молча. Младший — в машине. Старший — рядом. Оба — с прямой спиной, сжав руки.

— Ну, давай потом. Мне еще чуть-чуть, — сказал Майкл и тронул педали.

Ларри не стал спорить. Он просто молча отошел в сторону, сел на ступеньки, обнял колени и замер. Он не был обижен, не чувствовал себя отстраненным — ему было достаточно просто смотреть. Как Майкл сосредоточенно крутит руль, как с шумом и смехом врезается в кусты, как не боится ни скорости, ни грязи, ни того, что кто-то может осудить. Он смотрел и думал: вот так и надо. Так и должно быть — вольно, с хохотом, с разбега, не спрашивая разрешения у мира.

А внутри — что-то дрогнуло.

В какой-то момент Ларри начал замечать, что взрослые чаще смеются над словами Майкла, чем обращают внимание на его старание.

— Ох, ну Майкл у вас — артист! — говорили знакомые, смеясь.

— Настоящий лидер, — кивали гости, наблюдая, как он командует детьми на детской площадке.

— Этот мальчик далеко пойдет, — говорили старшие, гладя его по голове, будто пытаясь на ощупь распознать в нем будущую судьбу.

Ларри слушал молча. Он просто стоял рядом — тихо, внимательно, но как будто чуть в стороне от всей этой теплоты, которой вдруг оказалось слишком много вокруг Майкла. Ему стало прохладно — не от низкой температуры и не от ветра, а от чего-то внутреннего: словно медленно, почти незаметно, между ним и братом что-то сдвинулось. Как будто невидимая грань, еще тонкая, еще хрупкая, начала расти, как лед по воде — незаметно, но неотвратимо. Он не знал, что это. Но почувствовал — с этого дня что-то стало меняться.

Тогда он сказал себе: «Я просто буду рядом. Майкл — звезда, а я — его небо. Без неба ни одна звезда не светит».

Он еще не знал, что небо может уставать. Ларри думал, что они с братом навсегда вместе, как единое целое, одна команда, один кулак. Плечом к плечу, спиной к спине. Что Майкл — его человек. Но время умеет менять все. Даже тех, кто, казалось, был рожден быть рядом.

ГЛАВА ОДИННАДЦАТАЯ. ХРУПКАЯ ИМПЕРИЯ

После речей, после обрушения старого порядка, после грозы — началась настоящая гонка. Джон словно сорвался с привязи, на которой сидел всю жизнь, не замечая, как глубоко она врезалась в кожу. Теперь все — можно. Теперь все — зависит только от него. Никто не скажет «нельзя», не поднимет бровь, не вызовет в кабинет с шепотом: «Это вне линии партии». Свобода ударила в голову, как первый глоток воздуха после долгого погружения.

Он не просто начал свое дело — он впился в него всем телом, всей плотью, всем беспокойным умом. Бизнес не рождался, он вспыхнул, как пожар: жадный, стремительный, требующий кислорода.

Джон мотался по школам, как поезда по станциям — с портфелем, с фотоаппаратом на ремне, с вечной торбой пленок. Утром он был в одной школе, после обеда — в другой, вечером — ехал на другой конец города, где договорился с завхозом, чтобы пустили в спортзал после занятий. Он снимал детей: с бантиками, с ссадинами на коленях, с кривыми стрижками, с осторожными улыбками и дерзкими взглядами. Он снимал — быстро, профессионально, уверенно. И снова в путь.

Пленки он подписывал прямо в поездах, переклеивал этикетки на конвертах, засовывал их в почтовые ящики — чтобы сотрудники в лаборатории напечатали, обработали, вложили в пакеты, отправили родителям. А он в это время уже был в другом городе. Или на пути в следующий. Джон не успевал. Он жил на передышке между делами. Не было времени поесть, не было времени выдохнуть. Он ел в поездах, спал урывками, нес с собой кипы договоров, пачки фотобланков, каталоги, прайс-листы, рекламные листовки. Пленки заканчивались быстрее, чем их удавалось докупить. Кассеты терялись. Батарейки садились. А он все равно шел дальше — потому что чувствовал: пока бежишь — живой.

Он пока бегал больше, чем планировал, но не останавливался — в этом было что-то правильное, нужное, свое. Его система не жила на бумаге и не висела на стене в виде диаграмм, она дышала вместе с ним, была движением, ритмом, от которого нельзя оторваться. Не правила, не инструкции — а живой, непрерывный бег, в котором каждый поворот маршрута уже знаком, каждая деталь выверена им самим. Это было его поле, его пространство, его бизнес, выросший без чужих чертежей и согласований.

Джон был так увлечен свои делом — встречами, сделками, поиском людей и решений, — что видел вокруг только две категории: тех, кто все еще прозябал на пустых, ободранных предприятиях, остатках старого режима, и тех, кто, как он, поднимал новое, пусть и на голом месте. Но существовала еще одна порода, о которой он тогда не думал. Люди, которые не умели и не хотели создавать, зато знали, как отнимать. Которые приходили не за сотрудничеством, а за долей. Которые видели в любом коммерсанте не партнера, а кошелек.

И однажды такие оказались на его пороге.

Они зашли вечером, когда город жил в ритме переходных лет — слишком быстрых, слишком шумных, но при этом лишенных ясных правил. Машины сигналили друг другу в пробках, торговцы на тротуарах выкрикивали цены, а где-то в подворотне спорили о чем-то с угрозой в голосе. Все кипело, но кипело как-то криво, с гарью и привкусом сырого металла. Это было время, когда законы еще писались, но уже перестали работать старые, и в образовавшуюся щель успели пролезть те, кто брал силой.

Двое мужчин вошли неспешно, будто были здесь не в первый раз. Одеты просто, без показной роскоши, но каждая деталь — от добротных ботинок до плотных курток — говорила, что нужды они не знают. В их взглядах не было суеты, только уверенность людей, которые привыкли приходить и забирать, что сочтут нужным.

Куртки, в которых можно и на деловую встречу, и в подвал. Глаза — без возраста. Улыбки — не добрые, но не агрессивные. Те, кто умеет быть неузнаваемым.

Джон встретил их в офисе. Уже собирался уходить, свет в приемной погасил.

Они вошли без стука, с тем уверенным видом, с каким входят туда, где их уже ждут — или где привыкли считать, что все и так принадлежит им.

— Удобно будет, если мы присядем? — спросил один без акцента, но с интонацией, от которой потело стекло в чайнике.

— Присаживайтесь, — сказал Джон. И сел первым.

Они положили на стол папку. Обычную, пластиковую. Но важна была не она — а пауза, с которой она была положена.

— Мы, собственно, о деле, — сказал первый, оглядываясь по сторонам, как будто примерялся к помещению. — Видим, у вас все на подъеме. Динамика. Рост.

— А такие вещи, — подхватил второй, чуть улыбнувшись, — как вы понимаете, не остаются незамеченными.

— Да, — кивнул первый. — Всегда находятся те, кому интересно, чтобы у вас это продолжалось. И чтобы никто не мешал.

— Мы как раз и хотели бы предложить вам... стабильность, — сделал паузу второй, нарочито выделив слово. — В том числе — правовую. Ну и, скажем, физическую тоже.

— А чтобы она была, — снова вступил первый, — надо ведь, чтобы кто-то об этом позаботился. Мы можем.

Джон молчал.

Он слышал про таких и знал их почерк — прямые заходы, без долгих прелюдий, без права на паузы. Видел этот взгляд у тех, кто уже побывал под их рукой: будто в нем жила и показная бравада, и тонкая трещина обреченности, понимающей, что вариантов немного — либо уехать, исчезнув из города, либо оказаться в морге. В груди у Джона уже стучал тот самый холодный мотор, который включался в минуты, когда ошибаться нельзя. Он чувствовал страх, но знал и другое: бояться не запрещено. Запрещено позволять страху сделать выбор за тебя.

— Стабильность — вещь ценная, — произнес он медленно, глядя на пальцы, лежащие на столе. — Но, как говорил один мудрый человек, я доверяю только двоим: один — это я, а второй, сами понимаете, не вы.

Те усмехнулись, как будто услышали хорошую шутку.

— Дело же не в доверии, — сказал первый, чуть наклонившись вперед, словно раскрывал какой-то старый секрет. — Дело в правилах игры. Сегодня без крыши не живет ни газетный киоск, ни ларек с семечками у вокзала, ни автомойка за городом.

Он сделал паузу, оглядел стены, папки, аппаратуру.

— А у вас тут — целая структура. С оборудованием, с архивами, с людьми, на которых вы полагаетесь. Оно вам надо — рисковать всем этим? Одной ночью можно потерять гораздо больше, чем за месяцы или даже годы построили. И тогда уже поздно будет искать тех, кто мог бы защитить.

Джон продолжал медлить с ответами, но за этим молчанием быстро выстраивалась цепочка расчетов. Он знал: если сейчас просто подняться, открыть дверь и дать им выйти, они уйдут только для того, чтобы вернуться — уже не с намеками, а с прямым нажимом. Значит, гнать их вон — глупо. Надо сыграть так, чтобы они ушли не с чувством отказа, а с убеждением, что трогать его опасно, что за ним стоит что-то большее, чем его фирма. Выжать из этой встречи именно это — ощущение, что его территория уже занята и что любое неосторожное движение обернется для них проблемами.

Он вспомнил пару кличек — слышал где-то по радио или в газетах. «Пес», «Седой», «Мартын». Плевать, есть ли они на самом деле. Главное — чтобы звучали уверенно.

Они сидели напротив, не торопясь, словно у них вся ночь впереди. Взгляды — прямые, но без лишней мимики, те, от которых неопытный человек начинает говорить больше, чем хотел.

Джон откинулся на спинку стула, скрестив руки.

— Простите, — сказал он тихо, как будто удивился самому факту их визита, — вы, видимо, не в курсе. Я уже работаю с людьми Мартына.

Тишина. Легкое движение бровей у одного, еле заметный взгляд на напарника у другого.

— С какими людьми? — спросил первый.

— С его, — Джон выдержал паузу, как будто проверяя, слышат ли его. — Все по линии типографий.

— А он в курсе, что вы здесь так... размахнулись? — лениво спросил второй, но в голосе уже чувствовался крючок.

— Он предложил, — без тени сомнения ответил Джон. — Сказал: «Время подходящее, место хорошее, люди есть — работай». Вот я и работаю.

Первый чуть подался вперед, в глазах мелькнула проверка:

— И что, он сам с вами разговаривал?

— Лично, — Джон сказал это так, словно разговор был всего пару часов назад. — Хотите, передам, что вы заходили.

Наступила короткая, но вязкая пауза. Те двое смотрели на него уже иначе — не как на добычу, а как на что-то, что лучше не трогать без веской причины.

— Не надо, — сказал первый, чуть отводя взгляд. — Разберемся.

Молчание. Один из них чуть дернул щекой. Второй откинулся на спинку стула. Они переглянулись. Блеф сработал. Не полностью — но достаточно, чтобы сбить вектор давления. Они поднялись синхронно, будто по команде.

— Мы... сейчас уточним, — проговорил тот, что постарше. — Чтобы не было пересечений.

— Мы ведь все — за порядок, — добавил второй с мягкой усмешкой. — Так?

Джон чуть наклонил голову, словно примеряя их слова на себя, и вдруг усмехнулся краем губ:

— Вот такая, понимаешь, загогулина получается... — он медленно поднялся из-за стола, не спуская с них глаз. — А порядок... он всегда начинается с точной информации.

Они ушли — без угроз, без демонстративного хлопка дверью, без того последнего слова, которое обычно оставляют, чтобы держать тебя в напряжении. И именно эта тишина, чистая и холодная, показалась Джону самым опасным знаком.

Когда шаги растворились на лестничной клетке, он остался один. В офисе было тихо, но эта тишина была не отдыхом, а отложенным эхом напряжения. Он сел обратно, медленно, как человек, только что вышедший из ледяной воды. Посмотрел на свои руки — пальцы слегка дрожали. Незаметно, не всерьез, но все же дрожали.

Он провел ими по столу, будто выравнивая поверхность. Да, страх был — густой, вязкий, прячущийся где-то под ребрами. Был, и он это знал. Но вместе с ним пришло и другое чувство — твердое, как камень, на который можно опереться. Выбор уже был сделан, и назад дороги не было. Он не позволил слабости взять верх, не дал себе дрогнуть. Он снова оказался тем, кто выдерживает удар, кто остается на ногах, когда другие падают, и именно это — умение стоять, несмотря на все, — было для него настоящей победой.

Через неделю в городе начали шептать, что «у того, что фотостудию держит, все под Мартыном». Слух рос, обрастал подробностями, которых никогда не было: кто-то уверял, что Джон «в доле» с людьми Мартына, кто-то — что у него там целые склады с оборудованием, тронуть которое никто не решится. А еще через месяц те же двое — или очень похожие на них — уже ходили по другим фирмам и мастерским, бросая между делом: «Хотите, чтобы у вас было так же спокойно, как у Джона?» И люди понимали, что «спокойно» — это не про отсутствие клиентов, а про отсутствие проблем. Так, понемногу, его фотодело оказалось под своеобразной защитой. Не по схеме — а по страху. Не по договору — а по слуху, который в этом городе всегда был крепче любой печати.

Он добился главного — сохранил свое. И не потому, что оказался сильнее их или сумел запугать, а потому, что вовремя нашел нужные слова и расставил их так, чтобы в них поверили. Он не был ничьим человеком и никогда бы не допустил, чтобы кто-то считал его своей собственностью, но сумел убедить, что за ним уже стоит сила, куда более опасная, чем эти двое, и что связываться с ним — значит подписаться на проблемы, которые в этом городе даже они предпочли бы обходить стороной.

* * *

Иногда, поздно ночью, Джон приезжал домой, с плечами, в которых еще жила усталость дня, и видел, как Натали уже спит, а Ларри сидит в коридоре с книгой, но больше смотрит на дверь, чем на страницы, — ждал только, чтобы поднять глаза и сказать: «Пап, ты дома». А Майкл в это время дышал во сне, раскинувшись как кошка, и этот тихий, ровный ритм детского сна был для Джона лучшей музыкой, чем любые аплодисменты или одобрение в делах. И он ловил себя на мысли: ради этого я держу темп, иду вперед, не даю себе остановиться. Ради них — чтобы у них было все, что им нужно, чтобы они могли жить свободнее и смелее, чем он сам когда-то.

Но едва мысль успевала согреть, за ней приходила другая, более тихая и упрямая: а может, я все это делаю и ради себя. Чтобы чувствовать, что живу. Чтобы не остаться в стороне от собственной судьбы.

Вечер был тихим. В коридоре пахло запеканкой и мятным чаем. Ларри читал Майклу сказку, по комнате ползали блики от уличных фонарей. Натали вымыла посуду, вытерла стол и остановилась в дверях кухни, слушая, как Джон перекладывает бумаги в кабинете.

— Джон, — тихо, почти нежно. — Ты хоть сам понимаешь, сколько тебя дома не бывает?

Он не ответил сразу. Еще пару секунд шелестел бумагами, как будто искал в них щит.

— А что, дети голодные? Одеты? Все, что нужно, есть? — сказал он не глядя.

— Это не про еду. Это про тебя. Они растут. Майкл спрашивает, когда ты с ним в парк пойдешь. Ларри ждет тебя каждую пятницу, а ты каждый раз задерживаешься.

Он вздохнул, как человек, которому в очередной раз задают глупый повторяющийся вопрос. Поднял глаза. Улыбки в них не было.

— Я не могу быть и там, и здесь, Натали. Это бизнес. Это реальность.

— А реальность — это что? Что ты теперь — только фотограф, директор, хозяин фирмы? А дома кто?

— Я. Я и есть дом. Потому что без меня его бы не было, — голос стал резким.

— Без тебя? — переспросила она. — А я? А дети?

— Ты сидишь дома. У тебя тепло, у детей все есть.

— Я не сижу, Джон. Я живу. И я хочу, чтобы ты жил с нами, а не мчался все время куда-то, где «еще важнее».

Он оттолкнул стул и встал. Медленно, но с той прямотой, от которой веяло холодом.

— У меня нет времени на разговоры об эмоциях.

— У тебя нет времени на семью, — сказала она уже тише, но тверже.

— Я строю компанию ради семьи. Каждый день, кирпич за кирпичом. А ты предлагаешь мне сидеть и рассуждать, в то время как все это в любой момент может рассыпаться?

— А может, Джон, ты строишь все это вовсе не для нас, а для себя. А нас просто вписал в проект.

Молчание. Глухое. Долгое.

Джон нашел что сказать и произнес это тихо, но твердо:

— Натали... Я делаю это для нас. Но не так, как ты хочешь. И не так, как, может быть, было бы проще. Я делаю так, как могу и как считаю правильным.

Натали стояла в его кабинете, у письменного стола, глядя прямо на него. Она ничего не ответила — лишь чуть дольше, чем нужно, задержала взгляд и молча вышла, прикрыв за собой дверь. В комнате остался запах бумаги и металла и ощущение, что между ними медленно растет расстояние, которое потом будет трудно преодолеть.

* * *

Собрания в компании Джона уже давно перестали быть просто рабочими планерками — они стали ритуалами власти. Начинались вовремя, по его щелчку, и длились ровно столько, сколько он считал нужным. Он любил, когда все рассаживались вокруг — по рангу, по должностям, словно фигуры на расставленной им самим карте операции. Любил выслушивать доклады, смотреть, как люди выпрямляются, выбирая каждое слово. В такие минуты он ощущал себя осью, вокруг которой крутится механизм, и понимал: стоит ему повернуть рычаг — и все либо заработает, либо развалится.

Сотрудники говорили коротко. Не потому, что нечего было сказать — просто каждое слово могло стать крючком, за который Джон неожиданно уцепится, развернет, вывернет — и сделает из него обвинение.

Технолог начал говорить ближе к середине.

— Мы протестировали новую серию проявителей и фиксаторов от «Химтеха». Срок хранения — меньше, но результат — четче. Особенно в теневых зонах — детализация, плотность. Температурный режим критичен: при ниже двадцати двух градусов проявка дает брак, но...

— Стоп, — сказал Джон. Мягко, но резко.

В комнате стало тихо — как если бы кто-то резко выключил звук. Только воздух гудел.

— Ты хочешь сказать... что ты закупил химию, которая работает только при двадцати двух и выше?

— Это общепринятый диапазон. У нас в лабораториях...

— Ты что, идиот?

Он сказал это тихо. Не крикнул. Но именно из-за этой тихости удар прошел сильнее, чем любой окрик. Технолог замер, будто к нему прикоснулись раскаленным металлом.

Кто-то дернулся в кресле, кто-то отвернулся. В углу Юля из клиентского отдела начала что-то записывать в блокноте, хотя никто ничего не диктовал. Воздух сгустился.

— Я тебе дал все. Помещения, оборудование, людей. А ты сидишь и рассказываешь мне, что «при двадцати градусах может быть брак»? Скажи мне: мы теперь работаем на «может быть»?

Технолог сжал кулаки. Молча. Не ответил.

Павел, который до этого сидел с краю, вдруг наклонился вперед.

— Джон, слушай... я тестировал тоже, у них качество реально выше. Может, если поставить обогрев...

— Павел, ты — маркетолог, а не технолог. Сиди.

Слова прозвучали холодно, как металл, без тени эмоций или раздражения — в них был лишь приказ, который невозможно оспорить. Павел замолчал и медленно откинулся на спинку стула; вежливая, почти механическая улыбка постепенно сползла с его лица, словно старая краска, осыпающаяся при первом прикосновении.

Технолог что-то шепнул себе под нос. Джон вскинул брови.

— Что?

— Ничего.

— Нет, говори. Мне очень интересно услышать.

— Я сказал: «Если все решено, зачем тогда доклад?»

Джон медленно кивнул, и в зале повисла пауза.

— Вот. Вот именно. Вопрос правильный. Потому что вы не докладываете, вы — оправдываетесь. А мне не нужны оправдания. Мне нужны результаты.

Он встал, медленно, словно растягивая момент. Руки сжал за спиной, как учитель у доски, но голос его уже набирал силу:

— Это бизнес. Не кружок по фотографии. Не кафедра, где обсуждают теории. Не место, где можно спрятаться за умными словами. Это территория, где делают деньги. Настоящие. Считают их в цифрах, а не в красивых фразах. И делают — без права на ошибку. Ошибка здесь — не минус в тетради, а потерянный контракт, потерянный клиент, а значит — и ваше место за этим столом.

Он шагнул к окну, потом вернулся, будто не хотел отпускать слушателей:

— Я хочу, чтобы вы поняли простую вещь. Мне не важны ваши чувства, ваше вдохновение, ваши личные обстоятельства. Это все для дома. Здесь меня интересует только одно — как вы приближаете нас к цели. Каждый день. Каждый час. Если вы этого не делаете — вы не часть команды, вы просто гость, случайно попавший сюда. А гости долго не задерживаются.

Он помолчал, скользя взглядом по лицам, и уже мягче, но так, что в голосе все равно звенел металл:

— На сегодня все. Разойдитесь.

И вышел, как выходит генерал после парада — зная, что сказал последнее слово и оставил за собой ощущение, будто комната стала теснее и тяжелее.

Сотрудники остались сидеть. Не двигались. Как после грозы, когда гром уже ушел, но земля еще дрожит. Кто-то быстро собрал бумаги, кто-то расстегнул воротник, кто-то сказал:

— Ну, теперь в курилке все обсудим, — сказал он, улыбнувшись наигранно, без настоящей искры.

Коридор пах краской и старыми панелями. Лампа над дверью кабинета мигала, будто подслушивала.

Юля стояла у кулера, наливала воду в стакан, но не пила. Рядом, прислонившись к стене, молча курил Павел — не потому, что хотелось, а потому, что нужно было хоть чем-то заняться.

— Ты видел лицо Леона? — спросила она тихо.

— Угу.

— Он же сегодня почти не дышал.

— Да все там не дышали. Кроме одного.

Павел выпустил дым, глядя вперед, не на Юлю.

— Раньше он был другим, — добавила она. — Помнишь? В самом начале?

Он все обсуждал. Спрашивал. Слушал...

— Да. Тогда еще в офисе пахло кофе, а не страхом, — усмехнулся Павел. — Но он теперь «строит империю».

Юля наклонилась к кулеру, нажала кнопку снова, просто чтобы вода зашумела.

— А может, он всегда был таким, просто не показывал и не понимал своей власти?

Павел посмотрел на нее, как будто хотел что-то сказать — и не сказал.

Из-за угла вышел Слай, снабженец. Застегнул куртку, прошел мимо и бросил вполголоса:

— Я, если что, уже смотрю вакансии. Только никому.

— Никому, — кивнула Юля. — Мы ведь здесь не все говорим вслух. Некоторые вещи только глазами.

Они замолчали.

А в кабинете за дверью, где сидел Джон, стрелка часов перескочила с 11:59 на полдень. Новый час. В новой империи. Где правда теперь шепчется в коридорах.

Когда в коридорах офиса к вечеру смолкал звон чашек, затихало клацанье каблуков и щелканье клавиш, дневной шум сходил на нет и Джон оставался наедине с собой. В своем кресле, у стола, с заваренным чаем, он чувствовал себя властелином мира. Не того, большого, где политики снова спорят в эфире и валюты прыгают на табло. А своего, управляемого, выстроенного, логичного, где каждая деталь стоит на своем месте, а каждое движение подчинено его замыслу. Здесь он был хозяином и центром, тем, к кому обращаются за решением и у кого всегда есть ответ — не потому, что он знает все, а потому, что именно он задает правила, по которым это «все» существует.

Он чувствовал это телом, спиной, взглядом. Чувствовал, как тяжесть власти становится приятной — не как груз, а как драгоценное пальто, пошитое по его мерке. Он управлял. Он назначал. Он принимал решения, а потом видел — как они реализуются.

Он думал: *«Я создаю империю. Не просто щелкаю затвором и продаю снимки — я строю корпорацию. Свою систему. Свой механизм, который будет работать, даже когда я сплю. Я — двигатель».*

Он не видел, не хотел видеть, что в этих же кварталах, в этих же городах — сотни, тысячи таких же, как он, жадно и отчаянно нырнули в новую свободу, хватая ее, как утопающие хватают воздух. Кто-то ставил в гараже станок и открывал типографию, печатая первые глянцевые каталоги и цветные афиши для уличных концертов; кто-то снимал цех и запускал производство мебели, торопясь занять пустующие ниши; кто-то организовывал перевозки на старых «газелях» или гнал подержанные иномарки из-за границы; кто-то строил кафе и бары, превращая серые подвалы в шумные, пахнущие кофе и жареным мясом залы. Люди хватали все, что шевелилось. Все продавалось. Все покупалось. Пустой рынок похож на голод: любая вещь, даже самая обычная, воспринимается как редкость. И среди этой жадной, бурлящей энергии, среди проектов, что могли вырасти в сети, фабрики, целые холдинги, Джон оставался сосредоточен только на своем — не думая о том, что за соседними дверями кто-то, возможно, строит куда большее и быстрее, чем он.

Многие из них уже успели перегнать его — кто-то взял в аренду фотолабораторию в центре, кто-то подписал контракт с городской газетой на фотосопровождение всех мероприятий, кто-то уже держал четыре точки с быстрой печатью. Но Джон этого не замечал — в его картине мира конкуренты были фоном, а он считал, что движется по собственному, единственному правильному маршруту.

Джон не обращал на них внимания. Не потому, что их проекты казались ему неинтересными, а потому, что он был уверен: их успех — не настоящий, а лишь случайная волна, которая скоро схлынет. Для него это были истории без корней и без будущего — вспышки, яркие, но короткие. Он верил, что его дело стоит особняком: что только он мыслит стратегически, видит дальше, чем конец квартала, только у него есть масштаб и система. Остальные, как он думал, лишь метаются, барахтаются в мутной воде переходного времени, шевелят ногами, пока не утонут. И каждый раз, когда он говорил себе: «Я — не вспышка. Я — система», в этих словах звучала не просто уверенность, а почти религиозная вера в собственный путь.

Он не видел, как похож становится на тех партийных начальников, которых когда-то презирал: тех, кто смотрел на народ свысока, уверенный, что знает лучше. Он не замечал, как на совещаниях стал не слушать, а выжидать, когда замолчат. Как сотрудники перестали спорить. Как он стал единственным источником «правды».

Он думал: *«Я веду, они следуют».*

А на деле — он приказывал, они боялись.

Его эго, и без того шумное еще с юности, теперь гремело как фанфары, которые он сам себе и играл, наслаждаясь этим звуком. Каждая, даже самая мелкая, победа — будь то удачно подписанный договор, рост дохода или короткая, но лестная реплика в прессе, — подбрасывала его выше, словно пружины в кресле власти становились все более упругими и мощными. А ведь начиналось все иначе — с мечты, с идеи, с ощущения, что он идет за правдой, за чем-то большим, чем просто бизнес. Но чем дальше он шел, тем чаще ловил себя на том, что думает уже не о правде, а о контроле; не о свободе, которую когда-то жаждал дать себе и другим, а о порядке, в котором каждый элемент должен стоять на своем месте; не о людях, с которыми он начинал, а о позициях, которые они занимают в его системе. И, сам того не замечая, он становился новым лицом старой системы — только теперь эта система была в частной собственности и носила его имя в собственном логотипе, отпечатанном на каждом документе, на каждой визитке, на каждом снимке, что выходил из его мастерских.

Джон вернулся поздно. На нем висела пыль дороги, усталость от людей, которых он убеждал, и беспокойство из-за счетов, которые не сходились. В кухне было темно, только ночник на подоконнике горел теплым пятном.

Он зашел в комнату Ларри. Тот сидел за столом, что-то писал в тетради. Наклонился над страницей, как всегда, с аккуратной сосредоточенностью.

— Не спишь? — спросил Джон, входя.

— Решаю... У нас завтра тест. История. — Он повернулся, улыбнулся — чуть устало, но с надеждой.

— Хорошо, что учишься. Но мне нужно, чтобы ты завтра не шел в школу.

Ларри замер.

— Почему?

— Надо помочь на съемке. Один из парней заболел. Нужно, чтобы кто-то подавал оборудование, носил стойки. В общем, заменить его.

— Но... тест...

— Что важнее, Ларри? Оценка по истории или дело, которое кормит нас всех?

Ларри опустил взгляд.

— Но я же не работаю...

— Ты мой сын. А значит — работаешь. Это и есть твоя работа. Быть рядом, когда нужно.

Он сказал это спокойно, ровно, не повышая голоса. Но в этой ровности было что-то, от чего мороз шел по позвоночнику.

Ларри кивнул. Медленно.

— Хорошо...

Джон похлопал его по плечу.

— Молодец. Вот это — правильно. Не учебники важны, а дело. Книжки забудутся, дело останется.

Он вышел, даже не обернувшись.

А Ларри сидел перед тетрадью. Ручка еще была в руке, но строчки уже поплыли. Впервые он подумал: *а если дело — это не мое? Что тогда останется от меня?*

ГЛАВА ДВЕНАДЦАТАЯ. МУЗЫКА ДОМА

Майкл рос, как весенний ручей — шумный, прозрачный, не знающий берегов. Он не ходил — он летал. Не говорил — выстреливал словами, перескакивая с темы на тему. В нем будто не было пустот: вся ткань его детства была соткана из вопросов, смеха, идей и нескончаемого движения. Натали не пыталась сдерживать эту энергию — она пыталась направить. Она не верила в одно дело, одну дорогу, одну профессию на всю жизнь. Она верила в широту горизонтов, в то, что ребенок должен искать — и находить.

По понедельникам — теннис. Настоящий, корт грунтовый с хард-покрытием, профессиональными ракетками и упругими мячами, от которых еще долго звенели пальцы. Майкл не просто попадал по мячу — он играл, как будто это была сцена, бой, театральный поединок. Он подавал — как в кино, со вскриком, с разбега, с эмоцией. Он не выигрывал всегда — иногда мяч уходил в аут, иногда он не успевал подбежать, — но каждый раз вставал, смеялся и кричал:

— Видела, мама? Я почти достал! А в следующий раз точно достану!

Тренер, Ричард Хале, сухой, тонкий, будто вырезанный из лозы человек лет пятидесяти, сначала скептически хмыкал:

— Артист, не спортсмен.

Но уже через месяц водил Майкла к себе, показывал, как держать ракетку «по-взрослому», как считывать траекторию мяча, и однажды, заваривая чай у корта, сказал Натали:

— У вашего мальчишки реакция — как у опытного шахматиста. Он видит вперед. Не силу ищет — решение.

По вторникам — шахматный клуб. Стены с пожелтевшими фотографиями гроссмейстеров, запах старого лака и линолеума, столы с зацарапанными досками. Дети сидели молча, сосредоточенно, сжав губы. Майкл поначалу шумел, ерзал, подсматривал соседние партии. Но потом что-то в нем щелкнуло: он понял, что здесь — другая сцена, сцена внутренней концентрации. Он научился ее уважать.

Майкл подружился с девочкой по имени Кира — темноволосая, с аккуратной косичкой, она ходила с шахматной сумкой, как с саквояжем, и однажды предложила ему сыграть «на молчание».

— Кто заговорит — тот проиграл.

Майкл продержался сорок минут. А потом рассмеялся, рухнул в кресло и сказал:

— Я проиграл. Но это было прекрасно.

Среды отдавались танцам. Натали и сама не ожидала, что сын — мальчик такой живой, говорливый, неугомонный — способен оказаться пластичным, будто из воды сотканным. Он сначала с интересом повторял движения, ловил ритм, но вскоре начал ускользать в собственные импровизации: когда преподаватель включала музыку, он танцевал не то, что показывали, а то, что чувствовал. Иногда это выглядело неловко, иногда — неожиданно красиво.

— Он не ученик, — сказала однажды Мэри Энн Харпер, хореограф с многолетним опытом, наблюдая за очередным «самовольным» па. — Он — автор. У него своя музыка в голове, и он танцует под нее, а не под ту, что играет здесь.

Но уже через несколько недель Майкл подошел к матери и прямо сказал:

— Мам, это не мое. Мне нравится пробовать, но я не хочу сюда ходить.

Натали лишь кивнула. Она не спорила: она хотела, чтобы он знал — в жизни можно искать свое, и для этого нужно иногда пробовать себя там, где ты не хозяин.

Четверг — театральная студия «Сцена». Здание бывшего ДК с облупленными стенами, за кулисами — запах краски и пыли, фуфайки на вешалках, фанерные мечи и старые кулисы. И режиссер — Эдвард Ленгли, седой, рассеянный, с голосом как будто из старых радиоспектаклей.

С Майклом он не обращался как с ребенком.

— Ты сегодня — юный царь, у которого украли голос. Решай сам, как говорить, если говорить нельзя.

И Майкл придумывал — легко, так, как дышат или моргают, не задумываясь; он двигался по воображаемому тронному залу, словно принимал послов, шептал невидимые слова, передавал смысл глазами, руками, паузами, которые говорили громче любой речи. Он жил в этом образе так естественно, будто родился в нем, будто за дверями студии оставлял не только куртку, но и всю внешнюю жизнь. Его тянуло на сцену так же, как других тянет на карусель или в открытое море — туда, где кружит голова, а сердце бьется быстрее. Он не играл — он проживал, впитывая каждую эмоцию, каждый жест, словно от этого зависело что-то важное и личное.

В другой день он вошел в студию, таща за плечом мотоканатную веревку, с биноклем на шее и в старой зеленой куртке, которую Натали когда-то носила в походах по Татрам. Куртка была велика, рукава спадали почти до кончиков пальцев, но это только усиливало впечатление, что перед ними опытный путешественник. На лице — полная серьезность, как у человека, пережившего не одно опасное странствие.

— Я — профессор Виллар, охотник за легендами, — торжественно объявил он, ступив в центр зала. — И, судя по древним картам, именно в этих стенах скрывается храм тысячи зеркал. Кто готов со мной?

Не дожидаясь ответа, он начал распределять роли: двоих назначил проводниками, одного — штурманом, двум девочкам поручил изображать попугаев, еще троим — быть змеями, что стерегут вход в храм. Он говорил так, что дети мгновенно включались в игру, и уже через несколько минут из стульев и полотнищ ткани выросли «джунгли» с узкими тропами, «лианами» и «водопадами» из цветных платков.

Майкл шел первым, пригибаясь, раздвигая «заросли», время от времени поднимая руку, чтобы все замерли. Он заглядывал в воображаемый блокнот, делал пометки, подзывал «проводников» и шептал что-то, отчего остальные замирали в ожидании. В зале свет горел как обычно, но казалось, что вокруг сгущаются сумерки и каждый шаг — в неизвестность.

Когда они «нашли» храм — старую декорацию в углу сцены, обтянутую фольгой и старыми зеркалами из реквизиторской, — он остановился, поднял руку и тихо сказал:

— Дальше идем медленно. Здесь опасно. Каждый отраженный в зеркале может оказаться не тем, кем кажется.

Дети переглянулись — и ни один не засмеялся. Все были внутри этой истории.

Режиссер, наблюдавший сбоку, тихо сказал Натали:

— Он создает миры, в которых хочется жить. И умеет вести за собой.

По пятницам — бассейн. Вода встречала прохладой, свет от больших окон ложился на дорожки, разбиваясь на дрожащие блики, и казалось, что каждое движение рук режет не только толщу воды, но и саму усталость. Майкл плыл так, будто в конце его ждал не просто бортик — а цель, к которой он должен был дойти во что бы то ни стало.

Поначалу в нем еще жила привычка играть: он мог изобразить дельфина, подводного шпиона или вынырнуть в другом конце дорожки, чтобы удивить других пловцов. Но тренер быстро объяснил: здесь игра заканчивается. Здесь считают каждый гребок, каждое отталкивание, каждую секунду. Здесь нет коротких путей — есть только ритм, который нельзя сбивать, даже когда плечи горят, а дыхания не хватает.

И именно это стало для него уроком: спорт требует не только силы, но и умения подчинять себя цели. Он учился заставлять себя плыть дальше, когда тело просило остановки; держать темп, когда мышцы ныли; финишировать, когда все внутри шептало: «Хватит». Постепенно он понял — главное не скорость, а привычка доводить начатое до конца. Эта привычка, выточенная часами тренировок, потом станет одной из его главных сил — и в жизни, и в бизнесе, и в любых делах, где успех требует терпения, дисциплины и умения перебарывать себя.

Вечерами он возвращался домой усталый, но с тем особым блеском в глазах, который выдавал в нем человека, не желающего останавливаться. Он не выдыхался — он продолжал гореть. За ужином он мог вдруг без всякого повода выдать мысль, которую обдумывал весь день:

— Знаете, шахматы и плавание — это одно и то же, — говорил он, разламывая хлеб. — Надо думать наперед. В шахматах — куда пойдет фигура, в плавании — как распределить силы так, чтобы их хватило на последний метр. И там, и там выигрывает тот, кто умеет считать. Кто ошибется в расчете — проиграет. Даже если красиво начинал.

Он спрашивал, можно ли репетировать у них в коридоре, потому что там «правильное эхо». Он пробовал ставить спектакли с соседскими детьми, вырезал маски, писал реплики фломастером на ватмане, строил «сцену» из табуреток. Он брал теннисную ракетку и говорил:

— Это — не ракетка, а дверь. Если я ее открываю — начинается новая жизнь.

Натали слушала его рассказы, иногда улыбаясь, иногда только кивая, как будто прятала ответ внутри себя. Порой она уставала — от его бесконечных идей, от забытых сменок, от утренней спешки и опозданий, от неожиданного балагана в самый неподходящий момент. Порой даже сердилась на сына. Но всякий раз, когда он засыпал, становясь тихим и беззащитным, она ловила себя на одной мысли: он вырастет человеком, которому будет тесно в серых рамках, он найдет путь туда, где сможет дышать полной грудью и идти так, как велит сердце.

И все же была одна вещь, о которой никто не знал. Даже Натали — только догадывалась.

У Майкла была тетрадь. Обычная, ученическая, с клеточками, слегка помятая, с загнутым верхним углом. Он держал ее под кроватью, между старым рюкзаком и коробкой с цветными карандашами. На обложке он наклеил вырезку из журнала — силуэт ракеты и подпись: *«Полет возможен»*.

В этой тетради не было уроков, диктантов или таблиц умножения. Там были идеи.

Идеи — как устроить уличный кинотеатр прямо на стене дома. Как сделать мороженое, которое меняет цвет, пока ты его ешь. Как продавать скамеечные таблички с именами случайных прохожих. Как создать клуб, где люди будут обмениваться не вещами, а желаниями.

— Магазин желаний! — увлеченно объяснял он маме. — Ты отдаешь свое неисполненное, а получаешь чужое — вдруг оно тебе подойдет лучше?

Он придумывал «бизнесы» так, будто завтра собирался их запускать: составлял списки расходов, набрасывал логотипы, придумывал слоганы. Рисовал рекламу, печатал «прайс-листы» и проводил презентации — пусть даже перед единственным слушателем, плюшевым медведем. Все это выглядело почти по-взрослому, но пока оставалось частью его детской, беззаботной игры. А однажды он выстроил в круг три стула, усадил на них своих «партнеров» — плюшевого медведя, пластмассового робота и банку с фасолью вместо бухгалтера — и сказал:

— Мы должны действовать быстрее. Самое опасное — привыкнуть к тому, что и так неплохо. Тогда никогда не станет лучше.

Он не показывал эту тетрадь никому — ни брату, ни даже матери. Она была только его: и убежищем, куда можно уйти от всего мира, и игрой, где он сам устанавливал правила, и будущей империей, пока еще существующей лишь в линиях фломастера на страницах.

В это же время, когда Майкл с азартом нырял в пятничные бассейны и на репетициях перевоплощался в старого мореплавателя, вернувшегося из дальнего похода, Ларри шел по улице — один, с конвертом, туго перетянутым резинкой, в котором лежали пленки и список заказов. Он шел, не жалуясь и не задавая себе лишних вопросов, как будто другой жизни просто не существовало — была только эта дорога, этот конверт и задание, которое нужно выполнить.

Порой отец просил что-то «по мелочи».

— Съезди на склад, возьми коробку проявителя, — говорил Джон, не отрываясь от блокнота.

— Занеси в лабораторию квитанции.

— Подсчитай, сколько кадров с этой школы — мне надо срочно.

— И по дороге купи лампу для сушки. Скажи, что от меня.

Сначала это были отдельные поручения — раз в неделю, потом два, потом каждый день. Ларри быстро понял, в какие дни и часы на почте не бывает очередей, как складывать конверты так, чтобы они не мялись в сумке, и какие слова нужно говорить, чтобы взрослые смотрели не как на мальчика, а как на «представителя фирмы».

Джон однажды протянул ему купюру.

— Ты работаешь. Работа должна оплачиваться.

Ларри взял деньги. Сложил аккуратно, будто боится помять. Он не был против — деньги всегда нравились ему, даже просто держать их в руках было приятно. Он даже почувствовал что-то похожее на гордость. Но в глубине души это была не радость, а тяжесть, словно вместе с купюрами ему вручили документ, где черным по белому: твое детство аннулировано, ты теперь — «человек дела».

Он стал пропускать школьные мероприятия. То репетицию линейки, то поездку в музей — он кивал учителю и говорил:

— У меня поручение.

И учитель, поначалу строго щурясь, потом стал махать рукой:

— Ну иди. Передай отцу привет.

В классе его больше не звали гулять. Он был как будто рядом — но уже в другом времени, на другой скорости. Ребята играли без него, шептались о новых фильмах, передавали друг другу кассеты, а он сидел с тетрадкой, в которой аккуратно вручную выводил номера заказов. Порой сжимал ручку так сильно, что она трещала в пальцах, — и не замечал ни этого, ни того, как все дальше уходит от привычных детских дел.

Джон все чаще говорил о нем как о помощнике:

— Это мой парень. Все понимает. Все схватывает.

— Настоящий преемник.

А потом, чуть прищурившись, добавлял:

— Вот Майкл подрастет — тоже со мной будет. Мы втроем настоящим кулаком станем, а не пятерней растопыренной. Любые стены пробьем.

Ларри слышал это и кивал, будто соглашаясь, хотя внутри у него не было ни восторга, ни сомнений — просто принятие. Он шел по этой дороге, даже не задавшись вопросом, готов ли он. Он вырос, так и не успев прожить свое детство до конца.

Один раз он пришел домой позже обычного — задержался в лаборатории. Его руки пахли химией, в ногтях въелись остатки проявителя. На кухне Натали ставила чай.

— Где был? — спросила она спокойно.

— На развеске. Пленку раскладывал.

— Один?

Он кивнул.

— Папа попросил.

Она хотела что-то сказать, но лишь сжала губы. Ларри смотрел на нее, и в глазах у него была усталость — не та, что после уроков или футбола, а та, что приходит, когда на плечи ложится что-то слишком серьезное для его лет.

Вечерами он мог сидеть на кухне один — без Майкла, без родителей. Он доставал пачку пленок, раскладывал по стопкам, подписывал: «Школа №19, 3-Б», «Детский сад №42, подготовительная». Пальцы стали быстрыми. Он знал, как не перепутать, как не замазать руками. Но в голове — тишина. Он не чувствовал смысла. Только долг.

Он вспоминал, как когда-то, совсем маленьким, строил во дворе снежную крепость. Тогда он смеялся. Тогда были ветер, и красные щеки, и кто-то рядом с лопаткой. Сейчас — были счет, пленка, упаковка.

А потом влетал Майкл — пахнущий хлоркой после бассейна, с растрепанными волосами, сверкавшими в свете лампы, и с очередной историей о том, как он сегодня «победил акулу» на соседней дорожке, — Ларри лишь смотрел и молчал. Майкл подбегал, пытался втянуть его в игру, предлагал стать штурманом подводной лодки или хранителем затонувших сокровищ, но Ларри отвечал:

— У меня еще заказы не сверены.

Он не злился и не жалел — просто, сам того не замечая, шаг за шагом уходил в сторону, оставляя игры Майкла за спиной, как оставляют шумную пристань, когда лодка уже взяла курс в открытое море. И с каждой неделей расстояние между ним и тем берегом росло, а шум детства все слабее долетал сквозь эту все более густую, туманную даль.

И, кажется, это заметил не только он сам. Джон все чаще смотрел на Ларри уже не как на мальчишку, а как на того, кому можно доверить серьезное. Однажды он сказал:

— Ты уже почти взрослый. Ты должен быть в курсе всех дел.

И Ларри кивнул. Он уже не удивлялся словам «должен». Он их знал лучше, чем свое имя.

Он стал тенью отца — без формы, но с обязанностью.

И когда Майкл в очередной раз рассказывал за ужином про победу в шахматной партии, про нового тренера, про свою идею открыть киоск по продаже лимонада — Ларри сидел, смотрел в тарелку и думал:

«А мне никто не говорит, кем я могу быть. Мне говорят — кем я уже стал».

На кухне было темно. Только лампа над раковиной давала желтый полусвет, похожий на вечерний луч, застрявший в стекле. Натали стояла у стола, в руках у нее был пустой стакан. Она его просто держала, как будто он помогал ей не говорить лишнего. Джон пришел поздно, стянул куртку, бросил на спинку стула. Он был уставший, но с тем упрямым огнем в глазах, который появляется у него всегда после «удачного дня».

— Джон... — сказала Натали тихо, не глядя. — Я хочу поговорить. Про Ларри.

Он помолчал. Подошел, налил себе чай.

— Что с ним? Болен?

— Нет. Просто... — она вдохнула. — Он больше не играет, не гуляет. Он даже почти никогда не смеется. Он работает, Джон. У него нет девочки, нет друзей, нет времени даже подумать, кем он хочет быть и куда поступать. Ты это не замечаешь?

— И? — Джон повернулся к ней, в его голосе не было ни раздражения, ни удивления. — Это плохо?

— Это рано, — сказала Натали. — У него не было матери первые годы. Теперь у него нет детства. Ты это не замечаешь?

Джон сел. Отпил чай. Смотрел на нее спокойно, почти холодно.

— Я даю ему дело. Ответственность. Это важнее игрушек. В жизни никто не будет его развлекать.

— А в жизни кто-то будет его любить?

Он резко поставил чашку, чай плеснулся через край.

— Ты утрируешь. Я не отбираю у него жизнь — я учу его жить. Дела — это не наказание, это школа. И поверь, я хочу, чтобы он умел держать удар, а не ждал, что кто-то все принесет готовым. Ты хочешь, чтобы он, как Майкл, носился по театрам и бассейнам? Ладно, Майкл еще маленький, пусть пока ищет свое.

— Он тоже был маленьким, Джон, — тихо сказала Натали. — Просто ты этого не видел. Он рос — рядом с лабораторией.

— Потому что я готовлю его к тому, что ждет за дверью, — сказал Джон, чуть приглушив голос. — Там нет зрителей, там никто не аплодирует. Там, если оступишься, тебя просто обойдут и пойдут дальше. Ты понимаешь, в каком мире мы живем?

— Я понимаю, — сказала Натали. — Но ты не видишь, в какого человека ты его превращаешь.

— Я его не ломаю, я его формирую.

— Он больше не смотрит вперед, Джон. Он только кивает. Только выполняет. Ты видишь, как он сжимает руки? Ты слышишь, как он замолкает, когда рядом ты?

Джон встал. Прошелся. Остановился у окна.

— Ты не понимаешь, — сказал он медленно. — У нас нет права на ошибку. Я строю. Я двигаюсь. Я даю ему шанс быть частью большого. Ты знаешь, сколько людей мечтают о таком старте?

— А он не мечтает, — сказала Натали. — Он просто... исчезает.

Повисла тишина. Только капли били в раковину, одна за другой.

— Послушай, — голос Джона стал жестче. — Я делаю главное. Я строю дело, которое прокормит нас всех. Я даю ему не иллюзии, а базу. Все остальное — глупости. Ты хочешь сломать систему, потому что тебе кажется, что ты чувствуешь больше. А я — знаю. Я знаю, как надо.

— А может, ты просто боишься, что он вырастет не похожим на тебя?

Он обернулся. Посмотрел на нее долго. Потом отвел взгляд.

— Пусть станет кем угодно. Но сначала — человеком, который умеет держать слово. Работать и строить дело. Быть амбициозным и ответственным.

— А потом? — спросила Натали. — А потом он забудет, как это — быть живым.

Она не кричала. Она просто стояла, и в ее голосе было все: тревога, боль, любовь и уже почти — разочарование.

Джон ничего не ответил. Он снова взял чай, отпил глоток, и стало очевидно: он не услышал — или сделал вид, что не услышал.

Дом постепенно затихал. Майкл давно ушел в свою комнату, оставив после себя запах чернил, страницы с аккуратно выведенными расчетами и диаграммами, где линии и цифры переплетались в его собственный порядок, и недоеденное яблоко на подоконнике. Джон, как всегда, в кабинете. За закрытой дверью слышались приглушенные щелчки клавиш, словно он вел бой с очередной таблицей.

Натали вышла в гостиную. Лампа с абажуром отбрасывала мягкий свет на ковер. Она села, подтянула ноги под себя, открыла деревянный ящик с пластинками. Там лежали диски с пыльными обложками — «Григ», «Шопен», «Равель». Пальцы дрогнули на знакомом имени: *К. Вильнер*. Мама.

Пластинка заскрипела, но звук был чистым. Скрипка вступила мягко, будто издалека, будто прошедшие годы не стирали музыку, а делали ее прозрачнее. Натали закрыла глаза.

Она вспоминала себя — другую, прежнюю. Ту, что репетировала в подвале у деда, что влюблялась в стихи и сидела ночами с отцом, споря о Брукнере. Ту, что мечтала ставить спектакли в Париже или хотя бы в Братиславе.

Но вместо сцен — кухня. Вместо света рампы — лампа над детской. Вместо премьеры — ссора за ужином, где Джон говорил, что «мечты — это побрякушки, если они не приносят денег».

Иногда она ловила себя на мысли: *а что, если бы я тогда...*

Но Майкл.

Майкл был ее смыслом. Его глаза, его характер, его путь — она знала, что он особенный. И она должна была быть рядом, чтобы стать его опорой, чтобы подарить ему шанс, чтобы не позволить обстоятельствам лишить его дыхания и силы идти своим путем.

Она сделала глоток вина. Терпкое. Честное.

Мать когда-то говорила ей:

«Ты не обязана спасать мужчину. Но обязана спасти себя — ради ребенка».

Натали не спасала себя, она спасала сына, и пока у Майкла оставался шанс, она была рядом, не отступая, но внутри нее уже давно шел дождь — долгий, мелкий, упрямый, словно нескончаемая морось, которая пропитывает все вокруг и не дает согреться.

В следующие выходные Джон предложил сыновьям поехать в область — пройтись по полям и вдоль реки, немного по лесу и подняться на Доломитовые холмы. Мальчики с радостью согласились провести с отцом целый день. Они выехали в субботу рано утром и к одиннадцати уже были на опушке леса, где стояла старая, покосившаяся сторожка с заржавевшим замком и запахом сухого мха внутри. Именно там Джон хранил все для таких вылазок: плотные штормовые куртки с широкими капюшонами, пахнущие ветром и старой смолой, высокие резиновые сапоги, выцветшие, но надежные шерстяные свитера, в которых угадывалось тепло многих прошлых зим. На полках лежали перчатки с ободранными ладонями, мотки веревок и несколько рюкзаков, протертых временем. В углу, словно в почетном месте, висел огромный нож в кожаном чехле, а рядом — мачете, блеснувшее лезвием, когда Джон достал его из ножен. Для мальчиков все это выглядело как настоящий склад приключений, как тайный арсенал, где каждая вещь хранила в себе не только функцию, но и обещание истории, которую они только начинали проживать.

Они бродили весь день, и отец все время рассказывал им о бизнесе, о том, что это очень сложно и очень интересно, что лишь два процента людей способны им заниматься, но им, Ларри и Майклу, повезло, их отец именно такой. И он научит их тоже всему.

Они шли по тропинке вдоль берега, где высокая сухая трава хрустела под ботинками, как несказанные слова. Майкл бежал вперед, забирался на камни, срывал сухие ветки, а Ларри шел рядом с отцом, чуть сзади, в полшага, как всегда. Джон остановился, посмотрел на горизонт, на залитое солнцем поле и вдруг сказал:

— Сядем.

Они устроились на поваленном дереве. Джон достал из рюкзака флягу, плеснул воды в ладони, умылся. Помолчал. Потом взглянул на обоих сыновей и заговорил — не громко, но так, что каждый звук отдавался внутри.

— Послушайте меня, — сказал он. — Я не часто говорю такие вещи, но сейчас — надо.

Он посмотрел на Ларри, потом на Майкла. Их лица были разные — старший чуть напряженный, младший — любопытный. Но оба — его.

— Вы думаете, бизнес — это про деньги? Про успех, про машины, про рекламу? — Джон усмехнулся. — Деньги, конечно, в основе всего, и без них нет ни свободы, ни власти, но это только начало. Настоящий бизнес — как дом: снаружи он может выглядеть блестяще, но если у него нет фундамента, первое же землетрясение превратит его в груду кирпича. Для меня фундамент — это капитал, люди, система, порядок, которые держат все на месте и не дают рассыпаться. Витрина нужна чужим глазам, а для себя я хочу быть уверен, что мое дело стоит на прочных основаниях, как дерево с глубокими корнями, которое не вырвет ни один ураган.

Он оперся на колени, голос стал ниже, глубже, будто в нем проступал металл.

— Бизнес — это когда ты работаешь не потому, что тебе хочется или нравится, а потому, что не можешь иначе. Потому что если не пойдешь вперед, все начнет рушиться, и никто за тебя это не поднимет. Потому что стоит только на миг остановиться — и тебя сразу раздавят. Потому что если дашь слабину, то завтра не откроются склады, уйдут клиенты, остановится поток денег и никто, слышите, никто не придет, не поддержит, не подставит плечо. В этом вся суть: все держится только на тебе, и если падаешь ты — падает все.

Он замолчал на секунду. Ветер качнул верхушки деревьев. Пахло сосной и сырой землей.

— Коммерсант — это не тот, кто удачно продал. Это тот, кто тысячу раз ошибался, но не сдался. Кто ел хлеб с солью и все равно шел дальше. Кто рисковал — не только квартирой, а самим смыслом жизни. Кто брал кредиты, зная, как их отдавать, но понимая, что жизнь всегда вносит свои коррективы и может перевернуть все. Кто смотрел в лицо проверкам, кризисам, дуракам и предателям — и все равно строил.

Он достал нож, вырезал кору на палке — ровно, сосредоточенно.

— Это как прорубать себе путь в джунглях. Каждый день — мачете по лианам. Каждую ночь — самому себе по мозгам: «Слабак? Устал? А кто, кроме тебя, пойдет дальше?»

Он поднял взгляд. В нем не было злости, но было пламя.

— Легко будет захотеть сбежать, — сказал он медленно, словно каждое слово он вытачивал на камне. — Будет казаться: зачем все это, ради чего такие жертвы и что все вокруг теряет смысл. Наступит момент, когда покажется, что еще шаг — и все рухнет, посыпется, словно карточный домик, и ты останешься один, без поддержки, без плеча рядом. И вот именно тогда, когда все внутри будет кричать остановиться, лечь, сдаться, если ты все-таки поднимешься, распрямишься и пойдешь дальше, несмотря на боль и страх, значит, ты и есть бизнесмен. Настоящий. Не на бумаге, не по вывеске, а кровью своей, ошибками и потерями, болью и бессонными ночами, руками сделанный и самим собой выстроенный.

Он встал. Отряхнул руки.

— Все остальное — понты.

Майкл молчал. Ларри тоже. Они смотрели на отца, на его лицо, на руки, на его походку, когда он пошел вперед, сжимая в кулаке нож и взгляд, как будто перед ним снова была страна, которую надо завоевывать.

Ларри шел чуть позади, ступая по влажной траве, где уже пролегли следы отцовских ботинок. В руках он крутил палку, которой только что отбивался от высокой крапивы, но взгляд его был не на ветках, не на тропе, не на брате, а где-то вдалеке — в том самом месте, которое отец так живо и с нажимом только что нарисовал. В голове гудели слова, но зацепилось одно. Самое главное.

Деньги.

Не «борьба», не «ответственность», не «не отступать». А именно это — деньги.

Он даже почти видел это перед собой: толстые пачки денег, шелестящие в руках, как сухие листья под ногами осенью; карточки с золотым тиснением, которые открывают двери и дают молчаливое право на все; тяжелые часы на запястье, словно знак того, что время теперь принадлежит тебе; кабинет с мягким кожаным креслом, в котором можно откинуться и знать, что все вокруг — твое. И все это было не ради самого дела, не ради клиентов, не ради абстрактных принципов, которыми любят прикрываться философы. А ради власти. Ради той самой возможности жить так, как тебе хочется, не спрашивая разрешения, не вымаливая одобрения, не подстраиваясь под чужие правила. Ради ощущения, что твоя жизнь — это твоя сцена, твой закон и твоя воля, и никто не может тебе указать, как на ней играть.

«Если я войду в это дело... Если войду глубоко, с головой... а лучше — если все это станет моим, полностью... тогда никто не сможет мне сказать нет», — думал Ларри. Не мечтая, нет — выстраивая, как план, как схему, как шахматную партию в тринадцать ходов вперед.

«Папа всегда повторяет: только два процента людей могут заниматься бизнесом. Значит, он — из этих двух процентов. А если он — может, значит, и я смогу. Ведь я его сын. Это во мне уже есть. Это мое право. Мое будущее. Все остальное — для других».

Он почти почувствовал, как на нем сидит хорошо скроенный костюм. Как за столом сидят мужчины, пожимают ему руку. Как он заказывает ужин, не глядя в цены. Как открывает двери не ключом, а жестом. Как женщины смотрят на него не как на мальчика, а как на мужчину, у которого все под контролем.

Он шел, и лицо его оставалось спокойным — как всегда. Но внутри шел торг и расчет. Он не думал о мачете, не думал о сражении с обстоятельствами. Он уже видел, как сама эта поездка, внимание отца, взгляды брата, каждое слово и каждый жест — все это станет его оружием, его рычагом, его сценой, на которой он сможет показать себя и завоевать свое место.

«Неважно, насколько тяжело, если в конце ты — наверху. И если я пройду все это — мне достанется не просто фирма. Мне достанется мир».

Он взглянул на отца как бы случайно, вполоборота, и в этом взгляде не было привычной сыновней мягкости или любви, там было скорее внимание — сосредоточенное, осторожное, даже внешне уважительное, но в самой глубине, за этими слоями, проступала холодная, почти незаметная расчетливость.

Майкл шел в стороне, налегке, с веткой в руке, которую нашел на пригорке и теперь использовал как трость, как меч, как дирижерскую палочку — в зависимости от мысли, что приходила в голову. Слушал отца — не перебивая, но и не вникая во все. Его мысли не прилипали к словам, как у Ларри. Они скользили — и искали свое.

«Борьба. Жесткость. Мачете...»

Майкл кивнул про себя; уважение к отцу в нем было настоящим, глубоким, потому что Джон говорил уверенно, мощно, с той силой, которая рождалась из опыта прожитых лет и пройденных испытаний. Он знал, о чем говорил, и это знание чувствовалось в каждом его слове. Но все же внутри Майкл понимал: этот путь не его, не то, ради чего у него в груди вспыхивает огонь, не то, что заставляет сердце биться чаще и держит его бодрствующим по ночам, когда вместо сна хочется думать, придумывать, пробовать, идти вперед по собственной дороге.

«Я тоже борюсь, — подумал он, — только моя борьба не в том, чтобы ломать или давить, а в том, чтобы собирать и складывать воедино то, что может стать новым, целым и живым».

Он представлял не рынок, где надо биться, а сцену, на которой можно запускать что-то новое. Он не мечтал стать царем бизнеса. Он хотел быть архитектором идей. Создавать проекты, собирать команды, смотреть, как что-то вырастает — с нуля, из воздуха, из мысли — и превращается в настоящее. Как горит в глазах у людей азарт. Как появляется логотип. Как открываются двери. Как за первым клиентом идет второй, третий... пятый... а потом сотни. Как на совещаниях звучат новые слова, новые решения, новые дороги.

Он видел себя не в кабинете с бронзовой табличкой. А в офисе-студии, с досками, маркерами, мягким светом, голосами, идеями. Где рядом с ним — не подчиненные, а те, кто верит в то же самое.

«Dream Team. Люди, с которыми можно двигать горы. Не потому, что надо, а потому, что хочется».

Он не думал о прибыли. Он думал о движении. О том, как здорово — взять нечто, что не существовало, и сделать его частью мира. Он хотел, чтобы у каждого проекта была душа, характер. Чтобы бизнес был не глыбой, которую тащишь, а — живым существом, которое растет, дышит, развивается.

«А деньги?.. Деньги сами придут. Это как аплодисменты после спектакля. Не ради них играешь, но если сделал хорошо — они будут».

Он покосился на отца — и улыбнулся. Тепло. Без подковырки.

«Спасибо, пап. Ты научишь меня выживать. А я научусь — жить».

К вечеру они поднялись на вершину одного из Доломитовых холмов — не самого высокого, но с которого открывался вид, как будто нарисованный. Внизу лежала долина: куски полей, линии лесов, тонкая змейка реки и совсем вдалеке, будто призрак, — светлел город. Он казался нереальным, почти игрушечным — точками огней, прямоугольниками крыш, дымкой из будущего.

Ветер здесь был другой — не шумный, но упругий. Он не стучал, не жаловался — он держал лицо, как человек, который многое знает, но молчит.

Они стояли втроем. Молчали.

Джон смотрел вдаль, руки в карманах. В его глазах было что-то спокойное, даже торжественное. Он видел возможности, границы, участки земли, магистрали, сети влияния.

«Вот она, страна, — думал он. — Теперь она наша, и в этих полях, в этих дорогах, в этих линиях и узлах уже поднимается то, что я создаю, то, что останется после меня».

Рядом стоял Ларри. Его взгляд был похож, но острее. Он прикидывал, мысленно чертил, размечал, будто хотел захватить горизонт и превратить его в личную территорию.

«Если все пойдет по плану, если не оступлюсь, не отпущу — это станет моим. И тогда меня будут знать, слышать, уважать. Я стану тем, кто устанавливает правила».

Майкл же стоял чуть поодаль. Он не смотрел на город — он смотрел в небо. Там птица, там закат, там блики, и ветер шумел, как песня. В руках у него была ветка, которую он подобрал в лесу, и он что-то тихо рисовал ею в воздухе. *«Я еще не знаю, что именно будет. Но я знаю: там, под этим небом, среди людей и их дорог, я сделаю что-то свое. Новое. Живое. И они это почувствуют».*

Они стояли втроем — как три фигуры на перекрестке времени. Отец — с прошлым, которое он несет на плечах и не готов отпустить. Старший сын — с будущим, которое хочет захватить, выстроить, удержать. Младший — с мечтой, которая еще не имеет формы, но уже движется, как ветер.

И никто из них не знал, что очень скоро эти три взгляда столкнутся, и от того, какой каждый выберет путь, будет зависеть не только судьба семьи, но и будущее их собственного мира — того, в котором им придется жить, строить и оставлять след.

ГЛАВА ТРИНАДЦАТАЯ.
ЛЕД И СВОБОДА

Учеба всегда казалась Ларри чем-то подозрительным. Не страшным — нет. Просто ненужным. Он сидел за партой, листал параграф про экономические реформы или строение фотона, и в голове его крутился один единственный вопрос: «А сколько я на этом заработаю?»

Он не был глуп. Он просто мысленно все превращал в фунты, доллары или проценты от выручки. И если прибыль была нулевая — интерес тоже был нулевой.

Натали пыталась. Несколько раз.

— Ты не понимаешь... высшее образование — это не только профессия, — говорила она, стараясь удержать его внимание. — Это горизонт, это возможность видеть дальше, чем твоя сегодняшняя работа. Диплом — это не бумажка, это связи, люди, это то, что потом открывает двери, когда одна закрывается. Сегодня у отца фирма, но завтра все может измениться. И тогда у тебя должно быть свое основание, своя опора.

Ларри кивал, но не слушал. Смотрел в окно, за которым бежали одинаковые дома, и думал: «Да у папы фирма безо всяких дипломов. Кто теперь кого учит?»

Поступать он не стал. Сначала — «возьму паузу». Потом — «не в этом году». А потом просто не захотел больше объяснять никому ничего. Он чувствовал себя вполне взрослым. Он уже давно жил в системе, которую сам не выбирал и в которой знал все входы и выходы. Он не видел смысла начинать с азов, если мог сразу входить в сделки, в планы продаж, в настоящую практику.

И Джон это почувствовал или ждал этого. Однажды, между завтраком и встречей с ключевым клиентом, он протянул Ларри папку с гербовым листом.

— Я тебя оформляю. Официально.

— Куда? — спросил Ларри.

— В нашу компанию. Заместителем генерального директора по развитию, контролю и административным вопросам.

Это прозвучало громко, даже громоздко. Ларри покосился на подпись внизу — и впервые заметил, что она у отца меняется. Стала угловатой, почти королевской.

— А... это что конкретно?

— Все, — отмахнулся Джон. — Ты же знаешь, как у нас все устроено. Ты в курсе процессов. Ты мой человек. Ты будешь рядом. Значит, все под контролем.

— А зарплата?

— Договоримся.

В глазах отца была не радость, а уверенность, почти бетонная.

— У нас большая команда, и нам нужен порядок. Сын в бизнесе — это как фундамент в доме. Без него все на песке.

И Ларри кивнул. Он не знал, что именно будет делать, но знал точно: теперь он внутри.

Должность его не значила ничего. Даже на визитке не помещалась целиком. Никто толком не понимал, чем именно он должен заниматься, — но все понимали, кем он стал: наследником. Человеком, через которого шли документы, звонки, встречи, разговоры. Человеком, о котором говорили в курилке:

— Ну понятно. Теперь все на Ларри.

— Да... молодой. Но «сверху»...

А Ларри слушал — и внутри чувствовал, как впервые в жизни его всерьез уважают.

Джон шел по своим владениям. Нет — не по офису. По крепости, где каждый коридор был пройден сотню раз, каждый стол поставлен по его решению, каждый человек — подобран или одобрен им лично. И рядом — Ларри. Не как гость, а как наследник.

— Здесь у нас отдел рекламы, — сказал Джон, открывая дверь ногой, не постучав. — Девчонки делают буклеты, листовки, баннеры, что там еще. Я не вникаю в названия, мне главное — чтоб цепляло.

Девушка у окна встала, кивнула.

— Покажи, что там ты нарисовала.

Она подала лист. Джон посмотрел пару секунд, потом нахмурился:

— Слишком чисто. Человеку должно быть сразу понятно: дешево, быстро, удобно. А у тебя тут белый фон и какие-то абстракции. Ты скажи, кому ты это продаешь? Художникам?

Девушка опустила глаза. Джон кивнул на Ларри:

— Вот он пусть посмотрит. Молодой, глаз острый. Ты бы купил?

— Ну... не знаю. Наверное, нет, — сказал Ларри.

— Вот. Запомни: если ты не понимаешь — клиент тоже не поймет.

Они пошли дальше.

— А тут у нас склад. Заходи, только смотри — пыльно. Но принцип простой: все должно лежать в одном и том же месте всегда. У нас не SAP какой-нибудь, а нормальная система: табличка, ручка, журнал. Если кто-то не записал — выговор, второй раз — штраф, третий — прощаемся.

— А учет?

— Учет в голове у Гали, кладовщицы, и в журнале, конечно.

Они прошли в отдел, где сидели два парня за компьютерами.

— Это у нас интернет-магазин. Да, мы уже «в интернете». Они там что-то загружают, оформляют. Главное — чтобы был телефон, чтобы человек мог позвонить. Все остальное — это так, мода. — Парни кивнули. Один что-то хотел сказать, но Джон не дал: — Не надо мне терминов. Главное — продажи есть?

— Есть.

— Все. Дальше сами думайте, как их увеличивать.

Он повернулся к Ларри:

— Смотри. Тут все по-простому. Никаких MBA. Я не учился на экономиста — и слава богу. Кто учился, у тех и бизнес в минусах. А у нас что? Очередь стоит. Почему? Потому что мы делаем, а не думаем, как бы это назвать.

Они дошли до кабинета.

— Твоя задача — быть рядом и слушать. Потом — спрашивать. Потом — делать. А потом уже и руководить. Не жди, что все станет ясно в первый день. Здесь разберешься, только когда начнешь работать сам.

Он остановился. Серьезно посмотрел на сына.

— Слова можешь не знать — спросишь. Но работу не сбивай. Это главное.

И в этот момент Ларри точно понял: в этом бизнесе нет инструкции. Есть только Джон.

Через четверть часа на фирме была запланирована планерка под руководством Джона, на которой впервые присутствовал Ларри.

На стене в переговорной висели диаграммы на ватмане. Джон не любил презентации с проекторов — считал это «ненужной новомодной мишурой». На столе — бумажные блокноты, на всех лицах — выученная покорность.

— Отдел продаж! — сказал Джон, даже не глядя в сторону Виктора, начальника. — Ты мне объясни, почему в этом месяце — минус восемь процентов?

Виктор поднялся, начал объяснять про сезонность, про отсутствие рекламной кампании, про отпуск ключевого менеджера. Джон выслушал ровно половину, затем громко перебил:

— Ты меня за идиота держишь? Сезонность? Реклама? Мы что, финансовая пирамида, а не коммерческое предприятие?

В зале повисла тишина. Кто-то опустил глаза. Кто-то замер с ручкой над бумагой. Ларри сидел справа от отца, как будто был его продолжением. Временами Джон поворачивался к нему:

— Ларри, ты как считаешь, это нормальный подход?

— Я бы... усилил контроль, — негромко сказал Ларри, неуверенно. Джон кивнул.

— Вот! Усилил контроль. Учитесь! — резко сказал Джон и встал. Он прошелся по комнате, как генерал по строю.

— Вы вообще понимаете, с чего я все начинал? — начал он, не глядя ни на кого конкретно, но обращаясь сразу ко всем. — Когда вы еще сидели в отделах за госснабом, я один ездил по городам, по школам. С рюкзаком, с камерой, с пленками — в дождь, в метель, на попутках. Я фотографировал детей, высылал пленки почтой, ждал проявки неделями, договаривался с директорами, бегал из школы в школу — и все сам. И бизнес пошел. Потому что я пахал.

Он остановился у окна, глянул на улицу. Пауза затянулась.

— А вы мне тут сезонность. Отпуска. Усталость... — голос снова обострился. — Вы хотите, чтобы фирма жила по календарю? А рынок — он что, под вас подстраивается? Нет! Рынок любит тех, кто работает без жалости к себе.

Он вернулся к столу, хлопнул ладонью по ватману.

— Я много лет держу этот корабль на плаву. Стратегия у нас одна. Проверенная. Мы знаем, как она работает. И мы не будем сейчас все ломать только потому, что кому-то захотелось модненького. Проблема не в стратегии. Проблема в том, что вы сами ленитесь, сачкуете, перекладываете ответственность. Сезонность у вас виновата, реклама слабая, конкуренты мешают... Всегда находятся отговорки. А работать — вот что надо. Вот когда вы предложите что-то действительно не хуже, тогда и поговорим.

Кто-то в углу дернул плечом, будто хотел возразить, но тут же отступил. Тишина стала гуще.

— У меня есть свои правила, и я их менять не собираюсь. Мы идем тем путем, который работает. Все остальное — разговоры ни о чем.

Он бросил взгляд на Ларри.

— Ты ведь тоже это понимаешь? Стратегия — это то, что спасает бизнес, когда все бегают, как курицы без головы. Запомни это, сын.

Ларри кивнул. Но глаза его оставались настороженными.

Джон коротко взглянул на часы и закрыл папку. Это было знаком: разговор окончен. Остальные поднялись и разошлись. А Ларри все еще сидел, чувствуя, что экзамен продолжается, даже если вопросов больше не звучит.

Ларри слушал отца всегда внимательно, почти болезненно сосредоточенно. Он кивал, делал вид, что все схватывает на лету, но где-то внутри все сжималось, как пружина, как будто каждый взгляд отца — это экзамен, каждый вопрос — проверка, и ни на один из них нельзя не ответить правильно. Он чувствовал: ему дают шанс, не дарят, не предлагают — именно дают, разово, с холодной оглядкой. И он должен соответствовать. Должен быть лучше, чем есть. Быстрее, умнее, сдержаннее.

Но все это — под взглядом Джона, в котором не было одобрения. Не было даже признания — только ожидание. И ожидание это было тяжелым, как бетонная плита на груди. Он не знал, чего именно отец ждет. Но знал: если не оправдаешь — второго шанса может не быть.

Ларри вдруг поймал себя на том, что в какой-то момент стал смотреть на вещи не как сын, а как подчиненный. Слово «отец» в мыслях растворялось, уступая место слову «начальник». И он не знал, радует ли его это или разрушает.

Джон говорил четко, по делу, без лишних слов. Его интонации были выверены, будто в каждом предложении — экономия дыхания, как будто даже разговор с сыном — это не момент близости, а инвестиция времени, которая должна оправдаться. Он не учил — он инструктировал. Не обсуждал — приказывал. Ларри это чувствовал каждой клеткой, но не подавал виду.

Иногда он ловил себя на том, что ищет хотя бы намек на мягкость в голосе, какую-то ноту тепла, которая раньше, в детстве, случалась — в других обстоятельствах, в других домах. Но тут, в этих стенах, где пахло бумагой, пластиком, металлом, — не было ничего личного. Только дело. Только работа. Только цифры. И он — в этом потоке — всего лишь винтик. Пусть даже родной.

И когда Ларри выходил в коридор, его взгляд зацепился за старую школьную фотографию: дети девяностых, в одинаковых кофтах и с одинаковыми прическами, смотрели прямо в объектив. Но время давно уже отвернулось — и смотрело совсем в другую сторону.

* * *

Майкл быстро становился не просто подростком — юношей с собственным взглядом на мир. Он по-прежнему был активным, любознательным, заводил все новых и новых друзей. Он ходил на плавание, обсуждая с тренером Артуром, как максимально долго продержаться под водой без воздуха. Он играл в теннис с тренером Руди — бывшим спортсменом из Восточной Европы, который называл его «маленький стратег». Он посещал театральную студию, где режиссер, женщина с трудным взглядом и пронзительным голосом, говорила о нем: «У этого мальчика есть нечто редкое — нерв сцены».

У Майкла был дар — он впитывал людей. Не подражал, не копировал, а ловил в каждом суть и учился. У него была тетрадь с корешком, в которую он записывал: «Как Руди держит ракетку — уверенность», «Как Артур объясняет логику через юмор», «Как режиссер Сусанна командует — и никто не спорит».

Друзья были разными — кто-то из студии, кто-то с районной секции, кто-то из семей ученых, кто-то из простых рабочих семей. Но Майкл чувствовал себя своим в любой компании. Он смеялся, спорил, устраивал мини-дискуссии, мог всех увлечь идеей — провести теннисный турнир на крыше парковки, устроить театральную мини-постановку в школьной столовой или построить модель бизнес-плана для автоматической продажи лимонада во дворе.

Он начал вести свою тетрадь с бизнес-идеями. Она была исписана карандашом и цветными ручками. Там были схемы, расчеты, списки: «Продажа старых журналов, найденных на чердаке», «Обмен книг в школе за небольшую плату», «Создание школьного театра с билетами за 5 фунтов», «Сервис: придумаю оригинальный подарок за 1 день».

Но все это было только подготовкой. Майкл решил твердо — он хочет получить бизнес-образование. Чтобы стать настоящим, профессиональным предпринимателем. Не случайным, как отец, а образованным, системным. Он знал, что нужно: математика, экономика, английский. И начал учиться. Много. Поздно ложился, рано вставал, завел себе расписание, сделал в блокноте карту целей. Но он не стал сухим зубрилой. Майкл успевал все. Он встречался с друзьями во дворе и мог часами болтать с ними о пустяках, он выезжал в лес и возвращался домой с рюкзаком, полным веток, камешков и идей. Он носился по улицам на велосипеде, будто хотел обогнать ветер, и умел останавливаться, чтобы просто лечь в траву и смотреть в небо. Он жил широко, жадно, словно в каждом дне было место и для дела, и для мечты.

Он особенно любил прогулки по лесу. В тишине он размышлял о будущих проектах. Как можно оптимизировать процесс печати? Можно ли придумать платформу, где подростки продавали бы свои мини-услуги? Как делать бизнес экологичным? Он представлял себе будущую команду — Dream Team, как он ее называл. Активные, умные, независимые. Он даже придумывал им должности и обязанности, словно они уже работали вместе.

Горные лыжи стали для него откровением. Раз в год он уезжал в горы с друзьями или в составе туристической группы. Там, на высоте, с ветром в ушах и ощущением скорости, Майкл ощущал особую ясность — словно жизнь сама подсказывала ему ритм и направление.

А дома его ждала мама. Натали умела создать вокруг него ощущение теплого, надежного пространства, где можно было выдохнуть и снова собраться с силами. Она слушала его рассказы, терпеливо разбирала мелкие тревоги и радовалась его победам — так, как никто другой.

Она все еще сохраняла свою легкость, грацию, но в глазах жила усталость. Джон давно стал другим человеком — тяжелым, авторитарным. Натали все чаще ощущала, что он говорит не с ней, а над ней. Решения принимались без нее. Дом — это было его царство, и в этом царстве она все больше чувствовала себя гостьей. Не любимой женой, а функцией.

Она думала об уходе. Серьезно. Однажды. Она даже съездила к матери Валентине — в просторную квартиру на верхнем этаже высотки, где всегда пахло свежим кофе, где на рояле лежали раскрытые нотные тетради, а стены были увешаны картинами и афишами прошлых спектаклей. Ее мать, все та же сильная и прямая женщина, посмотрела дочери в глаза и спросила:

— Ты несчастна?

Натали промолчала. А потом ответила:

— Я нужна Майклу.

Это был ответ, в котором заключалось все. Не признание, не исповедь, а решение. Ради него — она осталась. Это не значило, что ей было легко. Дни складывались в однообразные круги: заботы о доме, разговоры о делах Джона, бесконечное напряжение между ними. Но внутри она держалась за то, что было только ее: писала картины для себя, иногда преподавала живопись по субботам, находила силы в маленьких радостях. И все же главным было другое — она шаг за шагом прокладывала путь для сына, чтобы его мир оказался шире, чем ее собственный. Тихо, день за днем. Говорила нужные слова. Заметно гасила конфликты между Джоном и Майклом, которые стали появляться все чаще. Создавала атмосферу, в которой Майкл мог расти сильным и свободным.

И если бы ее спросили, была ли она счастлива — она бы сказала: «Я — мать. А мать счастлива, когда растет ее сын».

Вот так Майкл шел вперед. Поддерживаемый любовью, обремененный ожиданиями, но с огнем внутри, который не гас даже в самые темные вечера.

* * *

Прошло семь лет.

Фирма разрослась — и по объемам заказов, и по числу сотрудников, и по амбициям ее владельца. Джон окончательно утвердился в роли не просто директора, а патриарха, вождя, единственного носителя истины. Он управлял бизнесом не столько через систему, сколько через силу воли: каждое решение принимал лично, каждый отчет просматривал сам, каждый сбой воспринимал как предательство. Советы слушал все реже — от них отмахивался, как от комаров. В его глазах любая попытка обсуждения звучала как посягательство на его авторитет, на его «проект жизни», на доказательство его исключительности. Он не верил в стратегии, не верил в современные подходы, он верил только в то, что работает давно, то, что он сам придумал. Все остальное — чушь, глупость, мишура. Он считал, что интуиция и авторитарный контроль — лучшее топливо для корабля под названием бизнес. И он — капитан. Единственный, кто держит штурвал.

И в такой атмосфере любая мелочь оборачивалась лавиной. Даже то, что при других обстоятельствах сошло бы за простую невнимательность, здесь превращалось в серьезный проступок. Так случилось и с Ларри. Почти случайно, почти мимо воли — он всего лишь перепутал сроки: на один день.

Вечером, уставший, он пролистал письмо от поставщика — глазами пробежал по основной части, принял к сведению суть, но не заметил приписку в самом низу, где мелко стояло «до конца рабочего дня». Утром контракт уже лежал у бухгалтера, бумага ушла в работу, механизм закрутился, и только позже выяснилось, что отправка опоздала — чуть-чуть, но достаточно, чтобы это стало заметным.

Это не была катастрофа, никто не сорвался, не кричал, не обвинял. Но это был... срыв. Маленький сбой. И он знал: в системе, построенной Джоном, сбои, даже самые незначительные, воспринимаются не как повод для анализа, а как трещина в броне — та, которую нужно немедленно заварить, не обсуждая, не глядя внутрь.

Джон долго молчал, когда узнал. Сидел за столом, покачивая в пальцах тяжелую металлическую ручку, словно она была не предметом для письма, а гирей для мыслей. Потом поднял глаза — не резко, не укоризненно, а как-то ровно, почти устало, взглядом, в котором не было ни раздражения, ни прощения, ни беспокойства. Только оценка. Холодная, бесцветная, как будто он глядел не на сына, а на схему, в которой один из элементов дал сбой.

— Проверяй лучше, — сказал он, негромко, без нажима, как произносят техническое замечание, и сразу вернулся к своим бумагам, к таблицам, к цифрам, к делам, которые всегда были важнее эмоций.

И это было все. Ни объяснений. Ни разбора. Ни «так бывает», ни «ничего страшного». Ни «в следующий раз будет лучше». Только эта фраза — короткая, ровная, выверенная, как строка в отчете. Как будто сам факт ошибки был недостойным разговора, как будто слова о нем только закрепили бы его существование, а потому и слова не нужны. Потому что здесь, в этих стенах, ошибки не обсуждаются. Их просто не должно быть.

Ларри стоял перед столом, не зная — извиниться или нет, объясниться или промолчать. Он просто кивнул. И, не оглядываясь, пошел к себе. В груди у него в этот момент начало собираться что-то странное — не гнев, не боль, не обида. А нечто более плотное, холодное, тяжелое. Что-то, что не выдавить слезами, не выговорить словами. То, что нужно только сжать в себе, как кулак. И держать. Чтобы никто не увидел. Чтобы самому не забыть.

И он понял, даже не думая об этом прямо: теперь и он стал частью этой системы. Где любовь не доказывают, где ошибки не признают. Где каждый шаг — это допуск к следующему уровню. Или, наоборот, отказ и закрытая дверь, за которой уже ничего не объяснишь и не исправишь.

Ларри же, словно сросшись с этим кораблем, занял на нем особую каюту. Он не бунтовал, не спорил, не пытался вносить новизну. Он принимал правила отца, даже если понимал их абсурдность. Джон поручал ему дела все важнее, и Ларри втягивался. Не потому, что мечтал о бизнесе, а потому, что видел в нем лестницу — прямую, надежную, ведущую вверх. Ему не нужно было переустраивать компанию — он хотел просто однажды ее забрать. Плавно, без шума, без революций. Пока же он выслуживался, терпел, принимал. Он изучал внутреннюю кухню, не задавая вопросов. Но внутри него зрела мысль: «Это все станет моим». Он наблюдал за сотрудниками, за отчетами, за кассовыми разрывами и все сводил к одному — к прибыли. Деньги. Вот что значил бизнес для Ларри. Деньги — как доказательство собственной силы, власти, как способ купить уважение, любовь, лояльность. У него не было мечты изменить мир. У него была мечта управлять своим миром.

А Майкл в это время был совсем на другой орбите. Он жил так, как будто строил будущее своими руками, как архитектор строит мосты через пропасть — шаг за шагом, проверяя прочность каждого элемента. Он не стремился стать частью отцовской системы — он мечтал создать свою.

Учился. Не ради диплома — ради понимания. Он брал лучшее у преподавателей, спорил на лекциях, делал собственные выводы. Ему были интересны не только финансы, но и психология управления, логистика, бренд-дизайн, цифровые технологии. Он читал книги, слушал подкасты, анализировал компании. Он мечтал не просто создать фирму, а собрать команду — Dream Team, — где каждый будет на своем месте, каждый будет силен и все будет держаться не на страхе, а на вдохновении. И, в отличие от Джона, он хотел быть не капитаном, а лидером — тем, за кем идут по собственному желанию. Бизнес для Майкла был не про контроль, а про творчество. Не про выжимание прибыли, а про создание смысла.

Так проходили годы. Казалось бы, семья была крепка: общее дело, обеденные разговоры, редкие выезды на природу. Отец, два сына. Один бизнес. Одна фамилия.

Но если бы заглянуть глубже — под эту внешнюю гладь, — можно было бы услышать, как внутри каждого уже звучал свой ритм, свое направление, своя цель.

И хотя пока никто не говорил вслух, где он хочет быть завтра — дорога уже разветвлялась.

Тихо. Почти незаметно, но бесповоротно.

И никто из них даже вообразить не мог, какие беды уже стоят на пороге и скоро войдут в их дом, громко распахнув все двери и окна.

ГЛАВА ЧЕТЫРНАДЦАТАЯ.
БРАТЬЯ ПОД ОДНОЙ КРЫШЕЙ

Воскресное утро начиналось мирно. В доме пахло тостами, свежим кофе и клубничным вареньем. Натали, как всегда, ставила тарелки неспешно, с привычной грацией, хотя на лбу у нее уже закладывалась складка тревоги — в доме Джона спокойствие всегда было временным.

Ларри пришел на кухню в рубашке с закатанными рукавами — даже дома он выглядел «по-деловому». Майкл, наоборот, был в футболке с надписью Design is thinking made visual и босиком. Он что-то писал в тетради, поглядывая в окно, где за стеклом лежало мягкое зимнее солнце.

— Садитесь, — сказала Натали не глядя. — Все готово.

Они расселись как всегда: Джон во главе стола, рядом Ларри, напротив Майкл, Натали между ними. За окном лениво скользил трамвай, а на каштане птицы обрывали ветки.

— Ну что ж, — вдруг сказал Джон, отложив вилку и вытерев губы салфеткой. Его голос прозвучал с нажимом, будто подводил итог какому-то внутреннему решению. — Праздники закончились. Время включаться.

Он посмотрел прямо на Майкла.

— С понедельника — на работу.

Майкл замер. Рука с бутербродом застыла на полпути ко рту.

— Я? — переспросил он. — К тебе?

— А ты думал, к кому? Пора, сын. Учеба — это хорошая база. Но жизнь тебя будет экзаменовать иначе. Здесь не теория, а практика. Где риск и клиенты, где ошибки стоят денег, а успех — ночей без сна. Вот она, настоящая экономика.

В кухне повисла тишина. Даже чайник, казалось, перестал булькать.

Натали посмотрела сначала на Джона, потом на Майкла. На лице у нее промелькнуло что-то между тревогой и внутренним протестом, но она не произнесла ни слова. Джон не любил, когда за столом начинались дискуссии. Особенно по поводу его решений.

Майкл положил бутерброд на тарелку, откинулся на спинку стула. Он явно не ожидал такого поворота — не сейчас, не за завтраком, не в таких декорациях. Но в его взгляде не было ни страха, ни раздражения — только короткая вспышка осознания: началось.

— Ну, если так, — произнес он с легкой усмешкой, — тогда давай. Почему бы и нет.

— Вот и хорошо, — кивнул Джон довольно. — Посмотрим, как ты справляешься. Я тебе устрою настоящий интенсив. По всем правилам. Сначала лаборатория, потом логистика, потом отдел продаж. Ни поблажек, ни побеседовать «по душам». У нас — не институт философии.

— Звучит, — кивнул Майкл. — Можно сразу подписать договор?

Джон вскинул брови, даже слегка усмехнулся — коротко, холодно:

— Договоры я подписываю с чужими. А с сыном у меня один договор — вот, — он протянул руку. — Слово. И если его нарушишь — никакая бумага не спасет.

Ларри улыбнулся уголками губ — взгляд его был направлен в тарелку, но в глазах блеснуло: конкуренция становилась ближе.

Натали поставила чайник на плиту чуть резче, чем хотела. Она чувствовала: начинается что-то новое, и оно не обязательно будет хорошим.

Когда завтрак закончился, Майкл ушел в свою комнату. Ларри задержался на кухне под предлогом допить чай, но вскоре тоже поднялся — будто почувствовал, что дальше разговор будет без него.

Натали молча собрала тарелки, не глядя на мужа. Джон закурил у открытого окна, выдохнул дым и, словно почувствовав взгляд за спиной, обернулся.

— Что-то не так? — спросил он.

— Нам нужно поговорить, — сказала Натали тихо, почти шепотом.

Он затушил сигарету, кивнул и пошел за ней в гостиную. Она села на диван, он остался стоять, глядя на нее сверху вниз, как всегда — с чувством правоты и контроля.

— Джон... — начала Натали, с трудом подбирая слова. — Ты не подумал, что Майкл может быть не готов?

— Он готов, — отрезал Джон. — Совсем взрослый парень. Ты хочешь, чтобы он еще два года читал теории и сидел в библиотеке? Пусть теперь проверит, чего стоят его знания в деле.

— Но ты ведь не спросил его. Ты просто поставил перед фактом, — она все же подняла на него глаза. — Ты даже со мной не обсудил. Это ведь не мелочь.

— Натали, — он вздохнул. — Мы же оба знаем, что лучшее образование — это практика. Он парень умный, хваткий. Я не хочу, чтобы он в итоге стал теоретиком без понимания, как крутится настоящий мир. Я даю ему шанс. У тебя с этим проблемы?

— Проблема в том, как ты это делаешь. Всегда: жестко, односторонне. Без выбора. Он ведь не Ларри, Джон. Майкл другой. Ларри привык подстраиваться, глотать, но у Майкла характер другой. И я не хочу, чтобы ты его сломал.

Джон прищурился, в голосе зазвенела сталь:

— Я его не ломаю. Я его закаляю. Если он действительно хочет чего-то добиться, он должен научиться действовать. Не мечтать — действовать.

— А если он хочет добиться по-другому? — Натали подняла глаза. — Не через страх и давление, а через интерес. Через то, что вдохновляет. Ты не понимаешь — он не про контроль, Джон. Он про идеи.

Джон резко выдохнул, словно оттолкнул ее слова:

— Идеи без дисциплины — это детские игры. Страна полна мечтателей, только вот бизнес поднимают не они, а те, кто умеет держать людей в узде.

Он оставил последнее слово за собой и пошел в кабинет, захлопнув дверь. Для него разговор действительно закончился.

Натали осталась сидеть в гостиной, с пустыми руками, глядя в окно. Лицо ее казалось спокойным, почти каменным, только губы предательски сжались. Она понимала: это еще не битва. Но первый залп уже прозвучал.

Майкл сидел у себя в комнате за письменным столом. На подоконнике остыл чай, на стене тикали настенные часы. Перед ним лежала старая, уже изрядно потрепанная тетрадь с наклеенной на обложку этикеткой от коробки конфет и надписью шариковой ручкой: «Идеи».

Он долго сидел, склонившись над ней, не решаясь открыть. Мысленно возвращался к разговору за завтраком. Отец сказал: «С понедельника ты работаешь». Сказал как приговор, как инструкцию, как выстрел стартового пистолета. Все было быстро, резко, без обсуждений.

И все же Майкл… улыбнулся.

Не потому, что мечтал об этом. Не потому, что считал фирму отца своим будущим. А потому, что почувствовал: это тот самый момент — вход в практику, в реальное дело, где слова перестают что-то значить и остаются только действия. И он решил: сначала войдет, а потом посмотрит, куда приведет дорога. Он открыл тетрадь, перелистал несколько страниц с набросками:

«Платформа локальных услуг с рейтинговой системой доверия»,

«Сеть мобильных фотобудок на событиях»,

«Принцип геймификации для малого бизнеса: миссии, баллы, уровни лояльности»,

«Модуль визуального редактирования для интернет-магазинов».

Он перечитывал их с другим взглядом. Не мечтательским, а деловым. Словно проверял: какая из этих идей может стать реальной. Где можно зацепиться. Что можно было бы протестировать хотя бы внутри отцовской фирмы. Если подойти с умом, с мягкостью, с инициативой — может быть, он и вправду сможет сделать шаг. Свой шаг. Независимый, но внутри.

Он взял ручку, внизу страницы приписал:

«Если уж идти в дело — то ради опыта. Даже если путь ведет через кабинет отца».

Он закрыл тетрадь и поднялся. Подошел к окну. Там, за стеклом, стоял сероватый февраль — время между сезонами, когда природа будто делает паузу. И в нем самом тоже жила эта пауза, но не пустая, а наполненная ожиданием: впереди должно было что-то начаться.

С понедельника начинается не просто работа. Начинается испытание — на прочность его мечты.

В понедельник утром Ларри ждал у входа в офис. На нем был пиджак, чуть большеватый в плечах, синий блокнот под мышкой и нервная походка по гранитной плитке. За последние месяцы он привык здесь командовать, давать указания, вызывать на ковер. Он знал ритм офиса, улавливал, где сбои, а где работа шла как надо. Это была его территория.

И теперь — Майкл.

Он появился, как обычно, с легкой улыбкой, в светлой рубашке, с рюкзаком за плечами, с тем же выражением открытого интереса ко всему. Протянул руку:

— Ну что, экскурсовод, ты готов?

— Конечно, — ответил Ларри, неуверенно пожимая ладонь.

Он повел брата по коридору.

— Здесь бухгалтерия. — Он остановился у стеклянной двери. — Они считают, контролируют, проверяют. Главное — не отвлекать.

Майкл кивнул, заглянул внутрь, улыбнулся кому-то за компьютером. Ларри продолжил:

— Там отдел снабжения. Оформляют заказы, следят, чтобы ничего не задерживалось. Работа муторная, но важная.

Они шли дальше. Иногда сотрудники смотрели на них — и тут же отводили глаза. Кто-то сдержанно кивал Ларри. Один из менеджеров по продажам, высокий и усатый, бросил шепотом коллеге:

— Смотри, привел напарника. Или конкурента?

Ларри это услышал. Услышал — и проигнорировал. Но в груди что-то кольнуло.

Он показывал отделы и кабинеты, говорил о делах, рассказывал, кто за что отвечает. Но все время ловил себя на ощущении: он будто открывает чужаку сейф с деньгами, показывает тайники, которые сам когда-то выучил в поте лица. Сам он проходил это куда жестче — его в свое время просто поставили к отчетам и планам, без инструкции, без права на ошибку. Ошибешься — получишь ледяной взгляд отца, промахнешься второй раз — считай, доверие потеряно. Так он учился: на ходу, на нервах, на страхе. А Майкл... Майкл до этого времени спокойно ходил по своим кружкам и театрам, собирал свои тетрадки с заметками, играл в стратегов на сцене и на кортах. И теперь именно он идет рядом, слушает, задает вопросы — и Ларри ощущал в этом не только обязанность наставника, но и укол несправедливости, будто жизнь с самого начала раздавала им карты разного качества.

— Это архив. Старые договоры, счета, клиентская база.

— А как она защищена? — тут же спросил Майкл.

— Ну...

Ларри замялся. Он и сам не знал. Просто знал, что все хранится у Тамары и она надежна.

— Это еще нужно продумать, — добавил он с важностью.

— Согласен. Можно цифровизировать, создать внутреннюю базу с доступами по уровням.

Ларри кивнул, стараясь не показать раздражения. Он вдруг почувствовал себя не наставником, а учеником. Или — хуже — временным управляющим.

Они вошли в фотолабораторию. Резкий запах химии ударил в нос. Там возились с пленками — кто-то резал, кто-то сушил, кто-то склеивал.

— Здесь все начиналось, — произнес Ларри. — Сюда я впервые вошел в самом начале, когда отец только начал втягивать меня в дела.

— Вау... — сказал Майкл. — А ты помнишь первую пленку, которую обработал?

— Конечно, — ответил Ларри. — Помню все.

Он вдруг почувствовал укол гордости. Все-таки его путь здесь был настоящим — долгим, с ошибками, с бессонными ночами. А Майкл только вошел, еще ничего не понимает, еще зеленый. Ларри же был частью этого бизнеса: он знал его стены, запахи, людей так же, как другие знают запах родного дома.

Но в следующую секунду он уловил краем уха, как один из старших лаборантов шепнул другому с усмешкой:

— Ну вот, теперь и второй сын здесь... семейный подряд.

И снова кольнуло. Словно все, что он делал, виделось другим не как его труд, а лишь как продолжение фамилии.

И снова — кольнуло. Словно все, что он делал, было не про его усилия, а про то, чьим сыном он родился.

В кабинете отдела маркетинга Майкл остановился у доски с планами:

— А это что?

— Планы на квартал. Но тут... — Ларри запнулся.

— Тут можно было бы построить воронку, — оживился Майкл. — Смотри: у вас просто списки задач, но нет понимания, где клиенты теряются. Кто-то звонит — и пропадает. Кто-то пишет письмо — и ответа нет. Кто-то доходит до встречи — и дальше тишина. Если это разложить по этапам и зашить во внутреннюю Crm, будет видно, где дыры. Тогда можно не просто работать вслепую, а реально влиять на результат.

— Может быть. Потом разберемся, — ответил Ларри, явно не желая развивать тему.

Они стояли в коридоре между отделами — Ларри показывал новому сотруднику территорию, как когда-то Джон показывал ее ему. Майкл кивал, слушал, задавал вопросы — не слишком навязчиво, но и не поверхностно. Он уже многое знал сам, читал, смотрел, пытался вникнуть заранее. И, наверное, именно поэтому в какой-то момент сказал нечто, что прозвучало не так, как он рассчитывал.

— А вы не думали отказаться от бумаги вообще? Ну, хотя бы в логистике. Цепочки поставок, отгрузки, акты — все же можно в цифру увести, автоматизировать.

Ларри остановился. Повернулся к нему не сразу. И посмотрел не злобно, но и не по-доброму: скорее так, как смотрят на младшего брата, который слишком торопится жить.

— Думаем, — сказал он. — И я понимаю, зачем это нужно. Но знаешь, Майк, тут не «игра в стартап». У нас все завязано на людях, которые привыкли к бумаге. Попробуй-ка объяснить кладовщику или водителю, что теперь все будет в компьютере исключительно. Они скажут: «сломается сеть — и что?» или «не умею я в эти программы». Вот и приходится держать дубли, чтобы все работало.

Он будто специально выбирал слова так, чтобы сбить пыл брата, показать: здесь все сложнее, чем кажется со стороны.

Майкл не стал спорить. Он опустил глаза, потом снова поднял и едва заметно улыбнулся. Как бы извиняясь, но не отказываясь от мысли.

— Я не про революцию. Просто про удобство. Скорость. Иногда кажется, что можно идти чуть быстрее и эффективнее.

Ларри чуть склонил голову. Улыбнулся тоже — но иначе. Холодно.

— Идти быстрее — не значит прийти дальше, — сказал он. — Поверь, тут важна не скорость. А чтобы не развалилось по дороге.

И пошел вперед, не оборачиваясь. Майкл остался на секунду позади, глядя ему вслед.

В этот момент он впервые подумал: они с братом — как два человека, идущие по одному коридору. Только один смотрит на потолок, а другой — под ноги.

Они прошли всю фирму, и чем дальше шли, тем сильнее Ларри чувствовал усталость, не телесную даже, а внутреннюю, потому что все время приходилось держать себя в тонусе, играть роль старшего, уверенного, того, кто знает каждый уголок, каждую бумагу и каждого человека здесь, и именно он ведет, объясняет, показывает, но в то же время он видел, как Майкл идет рядом — не дерзко, не вызывающе, а будто естественно, как равный, будто для него все это просто пространство, которое он впитывает и в котором сразу чувствует себя спокойно, без заискивания и без попытки угодить, и именно это спокойствие, эта внутренняя равновесность делали невозможным смотреть на него сверху, как на младшего, и от этого в груди Ларри закипало особенно сильно, потому что его авторитет словно таял на глазах.

На выходе Ларри сказал:

— Ну, как тебе?

— Круто, — честно ответил Майкл. — Много идей. Главное — чтобы дали сделать.

Ларри улыбнулся в ответ, но внутри — сжался. Потому что понял: Майкл не просто пришел. Майкл намерен остаться. И он не будет ждать. Он будет делать.

А значит — игра началась.

Следующие недели для Майкла стали настоящим марафоном. Утро он начинал в аудиториях университета, впитывая знания по стратегическому управлению, маркетингу, корпоративному развитию и культуре компании. А сразу после занятий — мчался на фирму отца. Он уже не просто присутствовал, он работал. Ходил по отделам, садился за стол к каждому сотруднику, разговаривал с ними так, как будто был уже частью команды, хотя и не совсем еще в ней. Но его хватка чувствовалась сразу.

— А почему у вас так много времени уходит на оформление заказов? — спрашивал он у администратора. — Можно ведь автоматизировать ввод данных, связать CRM с системой логистики, и тогда клиенту будет приходить письмо не через два дня, а через двадцать минут.

— Мы думали об этом... но не знали, с чего начать, — честно признался сотрудник.

— А я подскажу, — сказал Майкл. — Вот у нас в университете как раз сейчас курс по цифровой трансформации. Я могу адаптировать нашу курсовую под нужды фирмы и протестировать связку. Вы же не против?

Он сидел с отделом логистики и рисовал на доске схемы оптимального маршрута, где можно сэкономить километры, часы и, главное, деньги.

— Если ввести систему группировки доставок по районам и дням недели, мы сократим издержки на топливо на двенадцать-пятнадцать процентов, — убеждал он логиста, раскладывая все по цифрам.

— А если клиенту надо срочно? — осторожно уточнял тот.

— Для срочных — отдельный тариф. Все честно. Кто хочет быстрее — платит за приоритет. Это и прозрачно, и выгодно.

Он говорил быстро, уверенно, приводя примеры из кейсов, обсужденных на лекциях. Его речь была живой и точной, он жонглировал терминами: ROI, CPA, LTV, unit economics, CAC — и никто в офисе не понимал их так, как он.

В маркетинговом отделе у него возник небольшой спор с Вероникой, старшим специалистом по рекламе.

— Мы даем рекламу в газеты и на радио. Это работает, — настаивала она.

— Работало. Но не работает уже. Газеты читают пенсионеры, а нам нужны молодые родители и школьники, чтобы делать фото в школах и детсадах, — парировал Майкл. — Надо идти в таргет: телевизионные ролики, клипы, спонсорство программ; привязка к геолокации. Давайте сделаем А/B тест. Я даже сам запущу первую кампанию, если хотите.

— А как вы докажете, что это даст результат? — с вызовом спросила она.

— Я подготовлю дашборд, где по неделям будет видно соотношение вложенных денег и новых заказов. Если через три недели ROI не будет хотя бы 1,3 — закроем. Если выше — перераспределим бюджет. Просто, четко, прозрачно.

Она чуть отступила, но в глазах у нее мелькнуло уважение. Этот мальчишка говорил как зрелый специалист.

Он заходил в производственный отдел и не спрашивал, как работает проявитель, — он спрашивал, какие закупки нужны, сколько брака в партии, сколько стоит единица продукции и можно ли договариваться с новыми поставщиками, которых он уже нашел в базе B2B-платформ.

С отделом развития он обсуждал новые ниши:

— Мы можем пойти в корпоративный сегмент. Фото на пропуска, бейджи, годовые альбомы для офисов. Это почти незанято. Я могу составить MVP, протестировать за месяц.

Он не просто говорил — он действовал. Он брал каждый кейс, каждую проблему как задачу для своего диплома, но еще больше — как вызов, как то, что можно улучшить здесь и сейчас. Он был энергичен, инициативен и включен на 120%.

— Майкл, ты ураган, — сказал ему как-то один из сотрудников.

— Нет. Я система. Просто очень быстрая, — улыбнулся он в ответ.

Так в стенах отцовской фирмы появлялась новая энергия — свежая, дерзкая, профессиональная. И никто пока не знал, как долго она будет жить в старом порядке.

Джон стоял в коридоре у стеклянной перегородки и наблюдал. Майкл снова обсуждал что-то с отделом маркетинга, жестикулировал, показывал на лист, делал пометки. Он не командовал — он увлекал. И люди слушали.

И Джону это... нравилось.

Он чувствовал, как его сын входит в бизнес, как пропитывается каждой деталью, каждым этапом. Это было как видеть, как из зерна прорастает сильное, живое, упрямое дерево. Джон не показывал, но в глубине — кайфовал. Он знал: Майкл не просто пришел посмотреть. Он пришел остаться.

И все же... что-то внутри напрягалось. Потому что Джон был человеком сложной природы. Его тянуло к развитию, к свободе, к предпринимательству. Но все его детство прошло в мире приказов и санкций. Его воспитывали лозунгами, дисциплиной, вертикалью. И сколько бы он ни хотел быть другим — где-то внутри он все еще был сыном Келли. Тем, кто считает, что порядок — выше риска. Что сомнение — это уже почти предательство.

— Пап, — сказал Майкл, войдя в кабинет, — у меня есть идея. Хочу обсудить.

Джон кивнул. Майкл сел напротив, открыл ноутбук.

— Я подумал... Мы можем выйти за пределы портретной съемки. Мы можем заняться фоторепортажами. Начать с событий: свадьбы, конференции, фестивали, митинги, спортивные турниры. А потом — масштабироваться: экспедиции, документалистика, хроника. Горячие точки, дальние деревни, окраины мегаполисов, трущобы, храмы, пустыни.

Он говорил с огнем. Глаза сияли. Руки двигались, словно рисуя новую реальность.

— Представь: фотоальбомы, выставки, онлайн-архивы. Мы сами создаем контент. Авторские права — наши. Мы продаем фото СМИ, турфирмам, издательствам, каналам. Мы не просто фотостудия. Мы — окно в мир. Бесценные коллекции. Африка, Латинская Америка, Тибет, Арктика. Как живут монахи в горах. Как едят дети в фавелах. Как молятся пастухи у океана. Мы расскажем истории через объектив.

Джон молчал. Смотрел. Долго.

А потом медленно покачал головой.

— Майкл, ты летишь слишком высоко, — сказал Джон, не скрывая усмешки. — Красиво, вдохновенно, но все это где-то над облаками. А я строю фирму здесь, на земле. У нас — реальные пленки, реальные заказы, сроки, накладные, возвраты, клиенты, которые звонят и требуют переделать снимки. И ты хочешь, чтобы я оставил все это ради твоей Африки?

— Не бросить. Расширить. Мы можем сделать пилотный проект. Один выезд. Один кейс. Это инвестиция в узнаваемость, в бренд, в уникальность.

Майкл внимательно следил за реакцией отца и убеждал его:

— Пап, я не предлагаю фантазии, я говорю о будущем. Вот, послушай: представь экспедицию в Эфиопию. Мы едем к Омо — к племенам, которые живут так, как их предки сотни лет назад. У них нет телефонов, нет света. Но есть танцы, краски, обряды, лица, в которых видно историю человечества. И вот ты стоишь у берега, а дети, босые, с ожерельями из скорлупы и травы, смеются в камеру, не зная, что это. Просто смеются — чисто, искренне, как будто они — последние настоящие дети на планете. И мы это снимаем. Мы — первые, кто расскажет их историю визуально, с уважением. Это не просто фото — это хроника исчезающего мира.

Он сделал паузу, словно вдохнул глубже, а потом продолжил, уже в другом тоне — тверже, жестче:

— А теперь — Сан-Паулу. Та же планета, другая реальность. Фавелы. Районы, где парни в двадцать — уже старики, если дожили. Где средняя продолжительность жизни — меньше, чем у работников шахт. Нищета, кокаин, банда, оружие. А через двадцать минут лета — Рио. Там уже вертолетные такси. Бизнесмены летают, чтобы не стоять в пробках.

Пап, понимаешь? Это одна страна. Один кадр — ребенок с автоматом. Второй — стеклянный небоскреб. Это и есть документальный нерв, это и есть современный мир. И если мы его не снимем — это сделает кто-то другой.

Он посмотрел на отца.

— И они продадут этот материал. А мы останемся в маленькой фотостудии с расписанием на стене и табуреткой для детей.

— А кто это оплатит? Ты? Университет? — голос Джона начал звенеть. — Или я из оборотки?

— Пап, ты смотришь только на деньги в моменте, а я говорю о другом. Это не просто про прибыль сегодня и завтра, это про то, как нас будут видеть. Про образ, про миссию, про масштаб. Про то, чтобы мы были не просто фирмой с заказами и пленками, а чем-то большим, чем-то, что вдохновляет и людей, и рынок.

— Миссия? — Джон рассмеялся, но смех был острым. — Мы не «Гринпис». Мы — фотолаборатория. Нам платят за детские улыбки, не за абстракции.

— Именно! Пока! Но ты сам говорил: ты начал с нуля. Значит, можно и расти. А это — рост.

— Это — риск. Ты хочешь, чтобы я поставил под угрозу фирму, которую строил двадцать лет, ради твоего «может быть»?

— Я хочу, чтобы мы не застряли. Чтобы не стали комбинатом по выпуску одинаковых снимков.

— А я хочу, чтобы каждый в этой компании получил зарплату. Не поэзию — а рубль. Чтобы люди не боялись, что ты, мальчик с идеями, завтра уволишь половину персонала, чтобы купить дрон для съемок в джунглях.

Они оба встали. Глаза — в глаза. Дыхание — горячее. Пространство между ними — как поле боя.

— Ты не видишь будущее, — твердо сказал Майкл.

— А ты не видишь землю под ногами, — жестко ответил Джон.

Молчание. Секунда. Другая.

Потом Джон прошел мимо, положил руку на спинку кресла и сказал не глядя:

— Ты можешь мечтать сколько хочешь. Но пока ты работаешь здесь — ты играешь по моим правилам.

Он сел за стол, раскрыл папку с документами и сделал вид, что разговора больше не было.

У Майкла напряглись скулы и сжались кулаки. Но в глазах было не поражение, а обида и решимость. Он понял, что мир отца — это завод. А его мир — это космос. И, возможно, им не суждено быть на одной орбите. Майкл все яснее осознавал: отец строит стены, а он хочет открывать горизонты. Один ищет порядок, другой — свободу. И, может быть, даже если они будут идти рядом — по-настоящему всегда будут смотреть в разные стороны.

В этом здании, пропитанном звуками принтеров, шагов, телефонных звонков и кипящего кофе, стены были тоньше, чем казались. Голос Джона всегда был громким. А когда он говорил с Майклом — он становился еще громче. Разговор, начавшийся с предложений и аргументов, быстро перешел на повышенные тона. Где-то скрипнула дверь. Кто-то притих в приемной. Кто-то включил чайник и забыл его выключить. Они не хотели подслушивать, но невозможно было не услышать.

Натали, идущая по коридору с кипой фотографий, сначала остановилась ненадолго — просто чтобы отдышаться. А потом замерла. Потому что из приоткрытой двери кабинета вырвались фразы, которые пробивали прямо в сердце.

— Это не бизнес — это фантазии!

— А ты держишься за вчера, пока весь мир уходит вперед!

Она слушала и чувствовала, как у нее внутри сжимаются два мира. Сын и муж.

Мальчик, которого она держала за руку, когда он впервые пошел в школу. И человек, с которым она прожила столько лет, вынося и любовь, и боль, и железную дисциплину.

Натали не хотела быть судьей. Но в тот момент ей казалось, что жизнь сама поставила ее в центр весов.

В Майкле она видела порыв, широту взгляда, дыхание будущего. В Джоне — стену из кирпича, сложенную годами страха, привычек и борьбы за выживание. Он хотел защищать фирму — но делал это так, будто защищал самого себя от перемен, от слабости, от возможности быть неправым.

«Ты мечтаешь вырастить сильного человека — а потом не даешь ему сделать шаг без твоего разрешения...» — думала Натали про своего мужа.

Она почти подошла к двери кабинета, даже потянулась к ручке, но в последний момент отдернула руку. Инстинкт подсказал: она опоздала. Схватка уже началась, и ей там не было места.

Она почувствовала, как в груди поднялась тревога, похожая на то ощущение, когда видишь, как катится к тебе волна, но стоишь не двигаясь. Потому что знаешь:

если шагнешь вперед — накроет всех быстрее.

Она не была готова быть судьей. Пока еще нет. Ее глаза защипало, но она осталась стоять. Ее дыхание стало тихим, почти незаметным — как у зрителя в зале, где идет трагедия.

А в другом конце офиса, прислонившись к подоконнику, Ларри держал в руке чашку кофе. Он сделал один глоток, второй... и не заметил, как рука застыла. Из кабинета доносились обрывки фраз — и каждое слово, долетавшее из кабинета, он ловил не только как звук, а как подтверждение: между отцом и Майклом растет трещина. И чем шире она станет, тем прочнее будет его собственное место. Впервые за долгое время он почувствовал не тревогу, а странное облегчение — словно буря, которая грозила снести все, теперь могла расчистить дорогу именно ему.

Он слушал с вниманием, в котором смешались любопытство, тревога... и тонкая, скрытая радость.

Он любил Майкла. По-своему. Всегда считал его умным, добрым, иногда мягким, но с железным стержнем. А сейчас — сейчас, когда между Джоном и Майклом вспыхнул настоящий, мужской, принципиальный конфликт, — в Ларри шевельнулась тень надежды, что его собственное место в этой фирме, в этой семье, в этом унаследованном мире — может быть сохранено.

«Если они начнут ссориться... если Майкла не поймут, не примут... возможно, мне снова достанется первая роль».

Он тут же постарался отогнать эту мысль. Даже внутренне осудил себя. Но она уже уселась в уголке души, как червячок, притаившийся в тепле.

Он смотрел в окно, но слушал все. И чувствовал, как между двумя самыми сильными мужчинами в его жизни впервые вспыхивает огонь, который может уже не погаснуть.

И так, в этот самый день, в привычных стенах, среди офисных ксероксов и старых кресел, пронзенный голосами спор положил начало конфликту, который изменит их всех.

ГЛАВА ПЯТНАДЦАТАЯ.
РАСКОЛ ОГНЯ

Бизнес шел. Даже неплохо. Джон это знал, видел по отчетам, по звонкам, по загруженности студий. Обороты росли, заказов хватало, клиенты рекомендовали их другим — над входом в головной офис красовался новый баннер: «30 лет — с вами». Но внутри, под этой оберткой успеха, Джон чувствовал напряжение — как будто в стенах появилась трещина, а штукатурка ее лишь маскировала. Он вставал рано, пил крепкий кофе и долго стоял у окна, за которым жизнь текла своим чередом: утро сменяло утро, дни переливались один в другой, а по улицам проходили машины и трамваи, тянулись вереницы людей — с рюкзаками, с кейсами, кто-то спешил, кто-то шел рассеянно, и все это складывалось в один непрерывный поток, словно город жил собственной жизнью, где каждый был занят своим, а он оставался наблюдателем, всматривающимся в это движение. Но внутри него жили совсем другие течения — тревожные, беспокойные, напоминавшие русло реки перед разливом.

Он все чаще оставлял оперативные дела на Ларри. Тот справлялся: был пунктуален, вежлив, осторожен, не пытался выделяться, но именно это и давало спокойствие. Джон с удовольствием наблюдал, как сын подписывает договоры, ведет переговоры, следит за сроками и порядком, держит людей в тонусе, не позволяя мелочам превратиться в проблемы. Это был его человек. Понятный. Предсказуемый. Управляемый. У него не было внезапных порывов, он не пытался «улететь в небо» и искать новые горизонты. Он был из тех, кто уверенно строит дорогу шаг за шагом, и именно это Джону нравилось. Полетам он не доверял — он верил только в твердую землю под ногами.

Майкл же все чаще раздражал. Не грубостью — нет, он был вежлив. Но в каждом разговоре, в каждом совещании сквозила его независимость. Он предлагал, спорил, настаивал. Увлекся серией видеодокументалистики о жизни людей в разных странах. Притащил партнера с идеей фотоэкспедиций. Хотел вложиться в онлайн-платформу, где бы их материалы можно было продавать напрямую издателям. Он говорил увлеченно, с блеском в глазах, его речь завораживала — особенно молодых сотрудников. Те сидели затаив дыхание. А потом поднимали глаза на Джона — и молчали.

— Это все очень красиво, Майкл, — говорил Джон сдержанно, — но мы не фонд ООН. Мы — бизнес. Мы делаем портреты. Дети, свадьбы, корпоративы. Понятно? Это хлеб.

Майкл молча кивал, но на следующий день приносил новую презентацию. Он не сдавался. И этим бесил. Он даже сам не замечал, как каждый его шаг превращался в вызов. Он хотел двигаться вперед, не разрушая. Но разрушение начиналось в каждом его слове. Не потому, что он был агрессивен. А потому, что он был другим.

Как-то Майкл стоял у доски с графиками. Цветные стрелки, таблицы с квартальными цифрами, и в самом углу — перечень задач, составленный, видимо, еще в прошлом десятилетии. Он провел пальцем по одной строчке. «Ответственный — П.Л. на основании ПР-202, до 01.06». Все это казалось ему музейным экспонатом.

— А можно спросить? — обратился он к Джону, когда тот проходил мимо.

— Спрашивай.

— А зачем вообще этот «ПР-202»? — Майкл наклонился к доске и ткнул пальцем в угол бумаги. — Мы что, на оборонке? Разве нельзя написать по-человечески: «Сделать до 1 июня. Отвечает Пол»? Людям же так понятнее. Они работают, а не коды разгадывают.

Джон поднял глаза и посмотрел на сына долго, сдержанно:

— Это не шифр. Это порядок. У каждой задачи есть но-мер, у каждого номера — история. Через месяц ты забудешь, кто что делал, а по коду мы все поднимем.

— Но люди-то работают здесь и сейчас, — не уступал Майкл. — Им нужен смысл, а не архив. Код ничего не гово-рит исполнителю. Он не чувствует задачу как свою, когда перед ним только «ПР-202».

— Код — это не для души, — отрезал Джон. — Это для контроля. Если хочешь управлять делом, должен видеть си-стему. А система держится на дисциплине. Без этого все развалится.

Майкл сжал губы.

— Но дисциплина без понимания превращается в фор-мальность. Люди начинают делать не потому, что верят в задачу, а потому, что стоит галочка. Это и есть причина, почему бизнесы дохнут.

— А твой «по-человечески»? — усмехнулся Джон. — Это для кружка энтузиастов. В реальности фирма держится на структуре. И пока ты работаешь здесь — ты работаешь по структуре.

Майкл остался у доски. Он не обиделся. Он просто вдруг остро понял: не важно, прав ли он. Важно — что здесь не ищут новых форм. Здесь обживают старые. А значит, лю-бое его слово — даже если разумное — здесь не услышат. Или услышат не так. Или услышат и забудут.

Среди сотрудников начали рождаться шепоты. Юлия, специалист по ретуши, говорила коллеге:

— Майкл говорит вещи, которые вдохновляют. Это будто мир снаружи просится внутрь. Но Джон держит двери за-крытыми.

В отделе маркетинга, когда Джон ушел на обед, кто-то включил проектор. На стене одна за другой загорелись фо-тографии Майкла — сухая, растрескавшаяся земля Эфио-пии и глаза детей, полные серьезности, яркие кварталы Сан-Паулу, шумные, как океан, холодные берега Сахалина с пустыми ветрами. Сотрудники собирались ближе, перестали шуршать бумагами и переговариваться, и вскоре в комнате воцарилась особая тишина — та, что возникает, когда все понимают: перед ними не просто набор кадров, а что-то большее. Кто-то произнес вполголоса:

— Это уже не просто работа. Это искусство.

А другой после паузы возразил, не отрывая взгляда от стены:

— Искусство — это красиво. Но это риск. Мы так работать не сможем. Джон не позволит.

После обеда экран снова показывал только корпоративы.

Майкл все чаще говорил с Артуром — другом по университету, с которым они вместе учились. Тот сейчас работал в международной студии документальных фильмов.

— Вы сидите на золоте, — говорил Артур по видеосвязи. — Ты понимаешь, что у вас есть сеть, имя, опыт, огромный архив. Осталось только придать этому голос. Мы бы за год вывели проект в топ мировых платформ. Ты же понимаешь: фотографии уже не просто фиксируют. Они говорят. А ваш бизнес — это пока шепот. Надо сделать так, чтобы он зазвучал.

Майкл слушал, а потом, сидя у себя в комнате, думал: «Я не хочу уезжать. Я хочу, чтобы мы сделали это здесь. Вместе». Но с каждым днем вера в это «вместе» становилась слабее. Он чувствовал это сам — и видел в доме: паузы становились длиннее, разговоры реже, и даже обеденный стол все чаще превращался в молчаливую арену.

Дома они почти не разговаривали. За ужином царила тишина. Натали пыталась склеить. С Джоном она говорила мягко:

— Он ищет себя. Просто выслушай, не осуждай сразу.

— Я не осуждаю. Я просто не хочу терять прибыль.

— Может, он не враг, Джон. Может, он союзник, просто другой.

А с Майклом она говорила иначе:

— Постарайся не ломать все через колено. Он старой закалки, дай ему время. Он боится потерять все, что строил.

— А я не хочу потерять себя, — тихо отвечал Майкл.

Они оба любили Натали и оба не слушали ее до конца. И это ее изматывало. Иногда она сидела в своей комнате с чашкой холодного чая, глядя в окно, и думала: когда-то этот дом был уютом. Теперь он стал ареной. Она не хотела быть судьей. Она хотела, чтобы оба нашли дорогу друг к другу, но эта дорога упрямо зарастала колючками.

Ларри чувствовал себя все увереннее. Он не вмешивался, он кивал, поддерживал отца, проводил совещания, вел клиентов. Его стали называть «младший шеф». И если разговор заходил о Майкле, то чаще шепотом: все знали, что Джон относится к нему особенно — это был его сын, его надежда, но слишком свободный, слишком независимый. А Джон привык ценить тех, кто рядом и под контролем. Для всех остальных он оставался страхом и законом.

Ларри слышал, как в коридоре обсуждают Майкла, как многим нравятся его идеи — и как тут же разговоры обрываются, стоит появиться кому-то из начальства. Он все понимал, но молчал. И даже радовался: каждая новая идея брата, отвергнутая отцом, делала его самого нужнее, прочнее, крепче. «Потом я помогу, потом скажу, — твердил он себе, — но не сейчас. Сейчас мне нужно закрепиться еще сильнее. Мои позиции должны стать железобетонными».

А внизу, в архиве, молодой сотрудник Дени однажды сказал старшему коллеге:

— Это ведь не просто про фото, это про смысл. Про то, зачем мы вообще работаем. Или мы делаем картинки — или мы рассказываем истории.

И коллега, подняв глаза, тихо ответил:

— Мы делаем то, что позволяет нам зарабатывать себе на жизнь.

Однажды вечером, когда в кабинете Джона уже давно выключили основной свет и только лампа отбрасывала тусклый круг на стол, в дверь постучали. Майкл вошел молча, в руках у него была тонкая папка.

— У тебя есть пять минут? — спросил он.

Джон кивнул, не убирая руки с мышки.

— Я подумал, — начал Майкл, — что, если мы с тобой просто мешаем друг другу в одном пространстве... может, не надо ломать, может, надо разделить. Я бы мог поехать в другой регион. Там, где у нас пока нет присутствия. Открыть представительство, работать по-своему, но под брендом семьи. Под нашей фамилией.

Джон медленно оторвался от экрана.

— Ты хочешь уйти?

— Я хочу не уходить, а расширять. Мы будем дополнять друг друга. У тебя — стабильный поток, проверенная модель. У меня — эксперименты, выездные съемки, документалистика. Все, что требует нового подхода. Я не претендую на главную роль. Я хочу работать и развивать общее дело.

— И ты думаешь, это окупится?

— Я не прошу денег. Я беру на себя организацию. Найду инвесторов, партнеров. Мне нужен твой знак — что я действую не вразрез, а вместе. Я хочу, чтобы, когда мне будут звонить, я мог сказать: «Да, мы — часть одной компании».

Джон молчал. Минуту. Вторую. Потом встал, прошелся вдоль стола.

— Там будет сложно. Другой рынок, незнакомые люди. Не будет защиты.

— Я и не ищу защиты. Я ищу доверие.

Он посмотрел отцу в глаза. Тот помедлил, затем кивнул.

— Хорошо. Начни. Но будь готов к тому, что ошибки — твои. И ответственность — тоже.

— Я это и хочу.

В этот вечер в доме впервые за долгое время прозвучал голос, не отягощенный обидой. Возможно, именно так начиналась новая Глава.

Натали, проходя мимо кабинета, остановилась у двери и закрыла глаза. Она не слышала слов, но почувствовала: в этом доме что-то изменилось.

* * *

Майкл приехал в новый город один, с камерой, рюкзаком и десятками идей, которые не давали ему спать ночью. Это был не мегаполис, не столица, не место, куда едут покорять индустрию. Наоборот — город с поблекшими фасадами, старыми заводами и запахом мокрого кирпича. Но именно здесь он увидел возможность. Здесь реальность была ближе к поверхности. Здесь не играли в глянец. Здесь жили.

Он снял помещение на втором этаже полуразвалившегося административного здания. В прошлом — отдел кадров какого-то завода. Теперь здесь был пустой коридор, облупленные стены, гулкие шаги и большие окна, в которые щедро лился свет. Пространство казалось выжженным и забытым, но именно это и притягивало: здесь можно было строить заново, заполнять его работой, голосами, новыми началами.

Вечерами он сидел на подоконнике и думал, кого хочет видеть рядом. Не просто работников — соратников. Тех, кто не боится рисковать, кто умеет держать камеру так, будто это оружие и кисть одновременно. Тех, кто готов идти в экспедицию, мерзнуть в палатке, спорить ночами о кадрах, а потом приносить снимки, от которых захватывает дыхание. Он искал людей не ради зарплаты, а ради идеи. И понимал: таких немного, но именно они сделают его проект живым.

На третий день он развесил объявления:

«Открывается новое фотопредставительство. Мы ищем не просто фотографов. Мы ищем тех, кто хочет говорить правду через объектив. Кто готов ездить, падать, вставать, снимать. Не офис — экспедиция. Не студия — хроника. Пиши, если сердце дрожит от этих слов».

Ответы посыпались уже к вечеру — быстрее, чем он ожидал. Письма были разные, но в каждом ощущался один и тот же огонь, одна и та же жажда быть частью настоящего. Один писал: *«Я снимал протесты, меня били дубинками, но я все равно выходил с камерой»*. Другой признавался: *«Я из деревни, у нас закрыли школу, и я хочу показать, как уходит жизнь»*. Третий честно говорил: *«Ничего не умею, но могу таскать штатив, помогать, ночевать в машине — только возьмите»*. Кто-то прикладывал старые фотографии, пожелтевшие, но живые. Кто-то писал длинно, сбивчиво, будто боялся не успеть высказать все. И в этих строках было главное: готовность работать не ради зарплаты, а ради того, чтобы рассказать миру свою правду.

На первую встречу пришло человек двадцать. Майкл устроился за деревянным столом, который вытащил со двора. Табурета у него не было — он сел прямо на старый ящик. Люди теснились в комнате: кто-то присел на подоконник, кто-то устроился на коробке, остальные стояли у стен. Все выглядело временно, почти случайно, но в этом было что-то настоящее — как будто именно так и должны начинаться большие дела.

Он смотрел в лица. Молодые, открытые, живые и разные. Но почти у всех был этот взгляд — словно внутри у них тлеет огонь, который они сами боятся потревожить.

Он встал. Вдохнул. И начал говорить:

— Слушайте. Я вас не знаю. Вы меня не знаете.

Я не буду обещать высоких доходов, стабильности, офисной мебели и фотосессий в павильонах. Здесь все будет иначе. Мы будем работать с тем, что есть. Мы будем снимать на морозе, под дождем, с грязными руками и разряженными батарейками.

Но если мы сделаем то, что я задумал, — это увидит весь мир. Потому что в мире не хватает не камер, а честности.

Мне не нужны глянцевые улыбки. Мне нужны — истории. Как дед вернулся с шахты и снял ботинки. Как старушка варит борщ для соседей в подъезде. Как девочка с аутизмом лепит фигурки из пластилина, потому что так она разговаривает с миром. Нам не нужны модели. Нам нужны — люди.

Каждая ваша съемка должна быть как откровение. Мы покажем, как на самом деле живет страна, да не только страна — весь мир. И пусть даже один редактор, один режиссер, один журналист, увидев нашу работу, скажет: «Это правда», — мы уже сделали больше, чем сто студий.

Я не начальник. Я ваш соавтор. Если вы здесь ради славы — дверь открыта. Если ради честности — добро пожаловать.

После этой речи в зале повисла тишина. Один из парней — тощий, с камерой Canon в потрепанной сумке — кивнул и сказал:

— Я в деле. Наконец-то кто-то говорит по-настоящему.

Следом выступила девушка с короткими темными волосами:

— Я снимала репортажи в детдоме. В редакции всегда говорили, что это никому не интересно, что зритель не хочет смотреть такие истории. А здесь — вы сказали, что именно это и есть важно.

Началась вербовка.

Майкл спрашивал:

— Почему ты снимаешь?

— Какая твоя самая любимая фотография?

— Ты готов поехать в село на границе? Три дня в палатке?

Некоторым он сразу говорил: «Ты пока не готов. Приходи позже». И, конечно, многие расстраивались — кто-то опускал глаза, кто-то кивал слишком быстро, пытаясь скрыть досаду. Но обиды не было: все понимали, что это не обычный найм, а отбор в экспедицию, и в экспедицию берут только тех, кто выдержит.

Через неделю помещение ожило. На стенах — фотографии: парень с гармошкой на остановке. Женщина, обнимающая куртку погибшего сына. Дети в инвалидных креслах, рисующие солнечные лучи.

На полу — спальные мешки. Кто-то ночевал прямо в офисе. Работы публиковались в местных газетах, потом — в журналах. Майкл сам писал текст к сериям. Он был не только лидером — он стал редактором, вдохновителем, учителем.

Прошло всего полтора месяца с тех пор, как над дверью появился логотип «Фотополюса», но резонанс был сильнее, чем ожидал даже сам Майкл.

Журналы, которые раньше ограничивались фотообложками и студийными съемками, теперь хотели больше. Один запрос пришел от «Terra. Земля глазами людей» — крупного издания, ориентированного на документальные очерки и фоторепортажи.

Они просили не просто фото — они просили истории, настоящие сюжеты, и у «Фотополюса» они были.

Именно тогда Майкла впервые пригласили на местное телевидение. Утреннее шоу. Он пришел заранее и долго сидел в коридоре, где пахло кофе и гримом, мимо проходили сонные редакторы с папками, визажистки торопливо поправляли кого-то перед зеркалами. Все казалось одновременно важным и немного искусственным — как будто за кулисами был обычный шумный офис, а впереди вот-вот откроется сцена.

Наконец его позвали в студию. Стеклянный стол, яркие софиты, ведущий с нарочито сияющей улыбкой, которая не спадала даже в паузах. Камеры двигались плавно, будто живые, операторы переговаривались жестами. Все вокруг светилось и блестело, но Майкл чувствовал: за этой вылизанной картинкой скрывается пустота.

Ведущий задавал легкие вопросы: о том, почему он снимает, что его вдохновляет, как он видит свое будущее. И Майкл отвечал честно, чуть сдержанно, но с тем внутренним жаром, который был у него всегда. Он говорил о том, что фотографии — это не бизнес, не развлечение, а возможность показать то, что обычно не хотят видеть.

И пока на экране вспыхивали кадры его экспедиций — лица детей, ветра Сахалина, улицы Сан-Паулу, — ведущий все так же улыбался, кивая и вставляя дежурные фразы. Но зрители по ту сторону экрана уже видели главное: рядом с ними появился человек, который говорил иначе.

— Майкл, вы возглавляете фотостудию, которая буквально за три месяца стала нарицательной. Расскажите, что для вас фоторепортаж?

Майкл немного помолчал. Вдохнул.

— Фоторепортаж — это то, что начинается не с камеры, а с вопроса. Что чувствует человек, у которого выключили свет на седьмой день без зарплаты? Как плачет ребенок не от боли, а от пустоты? Как живет деревня, где за всю зиму не было врача? Мы не снимаем для титров. Мы снимаем — чтобы кто-то перестал проходить мимо. Если фото способно остановить взгляд, значит, это и есть правда.

Через несколько дней после эфира в просторном, но еще не обустроенном офисе «Фотополюса» Майкл собрал команду. На стенах висели распечатанные снимки — некоторые с пометками красной ручкой, другие — еще без рамки. В воздухе пахло кофе и пылью.

— Ребята, — начал он. — Мы попали в точку. Но если мы хотим идти дальше — нам нужно не просто документировать, нам нужно понимать, где наша граница.

Он провел ладонью по снимку, где подросток в лоскутной одежде стоял перед горящей свалкой.

— Джерри, ты снял боль, но ты не подошел. Он плакал или смеялся?

Джерри опустил глаза.

— Я... не решился.

— Вот именно, — мягко сказал Майкл. — Репортаж — это не про объектив. Это про сердце. Мы не просто ловим свет, мы касаемся чужой судьбы. А это — ответственность.

Елена подняла руку:

— А если человек отводит глаза? Если он не хочет сниматься, но ты понимаешь — именно в этом кадре правда. Что делать — опустить камеру или снимать дальше?

Майкл посмотрел на нее долго, потом сказал жестко, без тени сомнения:

— Снимать. Без вариантов. Даже не думайте колебаться. В такие секунды мысли только мешают. Нужно ловить — взгляд, эмоцию, реакцию, слезы, смех, дыхание. Это и есть настоящие алмазы нашей работы. Не протокольные кадры, не аккуратные постановки, а секунды, которые больше, чем мы сами. Эмоция, реакция, затвор, момент — вот что важно.

Брифинг длился почти час. Обсуждали правила, этику, защиту данных, границы допустимого, вдохновение и страх. И в конце — планы. Ближайшая экспедиция — Крайний Север. Потом — рыбацкие деревни Балтики. И если получится — шахты на Горельске.

— Мы не просто фотостудия, — завершил Майкл. — Мы зеркало страны. Только вопрос — какой стороной мы это зеркало поворачиваем?

Майкл честно продолжал отправлять материалы в лабораторию отцовской фирмы: технические файлы, пленку, иногда сложные заказы по проявке редких форматов. Формально он все еще работал как «дочернее подразделение». Но в головном офисе было ощущение, что в здание запустили ветер.

Оператор на печати Николсон, сорок лет за проявочной машиной, бормотал себе под нос:

— Ну и прислали снова... Снег, мрак, лицо, не лицо... Портрет, говоришь? Да это невеста не закажет себе такое на свадьбу. На поминки разве что...

Молодые дизайнеры в офисе — кто шепотом, кто в переписках — обсуждали:

— Да это ж бомба! Ты видел репортаж из деревни на Севере? Джон это видел? Не дай бог, увидит. Он эти кадры разорвет. Скажет — мрак, ни стандарта, ни света.

Старший менеджер Марина аккуратно сказала Джону:

— Джон, материалы пришли. Очень необычные... Вы хотите посмотреть?

Он махнул рукой:

— Если снова это — нет. Печатайте то, что утверждено по стандарту.

Марина промолчала. А вечером отправила копии файлов себе на флешку. «На всякий случай», — подумала она. Ее дочь училась на журналиста, и эти фотографии могли стать вдохновением.

Один из первых больших выездов «Фотополюса» стал легендой. Это была поездка в поселок Хаан-Яр, в глубине северной части страны. Туда ехали трое — Елена, Джерри и Тимур. Все — из новых. Молодые, горящие, слегка безрассудные.

Они добирались трое суток — поезд, потом Чероки, потом еще час на снегоходах с местным охотником, который молчал, как ледник. Температура — минус тридцать пять. Камеры замерзали, глаза слезились от ветра.

Но когда они добрались — началась магия.

Елена сняла старика, который с сыном вытаскивает сеть из проруби. Над прорубью — пар, лицо у старика черное от мороза, руки голые.

Тимур сделал серию, как строят дом из толстых бревен — по технологии, которой двести лет. Один из кадров: женщина забивает колышки, чтобы выровнять сруб, — ее лицо в инее, а рядом играют двое детей с собакой.

Джерри сделал кадр, который потом сразу купил журнал: женщина в меховом капюшоне, в одной руке — младенец, в другой — фонарь, а за ней — белая пустота тундры и одиноко торчащий флаг из тряпки.

Они провели там четыре дня. Их кормили супом из рыбы, которая еще минуту назад билась в ведре и в тарелке пахла не специями, а самой рекой, холодной и живой. Они ночевали в старой избушке на краю деревни, где печь топили сырыми дровами, и треск поленьев был единственным звуком в длинные вечера. На стенах висели иконы, потемневшие от времени, рядом сушились варежки и валенки. Окно выходило прямо в ночь, и в нем отражалась северная луна — огромная, тяжелая, словно ближе, чем обычно. Холод стоял такой, что казалось, сама тишина промерзла, и каждое дыхание превращалось в облако, которое тут же исчезало в темноте.

Когда пришло время уезжать, они долго собирали вещи, словно не хотели покидать этот холодный, но удивительно теплый мир. Камеры лежали в рюкзаках, пахнущих дымом и рыбой, штативы скрипели в креплениях. Дорога назад была долгой: старый автобус тряс их по колее, окна запотевали, и каждый сидел молча, глядя то на снег, то в себя. Казалось, они везут с собой не только фотографии, но и запах дров, треск печи, дыхание реки, свет луны над избушкой. Кто-то дремал, кто-то перебирал кадры на камере, кто-то просто улыбался про себя, вспоминая, как старик ругался вполголоса, вытягивая сеть изо льда.

Когда они вернулись, Майкл сказал:

— Вы не просто сняли. Вы принесли на пленке дыхание этих дней — реку, мороз, свет луны, лица людей. Это и есть смысл. Блестяще, ребята, молодцы!

Прошло полгода с момента, как студия работала под вывеской «Фотополюс». За это время команда успела выехать в три региона, собрать более сорока фотоисторий, получить упоминания в нескольких местных изданиях и даже открыть страницу на нескольких языках.

Но все изменилось после одного письма. Оно пришло рано утром на электронную почту. Тема письма была простой: «Interest from Global Current / Documentary Rights Inquiry».

Майкл прочел три раза, прежде чем понял, что это не спам, не розыгрыш и не шутка от Артура.

Известный международный телеканал Global Current, специализирующийся на документальных программах о культуре и жизни людей по всему миру, заинтересовался серией северных репортажей, особенно — работами из Хаан-Яра.

«Мы были глубоко впечатлены визуальной поэтикой и искренностью этих кадров. Нам интересен не просто ваш архив, а подход, философия, человеческое измерение. Предлагаем переговоры о покупке прав на пять выпусков в рамках пилотной серии „Невидимая страна"».

Майкл не сразу поверил. Но вечером у него уже была видеоконференция с куратором документального направления. Американка по имени Хейли. Быстрая, внимательная, с живыми глазами. Она смотрела на него как на партнера, а не как на новичка.

— Майкл, мы не просто покупаем кадры. Мы хотим ваше имя. Мы хотим, чтобы вы остались автором. И чтобы этот проект носил дух вашей команды. У вас есть своя школа — даже если вы не называете это так.

Он кивнул. Медленно, будто боялся выдать слишком много, будто сдерживал слезы, которые уже подступали. Для него это было больше, чем похвала. Это было признание. Не просто местное — мировое, настоящее, то, ради чего он столько ночей не спал, спорил, рисковал. В этот миг он почувствовал: его голос услышали. Его путь увидели.

Через неделю информация о сделке просочилась в новостные телеграм-каналы.

«Светлостанский фотопроект продан международному каналу. Команда „Фотополюс" заключила договор с Global Current. Имя Майкла Джефферсона уже называют новым голосом документальной фотографии».

В другой части света от команды Майкла, в городе, где находился головной офис Джона, погода и настроение были иными. Утро было пасмурным, за окном лениво капал дождь, и в квартире пахло мокрым деревом от старых рам.

Натали включила чайник, как всегда, машинально, по привычке. Прокручивала в голове предстоящие дела, пыталась сосредоточиться, но не могла. Что-то мешало.

На экране телефона мигнул пуш — сообщение от знакомой журналистки.

«Поздравляю! Это прорыв. Ваш Майкл — герой дня».

Натали нахмурилась, открыла ссылку. Статья из телеграм-канала с громким заголовком:

«Светлостанский фоторепортаж куплен международным телеканалом. „Фотополюс“ выходит в эфир Global Current».

Под заголовком — фотография. Север. Снег. Женщина с младенцем и фонарем. Подпись: «*Авторская серия Майкла Джефферсона, Фотограф Генри, Хаан-Яр*».

Она не дышала. Только смотрела. И в груди расплывалось что-то огромное — смесь восхищения, гордости, облегчения... и тревоги.

Она закрыла экран и подошла к окну. Смотрела на тонкие струи дождя и видела перед собой не капли, а Майкла — шестилетнего, с фотоаппаратом из пластика, щелкающего все подряд. Потом подростка — вечно спорящего, упрямого, горячего. Потом — мужчину. Сильного, настоящего, своего сына.

— Господи... — прошептала она. — Ты сделал это.

Она улыбнулась. Но слезы вдруг подступили к глазам. Потому что тут же, почти в тот же момент, она услышала, как в соседней комнате открылась дверь — и шаги Джона, как всегда точные, тяжелые, уверенные. Он еще ничего не знал.

И Натали с болезненной ясностью поняла: он не обрадуется. Он не сможет порадоваться. Он почувствует, что теряет, что его обошли. Что сын пошел не просто своей дорогой — он выбрал новую, и эта дорога вдруг оказалась важнее всего, что строил он сам.

Она обернулась и посмотрела на портрет Джона, висевший в гостиной — тот, где он стоял в строгом костюме, уверенный, как всегда. И впервые почувствовала, что за этой уверенностью — не только сила, но и жестокость, невозможность отпустить, признать чужую свободу.

«Майкл, ты идешь вверх. А Джон — внутрь себя».

Натали прижала телефон к груди. Ей хотелось позвонить Майклу. Сказать, что она гордится, что она боится, что любит, но не стала.

Вместо этого она подошла к зеркалу в прихожей, посмотрела на себя — и за долгое время увидела женщину, у которой сердце рвется пополам. И которая знает: между двумя самыми близкими ей мужчинами идет битва, и в ней она окажется не судьей, а узлом.

Новость о международной сделке прокатилась по головному офису, как ток по влажному проводу — мгновенно и с глухим потрескиванием.

Кто-то пробормотал «ну, начинается», кто-то сдвинул монитор подальше, как будто тот излучал излишнее тепло. В чате сработала ссылка на телеграм-канал: «Фотополюс — теперь на Global Current». Фото в обложке было знакомое — лицо в капюшоне и тундра до горизонта.

В офисе Джона был гробовой полумрак. Николсон из проявки, обычно бубнящий себе под нос, теперь просто молчал. Он смотрел в монитор, где была открыта та самая новость.

Марина, старший менеджер, подошла к Джону с папкой.

— Мистер Джон... может, все-таки поздравим?

Он даже не поднял глаз.

— Мы не имеем к этому отношения.

— Но его материалы ведь проходили через нашу лабораторию.

— Лаборатория — это рутина. Мы студия, мы лицо. А они... экспедиция. У них дорога.

Он замолчал, давая понять: разговор закончен.

Но позже в одиночестве, сидя в своем кабинете, он все же открыл сайт *Global Current* и долго смотрел на заглавную фотографию из Хаан-Яра.

В то же самое время в этом офисе молодой сотрудник сидел перед монитором. Артему было двадцать шесть. Он пришел в студию Джона после вуза — тогда, когда казалось, что фотография еще может быть искусством, а не просто штампом на документы. Он был талантлив, быстрый, с живым глазом и хорошим чувством композиции. И в то же время — очень осторожный.

Он уже видел, как коллег выдергивали на ковер за то, что кто-то «не так кадрировал», «нарушил стандарты». Однажды его собственный проект — визуальная серия о детях мигрантов — вообще сняли с публикации. Сказали: «не формат», «не отражает лицо студии».

Он все понял. И стал молчаливым, нейтральным, надежным. Таким, как нравится Джону.

Но когда утром он увидел подборку «Фотополюса» и новость о сделке с *Global Current*, в груди у него что-то дрогнуло. Это было не похоже ни на гордость, ни на зависть. Скорее — на то чувство, которое он редко себе позволял: признание чужой силы. Он открыл сайт, пролистал серию из Хаан-Яра и остановился на одном кадре — женщина с фонарем и младенцем на руках, снег, темнота и свет, который был больше самой сцены. Он поймал себя на том, что не может сразу перелистнуть дальше, что дыхание сбилось, что взгляд держится на экране дольше, чем обычно.

«Так вот оно как бывает... — мелькнуло. — Не про отчеты, не про расчеты, не про „успеем в срок". А про то, что живет дольше нас. Про то, что врезается в память, как шрам. Про то, что останется, когда цифры забудутся».

Он понимал: Майкл сделал шаг, на который он сам когда-то не решился бы. Не потому, что не видел — видел. Не потому, что не знал — знал. Но потому, что всегда выбирал твердую землю, порядок, контроль. Майкл же пошел во тьму — и достал оттуда свет.

Джон сжал губы, закрыл вкладку и откинулся в кресле. На лице не дрогнул ни один мускул. Для всех остальных он был тем же самым Джоном — холодным, уверенным, несгибаемым. Но глубоко внутри он уже знал: его сын видит дальше, действует смелее, и именно это дает ему преимущество. А он, Джон, впервые ощутил, что может проиграть не врагу, не обстоятельствам, а собственному сыну.

Он посмотрел в окно. Потом — на дверь в кабинет Джона. Она была приоткрыта, как пасть хищника, что дремлет, но слышит все.

Артем закрыл вкладку. Молча.

Но перед этим — скачал фото. Сохранил в отдельную папку. Назвал ее:

«Однажды».

* * *

Майкл стал получать письма от молодых фотографов со всей страны. Один парень из Казахстана написал:

«Я видел снег и смерть, но вы сделали это — живым. Я хочу быть в вашей команде».

Телефон звонил весь день. Бренды, агентства, культурные фонды. Но Майкл оставался тем же: скромным, собранным, сосредоточенным.

Когда его спросили, что он чувствует после сделки, он ответил:

— Я чувствую, что все только начинается.

Он говорил просто. Но в этих словах было больше веры, чем в любом триумфе. Больше решимости, чем в сотне речей. Он не строил иллюзий, но знал: теперь у него есть голос. И мир наконец услышал его.

И он был прав. Потому что ровно через два дня, в утренней суете, когда ребята разбирали новые фотографии, а Мери заливала воду в кофемашину, на пороге офиса внезапно возник силуэт.

Сначала его не сразу узнали — слишком резко он вошел, как вспышка. Но потом — тишина. Вся команда обернулась.

Это был Джон.

Сдвинутые брови. Пристальный, тяжелый взгляд исподлобья. Он не сказал ни слова. Но глаза его говорили за него.

И в комнате стало холодно. Настолько, что даже чайник перестал шуметь.

ГЛАВА ШЕСТНАДЦАТАЯ.
КРЕПОСТЬ И ОСТРОВ

Джон вошел не торопясь — шаг за шагом, словно воздух сам уступал ему дорогу. Его походка была тяжелой, но не из-за слабости — из-за внутренней сосредоточенности. Это был не просто визит — это было возвращение. Как если бы тень прошлого вдруг ступила на территорию настоящего, чтобы посмотреть ему в глаза.

На нем было длинное серое пальто, ткань которого слегка поблескивала в лучах офисного света. Воротник был поднят почти до самых скул, скрывая шею, как броня. Узкий шарф цвета глины был перекинут через плечо и свисал почти до колен. Шляпа с широкими полями отбрасывала полутень на его лицо, оставляя открытыми только глаза — прищуренные, настороженные, будто он все еще не решил, сражаться ли или молчать.

Офис замер. Не совсем из страха, скорее — из уважения к энергии, с которой этот человек вошел. Кто-то отложил в сторону планшет, кто-то машинально пригладил волосы. Даже принтер в углу, казалось, на мгновение умолк, чувствуя, что это не обычный визитер.

Джон скользнул взглядом по пространству — быстро, цепко, как человек, привыкший оценивать все с одного взгляда. И остановился на сыне.

Майкл стоял посередине зала. Он собирался ехать на очередную встречу, и в его облике была та легкая небрежность, за которой стояло точное понимание стиля. На нем был твидовый пиджак в крупную британскую клетку, сидящий свободно. Под ним — черная водолазка, плотная, как ночь в горах. Джинсы — темно-синие, почти угольные, с легким металлическим отливом на коленях. А на ногах — высокие кожаные ботинки, зашнурованные желтыми шнурками. Контрастный, вызывающий, словно намек на то, что он всегда выберет свой путь.

Он казался воплощением нового времени — свободного, мобильного, открытого. В этом была не бравада, а уверенность, не вызов, а выбор.

— Привет, сынок, — произнес Джон голосом чуть ниже обычного. — Не ожидал? Покажешь, что у вас тут как?

Майкл, не привыкший к растерянности, задержал взгляд. Он понимал, что это не просто вопрос — это проверка. Подтекст. Первый ход в сложной партии.

— Привет, отец, — отозвался он спокойно. — Конечно, покажу. Хотя, честно говоря, уже начал думать, что ты не приедешь совсем.

— Ну... теперь приехал, — коротко ответил Джон. — Посмотрю, чем вы тут живете.

И в этом «вы» прозвучало многое — чуждость, отчуждение и одновременно болезненный интерес. Как будто он заранее готовился не одобрить — но все равно хотел знать.

Майкл жестом пригласил пройти вперед:

— Пойдем. У нас сейчас как раз готовится материал, думаю, тебе будет интересно.

Он двинулся первым, чуть расправив плечи. И сотрудники, которые все это время наблюдали из-за мониторов, отступили в тень. Потому что все поняли: сейчас начнется не экскурсия, а дуэль. Вежливая, холодная, интеллигентная — но все равно дуэль.

Майкл вел Джона по офису, как экскурсовод по собственному музею идей — с достоинством, сдержанным энтузиазмом, не торопясь, словно давая каждому помещению раскрыться перед отцом, как страницы большого альбома, в который вложены тонны смысла, веры и труда. Он шел чуть впереди, изредка поворачиваясь, ловя на себе взгляд Джона, и, словно мимоходом, указывал рукой: «Здесь у нас отдел постпродакшна», — и дверь распахивалась в пространство, где сквозь стекла пробивался мягкий рассеянный свет, отражаясь от висящих на стенах старинных нецке —

крошечных японских фигурок, рядом с которыми стояли керамические чаши с чаем и свечи в бумажных абажурах, будто это был не кабинет, а чайный домик в Киото.

Дальше был зал, где пахло деревом и лаком, потому что на стенах висели настоящие итальянские скрипки, рядом с которыми — фотографии мастеров и музыкантов, играющих на улицах Венеции и Неаполя. В центре стоял круглый стол из ореха, за которым молодые дизайнеры обсуждали макеты, как за ужином у старого ремесленника. Джон чуть нахмурился — но промолчал.

Еще через коридор открывался кабинет, где стояла настоящая тропическая роща: пальмы, лианы, мини-водопад в углу, журчащий тихо и успокаивающе. Зимний сад уходил вглубь, а среди зелени — мягкие кресла, столики, книжные полки с томами по социологии, биологии, искусству и философии. Это был отдел сторителлинга, как объяснил Майкл: «Они помогают не просто снять, а рассказать историю».

А потом они вошли в пространство, где никто не сидел за компьютером — зато были гамаки, развешанные между колонн, и столы для настольного тенниса, и даже одна старая светлостанская пишущая машинка, стоящая на постаменте, как символ того, что творчество рождается в движении, в отдыхе, в возможности подумать, лежа вверх ногами. Джон скользнул взглядом по этим вольностям, нахмурился чуть сильнее, но тоже ничего не сказал.

Однако, что объединяло все эти пространства, несмотря на их стилистическое буйство, — это фотографии. Они были везде. На стенах, даже потолках и лестницах. Снимки своих сотрудников, улыбающихся, спорящих, спящих, работающих в горах, на рыбалке, на демонстрации. И рядом — великие имена: Себастьян Сальгадо, Стив Маккарри, Лета Поволошская, Роберт Капа, Джеймс Нахтвей. Рядом — портреты детей, смеющихся среди пыли в Нигерии. Стариков, кормящих голубей в Бухаресте. Женщин, носящих воду в Эфио-пии. Мальчика, стоящего на крыше тбилисского дома с воздушным змеем.

Целая стена была посвящена военным репортажам — черно-белые снимки, замершие лица солдат, пустые окна разрушенных домов, жесты, застывшие в воздухе. Рядом — хроники из Амазонии, джунгли, в которых дети бегают с луками, глаза их ярки, как солнце. Там же — фрагменты из Тибета, Афганистана, Гаити.

И вся эта мозаика, вся эта одушевленная география, весь этот хаос мира, превращенный в порядок через взгляд фотографа, создавали атмосферу, в которой невозможно было думать мелко, бояться, прятаться в инструкциях. Это было место, где воздух сам подсказывал: «Мечтай. Пробуй. Стреляй в небо».

Майкл не объяснял лишнего. Он только улыбался уголками губ, когда видел, как Джон, не признавая, все же смотрит. Он знал — отец может сказать, что это неэффективно, нерационально, слишком раскованно. Но суть была в другом. Он показывал не стены. Он показывал свободу.

Они вошли в монтажную. Это было пространство, не похожее ни на один из предыдущих кабинетов — здесь не было стилистических изысков или дизайнерских уловок, все было подчинено цели: создавать. Воздух пах расплавленным пластиком, свежей бумагой и кофе. По стенам — пробковые доски, испещренные прищепками, на которых висели десятки снимков: цвета Карибского моря, лица людей под плетеными шляпами, рыба, лежащая на деревянных прилавках, дети с кокосами в руках, смех и ветер, пойманный в движении.

Прямо сейчас шел отбор кадров из новой экспедиции — Виргинские острова. Из динамиков негромко играла музыка с островным ритмом, а в центре, за длинным столом с разложенными принтами, стоял Алекс — главный монтажер, дизайнер, идейный соавтор и правая рука Майкла. Он держал в руках серию снимков — хронологию местных семей, выложенных в линию: рыбаки, уходящие в море на деревянных лодках, женщины, плетущие крыши из пальмовых листьев, дети, которых в каждой семье было не меньше шести, босоногие, с повязками и с криками, словно у каждого за плечами были крылья.

— Алекс, — сказал Майкл, — покажи отцу, что у нас выходит. Весь виргинский цикл.

Алекс сразу задвинул принтер в сторону, разложил фотографии как карты на столе, достал несколько коллажей — попытки собрать разные сцены в единое повествование.

— Мы пробуем форматы для будущего альманаха, — пояснил он увлеченно. — Название рабочее — «Хроники Виргинских островов». Хотим сделать серию из двенадцати выпусков. Здесь — первая: рыбацкие деревни, торговцы специями и фруктами, женщины в кухнях под открытым небом. Мы жили прямо у них — в соломенных домиках. Очень простых, но с видом на океан.

Джон молчал. Он подошел ближе, смотрел на распечатки в упор. Не с восхищением — с расчетом. Пальцем он сдвинул одну фотографию, на которой были дети в луже — голые, грязные, сияющие.

— Сколько человек у вас было в экспедиции?

— Пятеро, — оживленно отозвался Алекс. — Два фотографа, оператор, звук и я. Но еще местные помогали — мальчишки, один старик, даже учительница из деревни. Без них — ничего бы не получилось.

— А как добирались?

— Перелет до Пуэрто-Рико, потом лодкой. Три часа в открытом море. Оборудование — в ящиках. Все свое: камеры, пленка, питание, даже солнечные батареи — электричества там нет.

— И сколько это стоило?

— Перелет — около трех тысяч, жилье почти бесплатно — мы платили бутылками настойки и лекарственными травами. Самая большая статья — проявка. Мы отсняли почти семьдесят пленок.

— Семьдесят?

— Да! И это только черно-белая. Еще цифровые ряды — параллельно. Мы вернулись с терабайтами материала. Сейчас сортируем, выбираем. Вот, кстати, пробный макет — видите? — он показал несколько разворотов: лица, лица, лица, как вспышки времени, как доказательства, что жизнь в этих деревнях настоящая, не декорация.

Но лицо Джона оставалось жестким, неподвижным. Он не высказывал ни одобрения, ни осуждения — но от него веяло холодом. Майкл чувствовал это спиной, ощущал, как воздух в комнате становится плотнее, как молчание Джона начинает сдавливать не хуже слов.

Алекс еще пытался поддерживать тон:

— Мы думаем объединить эти циклы в линейку. «Хроники света». Или «Голоса земли». Знаете, это как взгляд изнутри. От первого лица. Люди, у которых нет ни одной камеры, — и мы становимся их глазами.

— А продажи? — впервые подал голос Джон, медленно, будто с нажимом.

— Уже есть предложения от двух журналов, — вмешался Майкл. — Один европейский, один американский. Плюс телеканал хочет взять кадры для документалки. Мы пока не согласовали — думаем, идти с собственным брендом или отдавать частично.

— А прибыль?

Майкл чуть нахмурился, но ответил:

— Пока это вложение. Но эффект — медиавзвешенный охват, цитируемость, бренд уже идут вверх. Плюс репутация. Это — капитал будущего. Журналы не просто покупают фото — они хотят, чтобы мы были их авторами. С именем.

Джон помолчал. Он провел ладонью по коллажу, как будто смахивал с него пыль — или стирал невидимый след.

— А мне все это напоминает художественный кружок, — бросил он негромко. — С красивыми идеями и дорогими игрушками.

В комнате повисла тишина. Кто-то за столом отодвинул стул. Кто-то на секунду перестал дышать.

Майкл сжал кулаки, но сохранил спокойствие.

— Это не кружок, отец. Это — студия. И у нее есть лицо. И у нее — есть голос.

Алекс стоял рядом, прижав руки к столу, и впервые за все время не знал, что сказать.

Они вошли в кабинет Майкла — просторный, со светом из панорамного окна, полками, заставленными книгами, старыми камерами и редкими фотоальбомами. В углу стоял кофейный автомат, в другом — штатив с камерой, рядом кресло, словно ожидающее собеседника. Майкл жестом указал на кресло, но Джон остался стоять.

— Ну что, теперь поговорим без зрителей? — произнес он. Голос был ровным, но в нем уже чувствовалась сталь.

Майкл кивнул, подошел к кофемашине, включил ее, не оборачиваясь:

— Кофе будешь?

— Я пришел не за кофе.

Несколько секунд был слышен только шум капель, падающих в чашку.

— Ладно, — тихо сказал Майкл. — Тогда говори.

Джон прошелся по кабинету, как прокурор перед приговором:

— Я посмотрел, как вы тут работаете. Точнее, как вы тут играете. Потому что это не представительство моей фирмы. Это фотокружок. Уголок вдохновения. Клуб по интересам за счет головного офиса.

Майкл обернулся, взял чашку, сел в кресло:

— Ты правда так видишь все, что здесь происходит?

— А как я должен это видеть? У вас выставки, экспедиции, гамаки, альманахи. Вы снимаете детей с кокосами и рыбацкие лодки, а потом с важным видом обсуждаете, какое фото на обложку поставить. А ты считал, сколько это стоит?

— Конечно считал.

— Считал? — Джон рассмеялся коротко, без радости. — Да ты даже не понимаешь, как считаются издержки. Пять человек в экспедиции! Проявка, техника, билеты, жилье. И все ради красивой «идеи». А где прибыль? Где доход? Где отчетность?

— Мы получили предложения от издательств, телеканалов...

— Предложения — это воздух. Мне нужны договоры. Подписанные. С суммами. Мне нужно понимать, когда ты начнешь не тратить, а приносить.

Майкл встал. Его взгляд стал жестче, но голос по-прежнему был сдержан:

— Ты хочешь отчет в таблицах с колонками — я дам. Все цифры, все проценты, все будет. Но ты не видишь главное. Мы здесь строим не фабрику и не склад. Мы строим бренд. Имя. Авторитет. Ты видел лица людей, когда они смотрят на наши снимки? Они не просто листают альбом. Они задерживаются, они дышат вместе с этим кадром. Это не картинки. Это судьбы. Это чужая боль и чужая радость, которую мы удерживаем на пленке. Это уважение, которое нельзя купить рекламой. И это — будущая цена. Не сегодняшние гонорары, не разовые заказы. Мы закладываем капитал, который не сгорит в налогах и не обвалится от курса. Капитал в том, что о нас будут говорить, нас будут знать, нас будут звать. И тогда за одно наше имя будут платить больше, чем сейчас за все твои контракты. Мы не цех и не конвейер. Мы не работаем ради того, чтобы выжить квартал. Мы делаем то, что останется. И если ты этого не понимаешь, то все твои таблицы — просто бумага.

Он сделал паузу, подойдя к полке, взял оттуда альбом и открыл его.

— Вот. Серия из Лаоса. Мы снимали деревню, где женщины ткут вручную из шелка, дети плетут корзины, а мужчины делают лодки. Это фото — бабушка с внуками у очага. Это — их рынок, где продают сушеных лягушек и цветы. Мы отправили серию в одно нидерландское издательство, и они попросили нас сделать такой же цикл по Южной Америке. Конкретно — по Патагонии. Потому что, цитирую их письмо: «В ваших работах есть душа, и она перекликается с читателем — мы хотим это повторить».

Он закрыл альбом, взглянул на отца:

— Это не просто съемка. Это путь к тому, чтобы нас узнавали не только по фамилии, но по качеству. И это уже началось.

— Угу. Узнают. И все? А как ты думаешь платить за аренду, технику, зарплаты? Узнаваемостью? — Джон резко сел, положив руки на колени. Его пальцы постукивали по ткани пальто, выдавая раздражение. — Я не раз тебе говорил: прибыль — это не идеал. Это основа. У нас, когда студия запускалась, я взял три модели фотокниг. И что? Штамповали одну и ту же, только цвет обложки меняли. Экономия на масштабе — понятие тебе знакомое? Распечатка в три раза дешевле, если все делают одинаково. Тебе не надо думать каждый раз заново. Вот и прибыль, вот и поток. А ты с каждым кадром — как с религиозной реликвией.

— Потому что в этом — смысл! Ты фотографировал, чтобы выжить. Я — чтобы показать, что жизнь больше, чем выживание. Мы не копируем, мы создаем.

— Твое «создаем» обходится мне в сотни тысяч. Ты за год сгенерировал меньше дохода, чем одна моя съемочная бригада за месяц. И это — факт.

Майкл побледнел. Он подошел к окну. Несколько секунд молчал. Потом тихо, почти спокойно:

— Тогда, может, мне вообще не стоит заниматься фотографией.

Джон поднял брови:

— Что ты сказал?

— Может, это все и правда не нужно. Ни студия. Ни камеры. Ни кадры. Ни выставки. Я устал доказывать тебе, что искусство может приносить прибыль. Ты говоришь — цифры, отчеты, сроки. Я знаю их наизусть. Но что они значат, если завтра о нас никто не вспомнит? У меня есть другие планы. Другая идея. Я думал, что смогу соединить твою систему и мое видение — твой фундамент и мою высоту. Но, видимо, ошибался. Ты не хочешь видеть, что фотографии — это не производство. Это бренд, это имя, это капитал доверия. Это то, что живет дольше, чем контракты и квартальные отчеты. Люди покупают не бумагу, а смысл. Они платят не за кадр, а за то, что он дает им почувствовать. Так что сиди в своем болоте и строй стены вокруг себя, если это единственное, что тебе нужно. А я пойду туда, где есть воздух. Где есть будущее. Где каждое наше фото — это не строка в таблице, а шаг к тому, чтобы нас помнили.

Он говорил тихо, без крика, но каждое слово звучало как отсечка. Джон медленно встал. Смотрел на сына долго, как на чужого. Потом сухо сказал:

— Значит, на этом все.

— Да. Все.

Они замолчали. Тишина между ними была плотной, вязкой, как холодный туман. Джон стиснул челюсти так, что на скулах выступили жилы, и не сказал больше ни слова. Повернулся, подошел к двери, остановился. В этот момент у Майкла в груди что-то сжалось. На долю секунды мелькнула мысль — сказать что-то другое. Но он промолчал.

Джон не обернулся.

— У тебя был шанс. Ты выбрал шоу вместо дела. Удачи.

Он ушел.

Майкл остался стоять в кабинете. Сначала — неподвижно. Потом, словно обессилев, опустился в кресло. Прижал руку к лицу, закрыл глаза. Мысли били одна за другой: «Он не услышал. Он не захотел увидеть. Между нами стена. И, может быть, уже навсегда».

Грудь сдавливало от обиды, злости, бессилия и — упрямства. Он встал, прошелся по комнате — как тигр по клетке. Снова взглянул на фотографии на стенах. Они казались ему сейчас как будто немыми свидетелями этого провала. Но внутри что-то вскипало — волна решимости, почти ярости.

— Он ничего не понял, — выдохнул Майкл. — Ни в маркетинге, ни в бренде, ни в стратегии. Думает, бизнес — это таблицы и поток. А настоящая цена — это доверие. Уважение. Смысл.

Он остановился, сжал кулаки, потом медленно разжал.

— Ну и пошел к черту.

Эти слова вылетели сами собой, и за ними — странное облегчение.

— Если так, — сказал он сам себе уже тверже, — тогда я сделаю все сам. С нуля. И это будет больше, чем просто ремесло. Это будет проект, который переопределит, как люди вообще воспринимают ежедневные вещи. Не просто покупать — а выбирать осознанно. Пользоваться тем, что имеет истинную ценность для них. Что делает жизнь лучше.

Он замолчал, а потом тихо, с удивлением своему собственному открытию:

— Да... именно так. Я покажу, как это должно выглядеть.

Он подошел к столу, взял карандаш и на чистом листе начал рисовать. Не фотографию — схему. Не сюжет — структуру. Линии ложились уверенно, словно он сам только сейчас понимал, куда ведет его дорога. То, что раньше было экспедицией, серией снимков, публикациями, вдруг раскрылось перед ним как нечто большее.

Это уже не проект ради репортажей. Это платформа. Система. Новые горизонты, в которых фото — лишь начало. Он видел бренд: единый, сильный, широкий. Такой, что объединяет все — от простых привычек до глубоких ориентиров. От воды, которой человек утоляет жажду, до идей, которыми он живет.

Майкл чувствовал: люди ищут не только товар, не только картинку. Им нужен знак, который будет рядом каждый день — в чашке, в одежде, в словах, в образе. Простое, понятное, но наполненное содержанием. Не продукт — а присутствие. Не бизнес — а язык будущего.

И делать это по-своему — по-настоящему, с масштабом, который выходит за границы страны.

ГЛАВА СЕМНАДЦАТАЯ.
СТЕКЛЯННЫЙ ЛАБИРИНТ

Золотая осень, рассыпавшись по улицам медной пылью листвы, сделала город особенно прозрачным, хрупким и тихим. Воздух пах сухой листвой, кофе и чем-то знакомым из детства — как будто сама природа подводила итог всему лету, всей эпохе, всему прошлому. Легкий ветер кружил в парке желтые и багряные листья, подхватывал их, взвешивал, а потом ронял на мокрые скамейки и брусчатку.

В небольшом кафе у старой библиотеки, где некогда они бывали еще подростками, сидели за столиком у окна Ларри и Майкл. Осенний свет скользил по столешнице, отражаясь в чашке черного кофе, делая ее поверхность зеркальной и тревожной. Майкл был в пальто цвета меда, расстегнутом, как будто ему было все еще жарко от мыслей. Ларри — в черной куртке, сгорбившийся чуть больше обычного. Он смотрел на брата с настороженной тенью в глазах, но не говорил.

Майкл нарушил молчание первым:

— Спасибо, что пришел. Я хотел сказать это лично.

Ларри кивнул, потянулся к чашке. Пальцы его были напряжены.

— Я выхожу из дела. Совсем. Представительство будет закрыто. Я начинаю новый проект, совсем другой.

Воздух между ними на мгновение сгустился. Ларри не ответил сразу. Внутри у него все сжалось. Он почувствовал укол — не зависти, нет — чувства утраты. Майкл был частью всей конструкции, яркой частью. Блестящей. Он был мостом между прошлым и будущим, между Джоном и тем, что должно было прийти. Но вместе с этим Ларри чувствовал, как где-то в груди, как в пустом сейфе, глухо щелкнуло — стало чуть больше места, больше пространства для него самого.

Он медленно сказал:

— Ты уверен? Насовсем? Без игры, без паузы?

Майкл усмехнулся, но грустно:

— Насовсем. Это не ссора и не каприз. Это решение. У меня есть идея, и она требует полной отдачи. Я не могу одновременно быть частью вашего механизма и строить свой.

Ларри медленно кивнул. Он чувствовал, как в нем сталкиваются два мира — мир брата, светлый, сильный, полный мечты, и его собственный, где каждый шаг — просчитанный, взвешенный, холодный. Он понимал: Майкл не вернется. И, значит, все, что строилось в последние годы, теперь будет только его.

— Я не хочу, чтобы люди, с которыми я работал, остались ни с чем, — продолжил Майкл. — Там есть хорошие ребята. Алекс, Глеб, Марта... Ты знаешь. Если они захотят — пусть приходят к тебе. Я сам им предложу. Но уже — по стандартам головного офиса. По вашей системе. Кто впишется — отлично. Это будет честно.

Ларри опустил глаза, глядя на дорожки капель на внешней стороне стакана.

— Ты хочешь, чтобы я их принял?

— Если ты не против. Не всех, конечно. Только тех, кто захочет. Остальные разойдутся. Такое бывает. Команда должна выжить. Я ухожу, но это не значит, что я бросаю людей.

Ларри вдруг почувствовал, как в нем поднимается легкая волна уважения — и тут же ревности. Он никогда не умел так. Не умел думать о людях, когда речь шла о его кармане. Не умел ставить чужую судьбу рядом со своей. И это злило его — и восхищало одновременно.

— Хорошо, — тихо сказал он. — Я подумаю. Алекс — нормальный парень. Остальных тоже посмотрю. По-деловому.

Майкл посмотрел в окно. Листья все кружились за стеклом, как будто весь мир медленно вращался, и только внутри — замерло настоящее.

— Осень, — сказал он. — Время, когда все умирает, чтобы снова родиться. Наверное, так и должно быть. Я пойду. Скоро вылет.

Он встал, положил на стол купюру за кофе, не дожидаясь официанта. Ларри не остановил его. Только когда дверь звякнула и брат растворился в потоке золотого света улицы, он вдруг тихо, сам себе сказал:

— Удачи, Майкл. Теперь у нас совсем разные дороги.

А потом он допил холодный кофе. И почувствовал, как ветер с улицы приносит не только запах листвы, но и приближение новой эры. Эры, где он — единственный наследник. Или почти единственный.

* * *

Вечерний свет ложился на каменные стены старого провинциального городка, окрашивая их в мягкое золото уходящего дня. Майкл сидел на теплой террасе гостиницы, закинув ногу на ногу, перед ним — стакан с ледяной водой и долькой лайма, вокруг — ароматы базилика, пыли, нагретых солнцем крыш и далекого моря. Он смотрел на улицу, на людей, которые шли медленно, без спешки, с фруктами в сумках и разговорами, в которых не было ни тревоги, ни усталости.

Он глубоко вдохнул. И сказал себе:

— А ведь это и есть жизнь, не правда ли?

Он взял ручку, блокнот и начал писать — не бизнес-план, нет, — скорее поток мыслей, как манифест.

«Я хочу создать бренд, который говорит. Не кричит со стендов в супермаркете, не прыгает на экранах рекламы, а говорит с человеком как старый друг. Говорит: я — про здоровье. Про силу. Про легкость. Про энергию. Про жизнь без токсина и без тревоги. Я — твоя пауза между встречами. Я — твой выбор, который ты сделал сам, потому что тебе не все равно, что ты ешь, пьешь, надеваешь, наносишь на кожу.

Мой бренд не будет чем-то одним. Он будет зонтом. Надежным, чистым, широким. Под ним — десятки, сотни товаров. От магниевой воды, которая возвращает силы, до витаминных конфет для детей, которые не хотят таблетки. От биоразлагаемой упаковки с ореховыми пастами — до умных трекеров, считывающих пульс, дыхание и фазу сна. От пищевых добавок, которые действительно работают, — до повседневной одежды, в которой можно и бежать, и сидеть в кафе. Все, что ты берешь в руку, — про тебя. Про то, кем ты хочешь быть.

Производить это будут другие. Те, кто умеет — кто живет качеством, фанат своего продукта, кто годами настраивал свое ремесло, кто в лабораториях и мастерских выверяет формулы и текстуры. Кто в Словении изучает травы, кто в Литве варит идеальные ферментированные напитки, кто в Грузии с любовью сушит фрукты, кто в Германии выводит безупречный баланс магния и кальция в воде. Я не хочу строить заводы — я хочу строить идеи. Моя задача — создать такой бренд, которому будут доверять в любой стране, потому что за ним не реклама, а система. Ценности. Культура. Язык. Миссия. Каждая упаковка будет говорить: «Я здесь, потому что тебе это нужно. Потому что я — лучшее оттуда, где умеют». Я соберу все: упаковку, визуал, голос, платформу, шрифт, графику, истории на этикетке. И мы будем продавать напрямую. Без складов и розницы, без маржи посредников. Прямо от тех, кто делает, — к тем, кто хочет жить лучше. Через логистику, умную, прозрачную, быструю. Через мой сайт, через подписку, через маркетплейсы, социальные сети, мобильные приложения. И да, пусть производят в Грузии или Польше, а покупают во Франции, Канаде или Чехии — какая разница, если каждый в этой цепочке выигрывает? Производитель получает рынок, о котором не мечтал, и может вырасти. А покупатель получает продукт, сделанный с душой, далекий, но настоящий, полезный, живой. Это не просто бизнес. Это будет новая культура потребления — честная, красивая, справедливая. И мой бренд — гарантия этого пути».

Он улыбнулся — сам себе, как будто нащупал то, что долго искал. Что-то очень простое, почти детское — делать что-то, что ты сам бы купил, сам бы ел, сам бы надел.

Он представил женщину в Ницце, открывающую банку с его гранолой, мужчину в Вене, открывающего бутылку воды с мятой и магнием. Подростка в Варшаве, запускающего приложение, чтобы синхронизировать браслет с уровнем стресса и фокусировки. Он видел их всех, и это было прекрасно.

— Вот теперь — по-настоящему, — прошептал он. — С кем бы это обсудить? — задумался Майкл. Единственный человек, с которым он был готов поделиться своей идеей, была его мать, Натали.

Парк, в который Майкл пришел на встречу с Натали, был почти пуст. Октябрь уже начал терять тепло, и только отдельные золотистые клочья листьев напоминали, как недавно все здесь сияло, пело, шептало о жизни. Сейчас же воздух был тих, чист и прозрачен, как вода в горной реке. Недалеко за деревьями виднелся дом, где прошли его детские годы — с балконом, знакомым до мелочей, с каштаном у подъезда, который они с Ларри однажды пытались покрасить в синий.

Майкл увидел Натали на лавочке у старого фонтана — она сидела в пальто цвета темного янтарного оттенка, с платком на плечах, склонив голову, как будто слушала музыку осени. От мамы исходило спокойствие и тихая уверенность — такая же, как в его детстве. Он подошел, сел рядом. Несколько секунд они молчали — в этой тишине не было неловкости, только тепло тех, кто знает друг друга до дыхания.

— Спасибо, что пришла, — сказал он.

— Майкл, ты что, ты мой сын, я всегда приду, всегда отвечу... — Натали выдержала небольшую паузу. — Спасибо, что позвал. Ты выглядишь... по-другому.

— Потому что все теперь по-другому.

Она посмотрела на него с легкой улыбкой, но не перебивала.

— Я начал думать, — продолжил Майкл, — что все, что мы делали... все, что делал отец, ты, я, — это были попытки зацепиться за что-то старое. За мир, который уже уходит. Или ушел.

Он провел ладонью по скамейке, словно считывая память.

— Я хочу построить что-то другое. Бренд. Но не просто логотип. Бренд, который будет говорить с человеком, как мы с тобой. Открыто. По-настоящему. Бренд, который скажет: я — про здоровье. Я — про энергию. Я — про осознанность. Я — за тебя. За твой выбор.

Натали наклонилась чуть ближе. В ее глазах — искренний интерес.

— Расскажи.

— Я хочу объединить производителей здоровых продуктов: магниевая вода, функциональные напитки, витаминные конфеты, добавки, спортивная одежда, трекеры... Все, что нужно человеку, чтобы быть здоровым, бодрым, осознанным. Но без пластика. Без мусора. Все — в биоразлагаемой упаковке. Прямые продажи, без посредников, без сетей. Онлайн. Через платформу. Через доверие.

Он говорил быстро, как будто вдохновлялся собственным дыханием — каждое слово рождалось с жаром, как искра на холодном воздухе.

— Я не буду производить, мам. Это не мое. Производят те, кто умеет. Кто десять лет гоняет состав воды в лабораториях, кто вручную собирает травы в Карпатах, кто сушит фрукты в Тбилиси, кто в Словении делает экологичные упаковки без грамма пластика. Я их нашел. Уже нашел двоих, кто готов стартовать со мной — один делает функциональные напитки в Литве, другой — добавки и батончики на севере Италии. У них есть товар, у меня — идея. Я построю над этим зонтик. Бренд. Историю. Визуальный язык. Язык упаковки. Язык видео. Язык общения. Чтобы ты, открывая банку или нажимая на приложение, знал — за этим что-то настоящее. Честное. Человеческое.

Он на мгновение умолк, посмотрел вперед, будто уже видел этот бренд на прилавках мира, в руках у людей — разных, далеких, но объединенных единым выбором.

— И как ты это будешь продавать? — спросила Натали, мягко, но точно. — Через магазины? Сети?

— Нет. Только напрямую. Через свой сайт, свою платформу. Без оптовиков, без дистрибьюторов, без чужой маржи. Только производитель, логистика и покупатель. Я сделаю доставку понятной, быстрой, доступной. И каждый товар — гарантированно отобранный мною. И каждый производитель — с проверенной репутацией. И все это — под одним именем. Моим брендом. Люди устали от фальши. Им нужна честность. Им нужен продукт с душой, а не с фокус-группы. В одной стране производят, в другой — употребляют, и обе стороны в выигрыше. Это и есть современный путь. Я не хочу просто торговать — я хочу изменить культуру потребления.

Натали смотрела внимательно. Она улыбалась, но глаза ее были полны мыслей.

— А с чего начнешь? Что будет первым?

— Магниевая вода. И функциональный напиток с экстрактом лимонника. Потом добавим жевательные витамины для детей. Потом трекеры — умные, тонкие, стильные. Но не все сразу. Начнем с малого. Главное — язык и посыл. Что это — для тебя. Для твоего здоровья. Для твоей энергии.

— А деньги? У тебя же нет инвестора?

— У меня есть кое-что накопленное. Хватит на запуск. Остальное — кредит. Это риск, я понимаю. Но...

Он посмотрел на мать. В голосе не было сомнения.

— Жизнь без риска — как еда без соли. Безвкусна, бесполезна. Я лучше проиграю свое, чем проживу чужое.

Натали долго молчала. Смотрела куда-то сквозь деревья. Потом заговорила, тихо, ровно, и от этого ее слова звучали сильнее.

— Ты не успокоишься, пока не попробуешь. Пока не построишь сам. Пока не набьешь своих шишек, пока не упадешь и не поднимешься снова. Ты всегда был таким. И я знаю: ты пойдешь этим путем. Один, как и все, кто начинает свое дело. Потому что путь предпринимателя — это всегда путь одиночки. Даже если рядом будут люди — нести это все равно придется самому. Но я верю в тебя. В твой ум, в твои способности, в твою целеустремленность. Ты все взвесил, все понял. И я знаю: у тебя получится. Иди. Делай. Не оглядывайся.

Он кивнул. Словно услышал не только разрешение, но и благословение. И в этом кивке было все: и прощание с прошлым, и начало будущего.

В это же самое время в офисе на третьем этаже Джон проводил собрание. Он был раздражен — злился на отчеты, на презентации, на вялость коллег. Его голос то поднимался до крика, то срывался в рычание. Несколько сотрудников сидели опустив глаза, кто-то украдкой записывал в блокнот, кто-то смотрел в стол. Джон резко повернулся к Ларри:

— Ты вообще это видел? Ты что, не читаешь отчеты?!

Но не договорил. Его лицо исказилось, рука дернулась к виску, и на секунду он застыл, как будто завис — взгляд ушел в пустоту, дыхание стало хриплым. Ларри вскочил.

— Отец?

И тут Джон рухнул прямо на пол. Упал тяжело, неестественно. На мгновение в комнате повисла мертвая тишина, никто не шелохнулся. Потом кто-то вскрикнул. Ларри бросился к нему, нащупал пульс — еле уловимый.

— Скорая! — крикнул он. — Срочно скорую!

Все встали как вкопанные. А Джон лежал, бледный, без сознания, с одной рукой, вытянутой в сторону, как будто все еще что-то пытался сказать.

ГЛАВА ВОСЕМНАДЦАТАЯ.
ГРОЗА НАД ЗАЛОМ

В официальном заключении скорой помощи и последующего обследования было сказано просто: нервное переутомление, обостренное истощением и перегрузками. Врачи говорили, что у Джона — подвижная, легковозбудимая нервная система, и в его возрасте столь интенсивная работа, конфликты и бессонные ночи стали слишком тяжелым фоном. «Снизить уровень стресса, нормализовать сон, больше отдыхать, меньше вовлекаться эмоционально», — вот что говорили медики в отделении неврологии.

Ларри молча кивал. Он почти не отходил от отца — и в офисе, и в больнице. Утром они могли вместе подписывать бумаги, вечером — сидеть в очереди к врачу. Он встречал докторов, приносил документы, уточнял рекомендации, помогал с лекарствами. Но внутри у него что-то не складывалось. Слишком резким был обморок. Слишком странным — выражение лица у Джона за секунду до падения, будто взгляд уходил сквозь стены, будто что-то внутри оборвалось.

Он начал читать. Искал в интернете похожие симптомы. Скрытые инсульты, микроинфаркты, нейродегенеративные процессы. Врачи говорили: «Возможно, просто скачок давления, возможно, истощение». Но Ларри не верил в «возможно». Он чувствовал — начинается нечто более глубокое и страшное. И теперь все держалось на нем.

Майкл знал, что с отцом что-то случилось. Натали звонила, сообщила сразу, сдержанно, но голос дрожал. Он выслушал и поблагодарил. Потом еще раз уточнил — обморок, давление, переутомление, ничего серьезного. Врачи успокоили. Он пожал плечами, отложил телефон. Возможно, в глубине души он почувствовал, что это лишь поверхность, фасад диагноза. Но сознание отказывалось разворачивать туда взгляд. Не сейчас. Не в этот момент, когда внутри него горел совершенно другой огонь.

Он сидел в городском парке — просторном и влажном после ночного дождя. Дорожки уходили в обе стороны, между ними плавно шевелилась трава, желтовато-зеленая, с росой у основания. Деревья, еще не полностью оголенные, отбрасывали тонкую резную тень на лавки, дорожки, лица прохожих. Семейная пара катала коляску, подростки ели что-то на скамейке у фонтана, рядом старик бросал хлеб голубям. Гул города растворялся здесь, как будто все становилось замедленным, глуше, тише.

Майкл сидел на деревянной скамье под тонкой березой. В руке у него был карандаш, на коленях — блокнот. Уже третья страница подряд исписана строчками, вычеркнутыми словами, столбцами понятий. Он перебирал смыслы — не названия, нет, а именно смыслы. Что он хочет сказать этим брендом? Что он хочет подарить людям, когда они откроют коробку, банку, бутылку, приложение? Здоровье? Да. Энергию? Да. Легкость? Уверенность? Прозрачность? Умную простоту? Честную силу?

Он написал: Clean life. Real fuel. Honest flow. И тут же зачеркнул. Это были слоганы, но не имя.

Майкл сидел на лавке, прислушиваясь к шуму листвы. Вокруг текла неспешная суббота. Молодой отец гнал самокат, а следом за ним, запыхавшись, бежал мальчишка лет пяти, держа в руке пластиковую бутылочку с яркой этикеткой. Девушка в легкой спортивной куртке села неподалеку, раскрыла рюкзак, достала маленький контейнер с орехами и жестяную банку, с которой стерлась половина надписи. Она открыла банку, глотнула, морщась, и, бросив взгляд на состав на обратной стороне, с сомнением вздохнула.

Майкл смотрел на них — на простых людей в своем ритме, со своей энергией, потребностями, привычками. Он чувствовал между ними и продуктами какую-то невидимую трещину — они хотели простого и честного, но получали масс-маркет с наценкой и дешевыми обещаниями. Он знал, что может дать им другое. Больше. Чище.

В этот момент ветер качнул верхушки клена. Один лист — золотисто-красный — медленно опустился прямо на его блокнот. И вдруг в памяти всплыло слово: KORU.

Он слышал это слово когда-то в Новой Зеландии во время экспедиции с со своими ребятами фотографами. Это был символ у маори — спираль, растущий побег папоротника, знак обновления, зарождения жизни, восходящей энергии. Не просто логотип — философия. Гармония и рост. Естественное движение. Новая витальность, но без суеты. Он прошептал это слово вслух.

— Koru...

И оно прозвучало мягко, органично. Как будто всегда было рядом. Как будто само пришло.

Он записал его на новой странице и под ним написал:

Чистая энергия. Честный выбор. Жизнь — в каждом глотке, в каждой упаковке, в каждом шаге.

Майкл представлял, как под этим названием будут выходить витамины, вода, даже одежда — все чистое, все нужное, все живое. Он откинулся на спинку лавки, посмотрел в небо. Между ветвями деревьев проплывали облака, а в воздухе висело ощущение чего-то правильного. Он улыбнулся — впервые за много дней по-настоящему спокойно. Название было найдено. Теперь он знал, с чего начинается его дело.

Майкл жил на высоких скоростях — и в этом была, пожалуй, его родовая программа. Джон всю жизнь стремился не останавливаться, добиваться, толкать вперед, даже через конфликт. А Келли, его бабушка, вообще не верила в понятие «остановка» — только «ускорение». От них у Майкла, возможно, и была эта внутренняя передача: делать быстро, говорить быстро, думать в десять раз быстрее, чем собеседник.

Он уже запланировал десять встреч с потенциальными производителями — в Словении, Хорватии, Северной Италии. Звонил лично, сам писал письма, сам выходил на видеозвонки, сам презентовал — еще без сайта, без логотипа, просто с макетом в блокноте и огнем в голосе. Он говорил с людьми, которые делали магниевую воду в Альпах, витаминные жевательные конфеты на базе швейцарских пектинов, энергетические растительные экстракты на базе цитрусовых в Далмации.

Он объяснял:

— У вас отличный продукт. Но в одиночку он — капля. Я строю не торговую сеть. Я строю бренд-континент. То, что мы будем развивать, — это экосистема. Бренд-зонт, под которым каждая категория усиливает другую. Здоровье — от воды до одежды. От конфет до трекеров активности. Потребитель, полюбив один продукт, попробует и второй. А потом и третий. Так вырастает не только доверие, но и продажи. Вы будете производить больше. Мы будем расти вместе.

Некоторые не сразу понимали, но голос Майкла был яркий, энергичный, почти завораживающий. Он говорил не в цифрах, а в образах:

— Представьте: упаковка, которая говорит. Не орет, не врет, а шепчет человеку: «Ты выбрал правильно». Это новый рынок. Не для ритейла. Для жизни.

Одна из первых компаний, с которой Майкл начал вести переговоры, была из Словении — современная площадка по производству функциональных напитков.

— Алло? Это Лука Бенеш. Слушаю.

— Добрый день, господин Бенеш. Меня зовут Майкл Джефферсон. Я запускаю международный бренд KORU — проект про здоровье, энергию и честные продукты. Мы ищем производителя функциональных напитков, и ваша фабрика — одна из тех, с кем я хочу работать.

— Мы работаем только с крупными заказчиками. У вас пока нет ни объемов, ни истории. С чего вы решили, что мы поставим вас в приоритет?

— Потому что я не один из ваших обычных клиентов. Я не просто дистрибьютор. Я создаю бренд, который объединяет лучшие продукты под одним именем. Один бренд — десятки направлений: вода, витамины, одежда, даже гаджеты. Все товары — с едиными ценностями. Люди будут доверять бренду, а это значит — покупать снова и снова. Ваш продукт станет частью системы, которая будет работать на каждого из нас.

— Хорошо звучит, но если начнутся возвраты, жалобы — кто будет за это отвечать?

— Здесь все прозрачно. За качество продукции вы отвечаете сами — это прописывается в контракте. Мы не вмешиваемся в ваш технологический процесс, но требуем стабильности: безупречный состав, упаковка, сроки. Все, как договорились — без срывов.

— А клиенты? Кто с ними работает?

— Наша команда. Мы обеспечиваем полный клиентский сервис: быстрая доставка, всегда бесплатная для клиента. Ответы на любые вопросы — в течение десяти минут, двадцать четыре часа в сутки. Мы не перекладываем это на вас. Вы делаете продукт. Мы — все остальное.

(короткая пауза)

— Хорошо. А упаковка? Кто разрабатывает визуал? Мы обычно сами делаем.

— Только наша команда. У нас собственный отдел дизайна, копирайтинга, коммуникаций. Каждый элемент — шрифт, цвет, текст, фотография — это часть бренд-идентичности. Мы не рисуем красивые упаковки. Мы создаем историю, к которой потребитель захочет прикоснуться.

(еще одна пауза, теперь дольше)

— Вы говорите так, будто давно это все придумали.

— Потому что придумал. Осталось только начать. И лучше с вами.

— Ладно. Я с вами. Хочу видеть договор и ваш план по объемам. И, предупреждаю, у меня высокие требования.

— Прекрасно. У нас тоже. До встречи, господин Бенеш. Это будет начало большой истории.

— Посмотрим. Но, знаете... я уже чувствую, что будет.

С каждым производителем он договаривался только об эксклюзиве в своей категории со стороны бренда KORU: один поставщик — одно направление. Это давало производителю гарантированный объем и инвестиционный горизонт. Но Майкл был жесток в требованиях:

— Безупречное качество. Не только продукта, но и упаковка, сроки, логистика. Все. Иначе — расходимся.

Через полчаса Майкл уже беседовал с новым производителем, теперь витаминов.

— Добрый день. Это Алина Вачучич. Слушаю.

— Здравствуйте, Алина. Меня зовут Майкл Джефферсон. Я создаю бренд KORU — международную марку для товаров, которые меняют повседневную жизнь людей к лучшему. У нас направление здорового питания, и я очень заинтересован в вашей линейке витаминов.

— Простите, а мы с вами знакомы? Кто вас порекомендовал? Вы из фарм-сети?

— Нет. Я не из фармы и не из сетей. Я из будущего. А если точнее — из команды, которая делает бренд, где не просто продукт продается, а формируется новая культура: честной упаковки, ясного состава и настоящей заботы. Я хочу, чтобы ваши витамины стали частью этого.

(сдержанно) — Звучит красиво, но у нас уже стабильные партнеры. И если честно — я не люблю рисковать. Особенно с новыми проектами.

— Понимаю. Но у вас — идеальный продукт, которому просто нужно правильное обрамление. Мы дадим то, чего нет ни у одного вашего текущего клиента: доверие к бренду, который ведет потребителя по жизни. Не с баннеров, а от первого глотка до последнего дня месяца — каждое касание с упаковкой будет говорить: *«мы — на твоей стороне»*.

— А если пойдут возвраты? Или негатив? Сейчас у всех аллергии, претензии, проверки...

— За качество — только вы. И это правильно. Мы не касаемся формулы. Но мы касаемся всего остального: от визуала до последней точки в описании. И с клиентами работаем мы. Поддержка — круглосуточная, ответы — в течение десяти минут, доставка — бесплатная и быстрая, без исключений. Потребитель никогда не остается один.

(в голосе уже меньше недоверия) — И упаковка тоже ваша? У нас дизайнер в команде, он давно все делает...

— Упаковка будет нашей. Точнее — бренда. У нас команда дизайнеров, копирайтеров, маркетологов. Мы не просто рисуем. Мы выстраиваем язык визуального доверия. Бренд должен говорить с человеком без слов. Это KORU. И он будет узнаваем. И ваш продукт — на этом языке — станет тем, что будут покупать снова и снова.

(в голосе уже заинтересованность) — Хорошо. И кто еще у вас уже в проекте?

— Производители воды, функциональных напитков, одежды. Из Хорватии, Словении, севера Италии. И каждый из них — в своей категории — эксклюзив. Мы не берем никого «вдвоем». Только один производитель на нишу. И только тот, кто готов расти с нами.

(после долгой паузы)

— Вы умеете уговорить, Майкл. Я прямо вижу, как это работает. Как будто уже продается.

— Так и будет. Это только начало. Хотите — вы будете частью его.

— Тогда давайте я с вами. Но договор четкий. И график объемов — на бумаге.

— Будет. Я пришлю все завтра. Мы с вами будем делать не продукт — а привычку к лучшему.

— Хорошо. Вы умеете зажечь. До связи, Майкл.

— До скорого, Алина. Это будет красиво.

Майкл положил трубку, не сразу отрывая руку от телефона. Он откинулся назад, в высокую кожаную спинку кресла, глубоко вдохнул и с легкой усталой улыбкой закрыл глаза.

Под пальцами — монолитная, тяжелая древесина стола. Натуральный дуб, покрытый маслом, с мелкими шероховатостями — как будто напоминание, что даже самый гладкий путь начинается с неровности.

Он знал: все начинает складываться. Люди — сначала настороженные, осторожные, прагматичные — начинают интересоваться, слушать, соглашаться. Он видел, как идеи входят в умы. Идеи, от которых не отворачиваются, а наклоняются ближе. Прислушиваются. Взвешивают. А потом — говорят: «Давайте я с вами».

Он посмотрел на блокнот. На слово KORU, написанное жирной черной ручкой. Ниже стояла дата и подчеркнутая фраза: *«Экосистема, а не линейка. Влияние, а не объемы».*

Майкл кивнул самому себе. Все будет. И не просто хорошо — а по-настоящему отлично!

* * *

Дом был тих. Только настенные часы отстукивали минуты — усталые, вялые. Где-то в трубах скрипело, как будто дом старел вместе с его жильцами. Натали стояла у окна с чашкой чая, но руки давно остыли, как и сам напиток. За стеклом клен сбрасывал последние листья — они кружились в сером воздухе, как обрывки прошлого, от которых уже не спрятаться.

Дверь хлопнула. Джон вошел, как всегда, тяжело, будто втащил с собой улицу, шум, усталость и что-то еще, тревожное. Пальто не снял. Ботинки не разул. В руках — папка с бумагами как продолжение самого себя.

— Ты опять был в офисе? — спросила Натали, не оборачиваясь.

— А где, по-твоему, мне быть? — резко. — Ларри был со мной. Все под контролем.

— Все? Даже твое здоровье?

Он знал, что это прозвучит. Он предугадывал. Но раздражение все равно вспыхнуло.

— Что — здоровье? Подустал. Перенервничал. Пройдет. Не выдумывай.

Она повернулась к нему. Взгляд — спокойный, но уставший. В нем было больше боли, чем упрека.

— Это не просто усталость, Джон. Ты стал другим. Ты забываешь слова. Ты смотришь в пустоту. Ты кричишь — а потом вдруг замолкаешь, как будто внутри все обрывается. Я вижу это каждый день.

Он положил папку на стол. Не глядя. Почти с грохотом.

— Ты не врач, Натали. Ты драматург. Раздуваешь. Мне некогда валяться в клиниках — я не Майкл, чтобы уходить от реальности в выдуманные проекты.

— Не называй его так. Он твой сын.

— Был. Теперь он — мессия здорового питания, а не фотограф. Он предал все, что мы строили.

— Нет. Он не предал. Он просто отказался быть твоей копией.

— Копией?! — Он вскинул голову. Глаза его сверкнули, но не гневом — чем-то другим. Беспомощностью? — Я тащил эту фирму десятилетиями. На себе. Ты знаешь, сколько мне пришлось вытерпеть, пока он... пока вы...

Он осекся. В голосе дрогнула нота, как будто он сам не ожидал, что захрипит.

— Мы просто устали, Джон, — мягко сказала Натали. — Устали жить в тени. Устали быть чужими в твоей системе. Майкл ушел, потому что хотел дышать. А я... я все еще здесь, но уже давно не чувствую, что мы рядом.

— Значит, тоже хочешь уйти?

— Я хочу, чтобы ты увидел, что мы теряем себя. Ты. Я. Все.

Он прошел по комнате, медленно, как будто в вязком воздухе. Голова закружилась. Он прижался к стулу, оперся на него, как будто это что-то значило.

— Я... я не могу остановиться. Все развалится. Если не я — то кто?

— Ларри. У него другой подход, но он рядом. И ты мог бы... мог бы наконец жить, а не держать все, сжав зубы.

— Я не умею по-другому, — выдохнул Джон. — Я стал тем, кто выживает. А вы все — будто мимо меня.

— Потому что ты больше не смотришь в глаза. Ты только контролируешь. Мы тебя боимся, Джон. Я боюсь. Боюсь, что однажды ты просто упадешь и не встанешь.

Он посмотрел на нее. Впервые — не со злостью, а с чем-то неуловимым. Пустым. Усталым. Он действительно не знал, что сказать.

— Ты слишком много видишь, Натали.

— Потому что люблю. Потому что больно.

Он отвернулся, прошел к креслу и тяжело опустился в него. Руки легли на подлокотники, как на поручни в поезде, который не останавливается. В голове шумело. Он не слышал больше капель за окном. Только гул собственной крови.

Натали сделала шаг к двери, но остановилась и обернулась.

— Я не ухожу. Пока. Но, Джон... если ты не остановишься — ты потеряешь все. Не потому, что мы уйдем. А потому, что ты сам себя загоняешь в пустоту.

Он не ответил. Она поднялась и ушла — тихо, без скрипа, без хлопка. В комнате осталась только пустота, и на подоконнике — остывающая чашка, в которой еще хранилось слабое тепло ее пальцев.

Ларри все больше растворялся в делах отца, сливался с повседневным ритмом фирмы, как будто всегда был ее частью. Он приходил раньше других — обычно за пятнадцать минут до начала рабочего дня, наливал себе кофе из автомата в холле, медленно проходил по коридору, здороваясь с каждым — без лишней теплоты, но вежливо, уверенно. Уже в этот момент сотрудники чувствовали, что день начался.

Каждый понедельник, ровно в девять утра, без задержек и отговорок, Ларри проводил планерки. В просторной переговорной комнате собирались менеджеры отделов, дизайнеры, технические координаторы. Стол из матового стекла, окна в пол, строгая диаграмма на большом экране — все выверено, организовано, почти стерильно.

— Итак, — начинал он, не теряя ни секунды. — За прошедшую неделю. Отдел обработки — Олег, отчет в CRM вижу, но по задаче «Восточная серия» — ноль комментариев клиента. Почему?

Олег потупил взгляд.

— К сожалению, клиент в отпуске, и...

— Не «к сожалению», — перебил Ларри. — Это не оправдание. Письмо должно было уйти заранее. Если знаешь, что клиент уезжает — три напоминания. Последнее — за двое суток. Это ритм. Мы не имеем права тормозить цепочку.

Он говорил уверенно, даже жестко — и сам не замечал, как в этих словах звучал его отец. Та же интонация, та же логика, та же привычка требовать без оговорок.

В голосе не было злобы. Только холодная, сухая эффективность. Все привыкли. Ларри не кричал, не требовал эмоциональной лояльности. Он требовал результата.

Вся компания начала двигаться по-новому. Он внедрил CRM-платформу, где фиксировались сделки, стадии проектов, переписка с клиентами. Вся история работы — прозрачна, как стекло. Электронная отчетность теперь была не пожеланием, а обязательным ритуалом: к пятнице каждый сотрудник заполнял таблицу с задачами, результатами, таймингом, отклонениями от нормы.

Он ввел электронные карточки учета времени: вход — по QR-коду, выход — тоже. Все движения фиксировались. Не было больше «задержался на обед» или «застрял в пробке сегодня». Все — в системе. Все — на виду. Даже внутренняя коммуникация теперь шла через корпоративный мессенджер, где каждое сообщение можно было найти, проверить, проконтролировать.

Джон поначалу морщился. Он не любил цифры ради цифр. Он привык к живому управлению — словом, тоном, взглядом. Но потом что-то внутри него сдалось. Ему стало удобно. Он стал все реже вмешиваться. Молчаливо принимал новые правила, иногда даже кивал одобрительно. Он по-прежнему приходил на планерки, но сидел в углу, в полутени, как наблюдатель. Говорил мало.

— Хорошо, — бросал он иногда. Или: — Правильно.

Все чаще Ларри вел собрания полностью сам. Он уже не оглядывался на отца, не искал его подтверждения. И это видел весь офис.

В один из таких понедельников, когда за окном шел косой дождь и улица казалась вымытой до костей, в переговорной снова собрались все. Ларри начал ровно в девять, как всегда. Экран светился зелеными и желтыми маркерами задач.

Джон вошел на три минуты позже. Это было странно. Он всегда был пунктуален. Сел тяжело, с чуть заметным усилием, откинулся в кресле.

— Продолжайте, — сказал он тихо.

Пока Ларри говорил о партнерских проектах, о сроках публикаций и поставках, Джон просматривал блокнот. Потом вдруг застыл. На несколько секунд. Его рука остановилась на слове. Он прищурился, как будто не мог его прочесть.

Позже, когда заговорил один из дизайнеров — Юрий, — Джон вдруг поднял глаза и спросил:

— А где Антон?

Повисло молчание.

— Антон? — переспросил Ларри. — У нас нет Антона, отец. Это был фрилансер с проекта «Горные маршруты», два года назад.

Джон моргнул. Несколько раз. Кивнул.

— Да, да. Простите.

В зале стало прохладно. Хотя отопление работало, все почувствовали этот тонкий сквозняк тревоги.

Позже в тот же день Джон шел по коридору. Медленно. Он шел не по делам — он просто шел, как будто боялся, что если сядет — не встанет. На лбу выступила испарина. В глазах — желтый тусклый отблеск. Он прижался к стене, постоял так минуту, а потом направился в кабинет.

Сел в кресло, глубоко. Смотрел в окно. Что-то мелькнуло в его взгляде. Словно он пытался вспомнить, зачем он здесь. Но мысль не складывалась. Она ускользала, как мыльный пузырь. Он дотянулся до стакана воды — рука дрожала. Поставил обратно. Не стал пить.

И через минуту на столе зазвонил телефон. Он посмотрел на него. Долго. Словно впервые увидел.

И только когда прошло минуты три, как будто очнувшись, взял трубку.

А в офисе тем временем жизнь шла по рельсам. Без сбоев. Ларри следил за скоростью. Он стал тем, кем Джон был раньше — только с кнопками, экранами, системами. И это было удобно. Очень удобно.

Слишком удобно, чтобы замечать, что Джон — уже не тот. И, возможно, больше не станет прежним.

* * *

Майкл больше не вспоминал о фирме отца. Совсем. Как будто внутри что-то щелкнуло, оборвалось — и тут же закрылось прозрачной стеной. Он не смотрел назад, не спрашивал про Ларри, не интересовался, как идут дела в студии. То, что еще недавно было для него почти священным — фотографии, архивы, монтажные комнаты, переговоры, выставки, — теперь казалось чужим, ненастоящим. Он был там, сделал все, что мог, и теперь дверь захлопнулась. Навсегда.

Внутри него словно обломился целый пласт памяти, и на его месте быстро начал вырастать новый — яркий, динамичный, голодный до будущего. Сейчас его занимало одно: построить. Не просто бизнес, а инфраструктуру, ткань нового мира, где все будет происходить иначе. По его правилам.

И первым делом он взялся за основу — склад, не просто склад, а центральный хаб, нервный узел, через который должно было пройти все. Он сам чертил схему, сам искал логистов, встречался с подрядчиками, просчитывал квадратуру и зоны контроля. Это должна была быть не просто точка хранения, а точка консолидации — место, где пересекались бы потоки самых разных товаров: магниевая вода из Словении, функциональные батончики из Хорватии, витаминные комплексы из Литвы, текстиль из Пьемонта, трекеры из Чехии.

Все они — разные по природе, по формату, по упаковке — должны были слиться под единым флагом, единым брендом: KORU. Идея была в том, чтобы не просто доставлять, а говорить с покупателем на его языке, мгновенно, точно, актуально. И все это должно было идти из одного центра, без проволочек, без складских завалов, без перекупщиков.

Этот склад стал физическим сердцем бренда. Майкл знал: если он заработает — все заработает. Если логистика будет отлажена — все остальное можно достроить. Он нашел под него старый логистический комплекс на окраине Марибора, реконструировал, добавил отдельную зону под электронную систему контроля: каждая палета, каждая коробка, каждый лот — все должно быть отсканировано, зафиксировано, отслежено в пути.

Из этого хаба товары уже в первые недели должны были отправляться напрямую к конечным клиентам по подписке — с минимальной ценой, максимальной скоростью, с личным обращением и подарками в первых заказах. А также на локальные склады в Чехии, Италии, Германии, Франции и Великобритании, чтобы еще больше сократить время доставки и работать не просто быстро, а почти мгновенно.

Майкл стоял над цифровыми картами, над графиками поставок, корректировал схемы маршрутов, запускал первую партию тестовых доставок и... чувствовал себя живым. На пике. Он знал: он создает не просто бренд, а новую модель. Новый ритм потребления. Новый язык коммуникации с рынком. Все остальное, все старое, прежнее, умирающее — пусть остается позади.

Он не оборачивался. Ни на студию. Ни на отца. Ни на брата. Там было прошлое. Здесь — пульс будущего.

Пока на складе шел гулкий монтаж, пахло мокрым бетоном и раскаленным железом, пока подрядчики ровняли заливку пола, собирали многометровые стеллажи, устанавливали RFID-систему внутреннего штрихкодирования, продумывали маршруты «оборота» товара — от поступления до упаковки и возврата, — Майкл работал над другим, не менее важным фронтом.

Если логистический хаб был сердцем KORU, его мотором, качающим кровь и заставляющим весь организм двигаться, то маркетинговая команда становилась его душой и мозгом одновременно. Без нее KORU оставался бы просто складом с красивыми товарами. Но задача Майкла была иной — создать не просто бренд, а голос, стиль, смысл, идентичность, которая проникала бы в сознание потребителя так, чтобы он чувствовал, что KORU говорит лично с ним, где бы он ни находился: в Любляне, Кракове, Барселоне или Таллинне.

Он собирал свою команду, как режиссер подбирает актеров на главные роли. Осторожно, методично, но с интуитивной точностью. Все были фрилансерами — независимыми, с собственными взглядами, но объединенными его замыслом.

У него был дизайнер из Рима, работавший раньше с ювелирными брендами, с потрясающим чувством чистоты линий и пространства. Специалист по потребительскому поведению из Амстердама, изучавший, как человек делает выбор между схожими товарами и что вызывает чувство «своего бренда». Аналитик принятия решений из Вены с опытом в нейромаркетинге — он разбирал мышление покупателей буквально по слоям, а стратег по кампаниям из Праги, строивший до этого имиджевые платформы для фармкомпаний и зеленых стартапов. И, конечно, рекламщики и медиааналитики, разбросанные по странам, каждый — с языком, культурной спецификой и пониманием национального кода.

Майкл настаивал: никаких универсальных реклам, никаких «общих» слоганов. Каждый рынок требовал своего подхода, своей тональности, своих слов. В Польше — больше рациональности и доверия. В Италии — эмоциональность, жизненная энергия, вкус. В Германии — акцент на контроль, гарантию и экологичность. В Словении — локальность, забота и прозрачность.

Он говорил на первых видеоконференциях:

— Нам не нужны просто баннеры. Нам нужно вдохнуть в этот бренд чувство. Значение, идею, ценность, которую мы хотим сообщить потребителю. Это должен быть бренд, который покупают сердцем, а не только разумом.

Работа закипела. Кто-то прорисовывал первые концепты упаковок и визуалов для сайта. Кто-то запускал опросы среди фокус-групп. Кто-то писал первые миссионные тексты: «Мы — то, что наполняет твое утро энергией и спокойствием», «KORU — это твой выбор заботы о себе», «KORU — не навязывает, а разделяет твои ценности».

А Майкл собирал это все вместе. Как дирижер оркестра, где каждый музыкант играет свою, но общую — его — симфонию.

Он не уставал. Он засыпал с ноутбуком на коленях, просыпался от мыслей о деталях: «надо убрать лишнюю тень на лого», «тон слишком официозный для французского рынка», «подборка товаров для скандинавов должна быть сдержаннее».

Он был в этом до кончиков пальцев. Это был его мир. Его стройка. Его голос.

И когда на экране он увидел первые собранные прототипы упаковок — яркие, но без кричащих цветов, с тактильным шрифтом, с экоподтекстом. Он понял: вот оно настоящее. Его, свое, выстраданное. Не чужое. Идущие параллельно проекты — склад, поставки, маркетинг, — наконец начинали складываться в живой организм, имя которому — KORU.

В это самое время, когда Майкл был полон сил, вдохновения, оптимизма, когда в его голове роились планы, как пчелы в улье, — стройные, яркие, амбициозные, — в другой части мира, в старом доме, где стены хранили запах кофе, фотографий и молчаливых обид, Натали возвращалась домой из магазина.

Она всегда делала покупки сама. Джон считал быт — делом женским, обыденным, скучным. В его мире не было места для молока, стирального порошка и килограмма мандаринов. Только работа. Только победы. Только бизнес.

Сняв плащ и сапоги с металлической пряжкой, Натали на миг прислонилась к двери. Спина болела — то ли от холода, то ли от усталости, что накапливалась неделями. Она глубоко вздохнула и, перехватив в руках охапку сумок, прошла по длинному, немного гулкому коридору в гостиную.

Сумки опустились на табурет с тихим шелестом пакетов.

На столе лежал лист. Бумага плотная, сине-лилового цвета, с гербовой печатью в углу. Письмо было распечатано идеально ровно, по линейке. Как все у Джона. Как его жизнь.

Натали подошла ближе. Прочитала первые строки.

«Заявление о расторжении брака...»

Она не сразу поняла, что именно читает. Глаза цеплялись за слова, но смысл медленно просачивался сквозь мозг — как вода через песок. Потом ударила пустота. В грудь. Как холодный воздух, который резко врывается в легкие и не дает вдохнуть.

Он подал на развод — без слов, без разговоров, без объяснений. Просто бумага.

Руки ее задрожали. Она медленно опустилась на край дивана, не выпуская бумаги. В окне дрожали ветви клена. Солнце садилось — тускло, вяло, будто из ваты. Все было молча. Даже тиканье часов стало как будто глуше.

Она не заплакала. Просто смотрела вперед, в никуда. В ту точку, где однажды был он. Джон. Мужчина, которого она когда-то полюбила. Который однажды умел смеяться. Который держал ее за руку, когда родился Майкл. Который позже — с каждым годом — становился все больше как гранит: твердый, холодный и неподвижный.

А теперь — бумага. Подпись, которая поставила точку. Решение, от которого уже не отвернуться. И одиночество, аккуратно и холодно облеченное в юридическую форму.

В то самое мгновение, когда ее сын начинал новую жизнь, ее муж, ставший чужим, окончательно закрыл дверь между ними.

ГЛАВА ДЕВЯТНАДЦАТАЯ.
ДВЕ СТОРОНЫ МОЛОТА

Развод Джона и Натали произошел без скандалов, без криков, без разговоров. Все оформилось почти молча, на расстоянии — через юристов, через бумаги, без единого телефонного звонка или попытки встретиться. Он не позвонил. Она не спросила. Он просто ушел. Оставил квартиру ей, полностью, без условий, без претензий, словно ставил жирную точку в конце многолетнего абзаца их общей жизни — и, как обычно, не обернулся. Джон всегда умел уходить решительно, отрезая — не рубя, а именно отрезая — все, что считал завершенным. Он часто в жизни поступал так: быстро, резко, без обсуждений и объяснений. Ставил финальные точки так же уверенно, как когда-то ставил подписи под своими приказами. Так и сейчас — он просто развелся. Без диалога. Без объяснений. Для Натали это выглядело как жест без причины, но у Джона она, конечно, была. Только понять ее до конца не мог никто. Даже она.

Поначалу Натали было тяжело. Опустошение накрыло ее не как буря, а как затяжной туман — липкий, серый, срывающий внутренние ориентиры. В ней боролись разом и обида, и вина, и тревожное эхо привычки — ведь столько лет они были вместе, и было больно отпускать. Но это ощущение длилось недолго. Уже через несколько дней где-то на уровне дыхания появилось странное чувство. Оно не было победой, не было даже облегчением — скорее это было спокойствие, непривычное и легкое. Воздух вдруг стал чище, пространство — шире, и внутри будто бы расправились крылья, о которых она уже давно забыла.

С каждым днем она все яснее понимала: Джон годами давил. Не насилием, нет. А своей непреклонностью, напором, постоянным напряжением в голосе и взгляде. Его энергия, когда-то вдохновлявшая, со временем стала тяжелым прессом, под которым сложно было просто быть собой. Он не слушал — он утверждал. Он не спрашивал — он диктовал. И если поначалу она пыталась возражать, спорить, искать компромиссы, то со временем просто перестала — не потому, что согласилась, а потому, что устала. Он говорил все громче, она — все тише. Пока вовсе не замолчала.

И тогда он начал говорить в пустоту. А теперь и вовсе ушел, оставив за собой только тень. И именно с его уходом Натали ощутила, насколько эта тень была тяжела. Насколько сильно жала та роль, которую она несла рядом с ним, — роль тихой, удобной, выносливой. Это было как снять тесную обувь после долгого дня: не сразу понимаешь, насколько она натирала, пока не почувствуешь, как легко стало без нее. Оказалось, можно просто стоять — и не болит. Можно идти — и не давит.

Натали не бросалась в новую жизнь, не планировала перемен, не говорила громких слов. Она просто жила. Пила чай, когда хотелось. Могла сидеть в тишине — не потому, что не с кем поговорить, а потому, что никто не перебивает. Гуляла по утрам, замечая, как солнце падает на мокрые скамейки, как пахнет воздух в листве, как редкие прохожие улыбаются ей просто так. И все это напоминало ей о том, как мало ей нужно — просто чтобы быть собой, а не чьей-то тенью.

День был пасмурный, лениво тянущийся, как ткань серого кашемира. На кухне у Натали стоял легкий аромат корицы и черного чая. Она разложила чашки, поправила салфетки, поправила их снова — и остановилась у окна, глядя, как завядшие листья крутятся по тротуару, будто в замедленной съемке. Через минуту в дверь раздался звонок.

Первым вошел Майкл. Высокий, подтянутый, в светлом пальто безупречного кроя, с кашемировым шарфом свободной петлей на шее. Его образ был почти кинематографичен — деловой, но свободный. На нем была та легкость, которой никогда не было у Джона. Он обнял Натали крепко, по-сыновьи, будто хотел сказать без слов: «Мама, я рядом».

За ним вошел Ларри — в классическом темном пальто, из-под которого виднелся идеально отутюженный костюм, гладкий галстук цвета темного вина, блестящие туфли. Он наклонился, поцеловал Натали в щеку чуть сдержанно, почти формально. И сразу посмотрел на интерьер, будто что-то оценивая.

— Мам, — начал Майкл, усаживаясь за стол и беря чашку, — я знаю, что тебе сейчас непросто. Развод — это... это всегда слом. Но ты должна знать: я всегда рядом. Что бы ни случилось, ты не одна. Я помогу тебе с чем угодно: с документами, с бытом, с переездом, если захочешь. Или просто приеду поговорить. В любое время.

Он говорил мягко, но в его голосе слышалась твердость. Как у человека, который принял решение — быть рядом. Всегда.

Натали слегка улыбнулась, не пытаясь скрыть влагу в глазах.

— Спасибо, Майкл... Ты как свет. Когда ты рядом, я понимаю, что все не зря.

Ларри в это время пил чай молча. Он отставил чашку, не глядя в нее, и только потом поднял глаза.

— Я тоже готов помочь, — сказал он. — Если что-то нужно — звони. Деньги, юристы, перевозка... все решим.

Он говорил почти машинально. Его голос был вежлив, даже внимателен. Но в глазах — в глубине, едва заметной — мелькнула тень, будто мысль, которую он сам хотел бы заглушить. Он знал: Натали теперь вне игры. Не его мать. Не его забота. Не его наследство. Все, что связывало их раньше, развалилось, как карточный домик после последнего толчка. Теперь все было проще. Холоднее. Четче.

Майкл уловил этот взгляд, но ничего не сказал. Он просто перевел разговор на другое.

— Как ты себя чувствуешь, мам? — спросил он. — Физически. Нервы, сон?

— Лучше, чем ожидала, — ответила Натали. — Странно, но... я чувствую себя свободнее. Как будто наконец вернулась к себе. Сложно объяснить. Но я в порядке. Правда.

Она попыталась улыбнуться — мягко, сдержанно, как будто сама себе доказывала, что все это — действительно ее новое начало.

— Ты держишься очень достойно, — кивнул Майкл. — А если решишь поехать куда-нибудь — просто отвлечься — скажи. Я все организую. Домик, море, горы — ты выбирай.

— Спасибо... пока не хочу. Хочу просто... немного тишины. Без решений. Без спешки. Без... мужского прессинга.

Они засмеялись — коротко, но искренне. Только Ларри не смеялся. Он посмотрел на часы.

— Мне пора, — сказал он, вставая. — Завтра в семь совещание. Нужно подготовиться. Рад был увидеться.

Он кивнул Натали, сдержанно пожал руку Майклу и ушел быстро, почти беззвучно, оставив за собой только аромат парфюма и холодную пустоту.

Майкл остался. Он взял ее руку, как когда-то в детстве, и просто держал.

— Все будет хорошо, мам. А если будет трудно — мы справимся. Вместе.

Она кивнула. И в этот момент за окном медленно посыпался снег — первый в этом году. Легкий, почти невидимый. Как знак чего-то нового. Чистого. Может быть, даже счастливого.

Ларри вел машину медленно, будто нарочно, давая себе возможность не спешить с мыслями. За окном начинался настоящий зимний морозец — не тот, что по утрам щиплет скулы игриво, а тот, от которого стекло покрывается тонкой сеткой льда даже изнутри. Тротуары побелели изморозью, прохожие шли, втянув головы в воротники, пряча руки в карманы. Женщина в длинном темно-зеленом пальто пересекала улицу, обхватив ребенка, закутанного в оранжевый шарф. Пар изо рта. Скрип снега под шинами. И все это — как будто в фильме, в котором главный герой сидит за рулем и строит план.

Ларри ехал в офис. На автомате. Как вколоченный маршрут. Впереди поворот на улицу Свободы, дальше мост и через двадцать минут — подземная парковка. Он знал каждую яму, каждый светофор. Но в этот раз его голова была забита другим. Майкл. Натали. Наследство. Джон.

«Если не сейчас — когда?»

Он был с отцом каждый день. Больше всех. В офисе. В больнице. В квартире. Он стал его правой рукой. Его рупором. Его исполнителем. Он подстраивался под Джона с мастерством, которому позавидовал бы любой политик: говорил коротко, уверенно, с уважением и почти без инициативы. Только чтобы отец чувствовал власть. И доверие. Главное — доверие.

Но мысли не давали покоя. Майкл вышел из игры, да, но надолго ли? У него свой бизнес, но что, если он вдруг решит вернуться? Что, если захотят оспорить наследство? А если... Натали? По закону — жена. Да, формально уже бывшая. Но все может измениться. Да и суд — вещь непредсказуемая. А вдруг Джон сам напишет завещание — невнятное, с долями, с нюансами. И все опять будет в подвешенном состоянии.

«Нужно действовать. Надежно. И вовремя».

Он повернул на Шверника. Фары отражались в стекле витрин. Там, в кафе, пожилая пара пила кофе, у окна — девушка с ноутбуком. А он — ехал и кроил будущее. Он подумал: может быть, уговорить отца все оформить сейчас? Новый бизнес. Новое юрлицо. Без Майкла. Без Натали. Только он — Ларри — как партнер. Да, вначале формально. Пусть будет двадцать процентов. Но с прописанным правом преимущественного выкупа. Или без права выхода. Или с обязательством передать управление в случае болезни Джона. Есть варианты. Главное — правильно подать. Идея должна быть — не про наследство, а про страх. Про угрозу. Про защиту. Про Майкла.

Он знал: отец злится. Еще как. Считает, что младший предал его дело. Студию. Его наследие. Ушел, хлопнув дверью. Значит, можно использовать это. Подбросить пару фраз. О том, что Майкл планирует выкупить доли, если что. Что в его окружении юристы, что он делает деньги и захочет отвоевать обратно. Что Натали с ним в связке. Да, Джон сам не простит им этого. Особенно если подать мысль осторожно. Не прямым обвинением — намеком. Сомнением. Искрой, которую Джон сам раздует до пожара.

Он остановился у перехода. Перехватил взгляд мужчины, торопливо перебегающего дорогу. Сильный порыв ветра ударил по стеклу. Ларри снова нажал газ.

А еще — завещание. Обязательно. Не позже весны. Лучше — до января. Джон должен сам написать. Или под диктовку. Главное — чтобы все было на нем. Без дыр. Без сюрпризов.

Он выехал на магистраль и посмотрел на часы. Впереди была важная встреча, но она уже не имела значения. Главное — убедить отца. Остальное — техника.

Снег начал идти гуще. Машины вокруг замедлились. Ларри сжал руль крепче, чем надо, и подумал: «Майкл строит свое дело. Натали — наконец живет так, как хочет. А я продолжаю расширять дело. Пусть и без фанфар».

Он улыбнулся сам себе. Ровно. Холодно. Как зима за стеклом.

Но тут раздался звонок.

Звук прорезал салон, как лезвие — внезапный, резкий, неуместный. Ларри, не меняя скорости, нажал на кнопку громкой связи на руле. Голос был женский, знакомый — секретарь отца, но он едва ее узнал. Слова сыпались обрывками, глухо, будто по ним шел град:

— Мистер... Ларри... это... господи... Джон... он упал... прямо в фойе офиса... голова... кровь... кажется, ударился о край столешницы... мы вызвали скорую... он не в сознании... пожалуйста... срочно приезжайте!

На миг повисло молчание, как будто сам воздух в машине застыл.

Ларри замер. Руки все еще были на руле, но пальцы разжались. Плечи напряглись. Сердце толкнуло грудную клетку, но не с болью — с чем-то другим. Со страхом? Нет. С тревогой? Возможно. Но сильнее — с паникой от того, что все может выйти из-под контроля. Сейчас. Вот так. Без предупреждения.

— Я еду, — коротко бросил он и выжал газ до пола.

Машина рванула вперед. Колеса скользнули, зацепились. Снег летел навстречу полосами. Город вдруг стал слишком ярким: светофоры, неон, фары — все слилось в один длинный мерцающий тоннель. А внутри Ларри осталась только одна мысль, грохочущая, как колеса по стыкам асфальта:

«Только не сейчас. Только не он. Не раньше, чем все оформлено...»

Ларри влетел на подземную парковку, не дождавшись полной остановки лифта, выбежал по пандусу и почти вбежал в фойе. Но уже с первых шагов понял — опоздал. Воздух стоял густой, напряженный, как перед бурей. В приемной все говорили вполголоса, будто это могло повлиять на чью-то судьбу. Кто-то держался за кофе, как за спасательный круг, кто-то метался с телефоном у уха, другие просто стояли, прижавшись к стенам, будто надеялись стать невидимыми.

Стеклянные двери кабинета были распахнуты, и сквозь них Ларри увидел пустоту на полу, где еще недавно лежал отец. Лужица крови была уже стерта, но остался след — темный контур, как от падения империи.

— Где он? — голос Ларри прозвучал глухо, но властно.

Секретарь, бледная, с дрожащими пальцами, подняла на него глаза. Она сидела за столом, как за баррикадой, и бумажный платок, сжатый в руке, был мокрым насквозь.

— Его увезли. Скорая очень быстро приехала после звонка. Он не приходил в себя... — Она сглотнула. — Сначала думали: давление, может, инсульт. Но потом... один из врачей что-то увидел. Поведение. Жесты. Мышечная реакция. Зрачки. Они... они сказали, это может быть неврология. Центральная. Глубокая.

— Куда увезли? — перебил Ларри, шагнув ближе.

— В больницу имени Фреда Маккалистра. Это... центр, они принимают сложные случаи по нейродегенеративным заболеваниям. Там нейропрофиль, специализация. Они сказали, что это может быть не просто истощение или падение, а что-то на уровне ЦНС... они даже... назвали группу риска. — Ее голос осекся, будто произносить такие слова в офисе было святотатством. — Прионные формы. Быстро прогрессирующие. Подозрение.

Слово «прионные» прозвучало как приговор на латыни. Ларри моргнул, как от яркого света.

Офис вокруг будто выцвел. Вокруг стеклянных стен конференц-зала собрались сотрудники. Кто-то — с испугом, кто-то — с жалостью, кто-то просто не верил. Джон всегда был как скала — тяжелый, гранитный, несгибаемый, и вот теперь это имя прозвучало в одной фразе с «подозрением на нейродегенеративное заболевание». Это звучало неестественно, как если бы кто-то сказал, что корабль утонул в луже.

Ларри провел взглядом по лицам — молодая ассистентка Алина плакала навзрыд, бухгалтер Галина крестилась, даже охранник Джером стоял, прижав кепку к груди. Все здание, вся эта машина, построенная под ритм Джона, будто потеряла командный сигнал. Пропала частота. Осталось только молчание — неровное, испуганное, трескучее от догадок.

— Я еду к нему, — сказал Ларри, обращаясь скорее к самому себе, чем к ним. — Позвоню, как узнаю. Расскажите все, что помните: кто что видел, кто вызывал, кто разговаривал с врачами. Потом.

Он развернулся резко. Не ждал вопросов. Не принимал слов сочувствия. Он шел через офис, как по расколовшейся льдине: каждый шаг был опасен, каждый взгляд за спиной — как трещина. Но сейчас — главное было успеть.

Через пятнадцать минут машина неслась сквозь вечерний снегопад, словно пробивая пространство между мирами — миром живого Джона и миром, где он уже начинает таять, исчезать, уходить внутрь себя, в ту темноту, где не помогут ни контракты, ни уставы, ни власть. Только диагноз. Только биохимия мозга. Только крошечные белки, которые не видно, но которые уже, возможно, начинают разбирать его личность по кусочкам.

Ларри сжал руль, как если бы мог тем самым удержать отца за край этой реальности. Он не знал, что будет дальше. Но знал одно: если все рушится — он должен стоять в эпицентре. И быть первым, кто решает. До Майкла. До Натали. До всех. Он не знал, выживет ли отец. Но точно знал: если тот рухнет, на трон тут же кто-то встанет.

Одновременно Ларри винил себя. Свою невнимательность. Необдуманность. Поспешность. Все, что он сейчас делал — казалось правильным, четким, расчетливым. Но вот теперь, когда отец увезен, когда в воздухе повисло слово «прионы», он не мог избавиться от мыслей, которые раньше отгонял как назойливую пыль.

Ведь всего пару недель назад отец жаловался на дрожь в пальцах. Утром не мог нормально удержать чашку, говорил, что «пальцы словно не слушаются, как будто в варежках». Потом — однажды — он вдруг назвал секретаря другим именем, хотя та работает с ним уже четыре года. Еще раньше — была сцена в кабинете, когда Джон посреди фразы будто забыл, о чем говорит, и просто уставился в одну точку. Ларри тогда отмахнулся: «Все устают. Просто перегрузка. Возраст».

А может, он не захотел заметить.

Ведь в тот момент он уже строил план. Уже представлял, как убедит Джона подписать документы. Уже сочинял аргументы про угрозу извне, про Майкла, про риски.

Теперь же каждый забытый взгляд, каждое неуверенное движение всплывали в голове, как улики в деле, которое он сам закрыл. А время — не адвокат. Оно не оправдает. Оно только предъявит счет.

Если бы он тогда настоял на обследовании. Если бы отвез к врачу. Если бы не боялся, что отец подумает, будто его списывают...

Сейчас это может стоить гораздо больше. И для Джона — его жизни, личности, целостности.

И для Ларри — власти. Будущего. Всего, что он собирался удержать.

Он сжал руль сильнее. Машина мчалась сквозь темнеющий город, унося его в зону, где планы кончаются и начинается диагноз.

Больница имени Фреда Маккалистра стояла за городом, в районе старых институтов, где раньше проектировали подземные кабели и монтировали спутниковые антенны. Теперь тут — нейроцентр. Белые стены, окна в пол, за которыми ветер гонит снежную пыль, будто торопится стереть все, что было накануне.

Ларри вошел внутрь с ощущением, будто переступает порог другой реальности. Той, где не работают акционерные схемы, не звучат деловые термины и никто не спрашивает про доходность. Здесь все определял не рынок, а мозг — его молчание или его сбой.

Холл был почти пуст. Дежурная на ресепшене посмотрела на него долгим взглядом, не удивленным, но сочувственно-официальным, как смотрят в ЗАГСе, когда оформляют свидетельство о смерти родителя.

— Джон Джефферсон. Я сын, — сказал Ларри. Голос чуть охрип.

Она кивнула и набрала внутренний номер.

— Сейчас к вам выйдут. Он на втором. Нейрогоспитальное крыло, палата двести семь.

Палата была темной, с мягкой регулируемой подсветкой, от которой все казалось немного замедленным. Отец лежал ровно, руки поверх одеяла, капельница в вене — точка подключения к внешнему миру. Лицо казалось чужим — не потому, что изменилось, а потому, что лишилось напряжения, привычной сосредоточенности, угла в скуле, сжатого подбородка.

Он просто спал. Как чужой пожилой мужчина. Не как отец.

На мониторе мерцали зеленые линии, дыхание фиксировалось равномерно. Но внутри Ларри уже ощущал, как привычный порядок рушится: документы, права, доступы, цифровые ключи, банковские сейфы, страховые записи, логины от банковских счетов — все это держалось на сознании одного человека. И теперь этот человек — отключен.

— Господин Джефферсон? — прозвучал за спиной голос.

Он обернулся. Невысокий, сухощавый врач в сером халате, с планшетом и невыразительным лицом, на котором читалась усталость не одной ночной смены, а целого года в реанимации.

— Я доктор Крамер. Руководитель нейродиагностической группы. Ваш отец поступил в тяжелом состоянии, но с признаками базовой стабильности. Мы ввели поддержку, сняли напряжение, провели первичную нейровизуализацию. Также взяли ликвор, кровь, провели координационный тест.

— Что с ним? — голос Ларри был резким. Он не любил вводных. Ему нужен был заголовок.

— У нас есть основания полагать, что у него болезнь Крейтцфельдта — Якоба. Это... прионное заболевание. Редкое. Но, к сожалению, крайне тяжелое и быстро прогрессирующее.

Ларри нахмурился.

— Это деменция?

— Не в классическом смысле. Это заболевание прионного типа. Оно разрушает белковую структуру головного мозга, нарушая межнейронные связи. Чаще всего страдают лобные, височные и теменные доли.

Человек теряет способность воспринимать информацию, ориентироваться, принимать решения, контролировать речь, движения и — в конечном итоге — теряет свою личность.

Ларри почувствовал, как по спине пробежала дрожь. Но не страх — негодование.

Слишком быстро. Слишком внезапно.

Он вспомнил, как отец неделю назад раздраженно бросил стакан, говоря, что «рука предательски дрогнула». Тогда он рассмеялся, отмахнулся: старость, кофе, бессонница.

Теперь это звучало как симптом.

— Он в сознании? — спросил он после паузы.

— Бывают периоды. Сейчас скорее пограничное состояние. Он открыл глаза, но не узнал медсестру. Назвал ее другим именем. Запутался в количестве своих лет. Потом снова замолк. Мы ввели дозу успокоительного для стабилизации, чтобы исключить панические всплески.

Ларри подошел ближе к кровати. У отца едва заметно шевелились веки.

Вот он. Источник власти. Центр тяжести. Человек, вокруг которого вращалось все — от решений фирмы до дыхания семьи. И он тает. С каждым днем чуть больше. Словно сила, которая держала всех, уходит сквозь пальцы.

— Это лечится?

— Нет. Есть лишь меры поддержки. Прогноз неблагоприятный.

От момента первых симптомов до полной утраты когнитивных функций может пройти от трех до шести месяцев, в исключительных случаях — до года. Но, поверьте, это не жизнь в привычном смысле. Это падение внутрь самого себя — в глубины мозга, из которых уже нет дороги обратно.

Ларри медленно отступил от койки. Он чувствовал, как в нем просыпается не только сын, но и наследник. Тот, кто понимает, что сейчас — тонкая граница, где можно все потерять или все забрать.

Если отец не выкарабкается — нужны документы. Права на подпись, распоряжения, доступ к счетам. Опека, чтобы формально закрепить за ним право решать за отца.

Потому что если этого не сделать — все, что выстраивалось годами, может быть оспорено. Взято другими. Заблокировано.

Я должен взять опекунство. Немедленно. Пока он еще в этой реальности. Пока есть юридическая точка входа.

— Мне нужно будет официальное заключение, — резко сказал он, не совсем обращаясь к врачу. — Чтобы потом оформить опеку.

— Конечно. Мы все зафиксируем. Если потребуется, наш социальный отдел подготовит документы о частичной или полной утрате дееспособности.

Ларри кивнул. Он уже думал наперед: нотариус, доверенность, временное управление, потом — доступ к активам, контрактам, долям. Все должно быть переоформлено. В том числе — против Майкла, если тот решит вмешаться.

Он посмотрел на лицо отца еще раз. Оно было спокойно. Почти равнодушно. Как у человека, который больше не в игре.

И если он больше не в игре — я должен быть тем, кто держит флаг.

Он стоял у окна больничной палаты, глядя, как за стеклом сыплет мелкий колючий снег, и внутри него выстраивался план действий — ясный, как дорожная карта, но с потайными поворотами, понятными только ему одному.

Не было смысла тянуть. Время пошло. Чем дольше Джон будет лежать в таком состоянии, тем выше риск, что решения начнут принимать другие. А этого Ларри не мог допустить.

Во-первых — оформить опекунство. Официальное, с медицинским заключением, с печатями и подписями. Чтобы ни одна бумага не прошла мимо него. Это будет первый и самый очевидный шаг — забота о родном человеке. Все поверят. Все примут. Даже Майкл.

Во-вторых — сообщить брату. Без конфликтов, спокойно, с выражением тревоги и ответственности. «Отец болен. Все серьезно. Мы не можем оставить его без присмотра. Я взял это на себя, чтобы разгрузить тебя, Майкл, ты ведь занят своим проектом...»

Под этим соусом — мягким, обволакивающим — и будет происходить главное.

Третье: юридическая передача прав. Использовать опекунство как мост, как легальный канал для оформления доверенности, временных и затем постоянных решений от имени Джона. Постепенно — как будто он просто помогает. Просто подписывает нужные бумаги.

Четвертое — доступ к активам. Счета, права на здание, владение торговым знаком. В первую очередь — контроль над всем. Не допустить, чтобы что-то пошло вразнос. Или — в чужие руки. Особенно в руки Майкла.

Он даже знал, как подать это окружению: не как захват, а как заботу. Как долг сына. Как механизм, необходимый для защиты состояния семьи в тяжелый период.

А на деле — это будет передел. Подмена. Переподпись. И никто ничего не заподозрит, пока все идет по плану. Пока Джон молчит. Пока документы ложатся ровно.

Майклу он скажет прямо. Серьезно, уверенно, почти с тревогой в голосе:

«Это не про бизнес, Майкл. Это про папу. Он теряет контроль. Нам нужно подстраховать. Я займусь этим. Для всех нас».

Он уже представлял лицо Майкла. Тот не заподозрит сразу. Он же из тех, кто долго верит в лучшее, правда, потом может бить по самому больному.

Ларри знал: если сыграть правильно — можно переоформить все еще до конца зимы. Главное — не дать Майклу почувствовать, что дело касается власти. Оставить ему иллюзию, что все под контролем. Его контроль — как будто временно делегирован брату.

Но он ошибался.

Он не знал или не хотел знать, что Майкл — не тот, кто отмахивается от тонкостей. Не тот, кого можно провести за разговорами о семейной любви и заботе.

Майкл никогда не отдает без боя то, что считает своим. Но еще сильнее он держится за то, что считает справедливым — будь то идея, честь, фамилия или законная собственность. Особенно если речь идет о его семье. Для него правда всегда выше выгоды. И потому решение Ларри уже привело их к черте.

К войне, которая еще не началась, но арсеналы уже были открыты. Оружие для этой войны уже начали снимать с предохранителя. И его медленно заряжали — бумага за бумагой, подпись за подписью.

ГЛАВА ДВАДЦАТАЯ.
ЛИЦО В ТЕНИ

Пруд стоял почти неподвижным, укрытым тонким хрустящим льдом, в котором отражались серые облака и голые перекрученные ветви ив. Здесь было тихо — так тихо, что даже собственные шаги звучали не как звук, а как вмешательство. Все дышало воспоминанием.

Майкл стоял на берегу с поднятым воротником, ладони в перчатках сжаты, будто не от холода, а от чего-то внутреннего, что не отпускало последние сутки. Он ждал. Вдали маячил силуэт дома — покосившегося, одинокого, того самого, где когда-то, в холодные, голодные годы, жили Келли и Сэм с маленьким Джоном. Дом как место памяти, излома, корня.

Сзади послышался мотор, и вскоре подошел Ларри. Он шел уверенно, но без лишней спешки, как человек, у которого все под контролем, хотя на лице читалась усталость — не физическая, а глубокая, не от одной ночи, а от целого сезона напряжения.

— Спасибо, что согласился встретиться здесь, — тихо сказал Ларри, подойдя ближе. Майкл кивнул.

— Не просто место.

— Оно многое в себе держит, — отозвался Ларри. — Отец никогда не любил о нем говорить. Но, кажется, здесь у него внутри что-то сломалось, а потом выросло заново.

Они помолчали. Ветер прошелестел в верхушках деревьев.

— Что с ним? — спросил Майкл наконец.

— Я был в больнице. Говорил с врачами. Диагноз, к сожалению, почти подтвержден. Болезнь Крейтцфельдта — Якоба. Это... редкое и тяжелое заболевание. Прионное. Разрушает мозг. Очень быстро. Он уже почти не узнает людей. Сегодня снова назвал меня по имени дедушки. Забывает, где он. Перестает понимать, зачем приходят врачи.

Майкл закрыл глаза на секунду.

— Черт...

— Это необратимо. Лечение только симптоматическое. Врачи говорят: вопрос месяцев. Иногда меньше. Они делают все возможное, но чудес не обещают.

— Он... в сознании?

— Периодами. Скорее в полусне. Бывает, смотрит в потолок и что-то шепчет. Потом — молчит. Иногда пугается, если кто-то входит.

Майкл молчал. Он не умел готовиться к таким вещам. Все в нем внутри противилось принятию. Джон всегда был структурой. Основанием. Даже в своем упрямстве — опорой.

— Поэтому я начал процесс оформления опекунства, — мягко сказал Ларри. — Не потому, что хочу управлять чем-то. Просто... сейчас нужно, чтобы был кто-то, кто подпишет, утвердит, примет решения от его имени. Врачи этого требуют. Без формального статуса — нельзя даже согласовать процедуры.

Майкл повернул голову.

— Все настолько быстро?

— Увы. Уже сейчас он, по сути, не дееспособен. Мы не можем тянуть. Я беру на себя оформление — чтобы не запускать хаос. Чтобы, если будут вопросы по уходу, лечению, переводам, — мы не уперлись в бюрократию. Все будет в рамках. С полным отчетом. Ты будешь в курсе всего.

Майкл долго смотрел на лед.

— Делай, как считаешь нужным, — тихо сказал он. — Главное, чтобы он не страдал.

— Это сейчас самое важное, — кивнул Ларри. — Все остальное... потом. Все остальное — подождет.

Пауза. Они стояли рядом, каждый — в своих мыслях. О прошлом. О будущем. О том, как медленно, но неотвратимо уходит фигура, вокруг которой крутились их орбиты.

И ни один из них пока не знал, что настоящая битва еще впереди. И начнется она не в кабинете врача, а в тишине, где братская забота становится поводом для власти.

Ларри только что закончил разговор с заведующим отделением и теперь сидел в небольшой зоне ожидания на втором этаже — рядом с автоматом кофе, который выливал кипяток с запахом жженого пластика. Он смотрел в экран телефона, проверяя почту и черновики медицинских доверенностей, когда услышал уверенные каблуки, резкие, как дробь по ламинату.

— Господин Джефферсон? — голос был звонкий, натянутый, с интонацией, будто он не просто нуждался в сиделке, а уже как будто запаздывал с этим решением.

Он поднял глаза.

Перед ним стояла женщина чуть старше пятидесяти, коренастая, но подвижная, с необычайной энергией в каждом движении. Темно-синий кардиган в крупную вязку, плотные черные колготки, прочные ботинки с каблуком — не элегантность, но надежность. На лице — слишком густо подведенные брови, пружинистый румянец и та самая сияющая неотключаемая улыбка, от которой становится не по себе.

— Жанетта. Но все зовут меня Жан. Я от Конрада — он говорил, вы ищете кого-то надежного, кто не сбежит после первого приступа или забывчивости. Так вот — это я. Не боюсь ни прионов, ни катетеров. Где ваш отец?

— Пока еще в палате. Под наблюдением, — сказал Ларри, вставая.

Она протянула руку — и рукопожатие оказалось цепким, сухим и слишком долгим, как будто в нем было не приветствие, а зондирование.

— Отлично. Я как раз люблю работать в ранней стадии. Пока еще человек как бы с нами, но уже там. Надо уметь слушать. Молчание — тоже диалог. — Она усмехнулась. — Хотя у меня, правда, с молчанием не всегда ладится.

Ларри хотел что-то вставить, но Жан уже продолжала, как будто боялась дать собеседнику слово.

— Работала с Альцгеймером, с Леви, с сосудистой деменцией, даже с одной бабкой, у которой был маниакальный бред — думала, что ей принадлежит Швейцария. Все терпимо, если правильно подойти. Чистота, ритм, контроль. И главное — не лезть в душу, но и не бросать. Я это умею. Я не няня. Я специалист по выживанию.

Говорила она, как будто все пространство должно наполняться ее голосом. Каждое слово — с нажимом. В глазах — живой огонь, но не теплота, а отблеск калькулятора: четкий, быстрый, способный просчитывать и себя, и собеседника. Черные глаза, острые, быстрые, сухие. Глазами она не смотрела, она оценивала.

— А вообще у вас тут, я слышала, бизнес серьезный, да? — вдруг сказала она между прочим. — Фирма, имя, активы, сыновья — это все хорошо. Человеку в возрасте важно понимать, что он не просто тело в постели, а фамилия, репутация, наследие.

Ларри поднял бровь, но промолчал.

— Я, конечно, не вникаю, — Жан слегка прижала ладонь к груди, — просто знаю, как это устроено. В таких семьях главное, чтобы никто чужой не влез. А я — не чужая. Я из тех, кому можно доверять. Для меня важнее всего — уход, порядок, спокойствие. Я фиксирую, помню, храню. Как менеджер в швейцарском банке: все под контролем, ничего не теряется. Понимаете?

Он медленно кивнул. Да, понимал. Но было что-то — в ее языке, в ухмылках, в слишком готовых обобщениях, — что уже тревожило. Однако он быстро отмахнулся от этого. У него не было времени. Ему нужно было решение — быстрое, надежное. Все остальное — детали. В голове уже складывался план, и главное было — не упустить момент.

— Хорошо, — сказал он. — Начнете с завтрашнего утра. Оформим пропуск, карточку, составите график. Я хочу ежедневные отчеты, кому платили, что подписано, кто навещал. Полная прозрачность.

— Я так и работаю, — кивнула Жан. — Я как сканер: вижу, фиксирую, охраняю. У вас все будет под контролем, господин Джефферсон.

Она улыбалась — той самой улыбкой, в которой тепло не проглядывало, но в которой было ощущение движения вперед, шаг за шагом, как в игре, где каждый ход — только начало комбинации.

Она ушла вглубь коридора — походкой уверенной, почти победной.

А Ларри стоял и не понимал, почему ему не по себе.

* * *

Бренд KORU набирал силу. То, что начиналось как мечта — объединить эстетику, экологичность и здоровье в одну капсулу современного потребления, — становилось реальностью. Майкл работал, не щадя себя, перелетая между логистическим хабом в Мариборе, мастерскими в Братиславе, офисом в Вене и новым отделом маркетинга в Амстердаме.

За последние шесть месяцев ассортимент KORU расширился стремительно. Более двухсот наименований — от органических напитков и снеков до одежды из переработанных материалов и биоразлагаемых аксессуаров — поступили в розничную и онлайн-продажу. Пять товарных категорий стали основой структуры: питание, текстиль, товары для дома, фитнес-направление и домашняя ароматика. У каждого продукта — свое лицо, дизайн, история. Майкл не просто строил бренд — он создавал философию жизни, в которой здоровье не противопоставлялось стилю, а стиль — этике.

Команда росла. Появились ключевые фигуры: аналитики, кураторы по устойчивому развитию, специалисты по локальному производству. Регулярные Zoom-сессии с Нью-Йорком, консультации с экспертами из Скандинавии, первые партнерства с японскими крафтовыми производствами. Все шло, как задумано. Не идеально, но по плану. KORU входил в фазу зрелости.

Майкл начал задумываться о создании фонда — часть прибыли должна была уходить в образовательные и природоохранные инициативы. Это должен был быть не просто бренд, а движение. Он чувствовал, как нарастает инерция, как идея становится самостоятельной силой.

И именно в этот период, когда он на мгновение позволил себе выдохнуть, раздался звонок от его юриста — Франца Шварца. Сухой, пунктуальный австриец, тот самый, что помогал с международной регистрацией торговых знаков и сопровождал сделки KORU.

— Майкл, добрый вечер. Надеюсь, не отвлекаю. Просто... я проверял выписки в реестре — по вашей просьбе по второму контракту с польским дистрибьютором — и наткнулся на нечто странное.

— Странное — что именно?

— Компания вашего отца — D. Jefferson & Co — в этом квартале подала нулевую отчетность. Формально — не ведет деятельности. Но, — он сделал паузу, — одновременно зарегистрированы два новых юридических лица. Оба — на имя Ларри Джефферсона.

— Какие именно?

— Один — Jefferson Legacy Group. Второй — D&L Holdings. Зарегистрированы с разницей в три недели. Указаны как «инвестиционные структуры». Пока без движения по счетам, но коды деятельности очень широкие. Фактически — полный дублирующий спектр того, чем занимается фирма вашего отца.

Майкл молчал. Он смотрел на экран своего ноутбука, где как раз шел видеозвонок с японским дизайнером, обсуждавшим упаковку для новой коллекции чая. Экран слегка подрагивал, как будто что-то треснуло не снаружи — внутри.

— Спасибо, Франц, — медленно произнес он. — Вы можете отправить мне все выписки? С датами и IP-регистраторами.

— Уже на почте. Я бы рекомендовал проверить, кто имеет доступ к электронным подписям и корпоративным ключам.

— Да, обязательно — сказал Майкл. — Спасибо.

Майкл сидел в своем кабинете. За панорамным окном опускалась ночь, город был тих, и в этом спокойствии чувствовалось что-то неотвратимое. Свет лампы на столе отбрасывал теплый круг на стеклянную поверхность, где рядом с ноутбуком лежали образцы новой упаковки для энергетических батончиков, свежая версия баннеров, короткий отчет от логистической команды в Мариборе. Все это — дела бренда KORU, который уверенно развивался, набирал масштаб, охватывал новые категории. Но сейчас ни этикетки, ни отчеты, ни даже рост продаж не занимали Майкла.

На экране ноутбука — письмо от Франца Шварца. Юрист не был склонен к драматизации, но каждое слово звучало как тревожный колокол. Нулевой отчет по фирме Джона. Два новых юридических лица, зарегистрированных на Ларри. Jefferson Legacy Group и D&L Holdings. Формально — инвестиционные структуры. На практике — зеркальные проекции деятельности D. Jefferson & Co.

Майкл смотрел на цифры, сопоставлял даты, коды деятельности, имена. И внутри него все больше сгущалось ощущение чего-то недоброго. Он чувствовал, как распутывается цепочка событий, которую он не заметил вовремя.

Он закрыл глаза, встал, медленно прошелся по кабинету. Стены, на которых еще недавно он хотел развесить мотивационные постеры с визуальной концепцией новой линейки спортивного питания, теперь казались пустыми. Внутри него медленно, но четко формировалась мысль:

Ларри что-то скрывает. Более того — он что-то строит. Тихо. Под видом заботы. Через доверие и опекунство.

Майкл начал задавать себе вопросы. Логично. Один за другим.

— Кто управляет активами человека, признанного недееспособным? Опекун. Сейчас — это Ларри. Кто может подписывать от имени отца документы? Ларри. С полной юридической силой. Что будет, если активы фирмы Джона перейдут в новые структуры? D. Jefferson & Co может быть тихо свернута. Джон — исключен из уравнения.

Все сходилось. Даты регистрации — в тот момент, когда Джон уже не мог принимать решения. Отчетность — заниженная. Имена — вычищены. Фирма Ларри дублировала старую, но выглядела гибкой, мобильной, юридически «свежей».

Но что задевало сильнее всего — не сам факт возможного обмана. А то, что Ларри готов был обнулить самого Джона.

Отец не был безупречен. Он был жестким, упрямым, даже жестоким в некоторых решениях. Но он никогда не отказывался от ответственности. Он строил, тащил на себе фирму, семью, годы страха и перемен. Он верил в порядок, пусть и с диктатом.

А теперь — стал ненужным. Как балласт. Как обломок эпохи.

Майкл чувствовал, как в нем поднимается что-то древнее — не обида, не тревога, а ярость за отца. За того самого Джона, которого он порой не понимал, с которым спорил, которого упрекал, но который был столпом.

Именно этот Джон теперь мог закончить жизнь — не приняв ни одного решения о своем имуществе, без возможности голоса, с перспективой больничной койки и формального заключения в дом престарелых.

Нет, — думал Майкл. — *Так не будет. Он имеет право решать сам. Даже если ему осталось немного. Это его имя. Его деньги. Его выбор.*

Он вспомнил Натали. Как все произошло тогда — без крика, без драмы, без громких сцен. Она просто исчезла из их дома, словно ее присутствие вдруг стало лишним. Сначала Ларри делал это мягко: оттеснял ее, перехватывал инициативу, подсовывал свои решения отцу, создавал вокруг нее ощущение ненужности. Потом — решительнее: намеки, разговоры, факты, которые подтолкнули Джона к разводу. Майкл тогда не сразу понял, что произошло, как именно все повернулось, где был тот момент, когда мать перестала быть частью их семьи. Только позже, оглядываясь назад, стало ясно: Натали просто перестала быть «удобной» — и была устранена. Без шума, без скандала, но твердо, почти методично.

И теперь, глядя на то, как Ларри ведет себя в этой ситуации, Майкл видел то же самое: та же логика, та же холодная настойчивость, те же приемы. Ларри снова шаг за шагом выдавливал человека с поля. Только тогда это была Натали, а теперь — сам отец. И Майкл понял: брат действует по одной и той же схеме, и в этой схеме нет места ни жалости, ни сомнениям.

Но если за Натали тогда никто не вступился, то теперь, в случае с отцом, Майкл уже не отступит.

Он снова сел за стол. Руки спокойно положил на клавиатуру. Внутри все было четко. Ни паники, ни страха. Только схема.

— Проверка полномочий Ларри. Каждой подписи, каждого документа.

— Юридическая оценка всех сделок последних трех месяцев — особенно тех, где суммы были больше обычных.

— Определить нотариусов, через которых могли проходить доверенности, кто заверял, какие даты, какие формулировки.

— Встреча с адвокатами. Немедленно. Без переносов и отговорок.

И еще: собрать сведения о счетах, о движении средств, о том, куда уходили деньги. Проверить, с кем Ларри общался в эти недели, кого водил к отцу, какие бумаги приносил в больницу. Нужна полная картина. Без пробелов. Без белых пятен. Каждая мелочь может оказаться ключом.

И в конце — короткая пометка самому себе, почти как мантра:

«Он может убрать всех, кто мешает. Но меня он не обманет. Я — не Натали. И не Джон. Я — их память. Их защита».

ГЛАВА ДВАДЦАТЬ ПЕРВАЯ.
ЦЕНА СДЕЛКИ

Майкл долго стоял у входа, не решаясь сразу нажать кнопку звонка. Он знал этот подъезд наизусть, мог с закрытыми глазами вспомнить количество ступеней до третьего этажа, слабый скрип перил, легкий запах старого дерева и льняных штор, который не исчезал с детства. Все осталось почти неизменным — разве что замок стал электронным.

Натали открыла дверь почти сразу — как будто уже ждала. Она улыбнулась — тепло, спокойно, мягко. Та улыбка, в которой было что-то от далекого, детского лета. Майкл невольно почувствовал себя не взрослым мужчиной, а тем самым мальчиком с лопаткой и вельветовыми шортами, который прибегал с улицы, запыленный, голодный и счастливый.

— Проходи, — сказала Натали, слегка отступая в сторону. — Все на месте, даже не прибирала.

Он вошел. Его обдало волной воспоминаний. Старая уютная квартира встретила его запахом полированных книг, яблочного пирога и чего-то неуловимого, тонкого — как дыхание прошлого. Обои с золотистыми завитками, лепнина на потолке — он помнил, как Джон возился с ней по выходным, стоя на лестнице, ворча, что все это «мука, а не эстетика». Пол — темный дуб, тот самый, по которому он бегал босиком, играя в самолетики. И окно, раскрытое в сторону парка — бескрайнего, зеленого, уходящего к горизонту. Тот вид не изменился совсем.

Всюду были фотографии — они словно держали дом на своих плечах, не давая ему опустеть и остыть. На одной — он и Ларри еще малыши, вцепившиеся друг в друга руками, будто в этом объятии заключалась вся их тогдашняя вселенная. Чуть дальше — Джон, молодой отец, уверенный, с легкой насмешкой в глазах, в которой читалась не только сила, но и дерзкое обещание, что он справится с любой бедой. На другом снимке — Натали в длинном льняном платье, с сияющей кожей и заплетенной косой, — спокойная и светлая, как сама тишина лета. Потом — Майкл уже подросток, с гитарой в руках, сосредоточенный и мечтательный; кадры из университета, первые проекты, первые шаги во взрослую жизнь. И все это вместе складывалось в одну летопись: семья жила здесь, смеялась и ссорилась здесь, прошла через радости и испытания именно в этих стенах.

Натали уже ставила чайник. Пахло мятой и мелиссой. Она налила чай в старые фарфоровые чашки с синим узором, такие, какие Майкл помнил всегда. Сели за круглый деревянный стол, слегка потертый, но бережно отполированный руками до мягкого блеска.

— Рассказывай, — сказала Натали. — Все по-серьезному?

Майкл посмотрел в ее глаза. Глаза, в которых было не меньше силы, чем в его собственных.

Он сделал глоток чая. И начал говорить.

— Я узнал, — начал он медленно, подбирая слова, — что компания отца подала нулевую отчетность за последний квартал. А на Ларри зарегистрированы две новые фирмы. Причем буквально в те же недели, когда отец оказался в больнице.

Натали чуть нахмурилась, но молчала.

— Они дублируют деятельность D. Jefferson & Co. То есть Ларри, по сути, переводит структуру бизнеса, — продолжил Майкл. — Под видом опекунства. Под видом заботы.

— Ты уверен, что отец не сможет это остановить, решить как-то? — тихо спросила Натали.

— Нет. Он уже не в том состоянии, чтобы адекватно все оценивать, как-то влиять, оспаривать. И, боюсь, именно этим Ларри и пользуется.

Натали не удивилась. Лишь прикрыла глаза на секунду, будто что-то вспомнив.

— Я ведь знаю Ларри, — сказала она после долгой паузы, словно взвешивая каждое слово. — Он всегда действовал тихо, почти незаметно, никогда не был жадным в обычном смысле, не хватал лишнего просто так. Но если перед ним открывалась возможность обыграть кого-то, переиграть ситуацию в свою пользу, он никогда не проходил мимо. Для него это не злодейство, не месть — скорее естественный ход, способ утвердить себя и извлечь выгоду. И если для этого нужно убрать конкурента, он это сделает, даже если этот конкурент — собственный отец.

— Именно это я и почувствовал. И знаешь, мне не так обидно за себя. Я справлюсь. У меня есть KORU, есть жизнь, есть другие возможности. Но то, как он обходит отца, как отстраняет его, забирая постепенно все его активы, будто Джон — уже никто... Это я не могу простить.

Натали кивнула. Она молча взяла его руку и сжала. Ее глаза блестели от сдержанных слез.

— Джон был трудным. Своенравным. Но он был человеком, который отдал себя работе, вам, идее. Он заслуживает хотя бы уйти достойно.

Майкл смотрел на чашку чая, на отражение светильника в жидкости. Мысли кружились — быстрые, резкие. Он уже знал, что делать дальше.

— Я не допущу, чтобы все закончилось так. Даже если мне придется судиться с братом. Даже если это будет стоить мне много сил и нервов. Отец заслуживает справедливости.

Натали молча поднялась и принесла старую папку.

— Здесь документы, которые я сохранила еще со времен создания фирмы. Возможно, что-то пригодится. А если будет нужно — я выступлю в суде. Я знаю, кто был Джон. И я знаю, на что способен Ларри.

Майкл взял папку и посмотрел на мать с благодарностью. В этой квартире, в этой кухне, с ее фарфоровыми чашками и запахом яблок, он почувствовал, что не один.

Он сказал матери:

— Честно говоря, — он помедлил, — я уже подал заявление в суд. Первое заседание через неделю.

Натали словно на миг замерла, будто ее тело отозвалось раньше сознания. Она медленно опустилась на стул, сложив руки на коленях, как в детстве, когда пыталась скрыть волнение. Она ведь обещала помочь, кивала, уверяла, что выступит в суде, если потребуется. Но это казалось чем-то теоретическим, далеким, сказанным ради поддержки сына. А теперь — это становилось реальностью. Суд. Братья — по разные стороны зала. Ее сыновья.

Она подняла глаза на Майкла. В них не было упрека, но была тяжесть — материнская, мудрая, сдержанная.

— Я не думала, что все зайдет так далеко... — сказала она тихо. — Я надеялась, что вы найдете слова друг для друга, чтобы решить все переговорами, дипломатично. Но, наверное, я зря на это надеялась.

Джона выписали из больницы через неделю. Врачи сочли, что болезнь вошла в стадию, при которой стационар не давал больше пользы — требовались уход, спокойствие, наблюдение. Его перевезли в загородный дом — просторный, окруженный высокими соснами, с панорамными окнами и запахом камина, пропитавшим стены с тех времен, как его еще сам Джон проектировал с архитектором по старым американским эскизам.

Теперь он почти не вставал. Лежал в спальне на втором этаже, полутемной, с тяжелыми портьерами, которые он сам когда-то выбирал. На прикроватной тумбочке стоял стакан с водой, пульт от телевизора и фотография: Джон, Ларри и Майкл на фоне старого здания фирмы.

— Принеси мне те конфеты... нет, не эти, те, желтые... — резко бросал он в сторону двери.

— Жан! Ты где опять ходишь, как привидение с кастрюлями?

Жанетта, суетливая, быстроногая, в цветастом переднике, тут же вбегала:

— Я здесь, Джон, вот, принесла! И желтые, и синие, на выбор.

Он криво усмехался, покачивая головой:

— На выбор... Ты, может, еще меню мне принесешь, как в отеле?

И тут же через секунду улыбался тепло, как мальчишка:

— Знаешь, Жан, ты бы с меня денег брала, как за сеансы с личным психотерапевтом.

Жанетта смеялась громко, натужно, при этом ловко поправляла подушку, следила, чтобы одеяло лежало ровно, убирала со столика пустую чашку. Ее движения были скорее хозяйскими, чем профессиональными. Она распоряжалась пространством спальни, как будто уже жила здесь много лет — заправляла постель, переставляла книги, регулировала свет.

Забота ее выходила за рамки должностных инструкций: она гладила его по плечу, спрашивала, удобно ли, терла ему ладони — и порой смотрела не как сиделка, а как женщина, которая видит в стареющем и ослабевающем мужчине последнюю свою ставку. В ее ритуалах угадывалась претензия на большее. Она как будто хотела занять место, которое когда-то было у Натали. Или у кого-то еще, кого Джон уважал.

Он не замечал этого — или делал вид, что не замечает. Кричал, раздражался, потом шутил, а потом снова замолкал, уставившись в потолок, как будто в нем была проекция прошлого.

А тем временем в городе, на улице Грецки, в здании городского суда, на третьем этаже, в зале номер триста шесть, началось первое судебное слушание по делу Джефферсон против Джефферсона.

Два брата, два наследника, два взгляда на отца, бизнес и справедливость — с этого момента вступили в открытую юридическую борьбу.

Зал номер триста шесть был просторен, с высокими окнами, сквозь которые пробивался дневной свет. Деревянные панели на стенах приглушали эхо голосов. Атмосфера —

сосредоточенная, напряженная, почти вязкая. На передних рядах — несколько журналистов, пара сотрудников фирмы Джона и человек в костюме от KORU с блокнотом в руках. В первом ряду — Натали, с прямой спиной и лицом, вырезанным из мрамора.

Судья — женщина средних лет, в очках и черной мантии, с холодной выдержкой в голосе и опытом в глазах. Она кивнула, начав слушание. По обе стороны — два представителя. И два мира.

Слева от судьи — юрист Майкла, Франц Келлер. Молодой, едва за тридцать, острый взгляд, короткострижен, в идеально сидящем костюме цвета графита. Он двигался по залу, как шахматист по доске — быстро, точно, с почти осязаемым напряжением в каждом движении. Он говорил ясно, короткими фразами, но в них слышалась сталь. В его папке не было ни одного лишнего листа. Он был подготовлен идеально.

— Уважаемый суд, — начал он, — в деле о юридической судьбе фирмы D. Jefferson & Co. мы имеем очевидную ситуацию перевода собственности и бизнес-процессов в обход второго наследника. Мой доверитель, Майкл Джефферсон, утверждает, что в момент ухудшения состояния его отца, Джона Джефферсона, без согласования и без его нотариально заверенной воли Ларри Джефферсон, старший сын, провел переоформление контрактов, перевод клиентской базы, создание двух юридических лиц, дублирующих деятельность фирмы, и фактически присвоил себе бренд D. Jefferson, а также офис, находившийся в собственности.

Франц делал шаг в сторону, ловко разворачивая на столе таблицы и схемы.

— Вот контракты. Вот даты. Вот электронные письма. Все происходило, когда Джон Джефферсон находился в уже диагностированном состоянии когнитивного расстройства, с нарушением памяти и сужением способности к принятию решений.

Он взглянул на судью.

— Это, по сути, захват бизнеса через механизм опекунства, осуществленный в одностороннем порядке, без согласования с Майклом Джефферсоном, который также является прямым наследником и имел деловые связи с фирмой. Более того, именно Майкл предлагал стратегию экспансии бренда и привлекал новых партнеров, прежде чем был отстранен от процессов.

Справа от судьи сидел адвокат Ларри — Артур Вольф. Мужчина под шестьдесят, в идеально выглаженном темно-синем костюме, с медленным, словно нарочито вальяжным тембром. Он не двигался по залу, не махал руками — просто говорил. И каждое слово, сказанное с расстановкой, врезалось в зал, как шпага в дерево.

— Мой клиент, Ларри Джефферсон, последние двадцать лет фактически вел этот бизнес вместе с отцом. Он был его партнером, правой рукой. Они вместе строили, решали, инвестировали, теряли и выигрывали. Это не абстрактная собственность — это их общее дело.

Он слегка наклонился вперед.

— В момент ухудшения состояния Джона Джефферсона, когда диагноз стал очевиден, кто-то должен был удержать конструкцию от краха. Клиенты не ждут. Сотрудники хотят уверенности. Контракты не подписываются в подвешенном состоянии. Мой клиент действовал, чтобы спасти бизнес, не разрушить его.

Он сделал паузу, ловко выбрав момент.

— Что касается нового юридического лица — это технический инструмент, оформленный через процедуры, предусмотренные законом. Более того, у Джона Джефферсона нет действующего завещания ни в одном из нотариальных реестров, а также не подписано ни одного отказа от полномочий. А Майкл в тот момент был занят собственными проектами, в том числе за границей, и не участвовал в операционном управлении.

Франц резко отреагировал:

— Уважаемый суд, речь не идет о текущем управлении. Речь о присвоении имущества, интеллектуальной собственности, клиентских связей и инфраструктуры, созданной до ухудшения состояния Джона.

— А как же согласование? — добавил он, обернувшись. — Почему не был уведомлен второй сын? Почему в реестрах все делалось тайно? Почему брендом теперь управляет структура, созданная по-тихому в тот же месяц, когда Джон начал терять способность к речи?

Судья подняла руку, успокаивая зал.

— Вопросы по существу. Продолжайте.

Артур Вольф невозмутимо поправил очки.

— Потому что в бизнесе решения принимаются не по родственным симпатиям, а по необходимости. Потому что фирма — это не музей семейной истории, а структура, которую надо кормить. И потому что мой клиент был рядом, когда началась болезнь. А Майкл — нет.

Франц едва слышно усмехнулся.

— И все же, — сказал он чуть тише, почти по-человечески, — кто дал право принимать судьбоносные решения без попытки договориться? Без попытки даже поговорить? А если бы Джон хотел иначе? Хотел разделить, хотел сохранить фирму — или наоборот, оставить все младшему сыну?

— Но Джон уже не мог хотеть, — холодно сказал Артур. — Он был болен.

На секунду наступила тишина. Даже судья опустила взгляд на бумаги.

Голоса зашептались. В зале повисла вся боль семейного конфликта, вся сложность наследия, вся тяжесть стареющего отца, чье имя стало оружием в юридической войне между его же сыновьями.

Судья подняла голову.

— Заседание объявляется продолженным. Следующее слушание через пять дней. Прошу обе стороны представить дополнительные документы и показания свидетелей.

Франц Келлер собрал папки. Артур Вольф неспешно встал, подал Ларри пиджак. Майкл и Ларри не смотрели друг на друга.

И только Натали, сидевшая на первом ряду, смотрела на обоих. Долго. Без слов. С болью. С пониманием, что это только начало.

* * *

Через день после слушания, к вечеру, Ларри направлялся в офис Артура Вольфа.

Кабинет пах кожей кресел, полированным деревом и легким дымом сигар. Высокие стеллажи с делами, строгая мебель, старый хронограф на стене. Здесь не обсуждали эмоции. Здесь выстраивали позиции. Артур Вольф наливал себе кофе из серебряной джезвы — медленно, точно, как подписывал иски. Ларри сидел напротив, вытянувшись на черном кожаном кресле, в сером пальто поверх костюма, скрестив руки на груди.

— Первый день — это только ритуал, — сказал Артур, поставив чашку. — Настоящая игра начнется позже.

— Он хорошо выступал, — хмуро отозвался Ларри. — Этот Франц.

— Он молод, — спокойно ответил адвокат. — И поэтому — резок, эмоционален. Но мы не спорим с фактами. Мы спорим с их трактовкой.

Артур сел за стол и раскрыл тонкую кожаную папку. В ней лежали выписки, оценки активов, банковские транзакции, права на собственность и — что особенно выделялось среди прочего — медицинские заключения по Джону Джефферсону.

— Твоя сила в том, что ты был рядом. Это главный аргумент. Пока он ездил по свету с фотоаппаратами, ты подписывал контракты, гасил долги, общался с поставщиками. Мы будем настаивать: фирма — это не просто бумаги. Это процессы. А их обеспечивал ты. Все остальное — эмоции.

Ларри кивнул.

— Мне не хочется, чтобы он выставлял меня вором. Это дело моего отца. Мое тоже.

— Мы и не дадим, — Вольф посмотрел прямо в глаза. — Джон не лишен дееспособности официально. Он не опротестовал ни один из твоих шагов. Более того, ты — опекун. Закон на твоей стороне.

Он сделал глоток.

— Но все же. У них будет давление на эмоции. На образ старика, которого «предали». Это работает. Надо быть осторожнее в зале.

— Думаешь, стоит помягче?

— Нет, — твердо сказал Артур. — Надо быть четче. Меньше философии, больше фактов, цифр. И если понадобится — мы покажем, какой была бухгалтерия год назад и какой стала сейчас: бизнес стал крепче, структура — устойчивее, а прибыль выросла.

— Он потратит все на адвокатов. — Ларри усмехнулся. — Майкл готов идти до конца.

— А ты? — спокойно спросил Вольф.

Ларри взглянул в окно. Там было темно, только в окнах напротив тускло мерцал телевизор.

— Я тоже.

— Хорошо. Тогда, — Вольф закрыл папку, — мы продолжим.

Он включил диктофон по привычке — чтобы потом ничего не забыть и иметь точную запись разговора.

— Вернемся к деталям передачи активов и структуре контрольных пакетов.

Ночь превратилась в разбор стратегий, где главное было — внимание к деталям и точность расчетов, как при подготовке к осаде.

В офисе KORU тоже горел свет. До следующего заседания оставалось всего несколько дней, и к ним готовились двое.

— Он не отступит, — сказал Франц, щелкая ноутбуком и открывая сводку новых регистрационных данных.

Майкл стоял у окна офиса. За стеклом рассыпался вечерний свет, переливаясь в отражении витрин, офисных башен, рекламных экранов. Он не сразу ответил — взгляд его был направлен куда-то вдаль, за горизонт зданий, туда, где еще не было боли, судов и фамильных битв.

— Мы тоже, — сказал он наконец. — Ты уверен по поводу свидетелей?

— Абсолютно. У нас есть бухгалтер — она работала с Джоном пятнадцать лет и может подтвердить, что он принимал решения до болезни самостоятельно. Мы нашли архивы с его подписями, которые сильно отличаются от тех, что стоят на поздних документах, оформленных при Ларри. Кроме того, — Франц достал из папки аккуратный лист, — есть переписка между вами с отцом о запуске представительства, где обсуждается стратегия развития фирмы. Это еще до всех юридических махинаций Ларри. Мы покажем, что вы оба были вовлечены в дело, а ты не просто сторонний наблюдатель.

Майкл подошел к столу и взял лист в руки. Узнал свой тон, свой стиль — резкий, целенаправленный. И рядом — ответ отца, короткий, но доброжелательный. Тогда еще Джон был самим собой.

— Что с экспертизой почерка? — спросил он.

— Подали запрос. Получим к концу недели. Я также хочу вызвать в качестве свидетеля Натали. Она, как никто другой, знает отношения между вами, и ее показания помогут контексту. Мы покажем, что ситуация не была простой «передачей дел старшему сыну», а манипуляцией под прикрытием опекунства.

Франц откинулся в кресле, потер шею.

— Вольф, конечно, опытный. Его медлительность — это трюк. Он не говорит, пока не уверен, что каждое слово попадет точно. Но он не готов к эмоциональному давлению. В этом зале мы должны быть не только фактически, но и морально сильнее. Покажи, что ты не за себя — за отца.

— Я именно за него, — твердо сказал Майкл. — Он многое во мне подавлял, но это не значит, что я дам его стереть.

Они замолчали. В тишине слышался лишь ровный гул кондиционера и шорох перелистываемых бумаг.

— Франц, — добавил Майкл спустя паузу. — Мы должны выиграть. Не потому, что я хочу эту компанию. А потому, что я не хочу жить в мире, где такие вещи сходят с рук.

Франц поднял глаза.

— Тогда мы и не проиграем.

И в этот вечер среди стопок папок, распечаток и черновиков допросов началась подготовка к тому, что станет решающим слушанием в деле «брат против брата».

В зале суда номер триста шесть, что на третьем этаже здания на улице Грецки, началось второе заседание.

Воздух в зале был плотным, как перед бурей. Никакой кондиционер не мог разогнать ту тяжесть, что нависла над скамьями, стульями, папками с доказательствами. Люди не переговаривались, даже журналисты сидели без привычного цокота клавиш. Все здесь пахло порохом, и каждый чувствовал — что-то сегодня произойдет.

Судья вошла. Тишина хрустнула, как сухая ветка под ногой. Началось.

По одну сторону — Майкл, с прямой спиной, в сером костюме безупречного кроя. Глаза — острые, темные. Пальцы сцеплены на столе. Рядом — его адвокат Франц, как сгусток энергии, напряженный, собранный. Он не сидел — он почти подрагивал, как натянутая струна рояля перед ударом.

По другую сторону — Ларри, чуть откинувшийся назад, с лицом без выражения, будто натянув маску хладнокровия. Его адвокат Вольф — седовласый, тяжелый, как камень в воде. Его присутствие ощущалось не по движениям, а по паузам, которые он делал. В этих паузах будто проседал воздух.

Судья подняла глаза:

— Слушание продолжается. Вызовите первого свидетеля.

В зале будто зашевелились молекулы.

Сторона Майкла. Свидетель Линда Брамс.

Линда вошла спокойно. Женщина за пятьдесят, в очках, с аккуратно собранными волосами и лицом, которое привыкло к бухгалтерским таблицам, но не к свету прожекторов.

— Вы работали с Джоном Джефферсоном?

— Более десяти лет.

— Можете ли вы описать характер его рабочих решений?

— Он был строгим. Но рассудительным. И всегда, подчеркиваю, всегда обсуждал стратегические шаги с семьей. Сначала с Ларри. Потом, когда Майкл был уже на последних курсах, стал говорить и с ним. Он говорил мне однажды: «Линда, этот упрямец когда-нибудь поднимет фирму выше, чем я».

— Этот — вы о Майкле?

— Да. Так он его называл. Улыбаясь.

Франц сделал шаг к центру зала:

— Госпожа Брамс, вы знали о болезни господина Джефферсона?

— Нет. После того как я ушла — почти не видела его. Но когда уходила, он был абсолютно в сознании. Он подписывал мне рекомендательное письмо. Обсуждал даже новую CRM-систему, которую хотел внедрить.

Вольф медленно поднялся. Его голос был низким, как гудение приближающегося грома:

— Госпожа Брамс. А вы уверены, что ваше мнение актуально? Вы покинули фирму три года назад. Вы не видели, что происходило в последние полгода?

— Не видела. Но я знаю, каким он был. И это куда важнее любых последних отчетов. Джон всегда был человеком редкого ума, он схватывал суть мгновенно, умел увидеть решение там, где другие только разводили руками. У него была смекалка, способность выходить за рамки, предлагать неординарные ходы — и при этом доводить их до конца, а не бросать на полпути. Он не боялся ответственности, не боялся риска, всегда держал в голове несколько вариантов развития событий. И в любой ситуации он оставался собранным, умел убедить людей и повести их за собой. Именно это — его характер, его умение думать и действовать — важнее, чем то, что происходило в последние месяцы.

— Благодарю.

Следующим свидетелем был Генри Коэн. Старый партнер Джона.

Генри выглядел усталым, как будто носил на себе груз чужих решений. Говорил тихо, но уверенно:

— Джон мечтал, чтобы дело продолжили оба его сына. Но они были разными, как вода и огонь: Ларри — опора, стабильность, надежный фундамент, а Майкл — идея, стремление к новому, искра. Джон верил, что только вместе они смогут удержать и развить бизнес.

Франц уточнил:

— Вы слышали это от Джона?

— Не раз. Но он знал, что сближать их — как толкать две горы друг к другу. В глубине души он надеялся на Майкла. Только... не успел.

— Почему не успел?

Генри посмотрел в зал. В глазах стояло что-то мокрое, незавершенное.

— Потому что болезнь отняла у него время. А Ларри — воспользовался этим.

Вольф не стал допрос устраивать. Он просто промолчал.

Далее показания давал профессор Кембридж, специалист в области неврологии.

— По результатам тестирования, — говорил он уверенным голосом, — господин Джефферсон страдает нейродегенеративным заболеванием. Однако степень поражения когнитивных функций на момент обследования не была критичной. Он понимал происходящее, узнавал людей, мог высказывать мнение. Не лишен дееспособности в полном смысле этого слова.

— Может ли такой человек подписывать бумаги?

— Если ему все объяснить простыми словами — может.

— А если ему не объяснять?

— Тогда — нет. Тогда это манипуляция.

Фраза прозвучала как удар грома. В зале послышался ропот. Судья постучала молотком.

Вольф поднялся.

— Вы не юрист?

— Нет. Я невролог.

— Тогда вы не можете говорить о юридической способности.

— Но я могу сказать о человеческой стороне — и она в нем была, несомненно.

В суде появился свидетель со стороны Майкла, секретарь Ева.

Ева дрожала. Не от страха — от внутренней дилеммы. Но говорила твердо:

— Он стал другим. Я знала его десять лет. Он путал имена, забывал даты. Кричал на нас, на клиентов. Пару раз заперся в кабинете и никого не впускал.

— Он казался вам не в себе?

— Он казался мне... испуганным. И одиноким. Но это не он. Не Джон, которого я знала.

Франц задал единственный вопрос:

— Почему вы ушли?

— Потому что Ларри сказал: «Теперь будет по-новому». А мне не хотелось видеть, как убивают память.

Заседание продолжилось: в зал пригласили свидетелей со стороны Ларри.

Судья, бросив взгляд на список, кивнула:

— Следующий свидетель — Гаспар Беллин, бывший руководитель отдела логистики.

Гаспар вошел, широкоплечий, с неторопливой походкой человека, которому не привыкать быть в тылу, но который много видел на передовой. Его голос звучал глухо, как грузовик на бетонной трассе:

— Я работал на фирме с девяносто восьмого. Видел, как все росло. И как начало рушиться.

— Когда именно? — уточнил адвокат Ларри, Вольф.

— С момента, как в дела стал вмешиваться Майкл. Он приезжал, делал презентации, говорил, как все надо перестроить. Но не знал реальности. Не знал цепочек, логистики, контрактных сроков. У нас складывались долгосрочные отношения годами, а он хотел рвать все по живому.

— И как вел себя Джон?

— Он колебался. Я видел, как он теряет хватку. Вроде говорит одно, но забывает к вечеру. Один раз подписал два встречных контракта с разными дистрибьюторами. Ларри тогда спас ситуацию. Без него все бы полетело.

Франц, юрист Майкла, подошел ближе:

— Вы сейчас работаете в компании, которую оформил Ларри?

— Да.

— Вы понимаете, что от ваших показаний зависит структура собственности?

— Я понимаю, что работаю там, где и работал все годы, на благо нашей фирмы. А кто здесь что у кого отобрал — пусть решает суд.

В зале — короткий гул. Молния прошла по воздуху. Майкл сжал губы.

В качестве следующего свидетеля в зале появилась Марианна Костнер. Бывшая менеджер проектов.

Марианна была из тех женщин, что ходят в темных костюмах с безупречной стрелкой на брюках и говорят как скальпель — без эмоций, но с эффектом вскрытия.

— Госпожа Костнер, вы долго работали под руководством Джона Джефферсона?

— Восемь лет. Я вела направление наружной рекламы и агентских партнерств.

— Каковы были ваши наблюдения за его поведением в последние месяцы?

— Он стал раздражительным, подозрительным. Часто путал названия компаний. Мог звонить мне в два часа ночи и требовать отчет, забывая, что уже видел его. Потом говорил, что этого не было.

— Что вы почувствовали, когда Ларри взял на себя руководство?

— Облегчение. Он не так харизматичен и артистичен, как Джон, но у него порядок. Он начал разруливать ситуацию. Мы боялись, что фирма просто исчезнет.

Франц выждал паузу:

— А вы знаете, что при Ларри были переведены все активы на другие юридические лица, инкогнито?

— Это не моя зона. Я не юрист.

— Но вы считаете это нормальным?

— Я считаю ненормальным, когда фирма управляется по настроению человека, который забывает собственный день рождения.

Майкл, сидя на месте, опустил глаза. Он чувствовал, как с каждым показанием правда размывалась, как стекло под водой. Все больше дело напоминало не борьбу за бизнес, а битву за образ отца — кем он был, кем стал и кому теперь принадлежит его тень.

В зале, на втором ряду, среди напряженно молчащих слушателей сидела Натали. Она пришла раньше всех и выбрала место у стены, чтобы никто не мешал ей видеть, слышать, переживать.

Когда вошел первый свидетель — Линда, Натали чуть сжала в руке кожаную ручку сумки. Вид этой женщины, ее голос, знакомый с тех времен, когда Джон вечерами советовался о стратегиях, напоминал Натали о другой жизни. О том Джоне, которого она любила.

Когда заговорил Вольф, она едва заметно покачала головой. Его тяжелые интонации звучали слишком уверенно — как будто истина была у него в портфеле и все остальное не имело значения. Это было ложное спокойствие — то, что в молодости Натали считала мудростью, а теперь — манипуляцией.

В какой-то момент, услышав фразу: «...он забывал собственный день рождения», — она отвела взгляд. Повернулась к окну не потому, что хотела уйти, а потому, что внутри что-то болезненно отозвалось на эти слова, произнесенные с такой холодной точностью. Она знала: Джон забывал не по своей воле — это была не небрежность, а болезнь, медленно стиравшая его память и отнимавшая у него самого себя.

Когда Майкл поднялся с места, чтобы подать замечание, она отложила сумку на колени и сжала пальцы, как будто хотела удержать в них его руку, его голос, его усилие. Он говорил спокойно, но в его интонациях было столько боли, что Натали ощутила ком в горле.

Она не плакала. Но ее глаза будто глядели сквозь зал, сквозь адвокатов и бумаги, сквозь аргументы, — в ту кухню с запахом ванили, где когда-то Джон впервые сказал: «У нас будет сын».

Судья поднялась.

— Суд рассмотрел показания. Следующее заседание — через пять дней. Сторона Майкла может подать ходатайство о запросе финансовой экспертизы. Слушание на сегодня закрыто.

Люди в зале выдохнули. Но воздух по-прежнему был натянут, как небо перед бурей.

Это была не победа. Не поражение. Это была гроза, набравшая силу, но пока не ударившая молнией.

Майкл обернулся. Натали сидела на том же месте, глаза ее были сухими, но руки — сжаты в кулаки.

А Ларри, уходя, ни разу не оглянулся.

В следующие пять дней Майкл оставался у Натали. Он приезжал утром, задерживался до вечера, иногда оставался на ночь. Они много говорили. Не о бизнесе, не о стратегии, не о юридических тонкостях — об этом Майкл и сам теперь знал все до мелочей. Они говорили о другом — о боли, которая скрывалась под всеми этими разногласиями. О том, как страшно и дико звучит сама фраза: «два брата в суде друг против друга».

— Это ненормально... — шептала Натали, закутываясь в плед, сидя на диване напротив с чашкой остывшего чая. — Это просто... против самой природы семьи. Вы ведь росли вместе. Помнишь, как ты защищал Ларри в школе, когда его дразнили? А он потом отдал тебе свой старый велосипед, потому что ты влюбился в него. А как вы ссорились из-за магнитофона — и все равно через час были вместе. Джон всегда говорил, что вы будете работать бок о бок...

Майкл молчал. Смотрел в окно на медленно сереющий вечер, на тонкие нити дождя на стекле. Вздохнул.

— Он ошибался, мама. Мы слишком разные. А главное — он сам заложил эту мину. Разделил нас, даже если не хотел.

— Но ты ведь знаешь... он хотел, чтобы вы продолжили его дело. Вместе. Я помню, как он говорил об этом. Гордо, с таким огнем в глазах. Говорил, что вы его «две опоры». Он не представлял себе ничего подобного. И я тоже не представляла...

Натали замолчала. На секунду — тишина. Тишина, полная слов.

— Я ведь любила Ларри, — сказала она вдруг почти шепотом. — Он не был моим сыном, но я воспитывала его, кормила, читала ему перед сном, волновалась, когда он болел... Он называл меня мамой. Джон... я ведь и его полюбила за это — за то, что он был с сыном. И он был хорошим отцом. Был. Но он всегда все решал сам. Никогда не спрашивал, никогда не советовался. И, наверное... — она посмотрела на Майкла — ...в чем-то он принял неправильные решения. Он думал, что сможет всех держать, всеми управлять, все предвидеть. А теперь он лежит... с посторонней женщиной рядом, а два его сына — в суде.

Майкл молчал, опустив голову. В груди было тяжело, как будто туда налили мокрого цемента. Он чувствовал не злость, не обиду — только горечь.

— Я не уверен, что он до конца осознает, что происходит, — сказал он медленно. — Может быть, где-то в глубине он все понимает, но... уже не может сказать. Не может вмешаться.

— Это разбивает всех нас, Майкл... — прошептала Натали. — Ты думаешь, Ларри счастлив? Что он в восторге оттого, что сражается с тобой в зале суда? Нет. Он тоже в ловушке. Все мы — как в капкане. Джон был сильный, но он не был гибким. И он никогда не умел отпускать. А теперь все отпустилось само. Поздно.

Они сидели рядом, и их молчание говорило больше, чем сотня фраз. У обоих перед глазами стояла одна и та же картина: Джон, когда-то грозный, уверенный, непоколебимый — теперь в кресле с пустым взглядом, иногда теряющийся в реальности, иногда тихо спрашивающий про Натали... а два его сына — гордо, ожесточенно, официально — в сражении друг с другом.

Больше всего в этой ситуации было тоски. Глухой, мучительной тоски. От осознания того, что где-то на повороте пути что-то важное было упущено, просчитано, разрушено. И теперь все идет по наклонной, без возможности вернуться.

Суд затягивался. Заседания следовали одно за другим, как череда однообразных, но изматывающих дней. Каждое начиналось с ожидания, с ритуала: проверка документов, переглядки в коридоре, напряженное молчание в зале, где воздух уже давно стал тяжелым — не от пыли, а от эмоций, повисших под потолком, как сгустки грозового электричества.

Суд все больше превращался в театр, где с каждой новой сценой появлялись новые действующие лица. Приходили те, кого не видели годами: бывшие сотрудники — кто-то ушел сам, кто-то был уволен еще до болезни Джона; партнеры по старым сделкам, которые некогда разделяли с ним и успех, и риск; давние друзья семьи, исчезнувшие из поля зрения, но теперь вернувшиеся — одни с теплом и горечью воспоминаний, другие с обидой или скрытой злостью, третьи — просто чтобы снова почувствовать себя частью этой истории. Каждый выходил как на сцену, со своей ролью и интонацией, и чем дальше шло заседание, тем очевиднее становилось: прошлое Джона не ушло, оно вернулось в этот зал целой процессией.

Один из старых бухгалтеров с дрожью в голосе вспоминал, как Джон при нем говорил, что хочет оставить все детям — «чтобы они вместе продолжили, только без грызни, без раздела, как семья». Бывшая секретарша рассказывала, как в последние месяцы Джон был озлоблен, подозрителен и не раз упоминал, что «не доверяет Майклу». Кто-то утверждал, что Ларри всегда был ближе отцу по духу, кто-то, наоборот, говорил, что Майкл был настоящим наследником — новым временем, новым видением, тем, кого Джон глубоко уважал, пусть и не всегда понимал.

Связи, эмоции, истории — все всплывало, все перетасовывалось, как карты на столе.

Каждое новое свидетельство будто заново рисовало картину семьи — и каждый раз она выглядела по-другому.

Один день — перевес на стороне Майкла: его бывшие коллеги из представительств рассказывали о проектах, о вдохновении, о том, как он оживлял дело, как стремился сохранить имя Джона. На следующий — свидетель в пользу Ларри: кто-то из внутреннего круга отца, говоривший о стабильности, о верности, о том, что именно Ларри оставался рядом, когда Майкл уехал, начал «свое» и «отдалился от семьи».

Казалось, конца не будет. Казалось, дело все больше превращается в историю не о наследстве, а о сломанной семье. В зале порой возникала нервная дрожь: как будто кто-то невидимый запускал тонкую нить напряжения — от одной стены к другой, через головы, через взгляды. Каждый жест, каждое слово могло стать решающим.

И вот, наконец, судья назначил финальное заседание.

Это был особый день. Один из тех, когда в воздухе чувствуется нечто почти физическое — как перед штормом. Судья принял решение: последнее слово — за самими братьями. Без адвокатов. Без бумаги. Без преград.

Прямое столкновение. Словесная дуэль. Лоб в лоб. Майкл и Ларри были вызваны в зал, чтобы выступить — не как стороны и не как истец с ответчиком, а как два сына, два человека, разделенных прошлым и притянутых одним и тем же именем: Джон.

Зал ожидал. Суд приближался к концу, и каждый чувствовал, что это финальная сцена.

В зале номер триста шесть началась дуэль братьев.

Зал заседаний был залит ровным светом. Сквозь окна пробивался дневной блеск, но в зале царила тишина, густая, как осенний туман. Здесь не было случайных людей. На скамьях — только те, кого это по-настоящему касалось. Натали сидела ближе к центру, с прямой спиной, сжатыми пальцами. Чуть в стороне — сотрудники бывшей компании Джона. Кто-то из них украдкой поглядывал на часы. Адвокаты — в напряжении. И в самом воздухе стояло чувство: сейчас все решится.

Судья сдержанно кивнула.

— Выступление сторон. Сначала истец. Господин Майкл Джефферсон.

Майкл поднялся. Его походка казалась спокойной, размеренной, но в плечах жила едва заметная дрожь, которую мог уловить лишь внимательный глаз. Каждый шаг был не просто движением к трибуне — это был переход через черту, за которой не оставалось пути назад. Он скользнул взглядом по залу, задержался на мгновение на матери — ее прямой силуэт словно держал его на плаву, — а затем повернулся к брату. Их глаза встретились, и в этом взгляде прозвучало больше, чем в десятках реплик. Майкл сделал вдох и заговорил.

— Уважаемый суд. Здесь, в этом зале, мы говорим о документах. О фирмах. О собственности. Но мне кажется... мы должны говорить о другом.

Он положил ладони на край трибуны, словно опирался не на дерево, а на собственную память.

— Нас было трое. Отец. Я. Ларри. Так привыкли думать. Но это неправда. Нас было четверо. Потому что рядом всегда была мама, Натали. Ее имя редко звучит, когда говорят о компании, но именно она держала на себе тот невидимый фундамент, без которого никакой бизнес отца не смог бы выстоять. Пока он строил, подписывал, рисковал, она держала семью: заботилась о нас, снимала с него груз мелочей, создавала ту атмосферу дома, куда хотелось возвращаться. Она была тылом — и для него, и для нас.

И еще: отец в начале почти во всем советовался с ней. Он приносил домой черновики идей, сомнения, расчеты — и первым делом показывал их своей жене — Натали. И она помогала ему выбрать направление, ободряла, спорила, иногда останавливала. Было время, когда для запуска новых дел ей приходилось занимать деньги у своих родителей — просто чтобы отец мог рискнуть еще раз. Она вкладывала не меньше, чем он, только не на виду. И если говорить честно — без нее не было бы той компании, о которой мы сегодня спорим.

А потом, Ларри... ты вычеркнул ее. Ту самую женщину, без которой не было бы ни тебя в этом кресле, ни отца в его силе, ни компании, за которую мы сегодня деремся. Ты сделал вид, что ее никогда не было рядом. Потому что она стала не нужна? Потому что она — не власть, не акции, не подписи на бумагах? Потому что любить, хранить уважение — это не стратегически, это не входит в отчет о прибылях и убытках? Ты отвернулся от нее, как от лишней детали, которую можно выбросить. А для меня она всегда была сердцем этого дома и частью отцовского дела. И я не позволю, чтобы ее имя исчезло из нашей истории.

В зале будто хрустнул воздух. Натали не шелохнулась. Только ресницы дрогнули.

— Я не могу молчать. Потому что теперь за отцом ухаживает посторонняя женщина. А его дети, мы с тобой, Ларри, стоим в этом зале и спорим. И спорим не о том, что есть правда, не о сути, не о том, как было и как должно быть по-честному для нашей семьи. Мы спорим о другом — о власти, о собственности, о деньгах и о том, кто из нас будет называться «наследником».

Он чуть повысил голос:

— Но отец не хотел просто наследника. Он хотел продолжения. Он мечтал, чтобы мы, два его сына, продвигали вперед то, что он создавал. Вместе. Я это знаю. Он говорил мне об этом, когда мне было всего двенадцать. «Вы должны быть вместе, как два крыла», — помнишь? Для него бизнес никогда не был только цифрами и контрактами. Он видел в нем свое дело жизни, часть самого себя. Он строил его не для того, чтобы потом начались споры о долях и активах, а чтобы мы с тобой смогли взять эту основу и сделать ее еще крепче. Отец всегда повторял: деньги приходят и уходят, но главное — сохранить честь и продолжить путь. Он хотел, чтобы его труд стал фундаментом, на котором мы, два брата, сможем стоять рядом.

Ларри сидел, сжав кулаки. На лице — ничего. Только скулы стали чуть резче.

— Да, я ушел. Я начал строить свой бизнес, бренд, формировать команду. Я шел своим путем. Но знаешь, Ларри, парадокс в том, что цели у меня с отцом всегда были одни и те же — мы оба хотели, чтобы дело росло, чтобы имя Джефферсон значило больше, чем просто фирма. Только вот подходы оказались диаметрально разными. Я верил в новое, в риск, в движение вперед, а он цеплялся за проверенное и боялся шагнуть дальше. Наши споры становились все жестче, они перерастали в ссоры, а потом и в ругань. И я понял: если я останусь, то мы будем только воевать внутри фирмы, разрушая ее изнутри. Поэтому я ушел. Не потому, что отвернулся от отца, а потому, что хотел сохранить и себя, и его дело. И тогда я запустил свое — не из упрямства, а потому, что видел: есть другой путь.

— Но я никогда не думал, что мне придется вернуться вот так — не по своей воле, не по плану, а потому, что все оказалось перевернутым. Вернуться и увидеть, что мой брат втихомолку переписал все на себя. Без слова. Без встречи. Без того доверия, которое, как я всегда считал, связывало нас. Все, что строил отец, все, что он оставлял нам обоим, теперь оказалось в твоих руках — будто это было только твое право. Я не оспариваю твою боль, Ларри. Я понимаю, что тебе пришлось быть рядом в самые тяжелые минуты. Но ты оспариваешь мою любовь к нему, наше общее прошлое, мои годы рядом с отцом. Это не честно. Не честно ни по отношению ко мне, ни по отношению к нему.

Он сделал паузу. Голос стал ниже:

— Я не хочу ничего отнять. Я хочу, чтобы осталась совесть. Чтобы то, что он создавал, не превратилось в сухую запись в госреестрах. Чтобы прозвучало вслух: «Да, мы — два брата, и мы оба часть этого дела, этой компании, этого наследия».

Он медленно вернулся на свое место, каждый шаг отдавался эхом в тишине зала. Натали опустила взгляд, будто пряча переполнявшие ее чувства, и не поднимала глаз даже тогда, когда Майкл сел рядом. Зал словно затаил дыхание, никто не решался пошевелиться, и даже журналисты не спешили к блокнотам. Все понимали: только что прозвучала речь, которая останется в памяти — сильная, открытая, болезненно честная. Судья, выдержав паузу, произнесла, возвращая процесс в рамки:

— Ответчик. Господин Ларри Джефферсон.

Он встал. Медленно, почти нехотя, словно каждое движение давалось усилием. Но шаг за шагом он собирался, вытягивал спину, и в походке появлялась та уверенность, которой, возможно, не было внутри, но которую он обязан был показать. Ларри шел к трибуне не спеша, стараясь выглядеть твердым, будто отмерял расстояние не ногами, а настойчивым самоконтролем. Он еще не сказал ни слова, но уже своим видом пытался заявить: он готов говорить, готов держать удар. И зал, чувствуя это напряжение, следил за каждым его шагом.

— Суд... Я не мастер красивых слов. Не ритор, не философ и не актер. Мое место всегда было другое. В офисе. За столом с бумагами. Я закрывал счета, платил налоги, разбирался с проверками. Когда отец терялся в бумагах, когда память подводила его и он возвращался к одним и тем же договорам, думая, что все это делает впервые, — я оставался рядом. Это была моя работа. И я ее делал — изо дня в день, из месяца в месяц, из года в год. Я следил, чтобы в коллективе была дисциплина, чтобы люди приходили вовремя, чтобы документы были на местах и процесс не разваливался.

Он подошел ближе к трибуне.

— Майкл говорит о совести. Хорошо. Но где она была, когда отец уже остался один — без жены, без младшего сына — и болезнь только начинала отнимать у него силы? Когда он терялся в собственном доме, забывал, что сделал час назад, не понимал, какой сегодня день? Кто был рядом тогда? Я. Не ради власти. Ради него. Потому что он — отец.

Потому что в тот момент он уже не мог принимать решения, а кто-то должен был стоять рядом. Где был ты в это время, Майкл?

Голос его был сухим, но под ним — рваная ткань усталости.

— Я не против Майкла, не против его KORU, не против того, что он выбрал свой путь. Но я устал быть тем, кто всегда второй. Всегда «а Ларри пусть сделает». Всегда где-то в стороне, в тени, как будто я только фон для чужих решений. Это грызло меня годами — не один раз, не один месяц, а постоянно. Я делал свое, я не жаловался, но внутри копилось ощущение, что меня нет, что все, что я делаю, будто само собой разумеется. И когда я увидел, что болезнь отца может все разрушить, я понял: если опять отойду в сторону, то мы потеряем все. Тогда я решил действовать.

Он обернулся. В его глазах — не ярость. Уязвимость.

— И если бы ты, Майкл, тогда пришел и сказал: «Ларри, давай вместе», — я бы согласился, я бы обнял тебя, и мы сделали бы все иначе. Но ты не пришел. Ты занялся своим, ты ушел. А когда вернулся — все уже было решено, все стояло на моих плечах. И теперь ты хочешь забрать это просто так, будто ничего не случилось. Но так не бывает. И это точно не по-братски.

Он замолчал. И впервые — посмотрел на Натали. Молча. Долго. Она смотрела в ответ. Слезы не лились. Но ее лицо говорило больше, чем любая речь.

И в эту молчаливую паузу, как нож в ткань, вошла Жанетта — резко, словно разрезав атмосферу зала. Она вошла быстро, стройная, собранная до предела, словно каждая деталь в ней была отрепетирована. Села в последнем ряду, не теряя ни секунды. Пальцы перебирали ремешок на сумке, а глаза, не мигая, скользили по лицам — внимательные, цепкие, как будто искали слабое место.

Майкл заметил ее. И сразу напрягся. Что она делает здесь? Она ведь сиделка у отца, ее место рядом с ним, а не в этом зале. Мысль зацепила, не отпустила, словно предупреждение: впереди может быть что-то недоброе.

Когда зал опустел и судья удалилась, Майкл остался стоять один у окна. Внизу текла улица — привычная, городская, будничная. Машины, люди, голуби, теплый ветер. Все было как всегда. Кроме него самого. Внутри него что-то затихло — не сломалось, не отступило, а словно вошло в новую фазу. Это была не победа и не поражение. Это была первая настоящая битва — за родителей, за брата, за то, что еще можно было назвать семьей. За правду, которая требовала жертвы. Он повернулся и увидел Натали — она стояла, чуть подавшись вперед, с глазами, в которых было все: тревога, любовь, усталость. Она ничего не сказала. И он тоже. Они просто вышли вместе — медленно, почти как из храма, где оставили все, что было в прошлом.

ГЛАВА ДВАДЦАТЬ ВТОРАЯ.
ИСПЫТАНИЕ ВРЕМЕНЕМ

Ларри сидел в своем кабинете, уткнувшись в полупустой монитор, словно пытаясь найти в нем ответы на вопросы, которые роились в голове, не давая покоя. Комната вокруг него была погружена в мягкий полумрак, не из-за выключенного света — свет был, тусклый и неохотный, из настенного бра в виде латунного крючка, — а из-за цвета стен. Густые серо-болотные обои, до середины закованные в тяжелые деревянные панели, делали воздух в кабинете плотным, вязким, почти старинным. На стене тикали английские часы с толстыми латунными стрелками — медленно, с таким скрежетом, будто и им уже не хотелось идти вперед.

За мансардным окном небо висело свинцом. Ларри смотрел на него и чувствовал, как его собственное настроение сливается с этим серым, несостоявшимся днем. Он сидел в кресле, облокотившись на подлокотник, и думал — воюет с братом. Со своим братом. С человеком, с которым они когда-то бегали по этим же улицам, спорили, кто первый займет ванну, смеялись до слез на кухне, пока Натали делала им тосты с сыром.

Теперь он по одну сторону, Майкл — по другую. Джон лежит дома, окруженный чужими руками и голосами, и вряд ли понимает, что его два сына сцепились, как два бойца в последнем раунде. Натали — женщина, которая когда-то заменила ему мать, утешала, поднимала, обнимала, гладила по голове, теперь в стане Майкла. Что случилось? Когда все пошло не так?

Ларри пытался найти оправдание. Себе, отцу, обстоятельствам. Да, он действовал быстро, может быть, жестко. Но кто, если не он? Кто удержал бы бизнес от распада, когда Джон начал путать имена, давать двусмысленные, противоречивые распоряжения сотрудникам? Когда поставщики грозили уйти, а некоторые клиенты постоянные перестали размещать заказы, так как Джон был личным гарантом для многих? Кто встал бы в ту трещину, из которой могла вырасти настоящая катастрофа?

Он поднялся и прошелся по кабинету. Деревянный пол чуть скрипнул. Все казалось надежным, солидным — и абсолютно пустым. За этой дверью сотрудники: лояльные, усердные, но в глубине — обычные люди, которых мало что беспокоит кроме собственной жизни и их детей. Им важна зарплата. Контракт. Страховка. А не он, не история, не борьба, не Джон, не Натали, не все это прошлое, за которое он сражался. Не было никого, кто бы разделил с ним эти стены.

Он посмотрел на кресло, где раньше сидел отец. Оно стояло у стены, как немой упрек, как призрак. И вдруг Ларри понял — он выиграл позицию, но проиграл что-то куда более ценное. И даже сам не может точно сказать, что именно.

Он подошел к окну. Небо все еще было серым, но в нем уже прорезалась рваная полоска света — тонкая, почти незаметная. И она раздражала: напоминала, что за всей этой борьбой за фирму, за власть, существует еще другая жизнь. Та, которую он, возможно, утратил навсегда.

И вдруг среди мрачных мыслей и серого неба — короткий звук. Щелчок, вибрация. Телефон мигнул тусклым светом. СМС. Ларри взял его почти машинально, не ожидая ничего, что могло бы изменить ход дня. Но когда он увидел имя отправителя, сердце пропустило удар.

Майкл. «Давай встретимся. Сегодня. 16:00. Кафе „Старая Дача“. Есть предложение».

Ему показалось, что воздух в кабинете на секунду стал легче. Словно растворилось что-то густое, давящее. В груди родилась искра. Сначала — осторожная, почти неуверенная, но потом все ярче, шире, теплее. Он даже вслух выдохнул:

— Неужели...

Неужели конец? Или хотя бы перемирие? Майкл, с его упрямством, с его бескомпромиссным характером — пишет сам. Сам назначает встречу. «Есть предложение». Что это может быть? План? Решение? Мир?

Ларри вдруг почувствовал, как улыбка касается его губ. Настоящая, не натянутая, не дипломатичная. Почти детская. Он быстро набрал ответ: «Конечно. Буду». Палец дрогнул, когда нажимал «отправить». А потом он посмотрел на часы. Времени было достаточно. И впервые за долгие дни внутри что-то зашевелилось — надежда.

В «Старой Даче» царила все та же уютная, неспешная атмосфера, которая с годами почти не менялась. В этом старинном, слегка потемневшем от времени зале, с его деревянными балками под потолком и медными светильниками, было спокойно, тепло и странным образом безопасно — как будто внутри этого кафе время текло по другим законам, не подчиняясь ни суете, ни тревогам внешнего мира.

Официанты двигались, как актеры в хорошо отрепетированной пьесе — тихо, деликатно, без резких жестов. Где-то в дальнем углу мягко звучала живая музыка. Кажется, это был блюз, хотя Ларри не был уверен — он просто чувствовал, как ноты ложатся на столики, смешиваются с запахом кофе и древесины, наполняют воздух почти невидимыми вибрациями. Все в этом месте располагало к разговору, но не к спору. К диалогу, но не к конфронтации.

Майкл сидел в конце зала, у окна. Его фигура выделялась на фоне приглушенного интерьера. На нем был бордовый пиджак — глубокого, насыщенного оттенка, который ловил на себя мягкий свет, как винное стекло. Белая рубашка с маленькими цветными пуговицами — красными и синими — в воротничке придавала образу легкость и ироничную небрежность. Вельветовые брюки цвета насыщенного беж и черные кожаные ботинки завершали образ — элегантно, но не слишком строго.

Это был свободно-деловой стиль, который говорил все сразу: он приехал на встречу как партнер, как равный, как человек с предложением. Майкл не выглядел ни враждебным, ни настороженным. Он был сосредоточен, уверен и в какой-то мере даже доброжелателен — настолько, насколько мог позволить себе в текущей ситуации. Он поднял глаза, когда Ларри вошел, и слегка кивнул, приглашая к столику.

— Ну что? — Майкл даже не стал затягивать паузу. Он посмотрел на Ларри прямо, с тем внутренним холодком, который казался ему защитной броней. — Наигрались в войну? Может, достаточно уже копья друг о друга ломать? Будет, наверное, умнее сесть и договориться?

Ларри молча опустился на стул напротив, изучающе посмотрел на брата. Было видно, что он насторожен, но и устал — до костей, до внутренней дрожи от всей этой борьбы.

— Договориться, говоришь... — Ларри потер пальцами переносицу. — А о чем ты предлагаешь договариваться, Майкл? По-моему, ты сам подал в суд.

— Потому что ты переступил черту, — Майкл говорил спокойно, но твердо. — Потому что ты оформил опекунство и перевел все — и контракты, и права, и структуру — на себя. Втихаря, без обсуждений. Превратил то, что создавалось отцом, в свою личную территорию. Так дела не делаются. Ни в семье, ни в бизнесе.

— Мы с ним вместе это строили. Не ты, Майкл. Ты ушел. Ты занимался своим KORU. А я остался. Я тянул все, когда он начал сыпаться. Я прикрыл, когда пошел крен.

— Я не отрицаю. — Майкл слегка наклонился вперед. — Но, во-первых, отец платил тебе зарплату. Я уверен, не маленькую. Во-вторых, он тебе ничего не обещал. Ни тебе, ни мне. Он строил бизнес сам — и он должен сам решить, что с ним делать. А ты решил за него. Пока он болен. Пока он не может сопротивляться.

— Это неправда, — буркнул Ларри. — Я не решал за него, я спасал.

— Нет, — Майкл покачал головой. — Ты спасал то, что хотел оставить себе. И давай уже говорить честно. Он не недееспособный. У него тяжелое заболевание, но он в сознании. Он реагирует, он думает, он еще может. Мы просто не даем ему этой возможности.

Ларри замолчал. Лицо его стало жестче, но глаза потускнели.

— И что ты предлагаешь?

— Честную сделку. — Майкл снова выпрямился. — Ты выкупаешь у отца долю. Все: активы, бренд, помещения, контракты. Все, что оформлено на его фирму, — переходит тебе. Но за деньги. По справедливой, даже ниже рыночной, цене. Чтобы это была сделка, а не кража. Отец получит эти деньги. Он сам решит, что с ними делать — оставить тебе, передать мне, подарить фонду слепых — неважно. Это будет его решение. А ты получаешь все официально. Навсегда. По закону. Без суда, без грязи, без позора.

Наступила пауза. Ларри молчал. Смотрел на Майкла пристально. Потом медленно откинулся на спинку стула.

— Я даже не знаю, — проговорил он чуть глухо. — Это звучит... как будто ты мне одолжение делаешь. Хотя я был здесь с самого начала.

— Не одолжение. Предложение. — Майкл мягко пожал плечами. — И, если хочешь знать, я тоже не хочу всю жизнь сражаться с братом. Мы оба хотим одного — чтобы отец ушел достойно. А потом — каждый пойдет своим путем.

Ларри некоторое время смотрел в сторону, за окно. Серое небо, чуть светлее, чем утром, колыхалось над ветками деревьев. Потом он снова повернулся к брату.

— Хорошо, — сказал он наконец. — Договорились. Согласен. Сделаем так.

Майкл кивнул. Он не улыбался, но его лицо стало светлее.

Несколько мгновений они смотрели друг другу в глаза — без вражды, без желания одержать верх, без триумфа. Просто как братья, которые наконец вспомнили, что у них общее прошлое и общая фамилия. И потом пожали руки — крепко, твердо, как люди, решившие остановить войну.

На мгновение оба замолчали. За окнами кафе небо начало менять оттенок, словно реагируя на заключенный между ними мир. Сизые облака расползались, уступая место свету. Это был не взрыв радости, не ощущение победы — скорее ощущение освобождения от гнета долгого и утомительного конфликта.

Майкл откинулся на спинку стула и медленно выдохнул — как человек, который долго держал в себе напряжение и наконец отпустил. В его глазах стояла не победа, а что-то ближе к усталой благодарности. Он понимал: это не конец пути, но хотя бы больше не нужно драться за каждую позицию.

Ларри смотрел в свою чашку с кофе, который уже остыл. Он не улыбался, но во взгляде исчезла жесткость, сжавшая его в последние недели. Может быть, впервые за долгое время он почувствовал, что не все потеряно. Что за стенами этого мира еще может быть семья. Или хотя бы ее очертания.

Оба чувствовали, как выгорели внутри. И как стало легче.

Майкл не очень любил говорить о личном. И тем более — показывать. Выйдя со встречи с братом, он просто нажал вызов на мобильном.

— Все, Элен. Мы договорились.

Она не спросила, кто выиграл. Просто сказала:

— Хорошо. Возвращайся. Девочки рисуют тебя с короной на голове. Придется быть королем.

Элен была особенной. Блондинка с яркими глазами, чуть насмешливой улыбкой и мягким голосом. Кто-то поначалу считал ее просто милой, но это была ошибка. Она все видела, все понимала. Она не вмешивалась в дела — но знала про них больше, чем многие. Она не говорила долго — но ее фраз хватало, чтобы Майкл менял решения. И если бы Майкла когда-нибудь попросили назвать, что в его жизни было правильным на все сто, он бы сказал: «Моя жена Элен».

Их дочери были похожи на нее. Софи — старшая, серьезная, с коротким каре и вечным альбомом в руках. Рисовала все: море, собак, стариков в автобусах. Арина — младшая, с кудрями и пытливыми глазами, спрашивала «почему» к каждому слову. Могла считать в уме быстрее него. Они вдвоем уже учили два языка и по-своему объясняли папе, как «правильно строить бренд» — Софи рисовала логотипы, Арина вела «таблицу идей».

Он смотрел на них — и не всегда понимал, как именно все это случилось. Но точно знал: именно ради них все не зря. Майкл думал, что все, что было: суд, бизнес, отец, даже ссоры с Ларри — все это было не для него самого, а для того, чтобы однажды они — Софи, Арина — могли стоять на вершине холма и не бояться смотреть в любую сторону, а он с Элен улыбались им вслед.

Ларри редко говорил о семье. Возможно, потому что для него это была не витрина и не повод для разговоров, а внутренняя опора.

Его жена, Мария, была точной и расчетливой женщиной. Высокая, с острым носиком, тонкими губами и быстрой безошибочной речью. Ее голос звучал как команда. Она не обсуждала — она ставила задачи. Видимо, именно она сыграла не последнюю роль в том, что Ларри оказался в суде против Майкла. Но не из злобы — из логики. Из рационального расчета. И Ларри был с ней счастлив.

Их тандем был почти идеален. Он — сдержанный, сосредоточенный, погруженный в бизнес. Она — его продление, его инструмент ясности, его уверенность. Та, кто формулировала вслух то, что он чувствовал где-то внутри, но не всегда осознавал.

Их сын, Эндрю, был совсем другим. Он был разговорчивее Ларри в десять раз. Он говорил обо всем — с энтузиазмом, вдохновением, без остановки. Его увлекало все: биология, литература, программирование, история, теннис, живопись. И он был успешен почти во всем — но с такой же скоростью, с какой он в чем-то преуспевал, оно ему и надоедало.

Он был юн. Очень юн. И это было нормально — искать, метаться, не знать.

И Ларри, глядя на него, не раздражался. Он просто наблюдал, не торопя.

Потому что знал: если не спешить — рано или поздно Эндрю выберет то, что для него станет делом всей жизни.

А он, Ларри, будет рядом. С Марией, с их строгим домом, с жесткими решениями и теплым взглядом, который позволено было видеть только сыну.

* * *

Спальня Джона хранила в себе ощущение медленно увядающей эпохи — все здесь было по-старому, как и прежде, словно время застряло где-то в прошлом. Массивная кровать с высокими деревянными стойками, темный комод с бронзовыми ручками, тяжелые шторы на окнах, которые почти не пропускали свет. В комнате стоял еле уловимый, но плотный затхлый воздух — Джон с юности не любил сквозняков и редко позволял кому-либо открывать окна. Привычка контролировать даже кислород в пространстве, где он жил, казалась неистребимой.

Рядом с кроватью — маленький столик, на котором в аккуратном хаосе стояли пузырьки с лекарствами, полупустая чашка с недопитым чаем, тарелочка с печеньем и старый журнал с заломленным углом. На полу лежал небрежно брошенный плед. Все это создавало образ пространства, где человек больше борется с телом, чем живет. И все же — в этот день воздух был другим.

Джон полусидел в кровати, подперев подушки под спину. Волосы его были слегка взъерошены, взгляд — удивительно ясным. Он был не в том угрюмом состоянии, когда путаются имена и дни недели, а в каком-то странном, почти бодром просветлении. Его лицо было живым, с легкой усмешкой на губах. Он то и дело хмыкал, что-то бормотал, даже отпустил пару шуток по поводу Жанетты, которая, как обычно, суетилась рядом: поправляла подушки, вытирала столик, смотрела на Джона с демонстративной заботой.

— Джон, тебе бы все-таки дать проветриться комнате, — сказала она, поднимая шторы, не дождавшись одобрения.

— Да не нужен мне твой сквозняк, — отмахнулся он, — я же не ребенок, чтобы расти на свежем воздухе.

В это время вошел Майкл. Он остановился на несколько секунд в проеме двери, наблюдая за отцом. Сердце сжалось — от всего: от самой комнаты, от усталости, проступившей на лице Джона, и оттого, что он все же не сломался, не потух, а сидел здесь, живой, с той самой искоркой в глазах, которую Майкл помнил с детства.

— Привет, папа.

— О! Посмотрите, кто пришел, — голос Джона был хриплым, но наполненным жизнью. — Приехал, значит, судиться надоело?

Майкл улыбнулся и сел на край стула у кровати.

— Приехал договориться. Все-таки мы семья.

— Не рановато ли? — Джон поднял бровь. — Или Ларри тебя все же переиграл?

— Никто никого не переиграл. — Майкл покачал головой. — Просто есть вариант, при котором все останутся людьми.

— Ну-ну... — Джон шумно втянул воздух. — Слушаю.

— Мы с Ларри пришли к соглашению. Он выкупает долю у тебя — все целиком: фирму, бренд, недвижимость, контракты, все, что связано с делом. Сделка будет оформлена официально, по справедливой цене. Ты получаешь за это деньги — не символические, а реальные, соразмерные тому, что ты построил. А дальше уже только твой выбор: хочешь — вложи их в новые проекты, хочешь — оставь семье, хочешь — просто обеспечь себе спокойную жизнь. Решение будет за тобой.

— Что?! — Джон резко дернулся, задвигался, будто хотел подняться. — Вы что, меня уже похоронили?! Решили, что все, я не в счет? Какие доли? Какие сделки?! Это мое дело! Моя компания! Я ее с нуля поднял, кровью и руками! И вы теперь думаете — меня на обочину? За борт выкинуть? Фиг вам! Я встану, слышите, встану и поеду туда сам! Проведу собрание, соберу всех! Пусть посмотрят, жив я или нет!

— О господи, — вздохнула Жанетта и мягко, но твердо положила руку ему на плечо. — Сиди, Джон, пожалуйста. Все в порядке. Все под контролем.

— Под контролем? — Джон глянул на нее и на Майкла. — Мальчики мои решили сыграть в биржу, пока я здесь, как ветеран войны в бункере?

— Пап, — сказал Майкл мягко, но прямо. — Послушай. Ларри руководит хорошо. Правда. Он держит дело на плаву, и не просто на плаву — фирма работает, приносит прибыль, у нее есть стабильность. Он каждый день выкладывается, берет на себя весь груз, чтобы компания жила. Это твое дело, и оно продолжает дышать, продолжает расти. Ты всегда хотел, чтобы оно не угасло, чтобы оно было крепким и вечным, помнишь? Так и есть, пап. Оно живо.

Джон не ответил сразу. Он откинулся назад, уставился в потолок, сжав губы.

— Я просто... не думал, что так все выйдет, — пробормотал он. — Не ссорьтесь вы, черт вас подери...

— Мы и не будем, — спокойно сказал Майкл. — Мы заканчиваем. Это сделка, а не драка. Ларри получит то, что хочет. Ты получишь то, что честно заработал. А я... я просто сохраню отношения с братом. И буду заниматься KORU.

— Ага, своими этими... водичками, — буркнул Джон.

— Не только, — усмехнулся Майкл. — Там уже больше двухсот продуктов. Растем.

— Ты всегда был мечтателем... — Джон вздохнул, и на его лице появилась легкая тень гордости.

— Значит, договоримся? — спросил Майкл тихо.

Джон долго молчал. Потом кивнул.

— Только с одним условием, — пробормотал он. — Пусть никто не делает из меня овощ. Я еще жив. И пока жив — решаю сам.

— Абсолютно, — кивнул Майкл. — Никто и не думал иначе.

— Ладно, — проворчал Джон, опускаясь глубже в подушки. — А теперь принесите мне еще чаю. И печенье. Только не эти сухари, а с шоколадом.

— Есть, Джон, есть, — улыбнулась Жанетта. — Сейчас все будет.

Майкл улыбнулся ей в ответ. Мир начинал выправляться. Хоть чуть-чуть.

Жанетта вернулась через три минуты, поставила чашку с горячим чаем на край прикроватного столика, поправила одеяло у Джона на ногах, и взгляд ее на секунду задержался на папке с документами, лежавшей на тумбочке.

— Все будет хорошо, Джон, — произнесла она с той мягкой, чуть маслянистой интонацией, которую, казалось, могла подстроить под любого.

Майкл мельком глянул на нее. В ее глазах был привычный огонек услужливости... но как будто и что-то еще. Что-то внимательное, прицельное. Словно она не просто слушала их разговор, а взвешивала его цену.

Он ничего не сказал. Просто запомнил это выражение лица.

Когда Майкл вышел из спальни отца, вечер уже плотно обнимал загородный дом. В коридоре стояла тишина, будто весь дом затаился, выслушав разговор, в котором решалась судьба не только бизнеса, но и самой их семьи. Он остановился у окна. За стеклом плавно шел снег, крупный, вязкий, ленивый, будто и время решило идти медленнее и по-другому.

В этот момент он почувствовал странное: не победу, не облегчение, не радость. А скорее — завершение. Как будто сложный механизм, много лет скрипевший в тени, наконец замер. Больше не надо доказывать, не надо спорить, не надо бороться.

Где-то внизу скрипнула дверь — это Жанетта вышла, отряхивая фартук, и окликнула водителя. А в спальне Джон снова уснул, но уже в другом качестве: как старик, отдавший бразды, отпустивший вожжи.

Майкл вышел на улицу, и свежий снег хрустнул под его подошвами. Он почувствовал, что мысли уводят его не к бизнесу и не к сделкам, а к самому времени — оно будто ускорилось, сжалось, стараясь вместить все сразу, все их споры и примирения, все слова и молчания. И в этом ощущении было ясно: конец близко. Но это был не конец семьи, а завершение эпохи, которая уходила вместе с отцом.

ГЛАВА БЕЗ НОМЕРА.
ПОТОК

Джон уже почти не говорил. Его губы иногда двигались, но в этих движениях не было слов — лишь слабый след привычки, будто тело помнило, как складывать речь, а разум уже не мог оживить этот навык. Казалось, внутри еще теплилась искра, память о голосе, но она не поднималась наружу, не превращалась во фразу. Он лежал тихо, почти неподвижно, и только глаза выдавали, что жизнь в нем еще держится. Они блуждали тяжело и медленно: то задерживались на потолке, то цеплялись за полоску света из окна, то скользили в пустоте, будто пытались ухватить обрывок мысли или проблеск узнавания. Но чаще взгляд терял цель, уходил в сторону, становился рассеянным, уставшим, словно сам забыл, зачем вообще нужно смотреть.

А внутри все еще что-то текло, жило, отзывалось. Сжималось и отпускало — словно скрытый ток проходил по проводам, словно старый трансформатор гудел где-то вдалеке, на окраине завода, в глубинах памяти. Она не отпускала, потому что теперь все, что у него оставалось, и было памятью. Там, внутри, Джон еще существовал, еще держался, и в этом ровном гуле всплывали лица и силуэты, обрывки голосов, запахи. Проступали холодные коридоры, тяжелые двери, шелест бумаг, взгляды — такие, что врезались раз и навсегда, даже если давно забыто, о чем именно тогда шла речь.

Он помнил мать. Не как женщину, не как ласковую фигуру, а как силу — прямую, напряженную, как здание, в которое входишь только по звонку, с пропуском и всегда с внутренней дрожью. Келли была не нежностью, а определенностью, направлением, категоричностью. Ее слово «надо» звучало так, будто в нем не могло быть ни единого сомнения. Он не помнил, чтобы она когда-нибудь пела ему колыбельную, но ясно помнил другое: ее ладонь, скользящую по его голове. Не мягко, не ласково, а так, словно она выравнивала волосы, приводила его в порядок, проверяла, чтобы все было ровно, правильно, так, как должно. Она держала его в строгости, как механизм, который нельзя пустить вразнос. А потом она умерла — на заводе, на своем посту, с фотографией в руке. И на фотографии был не Вождь, не председатель Партии, а он сам — Джон. Это сбило ему дыхание, словно в груди что-то оборвалось, и он почувствовал, как по щеке прокатилась горячая слеза. В тот момент он не понял: было ли это ее слабостью или ее победой. Но навсегда запомнил ее ладонь, сжимающую снимок, и то, что в последний миг она смотрела не на чужой образ, а на его лицо.

Сэм был его отцом. Но не таким, каким обычно представляют это слово. Он всегда оставался в стороне: сидел за столом, читал газеты, кивал, уходил, возвращался, исчезал. Не спрашивал, не наставлял, не касался. Он был как стул у стены: привычный, нужный, но без характера. И в какой-то момент он просто исчез — без объяснений, без прощания. Просто перестал быть. Но после своего ухода в другой мир он успел оставить след: именно от него Джон впервые услышал о других странах, о свободе, о том, что жизнь может быть иной. И, может быть, именно поэтому пустота, оставшаяся после Сэма, так остро отзывалась в нем — как форма, которая потом заставляла Джона самому быть сильным, говорить за двоих, решать за троих и не ждать поддержки, потому что в детстве он так и не получил ее.

Сара.

Она была как ветер — то здесь, то там, всегда ускользающая. Он не успевал за ней, сколько бы ни пытался. Она смеялась, подмигивала, врала легко, без усилия, словно для нее это было естественным способом жить. Он так и не понял, почему она вошла в его жизнь так остро: может, потому что тогда он еще не умел ставить заборы, еще верил, что можно просто идти на зов, если он звучит рядом. После нее не осталось ничего — ни дома, ни следа, ни памяти, кроме Ларри. Но Ларри — это было все. И он понимал: это и есть ее след, нестерпимо явный и не вычеркиваемый.

Наверное, он никогда не любил ее по-настоящему. Было увлечение, была страсть, азарт, как к чему-то новому и запретному. Но не любовь. Он даже боялся потом вспоминать, потому что память об этой женщине была слишком резкой, как ожог. А Ларри был, и Ларри оставался, и в этом заключалась правда, от которой нельзя было отвернуться.

Натали — она пришла, как свет после темноты, как тишина после митинга, как пауза, в которой наконец можно вдохнуть. И вместе с ней пришло то, чего у него никогда прежде не было и больше уже не будет, — настоящая любовь. Он помнил, как она держала чашку двумя руками — не просто грела чай, а будто старалась согреть что-то внутри себя и внутри него. Помнил, как она смеялась, запрокидывая голову, и этот смех был чище всякой музыки. Помнил ее легкие шаги по дому ранним утром, когда она еще думала, что он спит. Помнил ее глаза — спокойные и внимательные, такие, что рядом с ними не хотелось играть роль.

Она была рядом. Она понимала. Она не требовала — и именно это сбивало. Потому что он привык вести за собой, объяснять, управлять, а она не ждала этого. Она просто присутствовала — и этим разоружала.

Он не мог вспомнить, в какой именно день все стало рушиться. Но ясно знал: в этом был его выбор. Это он спровоцировал, оттолкнул, закрылся. Это он предпочел дело семье, движение — чувству. И в какой-то момент именно он ушел, а не она. Натали не хлопала дверью — это он поставил стену, он вычеркнул ее из своей жизни. И, может быть, это и было самой большой ошибкой, началом распада, моментом, когда все пошло вниз. «Зачем я так сделал? — спрашивал себя Джон. — Не помню... какой же я был дурак».

А дети... Ларри был первым. Он рос в тени — в условиях, в которых сам Джон никогда не хотел бы оказаться. Он был послушен, старателен, ждал похвалы за каждый шаг. Но похвалы почти не было. Джон всегда считал, что тепло расслабляет, что мягкость делает слабым. И теперь, лежа, он думал: может, был неправ. Может, иногда простое «я горжусь тобой» значит больше, чем любая премия или новая должность. Ларри вошел в бизнес, в дело, в структуру — как будто иначе и не мог. Он строил, работал, выполнял, но внутри все равно ждал одного: остаться сыном. Просто сыном, которому не надо доказывать свое право быть любимым.

Майкл... «Майкл был другим и в то же время слишком похожим на меня», — вертелось в голове у Джона. В этом и заключалась трудность. В нем жила та же энергия, что и во мне: упорство, настойчивость, привычка доводить начатое. Но рос он уже в другой стране и другой эпохе — там, где нормально задавать «почему?» и «а если иначе?», где регламент можно менять, если он мешает делу, где риск воспринимают как часть работы, а не как угрозу порядку. У него были другие книги, другие разговоры, другой воздух — не «как приспособиться», а «как устроить по-новому».

Майкл предлагал новое, смотрел дальше, за горизонт; для него даль была пространством возможностей. Я смотрел туда же и видел линию края, после которой нет опоры. Мы спорили и говорили вроде бы на одном языке, но в разных координатах смысла; оба были по-своему правы и потому не слышали друг друга. Джон не мог повернуть назад: правила, которых он держался, были как поручни, что спасают в темноте. Теперь — лежа здесь — он хотел бы хотя бы раз отпустить эти поручни и сказать: «Иди. Делай по-своему. Я рядом».

Он лежал. Комната хранила в себе тепло — и в то же время пустоту. Сиделка ходила рядом, поправляла плед, что-то говорила по телефону, перелистывала бумаги. Он ловил ее шаги, ее голос, и в них находил странное успокоение. Для нее он, может быть, был обязанностью, работой. Но для него она стала частью дня, опорой, рядом с которой он все еще чувствовал себя живым.

А внутри все еще звучало.

Завод. Гудок. Металл. Вечер. Сара. Натали.

Голос Ларри: «Пап, можно я возьму это сам?»

Голос Майкла: «Ты не понимаешь, как все изменилось».

Голос Келли: «Ты — должен».

Он хотел бы ответить. Сказать, что не знал. Что пытался. Что ошибался. Что любил — по-своему, как умел. Хотел бы попросить их, чтобы не враждовали, чтобы не забыли, чтобы не переписывали историю только потому, что она была горькой. Хотел бы, чтобы они знали: все, что он делал, он делал ради них, даже если получилось иначе.

Он не мог. Но если бы мог — сказал бы это. Или просто три слова, в которых уместилось бы все прожитое:

«Простите».

«Спасибо».

«Я люблю вас».

ГЛАВА ДВАДЦАТЬ ТРЕТЬЯ.
ТИШИНА У ОКНА

Дом, в котором жил теперь Джон, будто замер во времени. Все в нем, от плотных портьер до расписного подсвечника на комоде, хранило прошлое и полумрак. Окна редко открывались — Джон не переносил сквозняков. Он лежал почти все время в спальне: просторной, с высокими потолками, но теперь напоминающей скорее больничную палату, чем уютное жилище. Болезнь Крейтцфельдта — Якоба медленно, но неумолимо отбирала у него силы. Его некогда стремительные движения теперь стали угловатыми и медленными. Он пытался встать, дойти до кресла с ходунками, иногда Жанетта вывозила его в кресле на террасу — на пятнадцать-двадцать минут, не дольше. Но даже это давалось с трудом.

Он почти не чувствовал ног. Иногда руки дрожали так сильно, что кружка чая оказывалась на коленях. В голове все чаще клубилась неясность, спутанные воспоминания, дни путались между собой, как и лица — но при этом бывали дни, когда он словно возвращался. Говорил четко, с ухмылкой, как в старые добрые времена. Мог отпустить язвительную реплику, процитировать что-то из любимой книги. Но все это — вспышки, как последние отблески света перед погружением в темноту.

Жанетта была рядом постоянно. Будто бы заботливая, внимательная, самоотверженная. Она знала, какие лекарства дать и когда. Она первой встречала врачей у двери, провожала их в кабинет, слушала назначения, задавала уточняющие вопросы, даже перебивая специалистов. Сыновья приходили редко — дела, встречи. Когда они все же приезжали, Жанетта не отходила от Джона ни на шаг. Сидела рядом, перебивала, направляла разговор, не давая ни Майклу, ни Ларри побыть с отцом наедине. Она всегда оказывалась в поле зрения — то в кресле, то с чашкой чая, то с газетой. Постоянное присутствие. А ее взгляд — быстрый, цепкий, темный — успевал отслеживать все.

Отец терял форму, и это было видно во всем: в речи, во взгляде, в том, как он пытался вспомнить имена и, путаясь, с замиранием смотрел на фотографии, висящие над кроватью. Особенно — на одну: старую, выцветшую, где они с Натали, совсем молодые, держали на руках маленького Майкла, а рядом стоял Ларри — чуть старше, серьезный не по годам. Он смотрел на это фото долго и молча, будто искал ответ.

Он стал забывать даже еду, которую ел с утра, но ни разу не забыл позвать Жанетту. Ее имя звучало чаще, чем имена сыновей.

И все это происходило в полутемной спальне, которую Джон когда-то сам обставлял, гордясь деревянной резьбой на мебели и медным торшером у кресла. Теперь он жил здесь, как в чулане собственной памяти — замкнутом, закрытом, без окон и будущего.

Жизнь, некогда кипящая в нем, осыпалась, как осенние листья под первым ветром.

Утро было пасмурным, небо свинцовым, и только резкий запах кофе, донесшийся с кухни, нарушал утренний покой. Жанетта сновала по дому с особой суетливостью — сегодня должен был прийти врач. Проверка состояния, стандартный протокол, но она относилась к этому с нервным рвением: пригладила покрывало, поправила подушки, вытерла стекло на тумбочке, как будто от пыли зависел диагноз.

Звонок прозвучал резко, как выстрел. Жанетта открыла дверь, заговорила с врачом голосом тихим, но скороговорочным, торопливо:

— Здравствуйте, доктор Штейн. Проходите, конечно. Сегодня у него хороший день. Даже ест охотнее... ну, почти. Вчера вот апельсиновый сок просил. Аппетит лучше — это же значит, что все не так плохо, правда?

Доктор, мужчина лет пятидесяти, с прямой спиной и внимательным взглядом за стеклами очков, кивнул рассеянно, снимая пальто.

— Посмотрим. В таких случаях важно не то, что пациент говорит, а *как* он говорит. И что потом помнит. Состояние, как вы знаете, прогрессирующее. Мы должны фиксировать каждую мелочь.

Жанетта повела его в спальню, приоткрыв дверь.

— Джон, к тебе доктор пришел. Помнишь доктора Штейна?

— Штейн... — медленно произнес Джон, чуть повернув голову. — Конечно. А как же не помнить. Хотя вы сегодня с другим лицом.

Врач улыбнулся мягко и сел рядом на стул, достав планшет.

— Джон, расскажите, как вы себя чувствуете. Что вас беспокоит?

— Беспокоит?.. — Джон моргнул, опустил глаза, потом снова поднял. — Да так, ноги... они как будто из ваты, иногда не слушаются. Но ничего, я хожу, я еще хожу. А вот вчера мальчики приходили — Джоржик и Риччи, хорошие ребята, шумные. Мы вроде бы чай пили... или только собирались? Не помню точно, но они смеялись, и я смеялся с ними. Хорошо было. И мама тут со мной, помогает. Сидит рядом, поправляет подушку, шепчет, что все будет в порядке. Без нее бы я совсем не справился. Иногда мне кажется, что если бы не она, я бы давно уже не встал.

Врач нахмурился и отметил что-то в планшете.

— Бывают ли у вас странные ощущения? — доктор говорил спокойно, чуть склонившись вперед. — Например, что вы снова студент? Или будто родители приходят? Может, кажется, что вы летаете? Или видите тех, кого уже нет?

— Летаю?.. — Джон усмехнулся. — Нет, не летаю. Хотя иногда... будто ступенька уходит из-под ног, и я проваливаюсь вниз. Но это, наверное, сон.

— А родители? Приходят? Разговаривают с вами?

— Мама да. Она сидит рядом, помогает. Без нее я бы не справился. Иногда даже чувствую ее руку на плече... — он замолчал на мгновение, глядя куда-то мимо. — Хотя, может, это Жанетта. Не знаю.

— А кто еще бывает рядом? — мягко спросил доктор.

— Мальчики, — оживился Джон. — Джоржик и Риччи. Они меня звали с собой в поход. Сказали: «На выходных пойдем». Я ответил — хорошо, соберу рюкзак. Надо только ботинки найти... где-то они стояли в прихожей.

Доктор сосредоточенно смотрел на него и делал пометки.

— А с речью? Сложности бывают?

— Да нет... я говорю. Слышу себя. Но иногда слова путаются. Они все здесь, в голове, я их вижу, они крутятся, а вытащить не получается. И тогда я злюсь. Но все равно пытаюсь. — Джон чуть улыбнулся. — А во сне... Жаннетту вижу чаще, чем хотелось бы. Она теперь и там, и тут.

Жанетта рассмеялась чуть напряженно.

— Доктор, вы же слышите — шутит! У него прекрасный день сегодня. Он даже сам просил газету с утра, правда, Джон?

— Просил... а где она?

— Уже иду! — Жанетта бросилась в коридор, как будто именно сейчас вспомнила об этом.

Врач воспользовался ее отсутствием и наклонился ближе.

— Джон. Вы знаете, что у вас болезнь Крейтцфельдта — Якоба. Я должен спросить прямо: вы чувствуете, что вам все труднее принимать решения?

Джон смотрел в одну точку, потом вдруг оживился.

— Знаю. И да, труднее. Но я не дурак, доктор. Я понимаю, что со мной происходит. Просто... тело меня подводит быстрее, чем голова. Хотя иногда и она подводит. Но в ясные дни я все вижу, все понимаю. Просто никому не верю больше. Ни себе, ни им... — Он замолчал. — Особенно ей, — добавил почти шепотом.

Врач кивнул задумчиво.

— Вы хотите, чтобы ваши сыновья продолжали вести ваши дела?

— Я хочу... чтобы никто не воровал у меня то, что я строил всю жизнь. Хоть бы спросили... Хоть бы один из них спросил.

В этот момент в комнату вернулась Жанетта с газетой в руках и широкой улыбкой.

— Вот и она! Сегодняшняя, свежая. Только не нервничайте, Джон, сегодня вы должны отдохнуть.

Доктор поднялся и, попрощавшись, добавил уже в коридоре:

— Состояние стабильное, но не улучшилось. Возможны эпизоды временной ясности. В юридическом смысле он все еще может давать показания — особенно в такие дни, как сегодня. Но это не будет длиться долго. Я пришлю вам заключение. До свидания.

Жанетта кивнула, но лицо ее стало чуть жестче.

Дверь за врачом закрылась, и в доме снова стало тихо. Тихо до того звона, в котором каждый шаг, каждый взгляд был похож на тень.

* * *

Проехав половину пути обратно в город, Майкл выключил радио и просто смотрел вперед — на серую ленточку шоссе, уходящую куда-то в сумеречную даль. Мысли вертелись в голове, но не цеплялись за одно. Он чувствовал: то, что еще недавно было битвой всей его жизни: суд, обвинения, защита отца, ярость на брата, — как будто уже сдвигалось куда-то в сторону, смещалось, блекло.

Проект KORU втягивал его с силой живой воды. Каждый день приходили отчеты о новых контрактах, идеи о партнерстве с блогерами, предложения по линейке экологичной упаковки, мысли о рынках Азии. Он просыпался с этими мыслями, ложился с ними, жил в ритме этих вызовов. Команда росла, приходили молодые дерзкие головы, говорящие на языке стартапов, масштабов и экспансии. Все это было ярким, громким, как весна после долгой зимы.

А Джон... Отец оставался где-то за порогом. Он был как старая фотография в рамке, стоящая на полке: дорогая, трепетная, но неподвижная. Как будто сама жизнь развернулась в другую сторону, и это не означало предательства — это означало просто движение.

Майкл чувствовал себя виноватым от этой мысли, но не мог не признать правду: время шло быстрее, чем чувства успевали за ним. Он когда-то сражался за то, чтобы сохранить фамилию, бизнес, наследие. А теперь будто сам мир напоминал: все — лишь временные контуры, которые со временем стираются, превращаясь в фон.

И все-таки он хотел успеть. Успеть, пока отец еще здесь. Успеть поставить точку или хотя бы — запятую. Пока еще возможно говорить. Пока еще есть кому слушать.

Через два дня после визита врача Майкл получил на почту копию заключения. Он в этот момент находился в офисе KORU — шел мозговой штурм по новой линейке напитков. Но взгляд зацепился за письмо среди десятков других, и он сразу понял: это важно. Он открыл файл, пробежал глазами строчки, потом прочитал медленно, заново.

Пациент: Джон Джефферсон. Диагноз: болезнь Крейтцфельдта — Якоба в прогрессирующей фазе. Состояние: когнитивные функции нестабильны, но не утрачены полностью. Пациент способен понимать суть вопросов и выражать простую волю. Тем не менее его состояние предполагает ограниченную дееспособность и требует постоянного контроля в кругу доверенных лиц...

Майкл перечитал фразу «ограниченная дееспособность» и почувствовал, как в нем что-то кольнуло.

Он тут же набрал Ларри.

— Прочел заключение? — спросил он коротко.

— Только что, — голос брата был глухой. — Что думаешь?

Майкл помедлил.

— Думаю, мы оба зря расслабились. Там написано: «контроль в кругу доверенных лиц».

— Ну да. Мы — доверенные.

— Мы? Или только Жанетта?

Наступила тишина. В трубке послышался слабый скрип стула.

— Ты думаешь, она... — начал Ларри, но не закончил.

— Я думаю, она — единственный человек, кто с ним круглосуточно. Кто приносит лекарства. Кто общается с врачами. Кто подсовывает бумаги, если захочет.

— Черт... — выдохнул Ларри. — А ведь у нее есть доступ не просто к бумагам — к нему самому. Она рядом каждый день. И если захочет, может направлять его решения. Помнишь, как она однажды подписывала за него договор на лечение? Мы тогда не придали значения.

— А сейчас надо придать.

Майкл встал, прошелся по кабинету. Его раздражало, как легко все забывается. Только что была мировая, вроде бы договорились. Но, кажется, битва еще не закончена. Просто ее фронт сдвинулся.

— Надо проверить документы, — твердо сказал он. — И доступ к его счетам. Я поговорю с нотариусом.

— Я съезжу домой к отцу, — сказал Ларри. — Попробую поговорить с Жанеттой. На разведку.

— Уже хорошо, что мы на одной стороне, — добавил Майкл. — До связи.

Они с Ларри только закрепили договоренности коротким сообщением: «Завтра ближе к обеду — посмотрим бумаги, согласуем с нотариусом». Было ощущение, что время еще есть. Что все под контролем. Но колесницы жизни вращаются не по нашим часам.

Утром, когда небо было блекло-серым и на улицах города лежал вялый утренний туман, оба получили вызов в *груп-*

повом видеочате от Жанетты. Это сразу насторожило — она почти никогда не звонила так. Майкл находился в доме у Натали с чашкой кофе в руке, Ларри — у нотариуса, только что вышел из машины.

Майкл первым принял вызов. Экран дрогнул — и появилось лицо Жанетты. Расфокусированное, дрожащее, плохо освещенное. Она сидела на краю постели, за спиной — скомканное покрывало, подушки, перевернутый термос, неприбранный столик, и над всем этим висела гнетущая, почти физически ощутимая туча.

— Ребята... — ее голос сорвался. — Джон... он не дышит. Он... не проснулся. Я звала его, трясла, думала — просто спит... но он... Я вызвала врача. Он умер. Просто... ушел.

Лицо ее дрогнуло, она отвела камеру, стала всхлипывать, прятать лицо в ладони. Рядом замерло время. Казалось, даже техника не работает как надо: микрофон хрипел, видео заикалось, экран тускнел. Все было не к месту, не ко времени.

Ларри подключился через секунду. Стоя прямо на улице, он, казалось, на мгновение окаменел. Лицо у него было как маска — бледное, неподвижное. Он сжал губы, опустил глаза, но ничего не сказал.

Майкл сидел на краю кухонного стула, не дыша. Он смотрел в экран, но не видел. И только через несколько секунд осознал: отца больше нет.

Отца. Не просто фигуры, не бизнесмена, не наставника. А человека, который вел его за руку в детстве. Кричал. Учил. Защищал. Ранил. Двигал вперед.

Он чувствовал, как внутри что-то сжимается. Как будто уходит пласт земли из-под ног — фундамент, на котором все было построено. И вместе с этим — горечь: отец так и не узнал правды. Майкл ведь всегда был за него, за его ценности, за его дело. Его уход когда-то был не бунтом, а попыткой сохранить — уйти, чтобы не разрушать спором то, что отец строил, чтобы не мешать разговорами на разных языках о, может быть, одном и том же. Он ушел тогда ради него, во благо ему. Но сказать это прямо не успел. И отец ушел, так и не зная.

Он поднял взгляд. На экране было все то же лицо Жанетты, теперь закрывшееся рукой. И в другом окошке — Ларри, потерянный, растерянный, молчащий.

— Он был моим отцом, — произнес Майкл глухо. — И теперь его нет.

— Наш отец, — глухо добавил Ларри, и только тогда что-то дрогнуло в голосе. — И мы... не простились. Не поговорили. Не сказали того, что должны были сказать.

Они замолчали. Только слышались приглушенные рыдания сиделки и хрипящего микрофона, они оба поняли: мир стал другим. Ушел человек, который был центром их жизни — неважно, сражались они с ним или боролись за него. Он был опорой, ориентиром, даже когда был неправ. И теперь его не стало.

Было около полудня. Солнце пробивалось сквозь тонкую вуаль облаков, растекаясь по подоконнику мягким, рассеянным светом. На улице зима дышала по-весеннему — еле заметное тепло пряталось в воздухе, но снег все еще лежал, тронутый блестящей коркой, а на ветвях еле блестели мелкие кристаллы инея.

Майкл стоял у окна, не двигаясь. Он только что завершил групповой видеозвонок с Жанеттой, и теперь казалось, что все в комнате затаилось, как будто даже воздух отказывался двигаться. Он не сразу обернулся — просто смотрел вперед, будто и вправду надеялся, что мир успеет измениться, прежде чем он скажет эти слова вслух.

Позади, в гостиной, Натали вязала. Пряжа была зеленая, с белыми вкраплениями — шарф для Софи, ее внучки. Ее пальцы по привычке продолжали движение, хотя ритм уже сбивался. И когда Майкл, наконец, вернулся в комнату, она уже знала. В ее взгляде застыла тревога, сквозь которую медленно прорастала догадка.

— Он?.. — спросила она, и в этом звуке было сразу все: страх, жалость, тоска, любовь и непонимание.

— Умер. Сегодня ночью. Жанетта только что позвонила, — тихо сказал Майкл, и его голос прозвучал слишком ясно.

Натали опустила руки. Клубок скатился на подлокотник и повис, как что-то ненужное, лишенное смысла. Она долго молчала, как будто внутри себя пыталась разложить все на ячейки: воспоминания, ошибки, обиды, радости, ту любовь, которая когда-то была — большой, сильной, настоящей.

— Все-таки умер... — проговорила она больше себе, чем Майклу.

Она встала и подошла к буфету, провела рукой по деревянной поверхности. Здесь, в этой квартире, прошла большая часть ее жизни. Здесь они с Джоном жили, когда были еще совсем молодыми. Он смеялся, засыпал поздно, всегда с планами на завтра. Читал газеты, спорил о будущем страны, убеждал, что перемены возможны и нужны. Строил вместе с Майклом первые конструкторы из дерева, сам мастерил для него стол, показывал, как держать молоток. Иногда приносил домой книги, ставил их в ряд на полку, словно закладывал фундамент будущего. Здесь же они принимали гостей, мечтали, ругались и мирились.

Она вспоминала его светлую сторону. Его силу. Его живость, ту энергию, с которой он однажды вошел в ее жизнь и которой хватило, чтобы надолго держать их обоих на плаву.

— Он был... разным, — наконец, сказала она. — В самом начале. Совсем другим. Веселым, живым, таким уверенным в себе. Всегда знал, чего хочет и как этого добиться. Иногда это раздражало — эта напористость, эта уверенность без колебаний. Но чаще... восхищало. Он умел быть настоящим: без позы, без игры. Не казался сильным — он был сильным. Не строил из себя уверенного — он действительно верил в то, что говорил. И это подкупало. Это было как дыхание рядом с человеком, у которого есть цель, дорога, направление. Я, наверное, за это и полюбила его тогда. За то, что он шел вперед и тащил за собой меня, не спрашивая, готова ли я.

Майкл молчал. Он знал, что эти слова — не просто воспоминания. Это способ прощания.

— Потом он... изменился, — продолжила Натали. — Словно все, что в нем было живым, переродилось в жесткость. Он стал невыносимо требовательным, тяжелым, холодным. Как будто весь его жар ушел в дело. И оттуда уже не возвращался. Он стал тенью самого себя — даже до болезни. Он начал давить... на всех. И на меня. И на тебя. И, наверное, на Ларри.

— Да, — согласился Майкл. — Но все равно... он был отцом. Он сделал многое. И хорошего тоже.

Натали села обратно в кресло. Взгляд ее был устремлен куда-то мимо комнаты, как будто она смотрела в другое время.

— Я ему не желала смерти. Никогда. Я... — она сжала руки. — Я хотела, чтобы он... очнулся. Чтобы понял, что можно по-другому. Чтобы мы поговорили. Чтобы он... просто посмотрел на меня, как раньше. Чтобы снова стал тем, с кем мы строили все сначала. Хоть на минуту. Но эта болезнь... она как будто украла даже возможность это сделать.

Майкл наклонился вперед, подперев подбородок ладонью. В груди щемило, но не от боли потери — она была более сложной. Это было щемящее чувство конца эпохи. Того, что когда-то было началом, теперь больше не было. Все стало прошлым.

— Он умер не сразу, — сказал он. — Он умирал долго. Может быть, последние годы уже были этим медленным уходом. А мы все думали: он еще борется. А, может, он просто ждал, пока мы сможем принять то, что все не вечно. Что и он не вечен.

Натали вытерла слезы тыльной стороной ладони.

— Все, — сказала она. — Осталась только память. И вы. Вы, его сыновья. Единственное, что он по-настоящему оставил.

И в этой комнате, при дневном свете, полном оттенков серого и золотого, они сидели молча, как те, кто проводили не просто человека — но целую эпоху своей жизни. Он ушел. А с ним — боль, надежды, попытки, сила, власть, ошибки, победы и бессонные ночи. Все.

* * *

Через день после смерти Джона в большом конференц-зале на шестом этаже собрались почти все сотрудники — от тех, кто знал его лично, до тех, кто пришел уже после, но все равно ощущал силу и тень его присутствия. Атмосфера была напряженно-сдержанной. Кто-то держал теребил волосы на голове, кто-то стоял у стены, будто поддерживая ее, но все разговоры стихли, когда в зал вошел Ларри.

Он остановился в центре, не делая лишних движений, просто посмотрел в лица тех, кто составлял теперь его команду. Несколько секунд — и он начал говорить. Голос был немного хриплым, но держался уверенно. Его слова не были написаны заранее. Это шло откуда-то изнутри, прямо из сердца.

— Вчера умер мой отец. Джон Джефферсон.

Тишина в зале стала почти осязаемой. Даже звук вентиляции казался заглушенным. Он сделал короткую паузу, чтобы позволить этой новости впитаться в каждого.

— Это не просто смерть. Это завершение целой эпохи — не только для нашей семьи, но и для всего, что здесь есть. Потому что все началось именно с него. С его идей, с его упорства, с его безумной, дерзкой, но по-настоящему сильной веры в то, что человек способен идти вперед — даже тогда, когда обстоятельства кричат обратное, когда все вокруг говорят «невозможно».

Он провел рукой по волосам и продолжил уже уверенне, спокойнее.

— Он начал все это в те годы, когда страна жила по совершенно другим правилам. Когда никто не имел права ни на что свое. Когда слово «предприниматель» звучало почти как приговор. Но он не боялся. Он был упрям, он был независим, он был бесстрашен. Он делал, как считал правильным, а не как говорила партия. Потому что был человеком действия. Он не умел ждать, не умел бояться, не умел подчиняться — только создавать.

Кто-то в зале опустил голову. Кто-то, наоборот, поднял — с блеском в глазах.

— Он не был мягким. Это все знают. Он был резким, он был требовательным, он был непреклонным. Но именно такими он построил и нас. И если сегодня здесь стоит этот бизнес, если он работает, растет, развивается, — это потому, что мы, каждый из здесь присутствующих, в чем-то стали похожи на него. Не идеальны. Но мы стали настойчивы, упрямы, людьми действия.

Он перевел дыхание. Атмосфера в зале была тяжелой, но уважительной.

— Сегодня, несмотря на утрату, я хочу сказать не только о прошлом. Я хочу сказать о будущем. Мы продолжим. Мы не уроним то, что он создал. Мы не свернем с дороги. Мы сохраним и умножим — и сделаем так, чтобы его имя звучало не только в воспоминаниях, но и в будущих делах.

Ларри на секунду отвел взгляд в сторону, как будто смотрел за пределы комнаты — дальше, в то, что еще только предстоит.

— Джон Джефферсон ушел. Но его дух, его принципы, его идеи — остались с нами. А значит, он будет жить. В каждой сделке. В каждом проекте. В каждом нашем шаге.

Он закончил. Не громко, не пафосно, но ясно. В зале никто не аплодировал, как и не должно было быть. Люди стояли или сидели в своих мыслях. Кто-то вспоминал, кто-то впервые ощущал, насколько велик был масштаб личности, с которой они были рядом.

И именно в этот момент Ларри понял: он больше не просто заместитель, не просто сын. Он — наследник. Не по бумагам, не по печатям и подписям, а по сути, по духу, по тому невидимому праву, которое не требует нотариуса. Все, что строил Джон, со всеми победами и ошибками, теперь лежало перед ним. И настал его черед — быть тем, кто ведет. Не скрываться в тени, не ждать поручений, не подстраховывать. А самому стать тем, кто отвечает, решает, держит на себе.

Через несколько дней Ларри просто заехал по дороге — посмотреть загородный дом, вдохнуть запах стен, в которых прошло столько вечеров, разговоров, семейных обедов и даже ссор, наполненных тем, что и называлось жизнью. Ларри припарковался у ворот — калитка была на запоре, как и положено, табличка «Осторожно, злая собака» висела слегка перекошенно. В доме было тихо. Плотные шторы на окнах, выцветший коврик у входа, тот самый, который Джон так любил и не позволял менять, даже когда он уже протерся почти до дыр.

Он хотел просто постоять — все еще не верилось, что отца нет. Был Джон, огромная личность, человек, у которого были свои взгляды, сила воли, громкий голос и привычка все контролировать. А теперь — пустота. И дом как символ этой пустоты.

Но когда Ларри уже собирался отойти, подъехала машина. Из нее вышел молодой человек в очках и пуховике, с портфелем в руках. Он поздоровался и, не узнав Ларри, сказал:

— Добрый день, я из регистрационной палаты. Подъехал на осмотр дома, Жанетта Ивлева просила проверить документы на владение.

— Что вы сказали? — Ларри почувствовал, как в нем поднимается волна холодного напряжения.

— Жанетта Ивлева. Собственница. Мы оформляем технический паспорт на ее имя. Разве вы не родственник?

Он ничего не ответил. Просто развернулся, сел в машину и резко закрыл дверь. Как во сне он проехал несколько кварталов и остановился только на парковке у парка, где когда-то гулял с Джоном, обсуждая дела. Мир слегка дрожал. Он вышел, прошел пару шагов, достал телефон и набрал Майкла.

— Ответь... — пробормотал он. — Ответь, черт побери.

На третьем гудке Майкл поднял трубку.

— Привет. Что-то случилось?

— Случилось, — голос Ларри дрожал, но он сдерживал себя. — Я только что узнал. Дом. Дом отца. Он оформлен на Жанетту.

— Что? — Майкл даже не сразу понял. — Как это... На Жанетту?

— Официально. Собственник — она. Представляешь? Не мы. Не ты, не я. Она. Уже сейчас. Все оформлено. Подчистую.

В трубке повисла пауза.

— Мы с тобой в чем-то не уследили, — глухо сказал Майкл. — И, возможно, это еще не все.

* * *

Похороны Джона прошли быстро, без лишних слов, почти механически, будто вся церемония была заранее смонтированной пленкой, отмотанной к финальному кадру, без прелюдий, без дополнительных дублей. Никакого пафоса, никаких высоких речей, никаких длинных некрологов — только строгая, сдержанная формальность, которую требовала необходимость. И, может быть, именно так он сам и хотел бы — без показных слез, без притворных криков, без ложной скорби, как это порой бывает, когда люди, толком не знавшие покойного, начинают говорить то, что нужно не мертвому, а живым. Здесь же все было иначе. Здесь было молчание. Каменное, стиснутое, ослепленное молчание, в котором пряталась такая боль, что даже слова оказались бы предательством.

На церемонию пришли не более сорока человек. В основном — сотрудники, те, кто работал с ним много лет, кто еще помнил, каким он был в далекие первые годы, когда возил коробки с катушками пленок и альбомами фотографий сам, на старом фургоне. Были старые знакомые: один бывший партнер, бывший бухгалтер, женщина, с которой он дружил по работе в институте, и один из ветеранов, с кем он когда-то начинал свою первую попытку организовать бизнес еще в эпоху дефицита. Были, конечно, и те, кто пришел просто из уважения — к имени, к истории, к фамилии, которую знал почти весь город. А тех, кто действительно был близок к Джону, кто знал его не по делам и разговорам, а по тому, каким он был на самом деле, оказалось совсем немного. В лучшем случае человека три.

Натали стояла чуть в стороне от гроба, в черном пальто, с застегнутым до верху воротником, с прямой спиной и абсолютно пустым взглядом, в котором читалось все сразу: и усталость, и прощание, и невозможность забыть. Ее лицо не дрожало, руки были сложены перед собой, будто она держала в них что-то невидимое, хрупкое — свою собственную память о нем, ту, что не хотел бы никому показывать. В этот день она ничего не говорила. Ни Ларри, ни Майклу, ни кому бы то ни было. Она просто присутствовала. Присутствовала как свидетельница долгой любви, разочарования и боли, о которой не закричишь вслух.

Майкл стоял неподалеку, стиснув зубы, глядя чуть в сторону, чтобы не встречаться взглядом ни с кем. На нем было длинное пальто цвета угля, кожаные перчатки, и лицо, натянутое, как пергамент. Он не мог плакать. Внутри него все будто бы застыло. Не из-за отсутствия чувств — наоборот, их было слишком много. Просто эти чувства были словно зашиты под кожу, как тугие швы, не дающие сорваться.

Ларри, напротив, был статуей. Он стоял прямо, вытянуто, будто бы отдавая честь, будто снова был мальчиком перед отцом, только теперь — навсегда покинутым. Ни один мускул на его лице не дрогнул. Даже когда гроб медленно опускался в могилу, даже когда над землей послышался глухой скрежет тросов, даже когда первые комья сырой земли начали ложиться поверх крышки. Он не шевельнулся. Не дернул уголком губ. В этот момент он казался не человеком, а каменной глыбой, которой приказано — выстоять. Что бы ни происходило.

Оба брата, каждый по-своему, проживали свою утрату в полной изоляции. Они не обнялись, не пожали друг другу руки, не произнесли ничего — ни до, ни после. Между ними лежала не просто дистанция, не просто история. Между ними лежал Джон. Их отец. И все, что они не успели сказать ему, все, что не поняли, все, что было надломлено, перекручено, осмеяно, и все, что когда-то связывало — теперь было в сырой земле.

Прощание прошло быстро. Погода была безликой — ни солнца, ни дождя. Серое небо, тусклый свет, будто сама природа не хотела вмешиваться в эту человеческую драму. Лишь легкий ветер качал ветви над могилой, шелестя остатками листьев.

Плач в этот день не раздался. Ни один человек не заплакал открыто. Все, что могло быть выражено слезами, происходило глубоко внутри — в тех частях души, где уже нельзя соврать. Там и был плач: не в голосах и лицах, а в воспоминаниях, в тенях, в словах, сказанных когда-то. В голосе отца, который они больше никогда не услышат.

И только Натали, когда уже все начали расходиться, подошла к могиле и на мгновение остановилась, смахнув слезы со щеки. Она наклонилась и положила на землю один-единственный цветок — срезанную белую розу, без ленты, без записки. Потом выпрямилась, медленно, с достоинством, как та, кто уже все приняла. Не простила — нет. Но приняла. И ушла, не оборачиваясь.

Прошлое трое суток.

В кабинете у Ларри стол был завален документами: копии договоров, банковские выписки, справки из Госреестра, экспертные заключения. Воздух в комнате казался густым, будто напоенным пылью от рассыпавшихся иллюзий.

Майкл медленно листал одну из папок, глаза его пробегали по строчкам, но выражение не менялось. Он уже знал, что там — читал, перечитывал. Все равно не укладывалось.

— То есть... он действительно все ей отдал? — спросил он глухо.

Ларри кивнул.

— Дом, квартира, автомобиль с парковочным местом... даже коллекция антикварных книг — все оказалось переоформлено на Жанетту Ивлеву. Добровольно, официально, через нотариуса. Подписи, печати, справки — все на месте. Формально — безукоризненно чисто.

— И деньги?

— Да. Все деньги, которые он получил от меня по мировому соглашению за фирму, бренд и офис наш.

Майкл откинулся на спинку кресла, провел рукой по лицу.

— А это была крупная сумма, — сказал он после паузы. — Очень. Фактически — вся ликвидная часть бизнеса, которую, по сути, превратили в кеш.

— Все перевел, как и договаривались, — голос Ларри был явно взволнован. — Без отсрочек.

— И все это... — Майкл кивнул на бумаги. — Ушло ей?

— Да. Переводы — по несколько миллионов. С разными формулировками: «материальная помощь», «на лечение», «учеба» и прочие выдуманные назначения транзакций. И ни одного перевода ни тебе, ни Натали, ни даже внукам. Только ей.

Он ткнул пальцем в страницу с банковской аналитикой. Там была таблица. Дата. Сумма. Получатель: Ивлева Жанетта В.

Они замолчали.

— У тебя был кто-то из силовиков, кто все это проверял? — спросил Майкл наконец.

— Да. Есть один мой человек. Мы с ним вместе учились еще в школе, а теперь он работает в Департаменте экономической безопасности. Он провел проверку по своим каналам — неофициально, глубоко, без огласки. И все, что мы видим здесь, — правда.

Майкл встал. Прошелся по кабинету. Свет из окна ложился на его плечи, как старое, забытое пальто. За стеклом — редкие снежинки на фоне сумерек. Все казалось бесконечно далеким от того, что происходило здесь, между ними.

— Мы воевали, — сказал он, не оборачиваясь. — Спорили, судились, обвиняли. А настоящая операция шла за кулисами.

— Мы думали, защищаем наследие, — добавил Ларри. — А на самом деле — отдавали его. Ей.

— Ты выкупил фирму. За большие деньги. Честно. По условиям, которые мы согласовали. А в итоге эти деньги оказались на счетах посторонней женщины, которую никто из нас еще три года назад вообще не знал.

Ларри только пожал плечами.

— Она все сделала правильно. Ни одного грубого шага. Все — через доверие. Через заботу. Через подушку, чай, теплые носки. Не давлением и не страхом — а привычным, постоянным присутствием рядом.

Майкл подошел ближе, сел снова.

— Так, значит, выходит, Ларри, ты выкупил фирму не у отца... а у нее. У Жанетты. И все деньги, которые должны были остаться в семье, у отца, ушли в чужие руки. В этом и была ловушка. Мы спорили о контроле, о принципах, а на деле — все оказалось перевернуто, не так, как мы с тобой видели.

— А он... — Ларри проговорил медленно. — Может быть, даже и не понимал этого. А может, понимал, но уже не мог остановить. Или не хотел. Потому что оставался один. Совсем один. Мы были далеко, каждый утонувший в своих делах. И в тот момент рядом оказалась только она. А мы — нет.

Майкл провел рукой по документам, остановился на одной фразе:

«Переход права собственности зарегистрирован в Государственном реестре на имя гражданки Ивлевой Жанетты Викторовны».

Он выдохнул. Тяжело и глухо.

— Она не просто одурачила его. Она провела нас всех. И все сделала в свою пользу — когда мы были заняты тем, что рубили друг друга на куски.

— Что будем делать? — наконец спросил Ларри. Его голос был ровным, но внутри — нарастала сталь.

— Я знаю одно, — ответил Майкл. — Этого так оставлять нельзя.

Он посмотрел на брата, и в его взгляде была цель, была энергия и холодная решимость.

— Мы оба не прощаем предательства. Ни в делах. Ни в семье.

— Тем более такого.

— Особенно — такого.

Они переглянулись — и в этом взгляде что-то изменилось. Их мир, недавно еще расколотый, вдруг стал союзом: упрямым и стальным.

Битва оказалась не там и не с тем. На самом деле ее вовсе не было. Все это время анаконда кралась молча, обвивая и сжимая кольца все туже. И удар пришел не с фронта, а из-за спины — из теней, хищно, без объявления, без шанса на ответ.

Теперь они это знали. И теперь она — в их прицеле.

ГЛАВА ДВАДЦАТЬ ЧЕТВЕРТАЯ.
СОЮЗ ИЗ ПЕПЛА

Прошло не так уж много лет, если считать по календарю, если мерить по выпискам из Госреестра, по датам регистрации фирм, по сменам кабинетов министров и номерам законов, но в ощущении времени перемены были почти тектоническими. Глухая, затхлая, прокурорско-казенная эпоха Светлостана, где человек не имел ни веса, ни голоса, ни документов на свою собственную землю, исчезла, растаяла, словно влажный туман после грозы. На смену ей пришло новое время — все еще неустойчивое, пульсирующее и порой лицемерное, но все же время договоров, время закона, время, когда на бумаге можно было зафиксировать многое из того, что раньше требовало кулака на стол и пистолета в кобуре под пиджаком.

Теперь было модно говорить о цивилизованных отношениях, о праве собственности, о бизнес-климате. Молодые, уверенные в себе юристы вырастали как грибы после дождя, целые поколения специалистов в костюмах и с кейсами заполняли здания судов, адвокатских бюро, консалтинговых агентств. Частные компании не просто открывались — они структурировались, сливались, реорганизовывались и даже банкротились в соответствии с процедурами, сопровождаемыми соглашениями, арбитражами, меморандумами и многотомными делами.

И все это казалось новой нормой, новым пульсом страны, в которой теперь как будто не оставалось места произволу. Но те, кто стояли у истоков, кто начинал в переходные годы — в жаре душных цехов, в промерзших офисах на складах, в подъездах без охраны, — они знали: не все решается в суде.

Тогда, в самом начале, не было контрактов. Не было нотариальных заверений, «протоколов о намерениях» и «расписок в долевом участии». Там, за деревянными столами и чайниками без крышек, все решалось словом, на салфетке, с помощью рукопожатия. И это — было железо. Нарушить слово — значило предать, обесчеститься, обречь себя на отлучение. И не только от дел — от мира.

И Джон, отец, всегда это повторял. Снова и снова. Когда Ларри и Майкл были детьми, потом — подростками, потом — уже взрослыми, но еще не закаленными. Он рассказывал им истории из того времени: про сделки, заключенные на бензоколонках и в гаражах, про честных людей, чьи слова были тверже бетона, и про тех, кто однажды нарушил негласный кодекс — и больше не вернулся. Эти уроки въедались под кожу, даже если с годами и покрывались пылью.

И теперь, глядя на ситуацию с Жанеттой, Майкл и Ларри оба, несмотря на разницу в возрасте, взглядах и темпераменте понимали: этот случай не для суда.

Жанетта Ивлева — женщина, которую никто из них еще три года назад не знал даже по имени, — выждала, вжилась, обвилась и ударила. Тихо, методично, через доверие. Через слабость. Через старость. И это не вписывалось ни в гражданский кодекс, ни в уголовный. Это — не было просто кражей. Это было оскорблением памяти. Унижением отца. Плевком в те самые времена, когда слово значило больше, чем печать.

Именно поэтому, когда они остались вдвоем в кабинете Ларри, за закрытой дверью, со всеми бумагами на столе и тяжелым воздухом, наполненным фактами, — ни один из них даже не произнес слово «адвокат». Потому что знали: будем действовать как тогда.

Жестко. Точно. Без громких слов. Но с максимальной ясностью.

— Она не должна думать, что все это прошло, — сказал Майкл без эмоций.

— Она и не подумает, — ответил Ларри. — Мы ей все объясним. Четко. Очень четко.

Они не улыбались. И не брали пауз. Ни один не говорил о планах, потому что план уже был. Он был в их крови.

В наследии. В самом воздухе, которым они дышали с детства.

Когда ты хочешь что-то объяснить человеку, который сделал вид, что не понял... ты объясняешь так, чтобы он запомнил навсегда.

Вечер был тот самый — безмолвный, без ветра, как затянутая пауза между действиями спектакля. За окнами тягучий, вязкий воздух, в котором не летали птицы. Кабинет Ларри, все тот же — с расставленными папками, лампой с теплым светом, запахом кофе и железа. Бумаги были убраны в ящик. Договоры, расписки, банковские выписки, протоколы юристов — все это теперь не имело значения. Все было понято, вычитано и переварено.

На столе лежал только один предмет — черный смартфон в стальном корпусе с отражением лампы на экране.

— Она ответит? — спросил Майкл, стоя у окна, глядя на ночь за стеклом.

— Обязательно, — коротко сказал Ларри.

Он разблокировал экран, нашел контакт «Жанетта Ивлева (дом отца)» и, не задумываясь, нажал «Вызов с конференцией», добавив брата. То же приложение, тот же формат — групповой звонок, но теперь инициаторами были они. И тон разговора был иным: не получать новости, а сообщать.

Гудки тянулись, как длинная и напряженная нитка. Первый. Второй. Только на шестом раздался щелчок соединения.

— Да? — ее голос был все такой же: тихий, с мягкой интонацией, чуть приподнятый, будто вежливо-усталый. Но в этом «да» не было уже победной легкости, которую слышал Майкл в день смерти отца. Это «да» было с тревогой, как у человека, который все понял, но делает вид, что еще надеется.

— Добрый вечер, Жанетта, — сказал Ларри. Его голос был без интонации. Четкий, слегка командный и без тени эмоций.

Пауза.

— Здравствуйте, — ответила она после секундной заминки. — Вы... вместе?

— Да, — сказал Майкл.

Пауза. На том конце связи — тишина. Ее дыхание стало чуть заметнее. Она, вероятно, села. Или напряглась. Может быть, отложила чашку.

— Мы хотим, чтобы вы приехали, — сказал Ларри. — Завтра в десять. В офис на Перельмана, 24. сможете?

— Смогу, — ответила она тихо. — А что хотите обсудить?

— Приезжайте туда. Мы хотим встретиться и спокойно поговорить — без юристов, без нотариусов, без формальностей. Просто сесть за стол и обсудить все напрямую.

Пауза. Ее дыхание уже не пряталось. Оно стало поверхностным, ритмичным.

— А что все-таки случилось? О чем поговорить?

— Вы знаете, что случилось, — вмешался Майкл. — Приезжайте. Ведь всегда лучше решать проблемы в разговоре, чем искать иные пути. Согласитесь?

Жанетта не ответила сразу. В трубке повисло молчание, и только дыхание напоминало, что связь не прервалась:

— Я приеду.

— Хорошо, — сказал Ларри. — Только не опаздывайте, пожалуйста.

Он отключил звонок.

Они сидели молча. Минуту. Потом Майкл выдохнул. Медленно. Он чувствовал, как в теле вибрирует напряжение, будто весь организм собран в кулак.

— Она все поняла, — сказал он.

— Конечно, поняла, — ответил Ларри. — Она поняла с самого начала. Просто не думала, что мы так скоро примемся за дело. А может, вообще надеялась, что мы не станем в это лезть.

Между двумя мужчинами, между двумя братьями, что недавно были врагами, а теперь стали соратниками, повисло одно и то же чувство.

Теперь они зададут ей все вопросы — не через суд, не через прессу, не через адвокатов, а прямо в глаза. Без посредников, без лишних слов, так, как когда-то делал их отец, Джон. Так, как привыкли решать все люди, которые строили эту страну: не прячась за бумагами, а встречаясь лицом к лицу и говоря то, что должно быть сказано.

Жанетта приехала в девять сорок пять. И это само по себе уже наводило на размышления: то ли она хотела подчеркнуть пунктуальность, то ли — невольно дать понять, что согласилась на их условия, что признала за ними право начать этот разговор. Хотя разговора еще не было. Лифт поднялся медленно, как в кино — со старым желтым светом и скрипом тросов. И когда дверь кабинета Ларри отворилась, Майкл даже чуть напрягся из-за странного предчувствия, будто не все будет так, как они ожидали.

Жанетта вошла первой. Она была одета с вызывающей заботой о деталях. Светло-синие джинсы, с узорами из цветных нитей по бокам — что-то среднее между бохо и глянцем из поздних журналов. Полусапожки на высоком каблуке — явно не для удобства, а для акцента. Модная, свободного кроя блузка из тонкой ткани, с неоновым узором, блестящим на сгибах. И все это — на фоне ее загорелого лица, чуть персикового, чуть медного, с блеском на скулах, который выдавал либо солярий, либо слишком щедрый крем с оттенком «бронз». Волосы были собраны — небрежно, но тщательно, с той самой неестественной естественностью, которую трудно подделать.

Она вошла уверенно, но в глазах — особенно когда взгляд скользнул по Ларри, потом по Майклу — мелькнуло то, чего не скроет ни макияж, ни загар: растерянность. Страх. Почти незаметный. Почти скрытый под этой нарочитой внешностью. Но он был — короткая вспышка зрачков, дрожь уголка губ, чуть застывший подбородок.

За ней, как за кулисами, появился он.

— Это мой сын, — сказала Жанетта, чуть откашлявшись, словно не до конца веря, что сама это произносит. — Мэтью. Он... юрист.

Ларри посмотрел на нее, потом — на парня.

Шок — был мгновенным. Он не выражался в словах, ни в жестах. Просто — короткий момент, когда все в сознании чуть подгрузилось с опозданием, как старый компьютер, которому подсовывают новую программу. Майкл замер рядом, переводя взгляд с одного на другого.

Мэтью был словно из другой сцены, из другого фильма, другого года. Высокий, тощий, с узким продолговатым лицом, каким-то уж слишком серьезным. На нем были брюки со стрелками, отчего он казался то ли учителем физики, то ли участником старой викторины по телевидению. Рубашка — идеально заправленная. А на шее — галстук-бабочка, черный, как точка над i в его образе. Очки сидели на переносице строго, линзы были чистыми, как будто он протирал их перед самым входом.

Он кивнул.

— Здравствуйте, — произнес он. Но в голосе — попытка держать дистанцию, быть «профессионалом».

— Мы решили, — сказала Жанетта, — что, ну... будет лучше, если он будет рядом. Он разбирается в делах, может помочь сформулировать...

— Вы привели адвоката? — перебил Ларри, не меняя выражения лица. Он не говорил зло. Просто сжато, остро, как гвоздь, вбитый без усилий, но глубоко.

— Нет, — вмешался Мэтью. — Я не адвокат. У меня пока нет лицензии. Но я закончил юридический, я могу... помочь маме с правовой формулировкой ее позиции.

Майкл все еще смотрел на него — не как на врага, а как на вопрос, на вторжение в уже начавшийся разговор.

Ларри медленно подошел к своему креслу, сел. Перевел взгляд на Жанетту:

— Вы сделали большую ошибку, Жанетта. Очень большую. Но сейчас еще есть шанс все исправить. И сделать это... мирным путем.

Он не повысил голос. Но в интонации было четкое обещание: пока — без прессинга.

Жанетта не ответила сразу. Мэтью скосил глаза на нее. Она слегка кивнула — то ли ему, то ли себе. А может, Джону — мысленно.

В комнате повисло молчание. Но это уже было другое молчание. Молчание перед настоящим разговором.

В этом офисе, который когда-то открыл сам Джон и где теперь должно было решиться все, на первый взгляд царило спокойствие. Неестественное спокойствие. Здесь, на Перельмана, 24, где еще десять лет назад пахло тонером, чаем и резиной, теперь витал один-единственный запах — настороженности, словно перед приговором. Свет из больших окон падал прямо на стол, за которым сидели Ларри и Майкл. Два брата. Одеты по-разному, а выражение лиц общее. Каждый держался по-своему, но теперь они стояли на одной стороне.

Жанетта села напротив. Сына своего — Мэтью — она усадила чуть сбоку, как бы вне конфликта. Но конфликт был — и он был с ним тоже. Это ощущалось с первых секунд.

— Мы не будем затягивать, — начал Ларри. Его голос был спокоен, но тверд. Он открыл папку. — Это документы. Вы их узнаете?

Жанетта отвела взгляд. Мэтью наклонился, посмотрел.

— Квартира, — сказал Майкл. — Дом. Машина. И это... — он вытащил лист. — Банковский счет. Транзакции наших средств. Скажите прямо: отец сам отдал их вам?

— Он... — начала Жанетта, но Мэтью перебил:

— Все оформлено по доверенности. В соответствии с законом, с соблюдением всех процедур. Я проверял каждую бумагу, каждую подпись. Все проведено официально, без нарушений.

— А морально? — холодно спросил Ларри. — Вы проверяли моральность?

Мэтью замолчал. Он снял очки, протер. Вернул обратно.

— Понимаете, юридическая сторона... она определяющая в таких делах. Были полномочия. Подписи. Все...

— Довольно! — Майкл поднялся. — Ты видел, в каком он был состоянии? В последние месяцы? Это не сделки. Это — мародерство!

— Мы не мародеры! — резко сказала Жанетта, сжав кулаки. — Я была с ним каждый день! Где были вы?! Где вы были, когда он не мог даже лечь без помощи?

— Мы приходили. Он нас не узнавал. — Ларри поднял глаза. — И вы это знаете.

Мэтью снова попытался вступить:

— Но ведь вы не можете утверждать, что он не понимал, что делает. Он...

— Я могу утверждать, — перебил Майкл, сев на край стола, прямо перед ними. — Потому что я видел, как он забыл мое имя. Как он говорил с зеркалом. И как он верил, что ты, Жанетта, — его мать.

В комнате повисла тяжелая тишина.

— Мы не лишаем вас всего, — сказал Ларри. — Мы лишь хотим вернуть то, что принадлежит нашей семье.

— Но вы должны вернуть то, что забрали, — сказал Майкл твердо. — Забрали не честно, не открыто, а по фиктивным бумагам, пользуясь слабостью отца, его неразборчивостью, его доверием. И это должно быть возвращено. Здесь и сейчас.

— Это шантаж? — вдруг поднял голову Мэтью.

— Это разговор, — сказал Ларри, подаваясь вперед. — Такой, какие всегда вел Джон. Без адвокатов, без камер, без протоколов. В глаза. Просто и прямо. И если бы ты хоть раз говорил с ним по-настоящему, ты бы понял, о чем я говорю.

— Я говорю по существу...

— Ты — пафосная тень, — резко сказал Майкл, вскинув руку. — Ты размахиваешь его бумагами, его подписями, но даже не знаешь, кто он был на самом деле. Каким он жил, что делал, ради чего все это строил. А теперь у тебя — его деньги.

— Хватит! — вскрикнула Жанетта. — Вы не имеете права так говорить!

— Нет, — мягко, но твердо сказал Ларри. — Мы имеем. Мы его сыновья. И мы имеем право знать правду. А то, что сделали вы, называется увод из наследственной базы. Вы решили воспользоваться состоянием отца, когда он уже не мог ясно мыслить, и попросту забрали все, что смогли, прикрываясь его волей. Но скажите честно: он понимал, кому и что он переводит? Он называл вас «мамой», Жанетта! Он вообще осознавал, что подписывает?

Молчание повисло, но не как пауза — как разрыв между двумя мирами. В голове у Жанетты, как сорвавшийся лифт, мчались противоречия: «Они не посмеют... Я ведь ухаживала... Но если все отдать, что останется?.. А если не отдать — пойдут дальше?.. А если публично?.. А если...» — ее мысли клубились, словно горячий пар под черепом. Она чувствовала, как дрожит подбородок, как в груди зреет тот самый липкий страх — не перед ними, а перед тем, что они правы. Жадность, как зверек, все еще царапалась где-то внутри: *«Они не знают всего... мы можем что-то скрыть... может, они блефуют...»* — но уже не верилось. Не после того, как Майкл смотрел ей в глаза. Не после того, как Ларри произнес это спокойное: «Мы — его сыновья». В Мэтью тоже шел свой невидимый бой: под ритмичным пульсом в висках стучало: «закон», «подписи», «доверенность», «оформлено», но все это теперь звучало пусто, теоретически, как будто выученные формулы в классе, когда в реальной жизни тебе смотрят в лицо люди, способные снести все, что ты сделал, не насилием, а правдой. И в этот момент все надломилось. Они поняли: не выиграть — ни в суде, ни в жизни. Слишком сильны были те, кто сидел напротив. Слишком настоящими.

Мэтью опустил голову. Потом прошептал:

— Мы все оформим. Вернем.

Жанетта смотрела в пол.

— Оставьте себе сумму, равную годовому доходу. Считайте это премией. Машину тоже оставьте. Но все остальное — верните.

Майкл подошел ближе.

— И спасибо. За то, что были рядом в конце. Это — не забыто.

Жанетта не ответила. Лишь кивнула. Первый раз — без фальши.

Мэтью уже потянулся к сумке, чтобы встать, но Ларри вдруг поднял ладонь — спокойно, почти мягко, но с той силой, которая останавливала не хуже окрика.

— Подождите. Мы не все сказали, — произнес он, не поднимая глаз, будто еще выбирая, как именно сформулировать.

— Мы не звери, Жанетта. Мы не хотим вас разорвать, распылить, затоптать. Не потому, что не можем — можем. А потому, что не такие. — Он говорил без крика, но каждая фраза звучала как удар в сердце. — Мы выросли рядом с человеком, который в самых темных обстоятельствах говорил: «Слово — это все». Если пообещал, если пожал руку — значит, так будет. Даже если тебе в убыток. Даже если тебя обманут. Ты все равно держишь слово. Потому что в этом ты — человек.

Он повернулся к ней.

— И как бы больно нам сейчас ни было, мы не можем не признать: вы были рядом. В те месяцы, когда мы, как идиоты, судились, рвали друг друга, воевали — вы поднимали его с пола, меняли простыни, держали его за руку, когда он, забыв, кто он, просыпался в три утра с криком. Мы знаем. Поверьте, знаем. И мы... мы это ценим.

Жанетта смотрела на них в оцепенении. Руки все так же дрожали, но губы сжались в прямую линию — там было что-то между благодарностью и стыдом. Между желанием сказать и невозможностью выговорить.

— Мы ведь могли бы все забрать, — продолжил Ларри, тихо, будто для себя. — Все до копейки. И у нас были бы на это права — моральные, не только юридические. Но мы не хотим этого. Потому что есть вещи важнее справки и подписи.

Майкл сел напротив. Сквозь напряжение в лице проступила усталость, почти ласковая.

— Вы были рядом, когда ему было страшно. Когда он уже не был тем человеком, что прежде, а становился тенью самого себя. Был телом, которое все чаще не слушалось. Я это не забуду. Правда.

Он сделал паузу.

— Мы просто не позволим... чтобы вы перешли черту. Но вы все же ее пересекли. И мы — просто возвращаем вас обратно. Вот и все. Не для унижения и не ради кары, а лишь для того, чтобы все стало на свои места. Чтобы было по справедливости.

Мэтью, весь в напряжении, осторожно задал вопрос, в котором прозвучали и растерянность, и что-то почти мальчишеское:

— Значит... вы не будете подавать в суд?

Майкл посмотрел на него почти по-отечески.

— Нет. Пока — нет. Если все будет по-честному. Документы, согласие — мы все оформим и сделаем так, как договорились: годовой доход и машину вы оставляете себе, остальное возвращаете. Мы хотим, чтобы вы ушли с миром, а не с полицией за спиной. Мы — не прокуроры. Мы — семья.

— Но... — начал было Мэтью. — Вы же могли бы... в принципе... и ничего не оставить?

— Могли бы, — подтвердил Ларри. — Но мы не о мести говорим. Мы о справедливости. Во всем должен быть порядок: разобрались — и пошли дальше.

Жанетта с трудом подняла голову. В глазах блестело что-то, похожее на слезы, но она их не показывала.

— Я... не знала, что вы такие. Я думала...

— Мы думали тоже много, — прервал Майкл. — Но сейчас уже не время думать. Сейчас время закончить.

Ларри кивнул:

— Мы подождем документов. Два дня. Потом встречаемся, подписываем и оформляем сделку. И все. От тебя, Мэтью, ждем бумаги.

Мэтью встал, уже не гордо, не с выправкой, а просто — вежливо, ровно. Он помог матери подняться.

— Мы все оформим, — тихо сказал он. — Спасибо за... этот разговор.

Жанетта молча кивнула, глаза были стеклянные, губы сжаты. Выйдя за дверь, она не обернулась.

А в кабинете воцарилась тишина. Та самая, что приходит после настоящей справедливости, не юридической, а человеческой.

Майкл сел обратно. Ларри посмотрел в окно.

— Вот и все, — сказал Майкл. — Без суда. Без шоу. Как он учил.

— Да, — ответил Ларри. — Как он учил. Только теперь — мы сами.

Они замолчали. Кабинет наполнился особой, почти священной паузой, словно сам Джон все еще присутствовал здесь, между ними, наблюдал, кивал, одобрял.

Майкл провел рукой по пиджаку, и пальцы нащупали край бумаги — он почти забыл: письмо. Еще после похорон Натали передала его ему — «когда будешь готов». Он тогда не был. А теперь, может быть, был.

Он развернул конверт. Там было всего одно имя: *Джону.* Но он понял — оно и для него тоже.

Джон...

Я долго откладывала эти строки. Много лет казалось, что слова уже ничего не изменят, а может, даже не прочтешь и не отзовешься. И все же сегодня — не знаю, почему именно сегодня — мне вдруг стало ясно: это письмо нужно не тебе. Или не только тебе. Оно нужно мне. И, может быть, нашему сыну. И, может быть, как ты есть теперь, в молчании, в старом кресле, в той части памяти, где еще шевелится что-то живое.

Ты тогда выбрал не меня. Не нас. Не наш дом, не разговоры по вечерам, не дыхание друг друга, не то, как мы смеялись над Майклом, когда он забавно коверкал названия животных, не те утренние касания руки, не чашку чая, которую я ставила тебе не из долга, а из любви. Ты выбрал не семью, а силу. Я это поняла не сразу. Я сопротивлялась, думала — это просто этап, напряжение, страх. Но со временем стало ясно: ты строишь вокруг нас стены. Невидимые. Холодные. И чем ближе мы были к тебе — тем выше эти стены становились.

Ты хотел защитить. Я знаю. Хотел, чтобы нас не тронули, чтобы нам было куда вернуться, чтобы имя твое значило что-то — и в новых временах, и на дверях компании, которую ты сам поднял из воздуха. Я знаю. Но защита, построенная на страхе, со временем становится клеткой. А потом ты ушел, и я испытала облегчение. Не потому, что разлюбила. Я любила. Я, может быть, любила тебя сильнее, чем себя. Но я уже не могла быть той, кто молчит и соглашается. Я не могла смотреть, как ты медленно превращаешь все вокруг в схему. А семью нельзя собрать по схеме. Она — как огонь. Она горит, когда ей дают воздух.

Майкл... Ты помнишь, какой он был? Я думаю, да. Даже если ты молчал, даже если хмурился, даже если отводил взгляд, когда он говорил о своих идеях, о том, как нужно по-другому, как можно иначе... Ты ведь слышал. Я это знаю. Просто не мог согласиться. Ты боялся, что, если дашь ему быть собой — он уйдет. Или ты потеряешь контроль. А он — он просто хотел, чтобы ты увидел его. Чтобы ты признал. Чтобы ты сказал: «Ты — мой сын, и я горжусь тобой». Не потому, что он делает, как ты, а потому, что он — это он.

Он тебя не предавал. Никогда. Даже тогда, когда вы ссорились, даже тогда, когда вы не разговаривали неделями, он все равно смотрел на дверь, все равно проверял телефон, все равно ждал. И когда ты заболел — он был тем, кто захотел быть рядом. Даже если не знал, как. Даже если было больно. Он принес в дом тепло, которого ты, быть может, уже не чувствовал. Майкл всегда любил тебя и во многом равнялся на тебя, хотя никогда не говорил об этом прямо.

Ты многое сделал. Построил, выстоял, сражался, поднимался. И я знаю — чего тебе это стоило. Я помню, как ты ночами вскакивал от тревоги, как проверял счета, как молчал, когда было трудно, чтобы не пугать нас. Я знаю, ты хотел как лучше. Но в этой гонке ты потерял кое-что важное. Простую близость. Мягкость. Ты забыл, как обнимать без цели, как слушать без совета, как просто быть. А это — тоже сила. Может быть, самая настоящая.

Если ты читаешь это письмо — значит, ты еще здесь. Если нет — пусть эти слова дойдут до того, кто останется после тебя. До Майкла. Пусть он знает: я была рада нашему разводу не из ненависти, а потому, что иначе уже быть не могло. Но я всегда помнила. И как бы странно это ни звучало, я верила — что ты все-таки поймешь. Может быть, на последнем отрезке. Может быть, без слов. Просто — поймешь.

Ты выбрал не меня. Ты выбрал силу. Но сила уходит. А сын — остается.

Я прощаю. И благодарю. За то, что мы были. За то, что он есть.

Натали

ЭПИЛОГ.
ЗАВТРА ЗА НИМИ

Эта история, обещанная автором уважаемому читателю во Введении как путь трех поколений, теперь завершила свой круг. У Келли и Сэма, проживших жизнь в тоталитарном и бесправном Светлостане, среди лживых лозунгов и манифестов, где даже сама «правда» была лишь декларирована, но не существовала, — у них, столь разных и по-разному смотревших на свою страну, но все же державшихся вместе и поддержавших друг друга, — родился сын Джон, быть может, первый предприниматель Светлостана.

И в этом, пожалуй, самое главное: оказалось возможным то, что казалось невозможным. Даже в безысходности, среди страха, там, где все было зацементировано и обречено, все равно можно было влюбиться, создать, вырастить, мечтать, проиграть и снова начать. Возможно было унаследовать не только фамилию, но и веру. Возможно было потерять почти все, а потом вновь встать. Джон, как никто другой, доказал это: выросший на пепле чужих иллюзий, он сумел построить свое дело в государстве, которое по определению не терпело частной инициативы. Он был словно упрямый росток, пробивший асфальт, и вырос — вопреки всему.

У Джона и Натали было два сына — Ларри и Майкл. Два совершенно разных человека, как будто рожденные не только в разные годы, но и в разных вселенных. Один — старший, строгий, выстроенный внутри по четкой, иногда даже жестокой логике, без лишних слов, но с внутренним упрямым стержнем. Другой — младший, свободолюбивый, порой слишком эмоциональный, страстный и чувствующий мир не только острым умом, но и сердцем. Они по-разному шли по жизни, по-разному относились к отцу, по-разному видели будущее. И все же, несмотря на это, несмотря на годы непонимания, споры, конфликты, горькое отчуждение — Джон был в каждом из них.

В Майкле — в тот момент, когда он смотрит на карту, где пунктиром нанесены будущие экспедиции, фотопроекты, где еще нет линий границ, но уже есть его вдохновение, его замысел, его фирменный штрих. Он продолжает отца не делом, но духом. Там, где Джон видел стратегию, Майкл видит образ. Там, где Джон создавал продукт, Майкл создает бренд — живой, гибкий, искренний. Его компания KORU — это и наследие, и манифест. Это попытка не просто сохранить бизнес, а придать ему новую душу, новый масштаб. И всякий раз, когда он говорит о будущем — с азартом, с вызовом, но вместе с тем и с той особой отцовской ноткой упорства, которая делает слова не просто мечтой, а обещанием и делом, — становится ясно: он готов не только воображать, но и строить. Только теперь иначе: если у Джона, выросшего в суровых рамках своей эпохи, достоинство неотделимо было от жесткости и властности, то в Майкле оно звучит не как диктат, а как спокойная уверенность, которая не подавляет, а поддерживает.

А в Ларри Джон продолжает жить молча, без громких жестов и без лишнего пафоса, но в самой его манере держаться, в настойчивости и умении гнуть свою линию, не показывая эмоций, угадывается тот самый отец, который умел быть твердым даже тогда, когда слова казались излишними. Он в его привычке перепроверить каждую строчку любых документов, каждую цифру в отчете не для того, чтобы упрекнуть кого-то, а чтобы быть уверенным — как отец учил — что все сделано правильно. Он редко говорит много, но когда произносит слова — их слушают и запоминают, потому что в них нет лишнего шума, только суть. В нем чувствуется сухая, почти суровая надежность, та самая внутренняя твердость, что была у Джона, — тот негласный «кодекс без бумаг», который держал людей вместе тогда, когда не существовало официальных правил.

Обещание, данное в курилке, выполнялось так же свято, как если бы под ним стояла печать. А рукопожатие означало больше, чем целый договор: оно было и долей, и гарантией, и памятью о том, что слово мужчины весит больше бумаги. Слово, которое дороже любой подписи. Именно это делает Ларри тем, кто не шумит, но держит — дело, семью, память о прошлом.

И хотя между братьями были времена, когда они стояли по разные стороны баррикад, хотя были горькие слова и обиды, ссоры, которые, казалось, не прощаются, — все же в один день они встали рядом. Потому что в них обоих жил один и тот же голос. Голос Джона. Только звучал он по-разному. Один унаследовал его голос в делах, в решениях и стратегии; другой — во внутренней строгости и нравственном чувстве меры. Для одного он звучал как призыв к свободе, для другого — как требование к порядку и структуре. Но оба знали: от этого голоса невозможно отказаться; его можно оспаривать, можно пытаться заглушить, но он все равно останется — как голос крови, как голос наследия.

Семья — как стержень. Как нечто, что проходит сквозь эпохи, режимы, ссоры, потери, горечь, но остается. Не потому, что ее кто-то хранит сознательно, как святыню, а потому, что она вплетена в нас — в привычках, в жестах, в интонациях, в словах, которые мы говорим своим детям и даже в тех, что мы никогда не скажем вслух. Потому что слишком личное, потому что слишком отцовское. Семья — это не «идеальная картинка». Это долгая дорога, где хватает и отчуждения, и разногласий, и непонимания, где бывает уход, а потом возвращение, где слова ранят, а потом лечат и где все же остается главное — связь, которая сильнее любых эпох, потому что именно в этом ее сила: принимать все это не как слабость, а как часть пути.

Жизнь — слишком многогранна, чтобы быть линейной. В ней и правда бывает все: радость, вера, вдохновение — и рядом, почти в той же комнате, — ложь, подлость, предательство, тревога. Иногда их приносят другие. Иногда ты сам. И в этом настоящая реальность: все перемешано. Все не по плану. Все не так, как хотелось. Но если есть в человеке стержень — не показать силу, не доказать свою правоту, а просто остаться честным с собой — тогда время сделает свое. Оно все поставит на места. Оно рассортирует хаос, но только если внутри у тебя был порядок — не в бумагах, не в расписаниях, а в душе.

Майкл и Ларри, несмотря на вражду и тяжелые суды, несмотря на разделенную молодость и разные дороги, по которым их уводила жизнь, все равно оказались рядом — потому что связка крови и памяти оказалась сильнее всех разрывов. И это не сказка. Это — взросление. Это — боль и прощение. Это — осознание, что прав тот, кто держится за корни, а не тот, кто пытается срубить чужую ветку. Все сложилось не как задумывалось. Все пошло не по плану. Но все сложилось так, как должно было. И это главное.

Потому что в конце концов не так важно, какая эпоха, какое государство, какая валюта и какие налоги — все это меняется; важно другое — что остается связь, которую никакие перемены не способны разрушить. Неважно даже, какой рынок — черный, серый или цивилизованный. Важно, что ты есть. И что у тебя есть своя семья. Пусть странная, пусть сложная, пусть разрозненная, но своя. Пока ты помнишь, кого ты называешь братом, кого ты называешь сыном, кого ты однажды полюбил — ты жив. И значит, у тебя есть шанс, есть продолжение, есть будущее.

...А дальше — уже не про нас. А про тех, кто идет следом.

У Майкла и Элен свой подход к воспитанию. Они, как и полагается людям, пережившим бурю, не защищают дочерей от мира, но учат смотреть на него честно. Они не пытаются начертить за дочерей их путь, не навязывают чужих планов и не подменяют собственным опытом то, что должно быть их открытием, но помогают увидеть главное — кто ты, что тебе дорого и за что ты готов бороться. В доме Майкла царит свобода — не распущенность, но внутренняя честность, уважение к выбору и пространству. Арина растет как исследователь — любопытная, активная, бесстрашная. В ней удивительным образом сочетается математический талант и артистичность. София — более сдержанная, вдумчивая и очень глубокая. Она достигает потрясающих результатов почти по всем предметам в школе. В них — голос матери. В них — отцовская мечта. И что-то от дедушки Джона, что-то от бабушки Натали. От всех.

У Ларри — иначе: строже и структурнее. Эндрю воспитывается в среде, где важны порядок, результат, ясность. Он аккуратен, внимателен и разговорчив. Поэтому у него много друзей. Он много о чем рассуждает, делает выводы, анализирует. Эндрю развит не по возрасту, упрям и вместе с тем справедлив. И он знает, что в этом доме все было не всегда просто — но всегда по-честному.

Софи, Арина и Эндрю — разные, потому что растут в разных домах, слышат за ужином разные разговоры, читают разные книги и впитывают разные привычки, но все же их связывает большее, чем то, что их различает. Но их объединяет не стиль одежды или музыкальный вкус. Их объединяет корень, и они это знают. Потому что с ними не играли в «правильную семью». Им просто честно рассказали, кто они. И кем были те, кто шел до них.

И вот прямо сейчас, уважаемый читатель, я вижу их троих — Софи, Арину и Эндрю, — стоящих на холме над лесным массивом, недалеко от моего дома. Они стоят вплотную друг к другу, говорят о чем-то, о чем мы не знаем, и смотрят поверх деревьев, как будто сквозь листву им открывается нечто свое — завтрашний день, который станет их будущим.

Я не знаю, кем они станут. Не знаю, в какой стране или странах будут жить. Не знаю, какой режим будет через десять, двадцать, пятьдесят лет. Может быть — свобода, а может быть — новый Светлостан. История знает повторы. Но я точно знаю одно: они помнят, что они — две сестры и брат, помнят, откуда пришли, знают, что была Келли, что был Джон, что жили два брата, которые боролись друг с другом и все же остались рядом, — и именно в этой памяти они находят свое право быть продолжением. Они прочитают эту книгу и поймут, что самое важное — держаться друг друга, уважать, беречь и любить, потому что именно это делает возможным любое будущее. И значит — они пройдут через любую эпоху. И значит — они будут счастливы.

А дальше — уже не моя история. Это их.

Антон Акифьев

Пепел и Свет